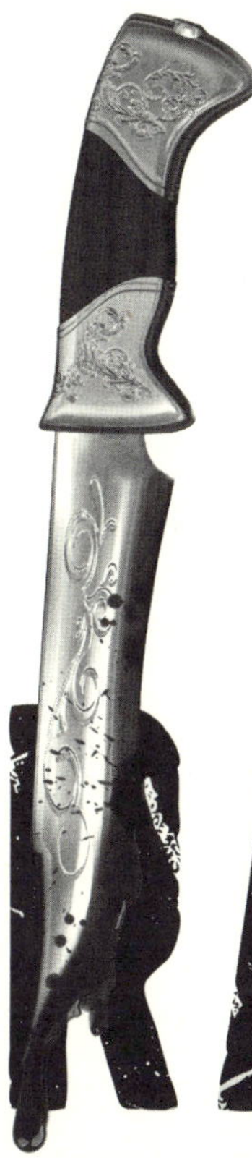

VORAZ

A INICIAÇÃO

LANI QUEIROZ

AUTORA BEST-SELLER DA *AMAZON* E *REVISTA VEJA*

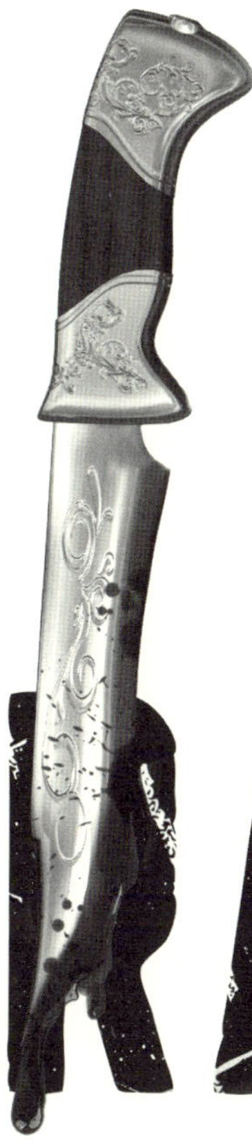

ELA QUERIA VINGANÇA

ELE QUERIA O MUNDO

VORAZ

A INICIAÇÃO

1ª Edição

Santa Catarina - 2021

Qualis

Editora Responsável *Produção Editorial* *Preparação de Texto*	Simone Fraga
Revisão Ortográfica	Raquel Barboza dos Santos Simone Fraga
Capa	Renato Klisman
Projeto Gráfico	Qualis Editora
Diagramação	Marcos Jundurian
Imagens Internas	Shutterstock

DADOS INTERNACIONAIS PARA CATALOGAÇÃO NA PUBLICAÇÃO (CIP)

Q385v
Queiroz, Lani - 1975 -
Voraz: a iniciação / Lani Queiroz. — [1. ed.] —
Florianópolis, SC: Qualis Editora, 2021.
230 p. : il. ; 23 cm.

ISBN impresso 978-65-87383-57-6
ISBN digital 978-65-87383-56-9

1. Literatura Nacional 2. Romance Brasileiro 3. Drama 4. Dark
5. Ficção I. Título

CDD – B869.3
CDU – 821.134.3(81)

1ª edição – 2021

Qualis

Qualis Editora e Comércio de Livros Ltda
Caixa Postal 6540
Florianópolis - Santa Catarina - SC -
Cep.88036-972

www.qualiseditora.com
www.facebook.com/qualiseditora
@qualiseditora
@qualiseditora
contato@qualiseditora.com

PLAYLIST

Teardrop	– Massive Atack
Angel	– Massive Atack
No Afraid Anymore	– Halsey
Dark Paradise	– Lana Del Rey
Blue Jeans	– Lana Del Rey
À Sua Maneira	– Capital Inicial
Without You	– Lana Del Rey
Born To Die	– Lana Del Rey
Queen Of Rain	– Roxette
Anyone	– Roxette

PRÓLOGO

"A vingança é uma espécie de justiça selvagem"
(Francis Bacon)

Três meses antes... São Carlos/SP, Brasil

Maya

Observo o caixão ser abaixado para o abrigo final e mais lágrimas toldam a minha visão. Há uma pequena multidão no cemitério. Breno era muito querido em nossa comunidade. Íamos nos casar no próximo mês. Estava tudo pronto: igreja, recepção, o destino da lua de mel. Tudo pago. Gosto de tudo planejado milimetricamente para não dar nada errado. Mas deu. A única coisa que sequer imaginei aconteceu. Meu noivo morreu. Meu noivo, de apenas vinte e quatro anos, no auge da vida, morreu. Um soluço dolorido rasga a minha garganta quando começam a jogar a terra sobre a caixa de madeira.

— Breno... — minha voz é fraca. Minhas forças se foram, estou rouca de tanto gritar e chorar.

Alguém ampara-me quando minhas pernas ficam moles quase me derrubando.

— Você não está sozinha — a voz reconfortante de Miguel, primo de Breno, faz-me chorar mais.

Depois do meu noivo, ele é a pessoa em que mais confio no mundo. Nós três éramos inseparáveis. Bem, até Breno terminar a graduação em contabilidade e arrumar um emprego em São Paulo, há três anos, e nos deixar para trás. Ele sempre vinha nas folgas e eu também ia visitá-lo, todavia, era insuficiente. Queria estar perto dele. E estava tão próximo de conseguir. Choro mais, enfiando meu rosto no peito de Miguel, e fecho os olhos enquanto suas mãos esfregam minhas costas.

— Precisa ser forte, Maya — sua voz é cheia de dor, ainda assim quer me confortar.

Abro meus olhos e encaro meus padrinhos, Henrique e Madalena, do outro lado. Minha madrinha está inconsolável, como eu, sendo amparada por meu padrinho. São os pais de Breno, mas têm sido os meus também. Meus pais morreram em um acidente de carro quando eu tinha treze anos e foram eles que me ampararam e acolheram em sua casa. O único parente vivo que tenho é um irmão do meu pai que vive na Austrália há muitos anos. Eles não eram próximos, tanto que em meus vinte e um anos nunca o vi. Morei com meus padrinhos desde então, o que fez estreitar minha relação com Breno, seu único filho. Ele me protegia, era meu cavaleiro de armadura brilhante, o príncipe que muitas meninas sonham em encontrar.

Começamos a namorar quando fiz dezesseis, escondido de meus padrinhos. Ao completar dezoito, abrimos o jogo. Eles não gostaram de saber que nosso envolvimento havia ultrapassado a fronteira do amor fraternal, contudo, acabaram aceitando ao perceberem que nos amávamos de verdade. Não era um capricho adolescente. Em todos esses anos, eu me guardei para o Breno. Sei que pode parecer brega, mas meu sonho era casar virgem. Breno jamais me apressou ou desdenhou de mim. Ele me amava, entendia-me como mais ninguém. Estávamos tão perto de nos tornarmos marido e mulher. Meu coração dói, dilacerado, sabendo que nunca mais verei seus belos olhos azuis. Nunca mais sentirei seu toque. Nunca mais o ouvirei dizer que me ama. Acabou. Meus sonhos de envelhecer ao lado do amor da minha vida foram interrompidos por um homem inescrupuloso.

Andreas Montanaro. Apenas lembrar desse nome me causa náuseas de revolta. Odeio-o com todas as minhas forças! Esse maldito prendeu o meu noivo com acusações infundadas e isso causou a sua morte. Breno soou tão desesperado na última vez que falamos ao telefone, há três dias. Eu estava me preparando para ir até São Paulo defendê-lo. Meu peito torce, esmagado. Não deu tempo. Ele fora encontrado com um lençol em volta do pescoço, pendurado nas grades de sua cela. A polícia nos ligou informando que foi suicídio. Eu me senti morrendo naquele momento. Era tarde demais. Eu não consegui salvar o meu amor. Foi Miguel quem me acompanhou na viagem para buscarmos o corpo. Breno estava irreconhecível, corpo e rosto cheio de hematomas. Fora brutalmente espancado e isso me causou ainda mais ódio e revolta. O que fizeram com ele?

Comecei a duvidar da versão contada pela polícia. Aquilo não parecia um suicídio. Meu noivo fora assassinado dentro da prisão? Por quem? Qualquer que seja essa resposta, jurei descobrir. O assassino, bem como o maldito que o jogou naquele inferno vão me pagar caro. Só vou descansar quando vê-los cair. Ainda não sei como farei, mas juro pelos meus pais mortos que acertarei minhas contas com eles. Eu fungo, vendo o caixão ser encoberto pela terra. Em instantes, Breno e meus sonhos de felicidade estão soterrados. Nossos amigos mais próximos vêm me abraçar, murmurando palavras de conforto. Os recebo, sem ver nada realmente. Estou anestesiada, devastada pela dor da perda repentina. Sei que é real, mas parece um pesadelo. Aos poucos, a pequena multidão se dissipa, ficando apenas os familiares em volta do túmulo.

Um profissional começa a espalhar o cimento para assentar o mármore da lápide.

— Vamos para casa, Maya. — Miguel me estende a mão, sua voz embargada.

Eu o encaro e meu coração dói. Ele se parece tanto com Breno. O mesmo tom de loiro dos cabelos lisos, a mesma tonalidade de azul dos olhos, herdados de suas mães, que são gêmeas.

— Não quero ir agora — sussurro, voltando a encarar o túmulo onde meu amor está.

Meus olhos turvam de dor, de puro desespero. Não quero ir nunca. Não quero deixá-lo aqui sozinho. De todos os momentos, esse é o mais doloroso, ter que deixar nosso ente querido em um cemitério frio. Ter que aceitar que nunca mais estará conosco. Ele se foi. Lágrimas quentes rolam pelas minhas faces.

— Eu não posso deixá-lo aqui — digo sem forças.

— Venha, querida. Você precisa dormir um pouco e descansar — meu padrinho chama.

Olho para ele. Seu rosto está torcido pela devastação, mas se esforça para ser a fortaleza de minha madrinha. Ela parece meio aérea. Tivemos que lhe dar remédios para que conseguisse vir ao enterro. Estava inconsolável, chorando sem parar.

— Vem, Maya — Miguel torna a chamar e, desta vez, enlaça a minha cintura, não me dando chance de negar. — Eu vou cuidar de você — murmura, beijando minha têmpora.

Deixo-me ser conduzida pelo caminho estreito, por entre os túmulos. Miguel me acomoda em seu carro e segue para o subúrbio, onde fica a casa de meus padrinhos, meu lar desde os treze anos. Não vejo nada da viagem, minha mente está longe. Tudo que consigo pensar é em como posso me vingar de Andreas Montanaro. Ele tem que pagar. Aquele maldito vai pagar!

Ao chegarmos em casa, uma bonita construção de dois andares, com um jardim bem cuidado na frente, Miguel me acompanha até meu quarto. Tomo um banho e visto um conjunto de *baby doll* de malha. Não perco a maneira como seus olhos brilham observando meu corpo ao entrar em seu campo de visão. Ele ainda disfarçava o que sentia por mim na frente de Breno, no entanto, quando estamos a sós não tem o mesmo cuidado. Anda até mim e segura meu rosto dos lados, seus dedos traçando minhas faces delicadamente.

— Eu estou aqui, meu amor — murmura e me reteso.

— Miguel, por favor, não fale assim — peço com suavidade, porém, firme. — Breno morreu, e de uma forma horrível...

Seu rosto cai um pouco com a lembrança.

— Você está certa, desculpa — diz, com pesar. — Sinto muito pela morte do meu primo. Você sabe que eu o amava como a um irmão.

Seu polegar escorrega perto da minha boca e seus olhos azuis inflamam.

— Mas eu te amo, Maya. Você é a garota com quem sonho desde que veio morar com meus tios.

— Miguel, por favor... — torno a pedir, soltando-me e me afastando alguns passos. — Já falamos sobre isso. Eu amo o seu primo.

Um brilho duro passa em sua íris.

— Eu sei. Acha que se fosse qualquer outro não teria a tomado dele? Eu o amava e respeitei seu relacionamento com ele. Mas agora, o Breno está morto — fala com o brilho duro em seus olhos.

Eu soluço ao ouvi-lo pronunciar as palavras. Meus olhos ardem com novas lágrimas.

— Porra — resmunga e vem para perto, puxando-me para seus braços. Deixo-me ser abraçada, porque estou destroçada e, neste momento, só quero estar com alguém que me ame. E ele me ama. De uma forma errada, mas ama.

Seus lábios depositam beijos suaves em minha têmpora enquanto me balança suavemente.

— Perdoa-me por ser tão idiota. Eu te amo demais, demais.

— Eu também te amo, só que como amiga, entenda isso — digo, embargada.

— Sim, eu sei. Fica tranquila. — Seu tom continua suave. — Já esperei tanto tempo, posso esperar quanto mais for necessário para ter a mulher da minha vida comigo.

Afasto-me um pouco para encará-lo.

— Miguel, eu nunca amarei outro homem — afirmo com absoluta convicção. — Meu coração sempre será de Breno.

Aquele *flash* duro cintila em seus olhos outra vez, mas acena, seu rosto suavizando.

— Você aprenderá a me amar com o tempo — garante, voltando a traçar meu rosto com os dedos. — Serei paciente, meu amor, prometo.

Abro a boca para negar e ele coloca o indicador sobre meus lábios.

— Shhh, não é o momento para falarmos sobre isso. Deixa-me cuidar de você agora.

Então, levanta-me nos braços e me leva para a minha cama. Deita-me com delicadeza e se livra dos sapatos, deitando-se ao meu lado.

— Obrigada por sempre estar por perto. — Vejo-me na obrigação de agradecer. Graças a ele que não desmoronei de vez desde o telefonema da polícia.

Miguel me puxa para o seu peito, os braços me envolvendo com ternura e cuidado.

— Por nada. Não há outro lugar que eu gostaria de estar, esteja certa — sussurra, beijando minha testa.

Suas mãos acariciam meus braços, meus cabelos, e, em pouco tempo, estou flutuando para o sono. Há muitos dias que não consigo pregar os olhos, o cansaço me vence.

— Eu amo você, Maya — ouço-o dizer, sua voz ficando distante. — Você será a minha mulher. Agora não há mais ninguém entre nós.

Três meses depois... São Paulo/ SP, Brasil

Observo a movimentação da rua do alto da janela do apartamento. Um suspiro nervoso escapa da minha garganta. Estou prestes a entrar no covil do lobo. Nos últimos três meses mergulhei em investigações sobre a vida de Andreas Montanaro. Ainda não vivi o meu luto adequadamente, para ser sincera. Ocupei-me em descobrir qualquer ponto fraco desse homem, para usar contra ele. *Vingança.* Essa tem sido a palavra direcionando minha bússola. Descendente de italianos, sua família é tradicional em São Paulo. Seus ancestrais vieram para o Brasil há mais de dois séculos e construíram um verdadeiro império na capital paulista. A advocacia é passada de pai para filho, e eles só lidam com a nata da nata. Seus clientes são altos figurões em todos os ramos de negócios. São bem relacionados no meio político também. Senadores, governadores e até mesmo presidentes contam com a família Montanaro para limpar a sua "sujeira".

E eles são especialistas nisso. Mas, eu não descobri o lado ilícito dos negócios dos Montanaro sozinha. Não, essa face deles está muito bem escondida do público. Só consegui saber da podridão que os envolve, por intermédio de uma aliada, Valeska Nascimento, uma policial federal que está na cola de Andreas e sua família há alguns anos.

A mulher me procurou em São Carlos uma semana após o enterro de Breno. Pediu que a encontrasse em um local discreto, o que foi uma boa, visto que Miguel estava no meu pé praticamente todo o tempo. A morena bonita, na casa dos trinta, contou-me que Breno não foi a primeira vítima que Andreas jogou atrás das grades para, em seguida, ser executado lá dentro. Sim, meu noivo foi executado, como estava suspeitando desde que vi seu corpo brutalmente espancado. Fizeram-no de bode expiatório.

A empresa onde Breno trabalhava como contador é apenas fachada para lavagem de dinheiro de um grande cartel de drogas e prostituição atuante não apenas no Brasil, mas na América Latina e Miami. Meu amor deve ter descoberto algo incriminador e, por isso, livraram-se dele. Adivinhem quem é o advogado do temido cartel? Bingo! Andreas Montanaro. Essa foi outra coisa asquerosa que descobri sobre a sua família, eles são advogados do crime organizado.

Aquele homem é a escória e só vou sossegar quando vê-lo pagar por me tirar o amor da minha vida. Valeska caiu do céu para mim e minha sede de vingança. Eu nunca compartilhei meus planos de ir atrás do culpado pela prisão de Breno com ninguém, nem mesmo com Miguel. Meu amigo não entenderia e, com certeza, tentaria me demover da ideia. Aliás, minha mudança para a capital veio a calhar para que parasse de me encurralar sobre seus sentimentos por mim. Inventei um emprego dos sonhos e convenci meus padrinhos de que precisava me mudar para São Paulo, mudar de ares. Eles não gostaram no começo, todavia, apoiaram-me, como sempre fizeram desde que me tomaram sob a sua responsabilidade.

Foi uma despedida dolorosa. Odiei ter que deixá-los neste momento, mas o veneno da vingança está correndo em minhas veias e nunca terei paz nesta vida se não destruir Andreas Montanaro e seu castelo ilícito. Miguel não ficou nada satisfeito com minha mudança e me liga todos os dias, religiosamente. Espero que entenda, em algum momento, que nunca teremos mais do que amizade. Jamais trairia Breno dessa forma. Jamais.

Ando até o aparador e pego um porta-retrato, meu rosto sorridente e de Breno me saúdam, fazendo meu coração doer, dilacerado. Lágrimas picam meus olhos.

Toco seu rosto perfeito, algo dentro de mim está morto, foi junto com ele. Nunca mais irei amar de novo.

— Nunca serei de homem nenhum, meu amor. — Choro, trazendo a foto contra o peito. — Nenhum homem irá me tocar. Meu corpo e coração jamais serão de outro, eu prometo.

O barulho da campainha me tira do meu lamento. É Valeska. Estou esperando sua visita para darmos início ao plano de aproximação com o Grupo Montanaro. Recoloco o porta-retrato no lugar e sigo pelo pequeno corredor até a porta. Limpo meu rosto antes de abri-la. A mulher morena, de cabelo curto, inclina o queixo ao me ver. Está ansiosa para colocar as mãos em nosso inimigo em comum, como também estou. Faço um gesto para que entre e fecho a porta, seguindo-a para a sala. Ela anda alguns passos à frente e se vira para me encarar, retirando uma pequena mochila das costas.

— Bom dia, Maya. Como você está? — inquire, com tom sério e compenetrado de agente da lei.

— Bom dia, Valeska. Estou levando... E você? — respondo, sem ânimo para traquejo social.

Seus olhos mostram empatia pela minha perda, mas é uma mulher durona, já percebi nesse pouco tempo de convívio.

— Levando também, mas, em breve, estaremos bem, esteja certa — afirma, com um brilho arguto em seus olhos castanhos.

Ela também teve seu marido morto pelo cartel do qual Andreas é advogado. Ele era agente federal também e foi morto porque chegou perto de levar os criminosos à justiça.

— Posso me sentar? — Indica o sofá.

— Claro, por favor. — Aceno e me acomodo na poltrona à sua frente de dois lugares.

Valeska senta e escorrega para a beirada do assento.

— Como está o progresso nos treinos? — indaga, observando-me atenta.

— Bem, muito bem — respondo.

Ela me indicou uma academia onde posso praticar tiro ao alvo e artes marciais. Diz que preciso estar preparada para me defender, caso precise, quando me infiltrar na vida do nosso inimigo.

— Perfeito. Continue se dedicando e, em breve, daremos o bote... — diz com entusiasmo.

Assinto, minhas mãos começando a suar pela situação de risco em que estou prestes a me meter. Porém, irei em frente. Minha vida está destruída. Sem Breno não sou nada.

— Como irei me aproximar dele? — pergunto, com a boca seca.

Tudo que consegui até agora foram vislumbres do maldito entrando e saindo do prédio do Grupo Montanaro na Av. Paulista. Valeska me proibiu de aproximar-me sem um plano perfeitamente delineado. Ele não pode desconfiar de nada ou estaremos ferradas. Eu o persigo na internet em vez disso. Embora não apareça com frequência, tenho visto fotos suas com uma mulher morena muito linda em seu braço. Sua noiva. Meu estômago se revolve ao reconhecer que o infeliz é um homem muito bonito. Odeio-o ainda mais por isso. Alguém podre por dentro não merece ter aquela aparência externa. A morena é Isabeli Valente, sua amiga de infância e, inclusive, trabalham juntos na Montanaro. Não vai ser tão fácil me aproximar dele com uma noiva a tiracolo.

— Como está com Bianca? — Valeska olha ao redor, mesmo sabendo que a garota está no trabalho neste horário.

Minha colega de quarto, Bianca Flores, é secretária de Álvaro Montanaro, irmão mais novo de Andreas. Aliás, não só secretária, é também sua submissa no sexo. O infeliz é casado e, mesmo assim, mantém relações BDSM - *Bondage, Disciplina, Dominação, Submissão, Sadismo e Masoquismo* por fora. O que seu irmão escroto também faz. Andreas seleciona uma nova submissa a cada quatro meses. Usa as mulheres como meros objetos para seu prazer asqueroso. O homem me enoja demais.

— Estamos bem. Ela é uma garota incrível — digo com sinceridade.

Eu me aproximei dela com intenções escusas, porém, eu me vi gostando realmente da Bianca. Comecei a frequentar a mesma academia que ela no mês passado. Conversa vai, conversa vem, contei que estava chegando do interior e procurando um lugar para ficar e conseguir economizar enquanto não encontrava um emprego. Ela me surpreendeu convidando-me para ser sua colega de quarto. É uma das poucas pessoas de bom coração que encontrei nesta selva de pedra, o que faz eu me sentir a pior pessoa do mundo, por estar usando-a para colocar minha vingança em prática.

— Isso é bom — Valeska assente. — Entretanto, não baixe a guarda perto da garota. Nossos planos não podem ser revelados antes do tempo.

— Fique tranquila. Sei bem o que dizer a ela, Valeska — garanto.

Ela me olha de esguelha e retira um calhamaço de papel de dentro da mochila, estendendo-o para mim.

— Estude de cabo a rabo.

— O que é isso? — inquiro e olho a capa. Está escrito: *o manual da boa submissa.*

Levanto a vista e meu corpo inteiro gela com a expressão no rosto de Valeska.

— Não, nem pense nisso — apresso-me antes que verbalize seus pensamentos.

— É a nossa melhor chance, Maya. Você não disse que o infeliz irá selecionar uma nova submissa no final do mês?

— Sim, Bianca deixou escapar, mas a seleção que irei participar é a de advogada associada. Ela me garantiu que na próxima semana já começam a receber os currículos e...

— Você ainda irá entrar no Grupo Montanaro, mas terá que se candidatar para submissa também. Precisamos cobrir todas as frentes, caso contrário, esse homem nunca será pego.

Levanto-me num pulo e encaro a mulher louca. Meu corpo inteiro tremendo. Pensei em jogar charme para cima do homem, mas nunca iria além disso. Nunca!

— Jamais permitirei aquele maldito tocar em meu corpo! — replico com todo ódio e repulsa que Andreas Montanaro me desperta.

Jogo o manual sobre o sofá como se fosse uma cobra prestes a me picar.

— Odeio ele. Odeio!

Ela ri da minha reação e se levanta também, vindo para perto, ficando cara a cara comigo.

— Então você não quer pegá-lo, querida — aponta com calma fria. — Não basta estar dentro do seu escritório. Se realmente quer fazer justiça a seu noivo, a melhor forma de destruir Andreas e a sua organização criminosa é permitindo que ele chegue mais perto...

Lágrimas se reúnem em meus olhos. Seria o cúmulo da humilhação para mim.

— Eu não posso fazer isso. Sou virgem — revelo, rezando para que a informação faça-a desistir da ideia absurda. Mas isso só faz o sorriso da mulher se alargar.

— Ah, minha menina, essa é a cereja do bolo — murmura, segurando meu rosto entre as mãos. — Os homens adoram uma virgem. Elas transmitem certa inocência, tudo que precisamos passar para esse maldito.

— Eu não posso. — Nego com a cabeça também para enfatizar. — Não conseguirei deixá-lo me tocar.

— Terá que fazê-lo. Permita que ele te possua — diz ferozmente. — E assim poderá vingar seu noivo.

Não. Não, meu Deus, não! Eu me afasto dela, horrorizada.

— Tem que haver outra maneira... — Meneio a cabeça freneticamente.

Valeska estreita o olhar sobre mim e suspira insatisfeita.

— Pensei que quisesse fazer esse homem pagar pelo mal que te fez, mas parece que me enganei.

Ela pega o manual sobre o sofá, seus olhos nunca desviando dos meus.

— Vou perguntar uma última vez, Maya. — Sua expressão fica sombria. — O que está disposta a fazer para obter a sua vingança? Até onde se permitirá ir para que a justiça seja feita?

Eu abano a cabeça, meus olhos ardendo, transbordando de lágrimas. Acabo de perceber que terei de abrir mão dos meus princípios em nome da justiça para Breno. Meu coração se fecha, tudo em mim se revolvendo com a mera possibilidade daquele maldito homem me tocar. Mas terei de fazer o que for preciso. Valeska está certa, tenho que me desfazer das minhas convicções e pudores. Terei que permitir o infeliz me possuir para, enfim, destruí-lo.

— Farei tudo. — As lágrimas caem queimando minhas faces e eu não limpo-as.

Os olhos castanhos de Valeska acendem com orgulho.

Este é o momento em que deixarei Maya, a garota interiorana, recém-formada em Direito e com sonhos de mudar o mundo através da aplicação correta da justiça, para trás. Neste momento nasce uma Maya despida de escrúpulos. E ela precisa ser forte, uma rocha, ou não terá êxito.

— Se para pegar aquela escória tenho que chegar tão perto, eu o farei. — Respiro fundo. — Serei a submissa de Andreas Montanaro e o levarei à destruição.

— Essa é a minha garota! — Valeska bate palmas, o rosto vitorioso.

CAPÍTULO UM

Não é o mais forte que sobrevive.
Não é o mais inteligente.
Sobrevive aquele que é mais
adaptável a mudanças.
(Charles Darwin)

Dias atuais...

Maya

Eu passo novamente cada foto da moça negra no clube Voraz, o antro onde Andreas e Álvaro Montanaro são sócios e extravasam suas práticas sexuais torcidas e repugnantes. É claramente uma submissa. Seus pulsos estão em carne viva, há marcas de queimaduras pequenas, como se alguém, um sádico fodido, tivesse a queimado com um cigarro. O bumbum está todo cortado com golpes, provavelmente de chicote. O pescoço está roxo com as marcas de dedos, mostrando que praticou asfixia durante o ato sexual. Os olhos abertos parecem me encarar diretamente, como que me alertando do perigo que me espera. Um frio desconfortável percorre minha espinha.

— Quem é ela? — inquiro, devolvendo o celular de Valeska, que se encolhe um pouco.

Pega sua xícara de café e toma um gole. Vim encontrá-la às sete da manhã numa cafeteria a dois quarteirões do apartamento que divido com Bianca. Ela disse que tinha algo para me mostrar antes de eu me preparar para a entrevista na sede da Montanaro.

É hoje. Estou indo para o covil do lobo. Mal dormi ontem de tanta expectativa e, para ser sincera, medo. Sim, muito medo, porque estou prestes a abrir as portas do inferno e convidar o diabo para uma dança. É assim que me sinto indo à caça de Andreas Montanaro.

— Mariana Mendes, agente federal. Uma amiga querida que se infiltrou como submissa no Clube Voraz para investigar o tráfico de mulheres, pois suspeitamos que esteja usando o clube como uma cortina de fumaça perfeita — revela e me intriga, porque Valeska nunca havia mencionado essa outra investigação.

— Não lhe disse nada antes para não te assustar, Maya. Esta operação é grande, além dos Montanaro estamos no rastro de outra família rival, os Ramazotti, os dois clãs do crime podem estar envolvidos diretamente em tráfico humano.

— Ramazotti? É a primeira vez que menciona essa outra família — digo, atordoada.

— As duas famílias se odeiam desde que os ancestrais chegaram ao Brasil, há dois séculos — explica —, têm muitas mortes e violência de ambos os lados. O mais recente desentendimento foi o estupro de Beatrice, prima de Andreas. Ela tinha apenas dezessete anos e três Ramazotti deram cabo da menina — arfo, horrorizada com o relato — como retaliação, Andreas, Álvaro e seus primos capturaram os inimigos e os esfolaram vivos.

Eu engasgo. Meu sangue gelando com a brutalidade revelada. Estupro e morte de uma menina de apenas dezessete anos e depois, os assassinos sendo esfolados vivos.

— Meu Deus...

— Sim, eles são cruéis. As duas famílias — endossa com seriedade —, agora voltando à agente... Ela foi ao clube na noite de sexta e ninguém mais a viu desde então. Não voltou para casa, eu chequei. Estas fotos foram enviadas para o meu celular na última madrugada. Estou tentando hackear o número, mas ainda não consegui.

Sinto-me ainda mais horrorizada depois de ouvir essas revelações, se é que isso é possível.

— Não se preocupe com a outra família. Te contei apenas para que saiba que essa operação irá pescar peixes grandes. Seu foco é os Montanaro. Não há limites para aquela família. — Seu rosto fica duro. — Mas você pode levá-los à ruina, minha menina — murmura, estendendo a mão por cima da mesa, tocando a minha. — Você vai conseguir colocar aquele infeliz de joelhos, sei que vai.

— Então, estou prestes a entrar em um clube onde há suspeita de tráfico de mulheres? — questiono, nervosa. — Se uma agente federal não teve chances, como acha que conseguirei me safar?

— Há um risco, Maya. Eu nunca disse que não haveria riscos — admite, com ar sério. — Contudo, na condição de submissa de Andreas, você só pode frequentar o clube com ele. Isso a protegerá de certa forma.

Meu coração salta à mera menção disso. Tenho estudado para ser a sub - *submissão* daquele asqueroso, li o maldito manual de cabo a rabo e ainda pesquisei muito na internet sobre o assunto. Mas sei que estou longe de estar preparada para ser tocada pelo assassino indireto de meu amado Breno.

— E se ele for o traficante? Como estarei a salvo? — Tento não me aterrorizar com os cenários nada bonitos se formando em minha cabeça.

Valeska meneia a cabeça.

— Se é ele, ao menos não está traficando suas submissas. Pesquisei e descobri que todas as ex-subs estão bem vivas e aqui em São Paulo — garante.

Suspiro, sentindo um pouco de alívio.

— Mas é preciso que se mantenha bem alerta, Maya. Eles são bandidos — adverte. — Criminosos da pesada. Não me agrada envolvê-la nisso, porém, são necessárias provas contundentes para levá-los à justiça.

Aperto sua mão, morrendo de medo, mas, decidida a fazer todo o possível para ferrar com o meu inimigo.

— Eu sei dos riscos e estou dentro. Estaria mentindo se dissesse que não estou me borrando de medo. Mas irei até o fim — prometo com veemência. — Ele cairá.

Valeska sorri, aprovando meu discurso. Tomo o restante do meu café e, em minutos, despedimo-nos. Com mais recomendações para que eu fique sempre alerta perto do inimigo ela se vai. Eu sigo para casa em seguida.

Termino de aplicar o rímel e sorrio para a minha aparência. Respiro fundo, tentando acessar toda a calma que preciso. Meu longo cabelo loiro claro está preso numa trança raiz que Bianca fez há poucos minutos. Ela só tem expediente à tarde, por isso, quis ajudar no meu preparo para a entrevista. É mesmo uma garota especial, aprecio-a como amiga.

— Você está incrível, Maya! — exclama atrás de mim, sentada sobre a minha cama.

Encaro-a do espelho do meu pequeno guarda-roupas. Meu coração dolorido aquece com seu sorriso doce e gentil. Espero poder continuar contando com sua amizade depois que cumprir minha missão e destruir seu patrão.

— Obrigada, amiga. Estou tão nervosa — confesso.

Estou nervosa, mas não pela entrevista e seleção. Meu nervosismo se dá pela iminência de encontrar, pela primeira vez, cara a cara, o homem que me tirou a pessoa que eu mais amava neste mundo.

— Ei, não fique assim, amiga. Você vai conseguir entrar, pense positivo! — Bianca se levanta e vem até mim.

Ela é uma ruiva bonita. Tem vinte e três anos e trabalha no grupo Montanaro há dois meses. Pelo que me contou, tornou-se submissa de Álvaro apenas um mês depois de sua admissão. Ao contrário do irmão mais velho, Álvaro a mantém como sub fixa, embora também jogue com outras no Clube Voraz, propriedade de um primo deles.

O tal clube é a última palavra em sofisticação para os adeptos do estilo BDSM. Entretanto, agora que Valeska compartilhou as suspeitas de tráfico humano ocorrendo por lá, já não me parece nada glamoroso. Bianca me contou tudo sobre o funcionamento do local e tem me ajudado muito com o estudo dessa estranha doutrina também. Ainda é incompreensível para mim como uma pessoa entrega poder total a outra, mesmo que seja apenas no sexo.

Minha amiga é uma submissa nata, coisa que nunca fui. Porém, terei que fingir ser. Já passei da fase escrupulosa. Deixei meus princípios caírem por terra, quando aceitei me tornar submissa do homem que prendeu meu noivo injustamente e causou sua morte. Valeska está certa, eu preciso cercar meu inimigo de todas as formas.

Demorei um pouco a aceitar a ideia de fazer sexo com aquele homem ardiloso, mas tive que engolir meu orgulho e repulsa. Serei a imagem da eficiência como sua advogada associada e, na cama, serei ainda melhor. Serei a submissa mais dedicada que o maldito já teve. Farei tudo que ele quiser no sexo, mas quando o tiver na palma da mão, entregá-lo-ei às autoridades. Verei ele apodrecer atrás das grades! Só vou sossegar quando atingir meu objetivo.

— Obrigada. Você tem sido tão boa para mim — murmuro, inclinando-me e beijando-a na bochecha.

Ela abre um sorriso luminoso em resposta.

— E você também tem sido para mim. Encontrei muito mais do que uma companheira de quarto. — A garota me desmonta completamente ao dizer coisas assim.

Sinto-me tão escrota por estar usando-a. Porém, não há outro jeito. Não se faz omelete sem quebrar os ovos.

— Boa sorte, querida amiga — diz, dando-me um abraço suave.

Meus olhos ardem diante do seu carinho verdadeiro. Estou tão carente disso. Distanciei-me dos meus padrinhos e de Miguel, embora fale com eles por telefone frequentemente, tenho me forçado para manter a casca dura.

— Obrigada, querida amiga — murmuro de volta.

— O Dr. Andreas pode ser assustador, mas é um homem justo. Os associados do grupo Montanaro têm direitos que na maioria dos escritórios espalhados pelo país não são sequer cogitados — comenta e seguro um bufo.

Bianca é muito ingênua e usa óculos cor de rosa quando o assunto é os Montanaro. São o sinônimo de honradez, de acordo com seus relatos. Se ela soubesse o que sei sobre aquela escória, não estaria mais lá.

— Você vai amar trabalhar com ele, amiga, tenho certeza.

Novamente, seguro uma expressão desdenhosa. *Vou amar esmagar o maldito, isso sim!*

— Tenho certeza que sim, amiga — respondo com entusiasmo forçado.

— Vou deixar você terminar de se arrumar em paz. — Ri e se distancia para a porta. — Não esqueça de me avisar quando terminar a entrevista.

— Aviso sim — assinto.

Ela deixa o quarto e suspiro, voltando a me encarar no espelho. Não uso muita maquiagem, mas estou bonita e elegante, como o lugar onde estou indo exige. Minha pele é muito boa, herança de minha mãe. Qualquer batom ou rímel me deixa realmente bonita. Meus grandes olhos são azuis ou verdes, mudando de acordo com a roupa que uso, com a iluminação externa e minhas emoções. Eles são sombreados por longos cílios. Breno costumava me dizer que são sedutores e inocentes ao mesmo tempo. Neste momento estão carregados de apreensão. É um caminho perigoso esse que estou tomando, tenho ciência disso. Só que não há outra opção para mim. Meu noivo será vingado, nem que seja a última coisa que eu faça sobre esta Terra. Decidida, pego minha pasta de couro marrom, minha bolsa *Gucci* e saio para o corredor. Ambas foram presente de Breno, quando iniciei estágio num escritório em São Carlos, no começo do ano. Reclamei que eram caras, luxo desnecessário, mas ele não me ouviu.

Aliás, meu noivo atencioso não economizava nos presentes caros desde que começou a trabalhar como contador na empresa de fachada. Não sei quanto ganhava, só sei que não era pouco. Uma vez que cobriu meus padrinhos de presentes também. Aliás, o meu carro foi presente dele, em meu aniversário, um mês antes de tirarem-no de mim. Meu coração aperta na dor e saudade que nunca vão embora. Torno a respirar, buscando forças para seguir com tudo que Valeska e eu temos planejado. Vou em direção à porta da sala e passo para fora.

Em cerca de trinta minutos estou estacionando meu Renault Sandero prateado na vaga destinada aos advogados associados e respiro fundo. Olho o prédio à minha frente, a fachada de vidro fumê e as grandes e elegantes letras em bronze no centro mostram a imponência da família que o possui. *Grupo Montanaro Advocacia.* Os estudantes de Direito e os recém-formados, tanto da capital como da região, seriam capazes de dar um braço, ou os dois, para serem aceitos em vagas de estágio e advogado associado neste escritório. O sobrenome Montanaro está no topo da cadeia alimentar quando se trata de advocacia. Conheço muito dessa família agora.

Toco meus brincos pequenos de pérolas, herança de minha mãe. Ela amava pérolas. Fiquei com todas as suas joias. Sei que ela e meu pai devem estar se revirando nos túmulos com o rumo que estou tomando em nome da justiça para Breno. Entretanto, não vou pensar nisso, ou acabarei desistindo. Valeska plantou escutas em meus brincos e jurou que eles não serão identificados quando eu passar pelo detector de metais. A mulher é uma *hacker* engenhosa. Em breve, teremos provas dos negócios escusos do grupo Montanaro e destruirei Andreas. Ainda faço questão de que saiba quem sou eu. Que fui eu quem o esmagou como o inseto que é.

— Você será vingado, meu amor. Eu prometo — murmuro baixinho e começo a andar pelo pátio de cimento, tentando não dar atenção à tremedeira em minhas pernas.

Sinto-me pequena, insignificante diante do enorme edifício, porém, não paro, sigo para a entrada. Alcanço a elegante porta giratória que me transporta para dentro do ambiente mais sofisticado em que já estive. O amplo saguão é decorado em tons de bege e pastel. Sofás e poltronas dispostos na frente de um imenso balcão, atrás do qual há muitos atendentes. Ando até lá e uma moça simpática me recebe com um sorriso.

— Bom dia. Sou Maya Pinheiro, vim para a seleção de associada do Dr. Andreas Montanaro — digo numa voz firme, não demonstrando em nada o medo que estou sentindo.

— Bom dia. Só um momento — a atendente pede, procurando meu cartão de acesso sobre a bancada de madeira.

Ninguém sobe para os escritórios sem uma identificação. Os Montanaro são paranoicos com segurança. E eles precisam ser, em virtude do seu envolvimento com a escória da sociedade. A moça encontra o crachá e me entrega.

— Boa sorte!

— Obrigada. — Sorrio de volta e me viro para passar pelo detector de metais.

Em seguida, coloco o código de barras do cartão diante do leitor e a catraca gira, liberando minha entrada. Com meu coração disparado, dou o passo que mudará a minha vida para sempre. Estou dentro do covil do lobo. Há um fluxo grande de pessoas, provavelmente funcionários, transitando na extensão do saguão indo para os elevadores. Todos vestidos de forma impecável. Tive que gastar boa parte das minhas economias em roupas caras para passar uma boa impressão. Recebo alguns olhares masculinos que me dizem que meu ponto está feito. Uso uma saia preta risca de giz, de cintura alta, ajustada até os joelhos e uma camisa de seda vermelho-vinho de mangas compridas. Meu melhor par de scarpin preto completa o traje. Modéstia à parte, tenho um corpo bonito, com curvas acentuadas, seios redondos e firmes, cintura fina e uma bunda arrebitada. Meus atributos só melhoraram com a prática de artes marciais. Minha barriga está ainda mais seca e meus músculos mais definidos.

Meus padrinhos ficariam horrorizados com o que estou fazendo e com tudo que ainda pretendo fazer para obter justiça para Breno. Porém, tenho evitado pensar no julgamento deles, ainda mais no que é certo ou errado. Já aceitei que terei que abrir mão do meu senso de retidão para obter a minha vingança. Não me importa quão longe terei que ir. Para atingir meu objetivo, eu irei.

Entro em um dos elevadores e aperto para o 23º andar. Milagrosamente, não entra ninguém no percurso, o que agradeço. Meus nervos estão à flor da pele. Olho-me na parede espelhada, lembrando a razão de eu estar fazendo isso. É por Breno. É para que o monstro que me aguarda lá em cima nunca mais prejudique ninguém nesta vida.

O barulho da caixa parando me tira do caos interior. As portas se abrem num *hall* espaçoso e bem iluminado pela claridade advinda das paredes de vidro. Sofás e poltronas sofisticados estão colocados estrategicamente pelo amplo vão. Eu respiro fundo e passo para fora com meus saltos batendo no piso de mármore enquanto ando em direção à mesa do que parece ser a secretária do todo poderoso. Apresento-me e informo que estou aqui para a entrevista das 9h, para associada do mandachuva. A loira bonita me olha de cima a baixo e, ao contrário da simpática atendente da recepção, não sorri. Na verdade, seus olhos castanhos são esnobes quando sobem de volta para o meu rosto.

— O Dr. Andreas já está na sala de reunião com os candidatos — informa em tom aborrecido.

Fico tentada a lhe dizer que deve ser mais solícita, já que trabalha com atendimento ao público. Só não digo porque já estou suando frio com essa informação. Está na sala? Ele fará a entrevista? Oh, Deus, pensei que outro advogado, talvez um associado, fizesse as entrevistas, não o chefão.

— É no final desse corredor. — Aponta para a minha direita.

— Estou atrasada? No e-mail que me enviaram consta o horário das 9h. E não pensei que o doutor Andreas fosse participar da entrevista — digo, e ela meio que rola os olhos.

— O Doutor aprecia participar desses momentos, principalmente quando a vaga é para o seu gabinete.

Com mais um olhar desdenhoso para mim, completa com ar de superioridade:

— Ele é o melhor, querida. Não vai admitir qualquer um.

Meu Deus, que garota ridícula! Só porque é secretária aqui acha que é superior aos candidatos? É uma lástima que as pessoas quando estão do outro lado esqueçam que participaram de processos seletivos um dia.

— Obrigada — uso da boa educação e sigo na direção que me indicou.

Contra a minha vontade, o requinte diante dos meus olhos me deslumbra. Nunca estive em um lugar tão luxuoso antes. Eu mal saí de São Carlos em toda a minha vida. Vim visitar Breno aqui na capital algumas vezes, só que íamos a lugares modestos, de acordo com a nossa classe.

Conforme avanço pelo corredor, vou lendo as placas douradas nas portas para me acalmar. O nome da noiva do bandido me chama a atenção. *Isabeli Valente.* Na porta ao lado está o dele. Meu estômago se revolve de nervoso. *Andreas Montanaro.* Apenas ler o nome deixa meus nervos em estado caótico. Minhas mãos suam mais, meu coração salta de pavor dentro do peito. Vou ver o homem que arruinou a minha vida dentro de poucos minutos. *Oh, Deus, dai-me forças para seguir em frente.* Rogo com fervor.

Estou perdida em meus pensamentos quando viro a esquina para o final do corredor, e, rápido e inesperadamente, um corpo grande e duro impacta diretamente no meu. Desequilibro-me, começando a cair para trás, mas duas mãos grandes e firmes seguram minha cintura, impedindo-me de desmoronar de bunda no chão. Levanto minha vista devagar, subindo pelo terno azul-marinho impecável. É um homem moreno e alto, seu cheiro caro e masculino flutua em minhas narinas. Quando enfim subo o olhar pelo maxilar coberto com uma barba bem aparada e foco seu rosto, é como se meu coração parasse de bater. O choque é tão grande que me sinto à beira de desfalecer. Estou diante do homem que causou a morte de Breno. Estou diante do meu inimigo.

Seus olhos verde-musgo encontram os meus e meu corpo inteiro gela, minhas pernas começam a tremer. Ele é um homem realmente bonito. Brutal e sombriamente bonito. Seu olhar é firme, com um brilho frio. Eu já vi esse olhar nas várias imagens suas espalhadas pela internet, mas ser o foco dele, ao vivo, é completamente diferente.

Arfo, minha boca secando, conforme me segura bem perto e nossos corpos roçam um no outro. Espalmo a mão livre em seu peitoral amplo, segurando a lapela do terno, por puro reflexo, e levanto a minha cabeça até o pescoço estar esticado. Mesmo eu usando saltos, ele ainda é muito alto comparado a mim. Seus cabelos negros estão úmidos e penteados para trás, indicando que não tem muito tempo que saiu do banho. Sua boca possui curvas generosas e sensuais, exatamente como vi nas fotos. É realmente injusto o demônio possuir essa aparência.

Suas mãos me puxam para mais perto, mais firme e sinto seu corpo moldar no meu. Ele é todo duro, com músculos bem construídos por baixo do terno elegante. Um som esganiçado sai da minha boca sem que eu perceba. Seus olhos verde-musgo estreitam-se um pouco enquanto perpassam pelo meu rosto e voltam a encontrar os meus. Algo aquece suas íris geladas enquanto me encara fixamente, prendendo meu olhar de uma forma invasiva e inquietante. Não sei o que está acontecendo comigo, mas não consigo quebrar o contato visual e me afastar dele. Olhar nesses olhos me deixa sem ação, como presa em um transe. Seu olhar, embora ligeiramente aquecido, ainda é duro ao me estudar em silêncio.

É com vergonha e repugnância que percebo a excitação em meu corpo pela sua proximidade. Meus seios entumecem e minha barriga enrola em ridículas ondas de calor. Seu cheiro, sua aparência, deixam-me sob uma espécie de feitiço traiçoeiro e indesejado. Torno a ofegar e o infeliz percebe que está me afetando. Um brilho cínico e desdenhoso cintila em seus olhos. Ele deve estar acostumado a obter esse tipo de reação do público feminino. É claro que está, Maya. É um bandido, mas também extraordinariamente bonito e está bem ciente disso, com certeza.

— Cuidado por onde anda, menina — sussurra numa voz grossa, profunda.

Arrepios eclodem em meu corpo traidor e aperto a lapela do seu terno com mais força para evitar subir a mão e socar sua cara repetidas vezes.

Sinto-me enojada e humilhada pela forma que estou reagindo à sua presença. Isso me faz odiá-lo ainda mais. Ele não tem o direito de me segurar assim, de estar perto de mim. Odeio-o com todas as minhas forças. É o meu inimigo. *Este homem é um bandido perigoso, Maya. Ele matou seu noivo indiretamente.* Com esse pensamento, recobro a capacidade de raciocínio e o empurro até que me solte. Respiro aliviada, afastando-me alguns passos seguros. Seu olhar desce furtivamente pelo meu corpo, com uma centelha de interesse. Minha boca fica ainda mais seca. Aperto a alça da pasta e bolsa para conter minha reação ao ser seu foco. Uma espiral de sentimentos me golpeia enquanto nos olhamos em silêncio. Medo. Ódio mortal. Repulsa. Sendo o maior deles o ódio. Agora entendo porque uma pessoa comum pode matar em nome daqueles que ama. Nada me faria mais feliz do que ver esse maldito morto. Eu poderia matá-lo com as minhas próprias mãos quando formos íntimos.

Deus, só o pensamento de deixa-lo me tocar faz eu querer vomitar de asco. E não, não vou matá-lo. Não sou uma assassina. Entregá-lo-ei nas mãos da polícia. Não posso me corromper e descer ao nível dele, uma escória que usa a profissão para defender bandidos. E ainda pode estar envolvido com tráfico humano. Seus olhos estreitam um pouco, talvez estranhando minha demora em responder. Reunindo uma calma que já não existe em meu sistema, respiro fundo e me lembrando da leitura do ridículo manual da boa submissa, eu respondo, olhando para o chão:

— Por favor, desculpa-me, senhor — minha voz sai mansa e baixa, exatamente do jeito que aprendi.

Posso senti-lo me olhando com ainda mais interesse e o medo se agiganta dentro de mim. Estou no inferno diante do diabo.

— Quem é você? — exige, num tom duro, fazendo-me levantar a cabeça. Seu olhar está semicerrado e nada amistoso.

Talvez tenha exagerado na pose submissa para um primeiro encontro. Recrimino-me.

— Sou Maya Pinheiro, senhor. Estou concorrendo para a vaga de...

— Está em qual ano, menina? Talvez seja cedo demais para tentar um estágio na Montanaro.

Ele me faz querer fazer xixi nas calças com a expressão de aço em seu rosto odiosamente belo. Olha-me de cima a baixo de novo e sua boca forma uma curva cruel ao acrescentar:

— As vagas aqui são para gente grande.

Ele tem trinta e quatro anos e eu vinte um. Não é tanta diferença de idade, mas a maneira como me chama, faz eu me sentir pequena e insignificante. Só não fico mais surpresa com a sua grosseria de macho dominante, porque Bianca me contou tudo que preciso saber sobre como o todo poderoso age no escritório. Inclusive, o escroto não costuma selecionar mulheres como associadas. Há um claro preconceito de gênero aqui e meu senso de justiça e representatividade está borbulhando para sair e lhe dizer poucas e boas. Mas não posso bater de frente com o infeliz. Não agora, pelo menos.

— Estou bem ciente do grau de exigência da Montanaro, Dr. Andreas — digo em tom apaziguador, mas confiante. — É por isso que estou aqui. Quero aprender tudo com o melhor criminalista do país. Quero aprender tudo com o senhor — murmuro essa última parte.

O homem me lança um olhar complacente e ajusta suas abotoaduras douradas, com certeza são de ouro. Sua postura é altiva, soberana, mas posso ver um *flash* de diversão passando em seus olhos que, lamentavelmente, são muito bonitos. Odeio-o! Odeio!

— Fico lisonjeado, menina, acredite. Mas não vou facilitar para você só porque resolveu puxar o meu saco — diz com a expressão cínica em evidência. — Na verdade, aconselho-te a procurar outro escritório. Você parece...

— O quê? Como me pareço, senhor? — Quero gritar com esse imbecil, mas contenho meu temperamento. *Você é uma submissa agora, Maya. Não estrague tudo.* Ordeno-me, buscando controle de minhas emoções. — Por favor, como me pareço, senhor?

Algo cintila em seus olhos e aquele arremedo de sorriso cínico e zombeteiro torna a aparecer. É como se soubesse que estou forçando uma pose submissa. Seu olhar corre pelo meu comprimento uma vez mais e ele murmura:

— Você parece delicada demais... Como disse que se chama? — Franze as sobrancelhas.

— Maya. Maya Pinheiro, senhor — digo, levantando levemente meu queixo. — Sua nova associada.

— Ora, ora... — Sua expressão fechada se abre um pouco e o arremedo de sorriso curva seus lábios sensuais novamente. É um sorriso cínico ainda, mas ele parece ter gostado da minha ousadia. — Você vai precisar de muito mais do que uma atitude confiante para me convencer, branquinha.

Sinto meu rosto corar um pouco pela forma como me chama. Há um interesse sexual claro em seu semblante agora e meu corpo entra em ebulição outra vez. Colocando em prática a pose de advogada fodona que tenho treinado exaustivamente desde que decidi fazer esse bandido pagar pelos seus crimes, sorrio.

— Eu tenho muito mais do que uma postura confiante — digo e ele levanta uma sobrancelha negra e bem delineada, algo aquecendo seu olhar verde-musgo. — Irá comprovar isso em breve, senhor.

Sim, seu maldito! Irá comprovar quando eu manda-lo para o inferno!

— Boa sorte, menina — diz, lançando-me um olhar sarcástico e incrédulo e retira o celular do bolso do seu terno Armani.

Sem um segundo olhar, afasta-se pelo corredor digitando algo. Fico parada como uma tola por alguns instantes olhando-o falar com o seu interlocutor. Nenhuma foto sua ou as vezes que o vi de longe me prepararam para vê-lo cara a cara. Sua presença e aparência são impactantes, para dizer o mínimo. Há uma espécie de aura sombria e perigosa à sua volta. Todos os meus instintos entram em alerta, dizendo-me que devo ir embora enquanto posso. Mas não, só sairei de cena quando o tiver destruído, como ele me destruiu ao condenar meu amor à morte. Lágrimas picam meus olhos e eu respiro fundo, viro as costas para o bandido e empurro a porta da sala de reuniões. Chegou a hora.

NA NOITE ANTERIOR...

ANDREAS

Eu afrouxo a gravata, suspirando quando passamos pela porta secreta da garagem subterrânea do Voraz. O clube pertence legalmente a Luigi, meu primo mais novo por parte de pai, mas fora das vistas curiosas, toda a família é proprietária. Tal como a advocacia, o estilo BDSM tem acompanhado os Montanaro de geração em geração. Os homens da família apreciam o sexo em sua face mais escura e suja. Meu pai ainda é um Dom - *Dominador*, mesmo em seus cinquenta e oito anos. Meu tio Ângelo, único irmão de meu pai, também o é; assim como seus filhos Luigi e Augusto. Meu sangue esquenta ao pensar na sessão que tenho preparada para a despedida de minha atual *posse.*[1] A morena bonita é gostosa e experiente, deu-me muito prazer nos últimos quatro meses. Esse é o período dos meus contratos. Preciso de familiaridade com a sub para moldá-la a todas as minhas exigências e depravações. Faço isso desde os dezesseis anos. Na ocasião, meu pai me presenteou com a minha primeira submissa. Era uma criada da nossa casa, vinte anos, uma loira linda e sensual que me permitiu testar e extravasar as fantasias furiosas de meus hormônios adolescentes. Desde então, tenho religiosamente uma posse, um bichinho de estimação, apenas para mim por quatro meses.

A sessão irá me acalmar depois do que vou fazer agora. Há um agente federal esperando por mim e por Álvaro no calabouço subterrâneo do clube. Ninguém, exceto a família e nossa equipe de segurança, sabe dessas, como dizer, *acomodações* aqui embaixo. São vários quartos que utilizamos para dar lições em filhos da puta que se acham espertos o suficiente para brincar conosco, como também para aplicar corretivos em submissas desobedientes. Ando a passos largos pelo corredor estreito, ladeado por seis dos meus homens da segurança. Por que um advogado precisa de tanta proteção? Você deve estar se perguntando. Antes que crie altas expectativas

1 Apesar de as pessoas envolvidas em relacionamentos neste formato gostarem de pensar que são realmente donas/posses do outro e se sentirem assim de fato, a posse não é real. Mesmo em casos onde são assinados contratos de escravidão e/ou submissão, isso também é parte do fetiche, pois não é legalmente um contrato de transferência de propriedade.

sobre mim ou os Montanaro, saiba que nós somos o que somos e isso nunca irá mudar. Não sou o mocinho desta história, tampouco a porra do príncipe encantado. É justamente o contrário. Minha família descende de uma das ramificações da máfia siciliana, porém, meu tetravô paterno foi mais arguto e decidiu que trabalharia *dentro* da lei. Ele e seus irmãos deixaram a Itália rumo ao Brasil.

Forjaram outra *sociedade* por aqui, e isso somado à advocacia lhes rendeu muito dinheiro. Sorrio sarcástico. Dessa forma, dificilmente seriam apanhados. Isso passou de geração em geração. Nossos clientes são do mais alto escalão social, uma tradição que mantemos há mais de dois séculos. Somos a nata não só de São Paulo, mas do Brasil. Em nossa lista de clientes ilícitos temos empresários, os artistas mais aclamados, políticos, os carteis mais importantes do México, Miami e, recentemente, do Oriente Médio. O grupo Montanaro é especialista em limpar a sujeira dos ricos e poderosos. Em troca, temos muito, mas muito dinheiro e lealdade deles.

Contudo, nesta semana fomos surpreendidos pela descoberta de uma agente federal disfarçada de sub em nosso clube. Luigi se encarregou de dar uma lição na puta. Daquelas que a maldita rata não irá esquecer. Está, neste momento, presa numa jaula no calabouço particular que meu primo tem em casa. Será sua escrava até nos entregar cada um dos que estão ousando tramar contra os Montanaro. Sei que há um peixe maior por trás disso, meu instinto nunca falha, e, quando eu pegar esse infeliz, ele ou ela desejará ter morrido antes de estar cara a cara comigo.

Passamos por diversas masmorras até alcançarmos a última. Um gemido abafado vem de dentro do recinto, empurro a porta abrindo-a. O cheiro ruim invade minhas narinas. Urina. Não só urina, mas sangue também. Vejo o Alvinho entretido cortando, com um bisturi, o peito nu do agente. Ele faz movimentos em espiral, deixando uma verdadeira obra de arte na pele do rato traidor.

— Começando a festa sem mim, irmãozinho? — resmungo, já removendo meu terno.

Um dos meus homens o pega imediatamente. Retiro a gravata e a camisa branca imaculada e outro deles vem pegá-las.

— Você estava demorando demais, And — Alvinho retruca, olhando-me por cima do ombro.

Aproximo-me e ele se afasta, dando-me a visão desobstruída do que esteve fazendo com um de nossos informantes dentro da PF - *Polícia Federal*. Sim, nós temos homens e mulheres da lei em nossa folha de pagamento. Surpresos? Não fiquem. Todas as instituições neste país são corruptas. Os criminosos de colarinhos brancos roubam e matam mais do que o bandido pobre, acreditem. Para nos manter fora do radar, precisamos formar um cinturão protetor à nossa volta. Temos alguns dos políticos mais importantes em nossas mãos. Sabemos de cada podre sobre eles e somos recompensados com sua lealdade em nunca foder com nossos negócios para além da advocacia. Perante a sociedade somos os ilustres e incorruptíveis advogados. Mas a verdade é que a advocacia é apenas a ponta do *iceberg*. Os Montanaro carregam a infração nas veias, e não temos a menor vergonha disso. É como eu já disse: somos o que somos. Ponto. Sorrio para Valdir Moraes, o homem que devia ter nos avisado sobre a agente infiltrada aqui no clube, dentre outras falhas.

— Não vou dizer que é um prazer vê-lo, agente Moraes — começo, inclinando-me e olhando nos olhos escuros apavorados do homem branco e calvo, no final dos trinta.

Ele esteve em nossa folha por cinco anos, era um bom informante, porém, falhou duas vezes conosco neste último. Aumentamos os ratos dentro da PF por causa de um incidente desastroso em nossa família. Minha prima caçula, irmã de Luigi e Augusto, foi morta no começo do ano. Ela tinha apenas dezessete anos. Foi brutalmente estuprada, espancada e deixada aqui na viela atrás do clube já sem vida. Beatrice era uma menina doce e a tínhamos como uma irmã, eu e o Alvinho. É uma perda que sempre irá nos assombrar, tenho certeza. E soubemos ontem que este verme vendeu a localização de nossa prima numa festinha com a turma dela, para os Ramazotti, uma família inimiga dos Montanaro desde quando nossos ancestrais chegaram em solo paulista.

— Eu não tive nada a ver com o assassinato da senhorita Beatrice, doutor. Juro pela minha mãezinha que não fui eu...

Dou-lhe um soco na boca, calando suas mentiras. Embora eu tenha o sangue italiano, sou conhecido por meu temperamento frio, um contraste com minhas origens. Alvinho poupou a cara do rato para mim, agradeço-o. Desfiro uma sequência de socos potentes no traidor. Ele grunhe e implora por clemência a cada vez que seus ossos estalam. A ira pela menina linda que teve a vida interrompida por uma rixa absurda de família que os malditos Ramazotti insistem em perpetuar guia-me neste momento.

— Poupe-nos das suas mentiras, seu rato fodido!

Seguro seu pescoço com uma mão e continuo a bater em sua cara, já está escorrendo sangue pelo nariz e boca. Os supercílios cortados. Ninguém me para. Eles sabem que preciso disso.

— Seu destino será o mesmo dos três Ramazotti que estupraram minha prima. Que tal isso, inseto maldito?

— Não! Pelo amor de Deus, não, doutor Andreas! Minha mãe é doente, precisa de mim para cuidar dela. — O homem cai em prantos.

Nós capturamos os assassinos, espancamos-lhes, cortamos seus malditos paus e arrancamos seu couro com eles ainda vivos. Por isso, Moraes está tão horrorizado. Ninguém brinca com um Montanaro e sai incólume. Ninguém. Pode ser o presidente, inferno, pode ser a porra do Papa! Nós perseguiremos o traidor até fazê-lo pagar.

— Quem disse que isso é problema meu, monte de lixo? Você entregou uma menina inocente nas mãos de três malditos psicopatas! Eles destruíram-na, e a nós também, quando abusaram dela e a espancaram até a morte.

— Não fui eu! Clemência, senhor, em nome do que é mais sagrado, eu imploro. — O infeliz chora.

Vejo um dente balançando em sua arcada superior e me regozijo na dor que ele deve estar sentindo. Lhe dou mais um soco irado e seu dente voa para fora da boca, em seguida, outro cai. Eu rio friamente.

— Temos todas as provas. Suas ligações para os estupradores Ramazotti. Extratos da sua conta bancária com o pagamento gordo que recebeu. — Seus olhos arregalam. — Temos tudo. É o fim da linha.

— Oh, meu Deus, não! — seu pranto é cheio de horror.

— Duvido que Deus proteja gente como nós, seu rato de esgoto. Aconselho-o a parar de chamá-lo — desdenho, dando mais um soco em seu nariz já torto.

Olho de lado para meu irmão, que tem uma expressão tão assassina quanto a minha.

— Luigi e Augusto estão a caminho. Vamos arrancar o couro desse infeliz lentamente — digo e o Alvinho ri. Estávamos esperando há meses para fechar o ciclo e vingar Bea.

De fato, não demora quase nada e nossos primos entram na pequena cela. Os olhos inchados de Moraes ampliam com horror absoluto. Sabe que não importam suas súplicas, vai morrer hoje. Luigi vem para frente e, com um grito assustador, toma o meu lugar, distribuindo socos na cara sangrenta do agente. Augusto rodeia o infeliz, que está suspenso pelos braços numa geringonça que lembra as masmorras da Idade Média. Augusto desfere golpes duros apenas em cima dos rins do morto ambulante. Então, reassumo. Gosto de fazer as honras. Pego minha faca de prata e volto para a frente do infeliz. Ele se mija de novo. Sem um resquício de empatia pelo seu desespero, eu empurro a faca em seu estômago, até o cabo. Moraes engasga, seus olhos mostrando que ainda tinha esperanças de sair vivo daqui. Muito estúpido.

— Bea era só uma criança — minha voz treme de ódio e tristeza. — Só uma criança e você a jogou nas mãos da pior escória que anda sobre esta terra! — não contenho o grito angustiado e, olhando em seus olhos de rato, faço um corte grande de cima abaixo em seu abdômen.

Seus olhos arregalam ao perceber o que vamos fazer agora.

— Vamos te esfolar vivo. Você vai sentir a dor que ela sentiu. Vai morrer aos poucos, arrependendo-se por ter nos traído.

Puxo o couro, sangue escorrendo pela sua barriga e pernas. Meu irmão e primos se juntam a mim no trabalho sujo.

— Este é o destino de qualquer um que ousar me trair — digo em tom mais baixo e frio.

O infeliz não aguenta a pressão e desmaia. *Frouxo do caralho!* Resmungo internamente. Então, cada um de nós pega um bisturi e agilizamos o restante do serviço...

Respiro profundamente quando meu carro ultrapassa os portões imponentes da nossa residência no Jardim Morumbi. Já tem quase um século que meus bisavós paternos a construíram. Fica localizada numa área verde de nove mil metros quadrados. É uma enorme construção de quatro andares, com influência da arquitetura romana, que temos preservado a cada reforma. Há um bosque fechado e um pequeno riacho cortando a propriedade, deixando-a com invejável clima rural. Meus bisavós, bem como meus avós paternos, já não estão mais vivos. Apenas os maternos, porém, vivem na Itália desde que eu e o Alvinho éramos crianças. Não temos muito vínculo familiar com eles. Claro que apreciamos encontrá-los nas comemorações em família, mas não os amamos como aos paternos. Assim, apenas eu, meus pais, meu irmão e sua esposa habitamos o palacete atualmente. Nossos velhos, com todos os defeitos e dureza, deram-nos atenção e amor enquanto crescíamos. Portanto, como estão vendo, não me encaixo no clichê *pobre menino rico.* Não possuo nenhum trauma. Sou um filho da puta por escolha mesmo, dane-se quem não gostar. Sou um Montanaro. Não preciso da aprovação de ninguém.

Desço do meu Aston Martin esportivo. Apenas seis desse modelo foram construídos. É exclusivo para apaixonados por carros e, claro, quem tem bala na agulha. Eu tenho. Na verdade, esse não é o carro mais caro da minha coleção. Porém, aprecio essa marca, portanto, é um dos que mais uso. Jairo, o chefe da minha segurança, sai pela porta do passageiro. Ele é a minha sombra. Um homem na minha posição não pode relaxar com a segurança. Nunca.

Dou um aceno de boa noite ao homem e me dirijo ao elevador, que me levará direto para dentro da minha ala da casa. Eu fico no lado oeste. Meus pais, ao norte. Alvinho e Celine, no sul. Após alguns instantes dentro da caixa de aço, saio direto no meu quarto, que, na verdade, é um verdadeiro apartamento. Tenho todas as comodidades aqui, sem precisar ir ao resto da casa. Cada ala foi adaptada para nos dar privacidade mesmo que moremos no mesmo local. Meus bisavós eram paranoicos com segurança e meu pai herdou isso deles. Resultado: moramos todos juntos.

Retiro meu terno e camisa de novo, cinto, sapatos, calças e ando de boxer até o bar no centro da sala de estar. Sirvo-me de uma dose generosa de Bourbon puro. Noto as juntas dos meus dedos machucadas da atividade ilícita de mais cedo... Moraes está morto. Foi para o inferno encontrar os estupradores de Bea. Viro o copo, tomando um bom gole e aprecio a queimação na garganta.

A noite foi salva pela foda de despedida com Valquíria, minha agora ex-submissa. Foi gostoso, gozei muito. A morena bonita tem trinta anos e é secretária numa multinacional. Fodi ela intensamente. Embora, para ser sincero, a euforia inicial já tenha passado há algum tempo. Ela estava triste quando nos despedimos, mas sorriu ao ver a quantia que depositei em sua conta pelo tempo em que foi minha. Com certeza, uma das melhores que tive. Topava de tudo. Mas chegou num ponto em que preciso de novidade. Sangue novo. Preciso da excitação sobrecomum correndo em minhas veias ao me ver diante de um *bichinho* novo. Sou um filho da puta exigente em todas as áreas da minha vida. No escritório seleciono apenas os melhores profissionais e, na minha cama, apenas as mulheres que topam foder duro, sem qualquer restrição ou pudor.

Estalo o pescoço e ando através do cômodo, indo parar perto da parede de vidro blindado. Todas as vidraças da casa são blindadas. Não estou brincando quando digo que segurança para nós é essencial. Estou no quarto andar, então, a vista daqui é bonita. O Parque Alfredo Volpi é bem perto. Quando estou com tempo, costumo correr por lá. São cerca de cento e quarenta e dois mil metros quadrados de mata atlântica no meio da selva de pedra. A vista daqui pela manhã e à tarde é uma coisa que me acalma. Por isso, escolhi este lado da mansão para viver.

Meu celular toca em algum lugar do quarto e eu faço o caminho de volta, seguindo o toque. O encontro no bolso do terno e o pego. É Isabeli, minha noiva. Como tenho uma noiva e pratico BDSM com outras? É simples, Isabeli não curte as mesmas coisas que eu no sexo. Com ela é, no máximo, um tapa na bunda, e olhe lá. Então, minha noiva finge que não sabe que trepo com outras e eu finjo que ela é a mulher da minha vida. Nosso relacionamento, como a maioria em nosso ciclo social, é pura conveniência. Os Valente são nossos parceiros nos negócios desde os meus tataravós. Certo, não é só conveniência com Beli. Crescemos praticamente juntos, já que ela é quatro anos mais nova do que eu. Tenho trinta e quatro e ela trinta. É uma morena deslumbrante e admito que gosto de fodê-la, mesmo sendo a porra de baunilha.

— Beli. São quase duas da manhã — murmuro, atendendo-a.

Ela adora me ligar nesses horários, talvez para demarcar território quando eu estiver na esbórnia. Ela sabe que sempre atendo, não importa o que esteja fazendo. Depois da tragédia com Bea, fiquei superprotetor com minha noiva. Sempre atendo suas ligações, porque nunca se sabe, pode ser um pedido de socorro. Quem vive o crime, como nós, tem que estar sempre em alerta.

— E você atendeu. — Sua risada soa provocadora e confiante em meu ouvido. — Eu só queria dar boa noite, amor.

Ela está acamada. Há duas semanas quebrou o tornozelo enquanto esquiava com sua irmã mais nova nos Alpes Suíços. Está afastada do trabalho no escritório desde então.

— Como está o seu lindo tornozelo? — bajulo, tomando mais um gole da minha bebida.

— Está curando bem — seu tom é otimista. — Acredito que na próxima semana já poderei voltar ao escritório. Odeio deixá-lo sozinho — acrescenta.

— Não estou sozinho, querida. Tenho nove associados e selecionarei mais um amanhã — lembro-a.

— Odeio não poder estar lá amanhã para fazer isso por você, amor — lamenta.

Seguro um bufo sarcástico. Imagino o quanto deva estar sendo difícil, sobretudo, porque ela nunca seleciona uma mulher para minha associada. Não importa o quanto seja competente, Beli nunca irá colocar uma mulher tão perto de mim. Tola, a minha noiva. Pensa que não estou a par das suas artimanhas de intimidação a toda ameaça feminina em potencial dentro da Montanaro. Tem obtido sucesso, porque, mesmo sendo um escroto, respeito ela e a nossa história, então, não trepo com nenhuma mulher da Montanaro. Sempre pulo a cerca bem longe de lá.

— Não se martirize com isso, amor — acalmo-a. — Cuide-se para voltar logo.

— Você sente a minha falta? — pergunta, soando ansiosa como uma adolescente.

Porra, odeio essa parte. Mulheres...

— Claro que sinto, Beli. Você é a minha noiva — afirmo em tom sério.

— É que você quase nunca fala que me ama, And — seu tom vai se tornando cada vez mais carente.

Hora de encerrar essa ligação. Odeio dramas e ela sabe disso. Eu não a amo. Não sinto meu coração palpitar, não sinto aquela loucura ou qualquer merda que os apaixonados dizem sentir quando veem ou estão perto da pessoa amada. Na verdade, nunca senti nada nesse sentido por Beli. Nossas famílias fizeram um acordo sobre a nossa união quando já éramos adultos. Aceitei, porque ela era e ainda é a mulher mais bonita que já vi. Contudo, sua beleza não me toca mais profundamente. Eu gosto dela. Apenas isso.

Então, sou obrigado a mentir para evitar conflitos desnecessários:

— Eu te amo, querida. Agora vá dormir — digo em tom que não admite réplica.

— Eu também te amo, querido — murmura, depois de um instante em silêncio. — Liga-me amanhã depois da seleção.

Seguro novamente um bufo. Isso a está matando, não poder descartar as mulheres entre os candidatos. Prometo ligar e encerro a chamada, indo até o divã perto da lareira, esticando-me para saborear a minha merecida bebida em paz.

Entro na sala de reuniões, na qual farei pessoalmente a seleção para meu associado. Mantenho dez associados. Cada um dos Sócios Sêniores mantém essa quantidade, visto que nosso escritório é o maior da grande São Paulo. Nosso fluxo de trabalho é imenso e, não se iluda, nós realmente exercemos a advocacia por aqui. Limpamos a sujeira dos poderosos? Sim. Fazemos e encobrimos a nossa própria sujeira? Com certeza. Todavia, trabalhamos de forma lícita em muitos casos, o que ajuda a manter nossas atividades acima de qualquer suspeita, mesmo quando elas são corrompidas. Os processos espinhosos apenas os Montanaro podem pegar, para manter o sigilo. Os corriqueiros deixamos a cargo de outros advogados mais velhos de casa e, claro, dos associados.

— Bom dia, sejam bem-vindos à Montanaro Advocacia! — saúdo a turma de trinta candidatos. Isso porque já foi feita uma peneira através dos currículos e propostas.

Deixe-me explicar: a seleção é realizada em forma de audiência. Cada um deles irá fazer uma arguição e apresentar a sua defesa para um caso específico e hipotético. Mas, desta vez, estou usando um caso real, portanto, o aprovado irá ficar próximo a mim para montarmos um bom argumento.

— Bom dia, Dr. Andreas! — eles respondem e posso ver o nervosismo estampado em seus rostos.

Eu poderia dizer algumas palavras de conforto para acalmá-los, mas não vou. A Montanaro é para os fortes, peixes grandes que se destacam no oceano. Se não estão à altura, deveriam me poupar de ter que olhar em seus rostos medíocres e angustiados.

— Dentro de dez minutos iniciaremos a simulação da audiência, estejam preparados — anuncio e seus rostos ficam ainda mais apreensivos.

Foda-se! Bando de mijões. Resmungo para mim mesmo e viro para a porta.

Alvinho irá presidir a simulação e está atrasado. Vou ligar para o idiota. Saio da sala e levo um susto ao colidir com um corpo pequeno e macio. Vejo o topo de uma cabeça loira e a sua dona se desequilibrando com destino ao mármore do piso. Rapidamente, envolvo minhas mãos em sua cintura, salvando-a de ir ao chão. Uma mão branquinha de unhas rosa-pink segura a lapela do meu terno. Neste momento, a cabeça loira levanta e sou atingido pelos grandes olhos azuis de uma garota. Uma bem jovem, observo. Fico momentaneamente atordoado pelo rostinho juvenil, rosado e com pouca maquiagem. A primeira coisa que me vem à cabeça é que a menina parece um anjo, encarando-me como se estivesse atordoada pelo nosso esbarrão também. Sua boquinha se abre num leve arfar, enquanto os olhos expressivos me fitam. Meu corpo acende conforme nos encaramos fixamente. Seu cheiro, seu corpo pequeno e deliciosamente macio perto do meu me enchem de tesão. Uma reação tão rápida como uma explosão química. Nenhum de nós parece querer se afastar, então, a puxo para mais perto, colando nossas frentes. Meu pau quer acordar, apreciando muito esse inusitado encontro. Quem é essa *bebezinha* linda?

A branquinha torna a ofegar, obviamente sentindo meu interesse. Estreito meus olhos sobre a menina. É simplesmente linda. Quantos anos tem? Tem idade legal para foder? Estou parecendo um lunático e quase bufo para mim mesmo. Corro meu olhar fascinado por cada detalhe em seu rostinho de anjo e uma necessidade feral nasce em minha virilha. Meu corpo inflama e eu inalo seu perfume sutilmente. Seguro seu olhar e ela não abaixa o seu, encarando-me de volta, parecendo afetada, como eu. Estudo-a em silêncio, sabendo que terei de soltá-la, porém, não entendendo porque não o faço. A branquinha entreabre os lábios, soltando um som de deleite e não consigo conter a satisfação arrogante me tomando. Ela está afetada com nossa proximidade e não sei porque diabos ainda não a soltei.

— Cuidado por onde anda, menina — advirto, minha voz enrouquecida pelo tesão despertando em meu sistema. Sinto seu pequeno corpo estremecer contra o meu e isso me agrada.

Mas de repente, o rostinho lindo se fecha, parecendo me fitar com repugnância agora. Que diabos? Empurra-me e não tenho outra escolha a não ser soltá-la. A garota respira profundamente e se afasta alguns passos. Meus olhos famintos descem pelo seu comprimento e meu pau incha com o que vejo. Dá para ter uma ideia do corpo delicioso por baixo da saia justa e uma blusa de seda vermelho-vinho de mangas compridas. Seu cabelo loiro claro está preso numa trança que pende em suas costas. É longo e me imagino puxando-o como uma rédea, enquanto a faço se submeter... Tomando-a como minha posse. A garota parece não gostar da forma que a estou cobiçando agora. Isso me intriga, porque ela estava gostando, e muito, há alguns segundos. Semicerro meus olhos, fascinado e intrigado com essa *bebezinha* com cara de anjo. Vejo seu semblante suavizar um pouco e ela olha para o chão, murmurando:

— Por favor, desculpa-me, senhor.

Porra. Essa franguinha não sabe o que frases como essa significam para um dominador. Um homem que vive o BDSM desde a adolescência.

— Quem é você? — pergunto com desconfiança.

No ano passado, os malditos Ramazotti tentaram infiltrar uma impostora aqui na firma. Só que no gabinete de Alvinho. Beli descobriu a tempo e escorraçamos a puta. Desde então, temos ficado em estado de alerta. Todo e qualquer movimento suspeito à nossa volta é investigado.

— Sou Maya Pinheiro, senhor. Estou concorrendo para a vaga de...

— Está em qual ano, menina? Talvez seja cedo demais para tentar um estágio na Montanaro. — Encaro-a duramente. — As vagas aqui são para gente grande.

Ela parece não gostar do meu tom, mas mantém o semblante e tom brandos quando responde:

— Estou bem ciente do grau de exigência da Montanaro, Dr. Andreas. É por isso que estou aqui. Quero aprender tudo com o melhor criminalista do país. Quero aprender tudo com o senhor.

É impressão minha ou seu olhar e voz foram insinuantes nesse final?

Encaro ela insistentemente, na tentativa de intimidá-la. Digo-lhe que não vou facilitar por mera bajulação e aconselho-a a procurar outro escritório. Essa franguinha está acendendo todos os meus sinais de alerta. Digo ainda que parece muito delicada para a Montanaro, o que é verdade. Aqui é lugar de gente grande. Ninguém tem pena de ninguém por aqui. É cada um por si e Deus por todos. Se bem que Deus não deve gostar nada do que fazemos...

Eu finjo não lembrar o seu nome, o que é mentira. Tenho uma memória privilegiada. Ela me faz querer sorrir quando se apresenta novamente, atrevendo-se ao completar que é a minha nova associada. A franguinha é corajosa. Eu gosto disso. Gosto muito disso.

— Você vai precisar de muito mais do que uma atitude confiante para me convencer, branquinha — advirto e vejo seu rosto ficar um pouco corado.

Ela é realmente linda, deve ter no mínimo vinte e um, se está concorrendo para associada. Rio internamente, porque isso significa que posso recrutá-la para meu novo bichinho de estimação. Esse esbarrão veio a calhar.

— Eu tenho muito mais do que uma postura confiante — ousa sussurrar. — Irá comprovar isso em breve, senhor.

Os belos olhos azuis me fitam cheios do que parece ser desafio. Meu corpo inflama ainda mais.

— Boa sorte, menina — digo, oferecendo meu melhor olhar irônico e puxo meu celular do bolso do meu terno.

Dispenso-a, seguindo pelo corredor e disco o número de meu irmão.

Uma das coisas que aprecio é um bom desafio. Essa garota não sabe com quem está mexendo. Não tem ideia do predador que sou. Acabo de encontrar minha próxima presa. Irei investigar. Se ela for um maldito cavalo de troia, devolvê-la-ei, como fiz com a outra ano passado. Mas primeiro vou fazê-la minha escrava sexual, montá-la, puni-la tão duro que desejará nunca ter cruzado o meu caminho. Vai aprender da pior forma que não se brinca com um Montanaro.

CAPÍTULO DOIS

Dizem que a vingança é doce;
à abelha, custa-lhe a vida.
(Carmem Sylva)

Maya

Entro na sala e o luxo torna a me deslumbrar. Na verdade, é um auditório. Tem uma grande mesa perto do que imagino ser o banco dos réus na parte elevada do fundo. Há também duas outras mesas à frente da maior, provavelmente onde defesa e acusação apresentarão seus argumentos. Fileiras e fileiras de cadeiras revestidas com couro preto. Meu coração continua saltando forte. O encontro com o demônio lá fora me abalou mais do que imaginei. Por mais que tenha me preparado para o momento de vê-lo cara a cara, fui afetada. Não deixarei o medo me dominar, todavia. Seguirei firme em meu propósito.

São muitos candidatos, percebo, correndo a vista pelos assentos ocupados. Tomo um lugar vago na segunda fila e me acomodo. Posso sentir todos me avaliando. Estão todos nervosos. Eu um pouco mais, pela missão arriscada em que me meti. Abro minha pasta e retiro meu argumento sobre o caso. O cliente fictício está sendo acusado de assassinar sua esposa, com a qual tem um bebê de apenas três meses. Tivemos menos de uma semana para ler o processo e montar nossa sustentação oral. A seleção é feita em forma de audiência, na qual cada um de nós fará sua apresentação diante de um juiz, representado por algum advogado sócio. No nosso caso, o *todo poderoso* em pessoa.

Em poucos minutos, meu inimigo voltará e assumirá o papel de juiz, como se fosse um homem íntegro. Puxo algumas respirações calmantes e toco meus brincos de pérolas. Valeska plantou escutas sofisticadas em quase todas as minhas joias e bijuterias, para não levantar suspeitas. Não vejo a hora de pegar esse maldito e esmagá-lo sem nenhuma piedade, como fez com Breno. Não vejo a hora de... Meus pensamentos são cortados quando a porta se abre e olho para trás, meu coração voltando a disparar ao vê-lo entrando. Está acompanhado de seu irmão Álvaro.

A sala silencia imediatamente enquanto os dois homens altos e vestidos com elegância, atravessam o corredor central. A forma como andam transmite confiança e soberba. O maldito ainda mais. Sua postura exala poder. O tipo de poder que assusta, intimida. Sua linguagem corporal diz que é o maioral e que nós, reles mortais, temos sorte por sermos agraciados com a sua presença. Ele não olha dos lados, a cabeça erguida, ombros largos alinhados no terno sob medida. Suas mãos tatuadas contrastam com a sobriedade do traje. Ele tem uma inscrição em latim no dorso da mão direita e uma fênix com rosto de caveira na mão esquerda. Ouço algumas candidatas do sexo feminino suspirando do meu lado. Quero vomitar de asco, mas, no fundo, entendo a razão de estarem deslumbradas com a aparência externa dos irmãos.

Eles são realmente bonitos. A pele cor de oliva, herança da sua ancestralidade mediterrânea, é um atrativo. Andreas tem um apelo sexual maior, a meu ver: a cor de seus olhos verde-musgo se destacando em sua tonalidade de pele. Meus olhos não desgrudam da sua figura odiosa e impactante. Álvaro vai tomar seu lugar na mesa maior. Só então, percebo que meu inimigo não irá presidir a simulação, ele toma assento no único lugar vago na primeira fila. Vejo-o abrir os botões do terno e, então, girar a cabeça para o meu lado, seu olhar encontrando o meu. A mesma expressão perscrutadora que me deu quando trombamos no corredor. Meu estômago despenca, meu coração saltando com mais força. Engulo em seco, um misto de sensações confusas e indesejadas espirala em minhas entranhas. Ódio e fascínio disputam espaço. Infelizmente, para mim, o demônio é devastadoramente belo. Fita-me com intensidade e me remexo na cadeira. Há algo, uma espécie de magnetismo em suas íris verde-musgo que me incomoda. Obrigo-me a baixar a vista e quebrar qualquer que seja o efeito aviltante que esses olhos malditos estão tendo sobre mim. A sala permanece em silêncio sepulcral e ainda posso senti-lo me olhando. Meu corpo fica quente, sinto-me acuada, começando a suar, ainda que o ar condicionado esteja ligado em temperatura baixa. Torno a levantar a vista e, de novo, o baque na boca do estômago.

Deus santo... Faça-o parar de me encarar. Rogo alarmada, sem entender porque seu olhar me causa outras sensações além do ódio e repulsa. Por outro lado, era esse o meu objetivo, não era? Chamar a atenção do criminoso? Então, não posso agir como uma colegial agora que estou em seu radar de predador. Forçando-me a interpretar o papel da minha vida, levanto o queixo e sustento seu escrutínio. Um brilho momentâneo passa em suas íris e a expressão cínica que vi lá fora se espalha em seu rosto moreno. Meço forças a todo custo, segurando seu olhar, e aquele canto de boca cruel sobe sutilmente. Seus olhos são lagos frios e perigosos. Estou a ponto de desviar minha atenção quando ele o faz primeiro. Solto a respiração que nem percebi estar retendo. Meu Deus... Alívio se espalha em meu corpo.

— Está aberta a audiência do processo de número 563, o Estado contra Guilherme Vidal — a voz grossa e imponente de Álvaro, no lugar do magistrado, faz-me olhar para a grande mesa. Ele prossegue fazendo uma breve leitura dos autos e, em seguida, chama a primeira dupla de promotor e advogado de defesa.

Um cara grande e loiro, com uma postura confiante, é o promotor. Uma morena alta e muito bonita é a advogada de defesa. Os dois vão para a frente do juiz e logo começam a se digladiar em busca de aprovação. Meu cérebro desliga do meu inimigo sentado a poucos passos de mim e se concentra na disputa de argumentos se desenrolando à minha frente. Pego meu *tablet* e vou anotando tudo que percebo como pontos frágeis na sustentação de ambos. O promotor é arrogante ao extremo, humilhando a colega advogada que, em determinado momento, começa a tremer e gaguejar. Ela está fora. Sinto-me mal, porque o escroto a encara e sorri com desdém quando o juiz anuncia que seu argumento venceu. Ele é o primeiro classificado. A seleção avança. Sustentações cada vez mais acaloradas vão acontecendo e começo a ficar apreensiva. Meu argumento é muito bom, modéstia à parte. Investiguei a fundo cada possibilidade, cada brecha. Entrei em contato com uma psicóloga forense para tentar me conectar com a esposa falecida e descobrir seu verdadeiro assassino. Não posso ser derrotada. É aqui que farei esse bandido se encantar por mim no sentido profissional.

Valeska me enviou inúmeros vídeos de suas audiências. Ele é perfeito. É uma pena que use sua sagacidade para brincar com a lei e que se ache acima dela. Andreas aprecia o estilo agressivo, porém, usado com inteligência. Pelo menos nesse ponto concordamos. Darei a ele exatamente isso. Sem querer me gabar, sou excelente em argumentação jurídica. Sempre venci os debates e júris simulados da minha turma. Nunca estive em um tribunal de verdade, no entanto. No escritório que trabalhei poucos meses em minha cidade, os advogados sêniores nunca davam colher de chá para os associados. Isso é comum no Brasil a fora. Injustamente, os associados se matam compondo uma boa peça, na grande maioria das vezes, quem colhe os louros nos tribunais são os medalhões. Aqui não é diferente, tenho certeza. Talvez seja ainda mais brutal, pela fama que tem o nome Montanaro. Continuo observando as duplas indo à frente. Às vezes, um candidato passa, outras, nenhum agrada a Álvaro, que percebo trocar olhares com o irmão mais velho antes de reprovar ou aprová-los, visto que a vaga é para o gabinete do chefão. Os desclassificados não saem, permanecem em seus lugares, certamente curiosos para ver quem vencerá no final.

— Maya Pinheiro, advogada de defesa. — Meu coração dispara ao ouvir meu nome. *Deus Santo! É agora.*

Com o coração saindo pela boca, levanto-me, pego minha pasta e bolsa e esgueiro-me entre a segunda e primeira fileira de cadeiras. Posso sentir o olhar *dele*, o que me deixa mil vezes mais nervosa. Eu me recuso a encará-lo quando passo atrás de seu assento e sigo para a mesa que me foi reservada. Para meu azar, é bem à frente da sua cadeira, não tenho como evitar nossos olhares cruzarem antes de eu me sentar. Outra vez aquela eletricidade estranha percorre meu corpo. É como se um campo magnético se estabelecesse entre nós enquanto olhamo-nos fixamente. Atordoada, interrompo o contato visual e me sento, reunindo todo o controle para arrasar nesse tribunal fictício.

— Antônio Guedes, promotor — Álvaro anuncia o meu rival.

Faço uma breve prece para que Deus me guie e eu saia vitoriosa. Aí me lembro de que Deus deve estar de costas viradas para mim e meu plano de vingança neste exato momento. Respiro devagar, puxando o ar para dentro dos pulmões e solto-o lentamente.

A primeira testemunha é chamada e o promotor é o primeiro a interrogá-la. São fictícias, mas procurei saber mais sobre cada uma delas também. A irmã caçula da falecida se instalou na casa do cunhado. Está cuidando da sobrinha pequena, argumenta ela. Eu cavei um pouco sobre a sua vida e ela, coincidentemente, perdeu uma irmã na vida real. O fator emocional pode ser decisivo em muitos casos e, para isso, precisamos colocar os depoentes à prova de todas as formas, para validar ou não seu depoimento.

Antônio se pavoneia, conduzindo as minhas testemunhas para armadilhas. Está convencido de que Guilherme matou a esposa para receber uma apólice de seguros de cinco milhões de Reais. Percebo todos na sala empolgados com o tal Antônio e sua sustentação. Porém, dois podem jogar esse jogo sujo. Quando chega a minha vez de interrogar as suas, dentre elas a irmã da falecida, decido mostrar ao arrogante como se faz. Levanto da cadeira e, mesmo que minhas pernas estejam tremendo, meus passos são confiantes em direção à mesa da garota. Posso sentir meu inimigo me olhando. Deus, eu não sei explicar, só sei que o sinto me observando, e o fato de ter esse conhecimento, faz com que eu coloque a dose certa de charme em meus quadris. Eu me vesti para impressionar e é justamente o que tenho que fazer. Para o inferno medo e nervosismo! *É hora de brilhar, Maya! É hora de seduzir o inimigo.* Ordeno-me e paro à frente da irmã fictícia.

— Paloma Vidal era sua única irmã, correto? — pergunto, usando o tom certo para obter empatia e confiança da interrogada. Ela acena. — Responda sim ou não, senhorita Pâmela. — Congratulo-me internamente por minha voz sair tão segura.

— Sim. Ela era minha única irmã e mais velha — a moça responde.

— Como era sua relação? Eram próximas? — continuo, olhando-a atenta a cada detalhe.

— Sim, muito próximas. Sou madrinha da filha dela — informa.

— É verdade que passou a morar na casa de Guilherme Vidal no dia seguinte à morte de sua irmã?

— Protesto, meritíssimo! Não sei aonde a ilustre advogada quer chegar com essas perguntas tolas — o imbecil do Antônio se manifesta.

Olho para o juiz. Álvaro já está me encarando com uma sobrancelha levantada aguardando a minha explicação.

— Garanto que há um propósito para as perguntas *tolas,* meritíssimo — digo em tom afiado, relanceando um olhar intimidante para Antônio, que tenta manter sua cara de pôquer. Volto a encarar Álvaro, que achata a boca.

— Negado! Responda à advogada, senhorita! — ordena, e eu aceno em agradecimento.

Volto minha atenção para a testemunha.

— Sim, é verdade. Minha sobrinha e afilhada é muito apegada a mim. Eu só quero estar perto, cuidar dela, uma vez que sua mãe não está mais aqui — responde.

— Atitude louvável — elogio e ela sorri. — A senhorita percebeu algo diferente acontecendo entre sua irmã e seu cunhado? Brigas, clima estranho? Você possui um pequeno apartamento a uma quadra do casal, com que frequência os visitava?

Ela lambe os lábios. Mantenho meu olhar livre de julgamentos, minha postura a encorajando a se soltar e se abrir comigo.

— Eu os visitava todos os dias. Geralmente tomávamos café juntos. Eles se amavam muito. Nunca percebi nada estranho acontecendo.

Boa! Aqui está a brecha. Sorrio internamente.

— Está me dizendo que seu cunhado amava a sua irmã?

— Sim, ele amava muito. — Torno a sorrir comigo mesma.

— Diante dessa afirmação, acredita que Guilherme tenha jogado sua esposa, a mulher que ele amava, mãe da sua única filha, daquela escada? — pergunto e, novamente, Antônio reage:

— Protesto, meritíssimo! A advogada está manipulando a testemunha descaradamente!

Jura? Eu olho o idiota presunçoso e volto a encarar o juiz, que me dá um olhar significativo.

— Mantido! Seja objetiva, advogada — adverte.

Certo, vamos à objetividade!

Afasto-me da mesa de Pâmela e ando em direção à minha. E novamente não controlo meus olhos, que encontram os *dele* logo atrás. Andreas está com os braços cruzados, encarando-me de forma indolente. Dou a volta na mesa e me curvo um pouco, deixando minha bunda bem na sua cara, propositalmente. Pego uma cópia da apólice de seguros da falecida dentro da minha pasta e faço meu caminho de volta para Pâmela. Sei que tenho a atenção do escroto, posso sentir na forma como meu corpo arrepia e esquenta. A adrenalina dos debates se espalha em minhas veias e ando sobre os meus *scarpins* com total segurança neste momento. O *show* começa agora.

— Mencionou que a senhorita e sua irmã eram muito próximas, não é isso? — retomo, apoiando minha mão direita sobre a mesa da testemunha.

— Sim — afirma.

— Então, sabia que você estava listada como uma das beneficiadas em caso de acidente fatal com sua irmã?

Ela engole em seco.

— Sim — afirma.

— A senhorita diria que Guilherme é um bom pai? — peço em tom manso e persuasivo.

— Ele é maravilhoso. — Seus olhos brilham, mesmo sendo apenas encenação. E eu sei que matei a charada desta simulação.

A assassina é a irmã. Ela matou para ficar com o dinheiro da apólice e, de quebra, com o marido e filha da irmã mais velha. Nenhum dos argumentos foi nessa linha, mas tenho que segurar o grito de vitória na garganta. Olho de lado para o todo poderoso e ele está me encarando com uma expressão de quem já percebeu aonde estou indo com minhas perguntas *tolas*. Tenho a impressão de ver um *flash* de diversão passar em seus olhos verde-musgo. Limpo a garganta e volto para a minha tarefa.

— E como é a sua relação com seu cunhado, senhorita?

— Boa — responde lacônica.

— Boa? Você se mudou para a casa dele — aponto, olhando-a fixamente. — Sua relação parece muito mais do que apenas boa, estou certa?

— Protesto, meritíssimo! A advogada está novamente coagindo a testemunha! — o idiota do promotor estala.

— Negado! Responda, senhorita — o juiz ordena.

— Guilherme e eu nos damos muito bem. — Novamente os olhos brilhantes.

— A senhorita foi uma das madrinhas de casamento, correto?

— Sim.

— Sua irmã estava feliz naquele dia?

— Sim.

— Você ficou feliz mesmo sendo apaixonada pelo marido de sua irmã?

— Sim — ela responde no automático e, na mesma hora, arregala os olhos. Eu rio internamente.

Fim da linha, querida. Digo-lhe com meus olhos.

— Que pergunta é essa? Não sou apaixonada pelo meu cunhado! Que absurdo! — nega com veemência.

— Protesto, meritíssimo! — o mala do Antônio. O cara parece um papagaio repetindo isso.

— Mantido! Advogada, atenha-se aos fatos! — Álvaro orienta e o encaro, assentindo.

— Viu sua irmã naquela manhã fatídica? — indago em tom mais sério.

— Não. Naquela manhã estava gripada, não a visitei para evitar chegar perto da minha afilhada — a garota explica.

Encaro-a firmemente. Está mentindo. Se fosse um caso verídico, eu pegaria as câmeras da casa vizinha, que, de acordo com os autos, captam a movimentação no quintal da casa de Guilherme. O processo, embora fictício, oferece todos os mínimos detalhes para cada um montar seu argumento de acordo com sua convicção. Minha tese é a de que a irmã invejosa esteve lá depois que o cunhado saiu para o trabalho e se livrou da irmã mais velha.

— Você em algum momento se ressentiu da vida luxuosa que sua irmã levava ao lado do marido? Em algum momento desejou isso para si?

— Não. Eu amava a minha irmã! — ela continua no seu papel.

— Sim, mas a inveja atingiu um ponto sem volta e você não viu outra saída senão matá-la para viver a vida de luxos que ela tinha.

— Não! Eu não fiz isso!

— Você matou sua irmã e usurpou sua casa, seu marido e filha?

— Eu a amava. Eu a amava! — a moça se altera, como se estivesse vivendo realmente a vida aqui simulada.

— Protesto, meritíssimo!

— Negado!

Antônio e Álvaro estalam respectivamente. Sorrio vitoriosa. Sim, eu matei a maldita charada!

— Então, se eu solicitar as imagens das câmeras da casa vizinha, não te verei se esgueirando naquela manhã no quintal de sua irmã logo após seu cunhado sair para o trabalho? Ela abana a cabeça, o olhar encontrando o de Álvaro, em busca de socorro. Ele acena. Acabou. Eu venci! Ai, meu Deus! Aponto um dedo em sua direção e encaro o júri.

— Esta mulher matou a sua irmã! Jogou-a de uma escada de quatro metros de altura, fria e calculadamente. O seguro não cobria outro tipo de morte, apenas acidental, e ela sabia disso! Pâmela matou sua irmã mais velha, Paloma, e está dentro de sua casa como se nada tivesse acontecido! Como se tivesse todo o direito de estar lá, senhoras e senhores!

Volto a olhar Pâmela.

— Odiava-a, porque ela tinha tudo e você não tinha nada. — A garota abaixa a cabeça, aceitando meu argumento.

Encaro Andreas e flagro um arremedo de sorriso em sua boca. Sustento seu olhar com a altivez de quem sabe que venceu e desvio a atenção para Álvaro.

— Sem mais, meritíssimo — digo em tom confiante.

— Este tribunal está entrando em recesso de vinte e quatro horas para deliberação do Júri — anuncia e bate o martelo solene.

Na verdade, a deliberação será de Andreas, sobre quem será seu novo associado.

Todos começam a se dispersar e eu retorno para a minha mesa. Andreas se levanta e me encara, enquanto abotoa seu terno. Tem uma expressão sardônica em seus olhos, um canto de boca curvando em ironia. Não sabe o quanto me preparei para este momento e nada irá me impedir de estar perto dele e destruí-lo. Nada.

— Venha comigo — intima-me, dando-me as costas e rumando para a saída.

Um frisson corre pela minha espinha. Estou admitida? Um sorriso brota em meus lábios e junto minhas coisas, correndo atrás dele. Anda pelo corredor a passos rápidos até a porta de sua sala, abrindo-a. Engulo em seco, estacando em sua frente, nossos olhares se conectando. O magnetismo em seus olhos verde-musgo é mais potente de perto e lambo os lábios

— Entre — sua voz é áspera, um comando que não admite recusa, e meu corpo estremece.

Respiro fundo e passo para dentro, sabendo que estou definitivamente no covil do lobo e não há mais volta. Ouço o som da porta se fechando e cerro meus olhos brevemente, rogando forças a Deus para continuar. Então, eu grito de susto quando sou empurrada de costas contra a parede. Uma mão grande se fecha em minha garganta e meu coração dispara, terror absoluto me toma da cabeça aos pés. Minha pasta e bolsas caem no chão.

— S-senhor, o que está havendo? — gaguejo, questionando-me se ele já sabe que sou uma impostora. *Oh, meu Deus! Como me descobriu tão rápido? Não deixe que eu morra agora. Preciso vingar meu noivo primeiro, eu imploro.* O corpo grande e ameaçador está bem próximo do meu, prendendo-me contra a parede. Seus olhos estão escuros agora, estreitos com desconfiança. Seu rosto abaixa, sua boca a centímetros da minha. Nossos olhares fixos um no outro. A situação é aterrorizante, mas há algo mais, outra emoção subjacente que me deixa fraca olhando nos olhos sem alma desse homem.

— Quem é você? — exige. Os dedos apertando lentamente meu pescoço. — E não tente me enganar, *bebezinha* — seu tom é desdenhoso no apelido. — Todos os meus instintos estão dizendo que você é encrenca, garota.

Quase suspiro. Ele não sabe. Está apenas desconfiado, como já sabia que ficaria. Esse criminoso é muito, muito inteligente. Terei que ser uma excelente atriz para enredá-lo.

— Não sei do que está falando, senhor — tento soar firme, meu olhar nunca desviando do seu. — É assim que costuma receber um novo associado? — arrisco ser ousada.

Ele ri, um riso perverso. Não sei dizer se está rindo para mim ou de mim. Provavelmente o último.

— Você receberá um e-mail amanhã. Até lá, não cante vitória, menina — adverte. Seus olhos de aço fazendo um ótimo trabalho em me intimidar. — Há algo em seus olhos...

— O quê? — sussurro.

É ultrajante, mas sua proximidade está me deixando excitada. Seu cheiro. Seu rosto perfeitamente esculpido. Revolto-me internamente contra essa reação estúpida do meu corpo ao bandido maldito.

— Não sei, mas me intriga — murmura, levantando meu queixo, olhando-me ainda mais de perto. Minha respiração fica um pouco irregular, porque nossas bocas estão quase roçando uma na outra. — Quem é você, Maya Pinheiro? É a última vez que pergunto de forma amigável — seu tom é duro, mas vejo interesse masculino em suas íris.

Ele sente tesão por mim, ainda que não queira demonstrar. Odeio que o atraia nesse sentido, mas preciso lidar com isso. Preciso dele atraído, envolvido, viciado em mim a tal ponto que deixe escapar seus negócios ilícitos. Pergunto-me como terei estômago para deixar o causador da morte de Breno me foder. Oh, Deus...

— Não entendo a razão da sua desconfiança, doutor. Está tudo em meu currículo — digo, usando meu melhor tom controlado.

Sim, está tudo no currículo. Todas as informações falsas que Valeska fabricou a meu respeito. Meu nome ainda é o mesmo. Só que a Maya do currículo é natural de Ribeirão Preto e cursou faculdade por lá mesmo. É órfã, tendo sido criada em um orfanato até os dez anos, quando foi adotada por um casal de idosos que não tiveram filhos biológicos. Providencialmente, o casal já faleceu há alguns anos.

— E o que não está no currículo? Conta-me o que não aparece lá — intima. Sua mão livre pegando minha cintura, puxando-me contra seu corpo com força.

Nossas frentes ficam coladas e arfo, seu corpo tem músculos duros. Sua estatura e composição física me intimidam e causa ondas de excitação na mesma medida. É com ódio mortal que percebo uma química inegável entre nós. A forma como meu corpo responde à proximidade do meu inimigo é tão aviltante quanto latente.

— Eu quero crescer, ascender na carreira, senhor — dou-lhe pelo menos uma verdade.

Seus olhos semicerram-se, analisando-me atento. Ele não será tão fácil de enganar.

— Por que veio até mim? Há muitos escritórios bons em São Paulo — questiona.

— *Bom* não é o suficiente para mim. Eu gosto do melhor — murmuro com um toque provocante. — Quero trabalhar com Andreas Montanaro, não aceito menos que isso.

Algo acende em suas íris e ele volta a apertar meu pescoço. Ofego, percebendo que seu tratamento rude causa reações desleais em meu corpo. É vergonhoso, todavia, não abomino tê-lo apertando meu pescoço. O bandido parece ler isso em minha expressão, porque o sorriso cínico brinca em sua boca.

— Você é uma mistura intrigante — sua voz abaixa enquanto seu olhar corre por todo o meu rosto. — Vejo coragem, mas também vejo uma garotinha assustada no fundo desses olhos de camaleoa — diz, franzindo as sobrancelhas.

Como disse, meus olhos mudam de cor conforme a iluminação, meu estado de humor e até mesmo a roupa que visto. Mais cedo estavam azuis, mas imagino que agora estejam verdes por causa da sala semiescura. Sua mão aperta meu pescoço devagar enquanto me encara fixamente. É como se estivesse me testando e, por isso, fico quieta, apenas olhando-o de volta.

Reteso-me ao sentir sua virilha encostando em minha barriga. Arfo ao sentir a extensão do membro duro contra mim. É grande e espesso. Um meio sorriso perverso curva sua boca, obviamente notando a atração maldita entre nós. Quero arrancar seus olhos. Empurrá-lo para longe. Ultraje me engolfa por saber que o infeliz está excitado. Que *eu* o deixei excitado. Pisco várias vezes, é uma luta imensa para não desviar meus olhos dos seus.

— Aí está você, *bebezinha...* — Sua boca curva nos cantos, perversamente, mas, para o meu alívio, afasta-se alguns passos.

Eu respiro fundo ao me ver livre da sua proximidade opressora. Ele se abaixa e me surpreende ao catar meus pertences no chão. Entrega-me e eu os pego.

— Farei uma rápida investigação sobre você. Espero que não se importe — avisa e meu coração salta contra as costelas.

Como Valeska previu. Ainda bem que fomos precavidas e esse maldito não vai encontrar nada que não esteja no currículo. A mulher é uma hacker excepcional, forjou até mesmo meu diploma da universidade de Ribeirão Preto.

— Se depois disso o senhor me permitir estar do seu lado, então, eu não me importo — ouso dizer.

Ele anda para perto, forçando-me a encostar na parede outra vez.

— Menina, não pense nem por um ínfimo segundo que pode brincar com um homem como eu — adverte com voz de aço. — Costumo ser brutal com quem ousa bancar esperteza para cima de mim.

Engulo em seco.

— Quem disse que estou brincando? — sussurro, forçando-me a não deixar transparecer meu terror por estar perto dele. — Acompanho sua carreira desde o meu primeiro período da faculdade — conto a mentira que Valeska me ajudou a bolar. Homens como esse adoram ter seus egos massageados. — Meu trabalho de conclusão de curso foi em cima de um caso seu. — Seus olhos acendem, adquirindo um brilho satisfeito.

Embora ainda esteja ressabiado, pois é um homem inteligente, sua postura relaxa um pouco.

— Sou uma grande admiradora do seu trabalho, doutor. Essa é a razão de eu estar aqui.

O homem me estuda com seus olhos frios e argutos.

— Acabei de apertar seu lindo pescoço, *branquinha*. Ainda é uma grande admiradora? — claramente zomba de mim.

Mesmo me borrando de medo, minhas pernas tremendo, eu estico a mão direita e seguro sua gravata, levanto meu rosto para fitá-lo de perto. E, nesse momento, estou realmente tirando o diabo para dançar.

— Se eu disser que ter sua mão apertando meu pescoço só me deixou ainda mais desejosa para ser admitida, senhor? — sussurro com o tom mais sensual que consigo evocar.

Seus olhos gelados ficam quentes e ele espalma as mãos dos lados da minha cabeça, prendendo-me. Sinto-me pequena, minúscula, perto dele e seu apelo sexual bruto.

— Se for um cavalo de troia, conhecerá meu pior lado — ameaça e um arrepio percorre minha coluna. — Não costumo ter compaixão pelos meus inimigos. Se enviar você e essa sua cara linda de anjo for alguma estratégia dos malditos Ramazotti, tenha certeza de que todos os envolvidos pagarão. — Sua mão levanta para o meu rosto e estremeço ao sentir os dedos macios deslizando em minha face. O toque delicado contrasta com o brilho letal dos olhos verde-musgo. — Mas você, *branquinha*, só será enviada de volta depois de eu te montar com tanta força que ficará inutilizada para qualquer outro homem.

Meu corpo inteiro treme de pavor, suor frio escorre pela minha espinha. Deus Santo... Um sorriso cruel se espalha em seu rosto e se inclina, a boca roçando minha orelha.

— Eu vou arrombar você inteira, menina... — sussurra cruamente, mas o que me assusta mais é o som esganiçado escapando da minha garganta: um gemido humilhante, ao invés de protesto pela ameaça do bandido.

Ele se afasta, seus olhos estão quentes, um brilho perigoso enquanto nos fitamos em um silêncio carregado. O escroto parece estar me testando para ver se me borro ou molho as calças. Respirando fundo, eu passo por baixo do seu braço e ajeito minha bolsa sobre o ombro, segurando minha pasta contra o peito.

— Não tenho nada a esconder, doutor. Investigue o quanto quiser — garanto, levantando o queixo. Pego a maçaneta da porta, ofereço-lhe um sorriso vitorioso e confiante. — Mal posso esperar para começar a trabalhar com o senhor.

Andreas ri e, pela primeira vez, parece ser um riso genuíno. Ele parece surpreso comigo e minha desenvoltura. Mal sabe que estou quase desmaiando aqui.

— Veremos, *bebezinha* — murmura com cinismo. Quero pedir que pare de me chamar dessa forma ridícula e desdenhosa. Mas em vez disso, aceno em despedida e abro a porta, caindo fora de lá.

Procuro informação sobre os banheiros com a secretária. Ela informa que é no final do corredor à esquerda. Apresso-me até lá e corro direto para o reservado, debruçando-me sobre o vaso. Vomito meu café da manhã. Deus do céu... O encontro com o meu inimigo me abalou até o âmago. Quando termino de esvaziar, dou descarga e saio, indo para a pia. Encaro-me no espelho. Minhas roupas são sofisticadas, mas meu rosto está pálido, sem vida. Meus olhos se enchem de lágrimas. Lágrimas de dor, ódio e repulsa por ter estado tão perto daquele homem. Esta sou eu, como estou de verdade, depois que o maldito tirou a pessoa que eu mais amava neste mundo. Ele costuma ser brutal com quem o engana? *Eu também consigo ser brutal, criminoso maldito! Vou mandá-lo para o inferno, onde é o seu lugar.*

Uma semana depois...

Andreas

Afrouxo a minha gravata, puxando-a e jogando sobre o sofá da sala de estar do meu amplo escritório. Confiro o relógio, notando que já passa das 21h. Estico minha coluna e estendo a mão, pegando meu copo com uísque, abandonado sobre a mesinha de centro. Quando entro em um caso difícil, não costumo ligar para horários. Só largo quando consigo fazer a lei trabalhar a meu favor, digo, do meu cliente, que basicamente é a mesma coisa.

Levanto-me, tomando um pequeno gole e ando devagar para perto da parede de vidro. As luzes de São Paulo me saúdam. Sinto-me bem, observando tudo daqui de cima. No topo, como tem que ser.

Esta tem sido uma semana agitada. Conseguimos fechar novas rotas para as nossas mercadorias... Como mencionei anteriormente, os Montanaro têm um pé fincado na infração desde a máfia siciliana. Por um século disputamos espaço com os malditos Ramazotti, em solo brasileiro, para receber e escoar nossa mercadoria em comum. No entanto, nas duas últimas décadas, o negócio diversificou e cresceu exponencialmente, por essa razão nossos inimigos nos invejam ainda mais.

Há quatro meses, tivemos um prejuízo de milhões por causa de um contador estúpido, um garoto do interior, um tal Breno de Souza. O infeliz achou que podia nos roubar e se safar, mas se deu mal. Não era minha intenção matar o merdinha, queria apenas lhe dar uma lição, até porque, ele tinha um talento nato com os números e maquiava extraordinariamente bem nossa atividade criminosa. Então, eu não o queria morto, apenas assustá-lo quando o joguei na cadeia.

Não querer a morte do pobre diabo não foi um ato de bondade. Estava mais para egoísmo da minha parte, se querem saber. Queria ele maleável e assustado o suficiente para nunca mais desviar dinheiro das nossas contas, mas acontece que o idiota ganancioso também estava trabalhando para os Ramazotti, os quais não pensaram duas vezes antes de dar cabo da vida do bandidinho burro dentro da cadeia. Outra pessoa sentiria remorso, eu não. Só lamentei o fato de o infeliz morrer sem ter revelado onde escondeu todo o dinheiro que nos roubou.

Depois desse pequeno contratempo, não tivemos mais problemas. Dois carregamentos chegaram hoje... O Luigi e o Angusto inspecionaram o produto, pessoalmente. Revezamo-nos na inspeção das cargas, até porque dividimos nosso tempo com audiências e trabalho legal aqui no escritório. Afinal, somos homens de bem acima de qualquer suspeita. Rio, ingerindo mais um gole da bebida.

Ando de volta para a mesinha, descartando o copo vazio, e estou prestes a retomar a leitura dos últimos adendos ao processo quando ouço batidas na porta. Franzo o cenho, perguntando-me quem ainda está por aqui, uma vez que dispensei Mônica, minha secretária.

— Entre! — ordeno e, quando a porta se abre, seguro um rosnado.

Porra, se não é a minha nova associada. Nova é eufemismo, aliás. Maya Pinheiro, uma coisinha linda e loira de apenas vinte e um anos recém completados. Uma *bebezinha* que tem testado meu autocontrole cada dia desta maldita semana. Meus olhos correm pelo corpo delicioso da menina. Hoje usa um vestido azul-claro ajustado às curvas e na altura dos joelhos. Os longos cabelos loiro-claro estão soltos, caindo até a cintura estreita. Sapatos de saltos altos lhe dão alguns centímetros, ainda assim parece pequena e delicada perto de mim. Eu a investiguei, como havia avisado. Aparentemente está limpa. Contudo, constatar isso não me trouxe o alívio esperado. Meus instintos continuam insistindo que essa branquinha bonita é encrenca. Estreito meus olhos sobre sua pequena figura. É linda. Ao mesmo tempo em que tenho essa suspeita de que ela me engana, também há esse tesão esmagador que a maldita me fez sentir desde o nosso esbarrão na segunda de manhã.

— Terminei com os documentos que me pediu, doutor — avisa, parando a poucos passos de mim.

Seus olhos estão verdes neste momento. São grandes, bonitos e podem mudar de cor. Era só o que me faltava, ficar cheio de tesão numa franguinha dessa. Aprecio mulheres altas e, certamente, mais maduras. Mas essa garota tem algo que me fascinou à primeira vista. Continuo encarando-a fixamente, como sempre faço ao vê-la. A química entre nós é algo quase palpável. Forte, tão densa que não conseguimos dissimular quando nossos olhares se encontram. Eu a tenho evitado. A princípio, pensei em tomá-la como submissa. Entretanto, seria misturar as coisas, afinal, nunca fodo mulheres aqui do escritório. Além disso, Beli está voltando na próxima semana, não quero drama feminino em meu local de trabalho. Minha noiva já não ficou nada satisfeita ao saber que selecionei uma mulher para associada. Consegui acalmá-la com sexo ontem, mas sei que ainda vou ouvir muito sobre esse episódio quando ela voltar.

— O ensaio da audiência será na segunda de manhã — informo, estendendo a mão para pegar os documentos.

Ao me entregar, nossos dedos roçam brevemente. Meu corpo esquenta apenas com esse ínfimo contato, provando que sim, nossa química é poderosa. Dificilmente esse tesão irá embora sem uma foda à altura. De preferência, seu pequeno e delicioso corpo pregado à cruz de Santo André enquanto eu chicoteio essa pele branquinha e macia, deixando vergões vermelhos por toda parte. Ou ainda, pingando cera de vela vermelha em seus seios para, em seguida, chupá-los com força. Meu pau incha dentro das calças enquanto a imagino sendo usada e abusada em meu calabouço. A porra da menina arfa e abaixa o olhar, o rosto corado. Maya é uma submissa. Tenho anos de experiência e reconheço uma quando a vejo. Não sei se ela tem conhecimento disso ou se já conhece algo do universo BDSM.

— Vá para casa, Maya. Já é tarde — meu tom é áspero. Ela precisa ir, ou não respondo por mim.

A menina anda mais perto e levanta a cabeça, o rostinho lindo de anjo testando meu autocontrole.

— Eu não me importo. Não estava brincando quando disse que estava ansiosa para trabalhar do seu lado, senhor — murmura na porra de voz mansa e submissa. — Posso ajudar com o que o senhor quiser.

A vontade de empurrá-la de joelhos para me ajudar com o problema que ela tem causado, quase me vence. Em vez disso, afasto-me, voltando para o sofá, e pego outro calhamaço de papeis. Tenho que tirá-la das minhas vistas ou vou acabar debruçando-a sobre um móvel e fodendo-a duro. Maya parece desapontada quando lhe entrego a pilha de documentos, viro as costas, dispensando-a sumariamente. Ela gira nos calcanhares e se vai. Resmungo, minha virilha doendo pelo desejo frustrado. Respiro fundo e me jogo no trabalho.

Quando paro e me espreguiço, percebo que já são quase 23h. Porra, exagerei hoje. Levanto e pego meu terno, jogando-o por cima do ombro. Apago as luzes, saindo para o corredor, então, lembro-me de Maya. Será que ainda está aqui? Dobro a esquina para o corredor da esquerda, onde ficam as salas dos associados. Noto a claridade por baixo da sua porta e isso traz um sorriso à minha boca. Essa porra de garota é dedicada, tenho que admitir. Faço menção de bater, contudo, desisto e giro a maçaneta, empurrando a porta suavemente.

Olho a sala, franzindo o cenho ao encontrá-la vazia. Seu notebook está sobre a mesa, a tela iluminada, mostrando um documento aberto. Observo ao redor e nenhum sinal da menina. Entro no pequeno espaço, indo até a mesa. O calhamaço que lhe dei está organizado e com anotações a lápis. Pego a folha de cima e leio suas notas. O caso é sobre o assassinato de um rico empresário do Rio de Janeiro. A atual esposa está sendo acusada da autoria do crime pela ex-esposa, com a qual o homem teve um casal de filhos. Maya acredita na inocência da atual, como eu. Suas anotações chamam a atenção para a filha mais velha do falecido. Ela parece interessada demais em condenar a madrasta. A menina esperta pontua que a moça estava tendo investimento do pai para montar uma galeria de arte e que por algum motivo esse negócio não se concretizou. Sugere investigarmos a razão. Leio cada anotação, concordando com tudo. A maldita garota é muito boa e produtiva. Os outros funcionários já se mandaram há horas, mas ela quis ficar para me ajudar com o caso.

Bufo. O famoso provérbio popular pisca em minha mente: *quando a esmola é demais, o santo desconfia.* Por que continuo com essa cisma sobre a menina? Coloco as folhas organizadas sobre a mesa e minha atenção cai para a tela do notebook. Meus olhos arregalam com o título do texto: *como agradar seu amo, no sexo e fora dele.* Um sorriso de predador se abre lentamente na minha boca. Ora, ora, Maya Pinheiro buscando esse tipo de conteúdo... Inclino-me e vejo que há outras páginas minimizadas. Abro a primeira e meu sangue esquenta ao ver uma submissa suspensa em cordas enquanto seu dom a empala na bunda. Abro outra e a posse está deitada de costas sobre o cavalo, pés e mãos algemados. Grampos em seus belos seios e nos lábios da pequena e rosada boceta. Seu dom está do lado com um chicote na mão. Na próxima, a sub loira é miúda, delicada, fazendo-me gemer. Ela me lembra Maya. Está aos pés do dono, prestes a fazer um boquete. Em seguida, a mesma sub loira, deitada numa cama de lençóis de seda preta. Seu amo está cobrindo seus seios redondos e cheios com cera de velas vermelhas. Abro a última aba, mostrando a mesma sub pregada à cruz de Santo André e seu amo chicoteando-a. Os vergões estão vivos. O rosto da posse mostra prazer absoluto em satisfazer o seu dono e senhor.

São imagens cruas, o BDSM escuro e sujo que tanto aprecio praticar. Meu sangue esquenta, correndo todo para a minha virilha. Maya é uma submissa praticante? Pergunto-me. Toda a determinação de não ceder ao desejo de foder uma garota tão jovem e do convívio profissional escoando pelo ralo.

— Merda... — a voz surpresa atrás de mim faz com que eu vire para sua dona.

Maya entra e vem até a frente de sua mesa. Pega o notebook e o fecha.

— Não há proibição sobre pesquisas em nossos equipamentos pessoais, há? — pergunta.

Embora queira mostrar a atitude ousada que me mostrou desde o nosso primeiro encontro, seu rosto está corado. Encaro-a com um meio sorriso cínico.

— Não há. As proibições são apenas para os equipamentos da empresa — informo e ela pega sua bolsa, começando a guardar suas coisas. — Você pratica BDSM? — pergunto à queima-roupa.

Arfa, os olhos ampliando e novamente seu rosto cora. Abana a cabeça, lambendo os lábios. Sua postura me intriga. Parece quase tímida agora.

— Não — responde e a encaro confuso.

— Por que pesquisa sites com esse conteúdo, então?

Sua postura denota certa insegurança neste momento, isso me intriga cada vez mais. Onde está a franguinha autoconfiante?

— Tenho estudado a doutrina há alguns meses — revela, lambendo os lábios gordos de novo. — É algo que me...

— Excita? — completo e Maya assente.

Um sorriso de lobo se abre em minha boca e a provoco:

— Ora, ora, quem diria, você é tímida, Maya Pinheiro.

Isso a faz me lançar um olhar altivo. Seu queixo lindo levanta no atrevimento que já estou familiarizado.

— Não sou tímida, senhor — retruca.

— Não? Então, porque parece uma adolescente ao ser flagrada pelos pais visitando sites proibidos, *bebezinha*? — alfineto-a. — Cada um é livre para fazer o que quiser, Maya.

— Eu não estou envergonhada por causa da pesquisa — rebate com uma linda carranca para mim. — E sim, concordo plenamente que cada um é livre para fazer o que diabos quiser da sua vida.

— Voltando ao conteúdo... — Aponto para seu notebook. — Você pretende praticar?

— Quero praticar. — Ela torna a corar e morde o lábio.

Franzo a testa. Qual é a porra do problema dela?

— Sim, essas imagens me excitam. Eu gosto de ver as posses sendo tomadas pelos seus amos. Gosto de sentir dor. Já treinei com uma amiga minha...

Merda. Eu ranjo os dentes para me impedir de rosnar como um animal.

— Com uma amiga? Por que não um amo? — inquiro.

É estranho, mas gosto do fato de ela nunca ter pertencido a um dom. A necessidade cresce em minha virilha. Já me imagino fazendo todo tipo de coisa perversa com ela e essa sua pele branquinha. Olhando-a fixamente, dou o passo que estive querendo dar desde a segunda de manhã.

— Você quer um amo?

Maya arfa, obviamente percebendo o que estou prestes a fazer.

— O senhor está me dizendo que...

— Sou um amo. Vivo o BDSM há muitos anos — revelo e ela ofega, parecendo surpresa e sem jeito.

Meu olhar segura o seu e acrescento:

— Pratico o lado mais escuro, devo avisar. Gosto de infligir dor em meus bichinhos de estimação.

Seu rosto torce com a expressão degradante que uso para me referir a minhas posses.

Sorrio perversamente.

— Por outro lado, o prazer será sempre proporcional à dor.

Ela está assustada agora. Assustada e balançada.

— Tenho entrevistas marcadas para selecionar minha nova cadela pelos próximos quatro meses.

Observo-a, sua respiração altera com os termos chulos que uso.

— Se quiser realmente conhecer esse mundo, posso te mostrar — ofereço. — Estamos atraídos, eu sei e você sabe. Teremos muito prazer, juntos. Basta você assinar o contrato, *bebezinha.*

Maya amplia os olhos mais uma vez. Ela emite sinais mistos. Seus olhos estão cheios de tesão, mas há algo que a está segurando. O quê? Pergunto-me.

— O doutor é muito experiente... — murmura. — Não sei se conseguiria agradá-lo, senhor.

— Discordo, querida.

Olho-a de cima a baixo e sussurro quando nossos olhares se prendem de novo:

— Você tem tudo para me satisfazer.

A garota abana a cabeça e as próximas palavras que saem da sua boca linda me fazem engasgar:

— Eu sou virgem, doutor Andreas.

Encaro-a, estupefação me tomando de assalto. *Eu sou virgem.* A frase reverbera em minha mente e minhas narinas inflam. Se eu já tinha gostado do fato de ela não ter pertencido a nenhum dom, saber que a menina pequena e delicada diante de mim nunca esteve com um homem me deixa sem fala e sem ação. Porra, porra. Realmente uma bebezinha e será minha. Meu instinto ainda está alertando que algo não está certo sobre ela, mas foda-se! Maya Pinheiro será o meu novo bichinho de estimação.

CAPÍTULO TRÊS

Nosso caráter é o resultado
da nossa conduta.
(Aristóteles)

Andreas

Eu desço os degraus para a parte baixa do jardim onde está acontecendo a festa de gala. Avisto o nosso ilustre governador a alguns metros a frente, junto à sua esposa. O político corrupto é a imagem da felicidade. Esta festa e tudo o mais em sua vida de merda é financiado com o dinheiro do povo. Quem não seria feliz nessas condições? Ironizo o homem moreno e robusto, na faixa dos cinquenta anos. É um político muito querido e popular não só em nosso estado. Seu partido está animado para lançá-lo à presidência nas próximas eleições e, por isso, Onofre Oliveira está achando que é uma espécie de Messias.

Enquanto seu ego não estava atrapalhando meus negócios, fiz vistas grossas. Todavia, fui informado de que o estúpido foi visitar o cartel de Miami, nosso cliente antigo, semana passada. O que um governador fazia visitando um antro criminoso? Tenho minhas suspeitas e, além de festejar esta noite com meu *amigo*, vou lhe ensinar uma pequena, porém, importante lição: ninguém tenta me passar a perna.

— Tem certeza de que quer fazer isso no aniversário de trinta anos de casamento do homem, *And*? — Alvinho pergunta com um toque de diversão.

Olho de lado, encarando meu irmão mais novo. Está alinhado em seu *smoking*, como eu. Sou dois anos mais velho, contudo, somos parecidos fisicamente. Mesma altura, mesmo porte físico. A cor dos olhos difere, no entanto. Os meus são uma mistura dos verdes de nossa mãe, com os escuros de nosso pai. Alvinho herdou apenas os escuros de nosso velho.

— O que posso fazer, mano? Gosto de festejar com ele nessas datas — respondo em tom cínico. — Ano passado comi sua preciosa filha atrás do palco enquanto o infeliz discursava fazendo o papel do político mais honesto que já existiu neste país — bufo. — O homem é uma piada.

Abro um sorriso ainda mais cínico e completo:

— A garota é uma boa foda, pelo menos.

— Você é horrível, cara. Ainda bem que sou seu irmão. — Alvinho sorri, meneando a cabeça.

— Olha quem fala — resmungo, rindo também. Somos feitos do mesmo material. Perversos por natureza.

Pisamos na grama e avançamos devagar. Um garçom se aproxima com solicitude, a bandeja de prata trazendo champanhe e uísque. Eu e Alvinho pegamos uísque. Sorvo um pequeno gole, meu olhar esquadrinhando a ampla área gramada. Uma tenda enorme abriga os convidados. Apenas os mais poderosos estão aqui. Alguns para aparecer e sair nas colunas sociais. Outros, para fazer negociatas sujas. E há nós, que viemos apenas para mostrar ao nosso *homem do povo* que não deve se meter conosco.

Nossos seguranças estão espalhados pela proximidade, sempre atentos a qualquer movimentação à nossa volta. Torno a procurar Onofre e é nesse momento que ele nos nota. Leio o medo tomando seu semblante enquanto o encaro firmemente. O idiota engole em seco e sorri sem graça para um dos muitos imbecis bajulando-o. Vejo-o se desculpar com o pequeno grupo e se mover em nossa direção, com a esposa pendurada em seu braço. Se acha que estar perto de sua mulher irá salvá-lo, ele ainda não me conhece.

— Andreas! Álvaro! — Onofre exclama, abrindo o sorriso falso que usa com eleitores ao se aproximar de nós. — Que bom que vieram! — adiciona, estendendo a mão com cordialidade forçada.

— Onofre, Aurélia. — Aceno levemente com a cabeça, aceitando sua mão.

Encaro sua esposa, uma loira na casa dos cinquenta, porém, está tão modificada cirurgicamente que não há uma só ruga em seu rosto. Já foi bonita, antes de exagerar nos procedimentos estéticos.

— Parabéns pelas bodas! — faço uso da etiqueta.

Alvinho também cumprimenta os donos da festa.

— Obrigada, rapazes — Aurélia agradece entusiasmada. Se soubesse o que temos preparado para seu marido imprestável, não seria tão simpática conosco. Mas a mulher não sabe de muitas outras coisas...

— Seus pais não vieram? E suas mulheres? — Onofre indaga com um brilho desconfiado nos olhos castanhos. Seu rosto e gestos estão apreensivos. Ele sabe que andou em território perigoso e agora terá que enfrentar as consequências.

— Nossos pais e minha esposa estavam indispostos — Alvinho oferece a mentira.

Nossos velhos estão ótimos e viajando para as Ilhas Virgens. Mas esse é o tipo de informação que não oferecemos a ninguém. Faz parte do nosso protocolo de segurança. A vaca da sua esposa ficou em casa, de bico amarrado, porque queria vir e ele não a trouxe. Minha noiva também queria comparecer ao evento. Beli ama aparecer ao meu lado nas colunas, porém, eu simplesmente disse que viria sozinho. Ela ainda tentou fazer drama, mas não dei atenção.

— Minha noiva está se recuperando de uma cirurgia no tornozelo, como sabem — digo, encarando Onofre, enviando-lhe um recado silencioso.

Ele engole em seco.

— Não vamos ficar muito tempo, queiram nos desculpar.

Desvio a atenção para Aurélia, que está com uma expressão confusa. Se não tivesse tanto Botox em sua cara, tenho certeza de que suas sobrancelhas estariam franzidas. Ironizo.

— Eu e Alvinho fizemos questão de passar e deixar nossas felicitações. É tão difícil ver casamentos duradouros como o de vocês... — comento e encaro o homem mentiroso.

Onofre torna a engolir e afrouxa um pouco a gravata borboleta.

— Sim. Tenho consciência de que eu e meu marido fazemos parte de um seleto grupo de relacionamentos bem sucedidos. — Aurélia suspira feliz, fitando o marido. Coitada... — Não é, amor? Já se foram trinta anos, mas parece que foi ontem que nos conhecemos. — Suspira de novo.

— Tem razão, querida. — O enganador olha para ela e sorri com os olhos brilhantes. — Parece que foi ontem. Você continua tão linda quanto naquele dia.

A mulher se derrete, recebendo um beijo casto do marido. Está explicado a razão de o homem ser tão popular com os eleitores: sua cara de pau! Antes que eu vomite, interrompo os pombinhos:

— Onofre, detesto tirá-lo de sua bela esposa numa noite tão importante, mas preciso discutir algo com você e é urgente. — Meu *amigo* se retesa, sabendo que não viemos esta noite para ficar de conversinha fiada. — Pode nos levar até seu escritório?

Olho para Aurélia e pisco, acionando meu charme.

— Será rápido, prometo. Logo terá seu marido de volta.

Então, o Alvinho e eu ladeamos o metido a esperto e fazemos o caminho de volta, atravessando o jardim para a mansão de três andares. Alcançamos o *hall* e, neste momento, alguns homens da equipe de segurança de Onofre chegam para perto, já empunhando suas armas.

— Algum problema, cavalheiros? — minha voz é fria e inalterada. Primeiro, porque sou rápido e posso puxar minha pistola do coldre e derrubar uns três antes mesmo de respirarem. Segundo, nossos homens, em maior número, estão bem atrás dos idiotas e sedentos para derramarem um pouco de sangue. — Abaixem as armas. Nosso governador não corre risco conosco.

— O senhor está bem, governador? — o chefe deles indaga, não me dando ouvidos.

— Ele está ótimo! Faça o que meu irmão está mandando para que nosso bom governador continue assim — Alvinho imita meu tom frio e calmo.

Os imbecis não o fazem e minha paciência está por um fio agora.

— Diga à sua equipe para ficar tranquila, Onofre — instruo, sem tirar a atenção de seus homens. — Diga a eles que está seguro conosco.

Onofre não acredita que está seguro conosco e está certo. Eu poderia começar a espancar sua cara mentirosa aqui mesmo. Porém, ao contrário do lendário Pablo Escobar, não aprecio holofotes sobre meu lado sombrio. Gosto de manter minha persona pública sem nenhuma mácula. Sou um advogado respeitado e quero continuar assim. Se alguém ameaça minha performance pública de alguma forma, encarrego-me de calá-lo. Para sempre. O governador sente o perigo em minha linguagem não verbal e pede a seus homens para recuar.

— Fiquem tranquilos. Eu e os senhores Montanaro temos assuntos em comum para discutir — Onofre diz, forçando um sorriso e seus homens recuam, abaixando as armas.

Aceno cordialmente para os idiotas e espero nosso anfitrião abrir a porta de entrada. Alvinho e eu o seguimos. Nossa segurança fica na porta para enfatizar que não oferecemos perigo para o dono da festa. Rio furtivamente. Ledo engano. Meu irmão e eu somos treinados tão intensamente para matar quanto nossos seguranças. Somos exímios lutadores em muitas modalidades de combate desde o começo da adolescência. Nosso pai é obcecado com segurança e nos preparou para que pudéssemos nos defender em qualquer circunstância. Minha mãe compartilha da mesma opinião e também sabe se virar. É uma excelente atiradora.

Em poucos instantes, Onofre entra no escritório no térreo e nós o seguimos. Ele mal tem tempo para respirar, estou em cima dele. Agarro seu pescoço com uma mão e o empurro, batendo-o de costas sobre o tampo de sua mesa. Alvinho se coloca do meu lado, imediatamente.

— Porra, Andreas! O que diabos há com você? — o infeliz grunhe, respiração entrecortada enquanto aperto seu pescoço.

— Você sabe muito bem do que se trata, *governador* — ironizo seu cargo político. — Financiamos sua campanha de merda e como você nos paga? Tentando roubar nosso cliente de longa data — digo friamente, meus dedos apertando cada vez mais.

O infeliz tosse, a cara ficando vermelha e, em seguida, com algumas pintas roxas.

— Não fiz nada disso! Quem mentiu para você?

Quem não tem experiência com ratos como esse poderia se sensibilizar e acreditar em suas besteiras. Para o azar dele, eu não me comovo com nada neste mundo. Levanto sua cabeça e a bato de volta no tampo da mesa. Ele grunhe de dor.

— Você está irritando meu irmão, Onofre. Tsc, tsc — Alvinho diz calmamente com as mãos enfiadas nos bolsos. — Isso não é bom — adverte. — Abra logo a porra do bico e nos conte tudo que pretendia visitando o cartel de Miami.

— Cartel?! Deus, estive em Miami, mas foi parte da comemoração das bodas com a minha esposa e...

— Ah, sério? Um figurão como você, com o dinheiro do povo sempre à mão, podendo escolher qualquer destino paradisíaco no mundo, escolhe levar sua senhora para comemorar as bodas em Miami? — Rio cinicamente e pergunto a meu irmão: — Acredita nisso, maninho? Se você acreditar, deixo o pobre homem em paz.

— Deixe-me ver... — Meu irmão faz um show colocando um dedo no queixo, pensativo, mas ri friamente, encarando Onofre. — Não, maninho, eu não acredito. Aplique o corretivo merecido em nosso bom governador para que jamais esqueça quem está no comando nesse ramo de negócios...

— Não! Por favor, não me mate, Andreas! — o infeliz começa a implorar.

Eu rolo os olhos. Essa parte é tão deprimente. Odeio ouvir os ratos implorando. Sobretudo, porque sabem que comigo é em vão.

— Você não terá outra chance como esta — aviso e corro o olhar sobre a mesa, procurando algo para machucá-lo, já que, infelizmente, não vou matá-lo. Pelo menos não desta vez.

Rio ao ver um cortador de charutos perto do cinzeiro.

— Esse seu hábito de fumar ainda vai te fazer mal, governador... — murmuro, pegando o objeto e mostrando a ele.

Com meus olhos dentro dos seus, peço a Alvinho:

— Levante a mão direita do nosso *amigo*, irmão.

Onofre arregala os olhos querendo gritar, mas meu irmão o cala com um soco e pega sua mão, torcendo-a num ângulo que deve doer, virando-a para mim. Eu brinco, passando o aro do cortador por cada um dos dedos do infeliz, que está começando a suar.

— Me conte exatamente o que foi fazer em Miami e prometo não te matar desta vez. Mas Pense bem, pense muito bem antes de me contar qualquer historinha estúpida.

O rosto do homem torce em derrota e ele conta que está pretendendo entrar para o meu ramo de negócios. Como sou um homem de palavra, não vou matá-lo hoje. Inclino-me até ficar cara a cara com o traidor.

— Esse ramo de negócio é dos Montanaro — rosno bem perto da sua cara. — Você sabe muito bem disso. Todos os políticos e militares do alto escalão o sabem. Outros mais inteligentes já tentaram nos roubar território, adivinha onde estão agora?

— Mortos? — Onofre engasga.

— Alguns, sim — assinto sombriamente. — Outros perderam seus entes mais queridos... — Seus olhos ampliam e ele começa a chorar.

Estou blefando, bom, pelo menos em parte. Não sou do tipo que vai atrás de inocentes. Não tenho piedade, mas não me agrada ter que punir inocentes, como crianças. Até mesmo um criminoso precisa ter senso de honra. Mas ele não precisa saber dessa minha, digamos, *virtude*.

— Vocês são mil vezes piores do que a máfia — acusa com dentes cerrados. — A máfia, pelo menos mostra a cara. Vocês se escodem atrás de uma profissão.

— Olha só quem fala sobre se esconder... Nós não usamos a boa-fé dos eleitores em benefício próprio, Onofre. Nosso dinheiro é nosso. Não roubamos de ninguém.

Ele torce o rosto.

— Mas fico feliz que tenha finalmente percebido quem somos — zombo e me abaixo, encarando-o de perto. — Sim, somos piores e muito mais inteligentes do que a máfia. É bom que nunca se esqueça disso.

O governador engole em seco e a postura agressiva escorrega, mostrando o covarde que é.

— Mate a mim, mas não faça nada com a minha mulher e filhos — implora sem nenhum orgulho.

Alvinho bufa e puxa um envelope do bolso interno de seu *smoking*. Em seguida, despeja o conteúdo sobre o peito do infeliz. São fotos dele e seu amante fazendo sexo.

São imagens grotescas que chocariam sua pobre mulher apaixonada e filhos. Pego uma em que o negro jovem e musculoso está empurrando o pau imenso dentro da bunda do Onofre.

— Meus Deus, quem lhes deu isso? Como descobriram?! — Seu rosto está branco como cera. Não sei se de vergonha ou susto. — Como?

— Do mesmo jeito que você fez uma visita furtiva ao nosso cliente semana passada, nós tomamos a liberdade de fazer uma visita ao seu menino amante — Alvinho responde com deboche. — Ele não aguentou a pressão e resolveu colaborar, registrando o encontro de vocês ontem — faz um som de ironia. — Você parece cheio de saudade desse pau enorme. Ele não parece cheio de saudade, mano? — ridiculariza.

— Sim. Agora sabemos onde o nosso político do povo goza de verdade. — Rio cinicamente.

— Por favor, faço o que quiserem, mas não entreguem isso para minha família! — Onofre novamente implora.

O homem é mais ridículo do que eu supunha. Tem uma família perfeita para as câmeras e se diverte tendo casos com garotões sarados.

— Sua família não vai saber, fique tranquilo — garanto e ele me olha ressabiado.

Volto a passar o aro do cortador de charutos em seu dedo indicador e ele começa a se debater. Alvinho retira um lenço do bolso, forçando o tecido na boca do infeliz e segura seu queixo e cabeça, para conter seus gritos.

— Não vou entregar essas fotos deprimentes, não vou te matar por tentar nos passar a perna, porém, nunca faço uma viagem em vão, Onofre. Veja bem, eu preferia estar no clube, açoitando e comendo alguma putinha gostosa, mas não, você se meteu onde não devia e precisa aprender uma lição para que jamais atravesse nosso caminho de novo.

Ele grunhe, pânico enchendo seus olhos.

Eu rio com frieza e, então, aperto o cortador de aço cortando seu dedo fora. Ele faz um som abafado, estrebuchando de dor. Sangue espirra nele e em mim. O dedo cai, rolando para o carpete.

— Porra! Você sujou meu *smoking*, seu porco! — ranjo, afastando-me dele.

O homem escorrega da mesa para o chão e rola de dor. Planto meu sapato italiano em cima de seu peito e forço-o no chão. Jogo o cortador em cima de seu estômago e advirto:

— Seja inteligente de agora em diante e não cruze mais o nosso caminho, governador.

Alvinho cata as fotos e recoloca no envelope. Olho mais uma vez o homem frouxo no chão e deixamos o escritório. Nossa pequena lição foi assimilada com sucesso.

Lealdade. No meu mundo isso é valioso. Muitas vezes até mais do que dinheiro. Cada pessoa com quem faço negócios, deve-me alguma coisa. E eu cobro quando necessário. Sempre cobro.

Ando pelo corredor em direção à sala de reunião. Tenho ensaio com a cliente que está sendo acusada de matar o marido. Cheguei mais cedo do que o normal hoje e estou com um humor de cão.

No sábado, depois da visitinha ao governador, eu e o Alvinho fomos ao Voraz extravasar a selvageria que ainda estava em nós. O fato de não podermos dar cabo de Onofre nos deixou estressados. Matar um homem público e popular como aquele infeliz requer planejamento sofisticado, para não dar merda. Mantemo-nos fora do radar da polícia, pagando gente corrupta dentro do Sistema. Mas também prestamos serviço de delação. Entregar cabeças de outros criminosos perigosos nos blinda e ficamos relativamente livres para continuar nosso negócio ilícito. Tem sido assim desde os meus tataravós. Onofre tem razão, somos piores do que a máfia. Trabalhamos *dentro* da lei, quase sempre.

Voltando à sábado, o Alvinho jogou com a Bianca, sua sub permanente. Aliás, acredito que meu irmãozinho desenvolveu sentimentos por aquela garota. Já tem um tempo que não joga com outras, apenas com ela. Seu casamento com Celine não está nada bem também, suspeito que sua secretária/sub seja o motivo. Não me imagino entregando uma coleira a uma sub permanente. Isso nunca irá acontecer comigo. Desdenho. Sou velho nesse jogo e não me interessa uma posse por mais de quatro meses. Por falar em uma posse, esse final de semana me peguei pensando na *bebezinha* que praticamente caiu em meu colo. *Maya.* Até o nome da franguinha é sexy. Eu teria que fazer entrevistas para selecionar uma nova escrava. Mas depois de esbarrar na menina segunda passada, ela não saiu mais da minha cabeça. Seus grandes e lindos olhos de camaleoa. Sua boquinha rosada. Seus cabelos loiros, que imagino serem sedosos pra caralho. Sua pele de porcelana. Seu pequeno corpo cheio de curvas. Intocado. Ela é a porra de uma virgem!

Ela não respondeu à minha pergunta sobre querer um amo para praticar e matar sua curiosidade em BDSM. Na verdade, um instante depois que a menina me revelou ser uma virgem, Beli me ligou. Atendi e a Maya aproveitou para sair de fininho. Estava cheio de tesão, mas declinei do convite de minha noiva para passar em sua casa. Fui direto para a minha, onde fiquei analisando os prós e os contras de comer a garota recém saída das fraldas. *Eu sou virgem.* Essa porra de frase não saiu da minha cabeça, sua voz sexy e deliciosa de ouvir. Saber que seu corpo é intocado, fez eu imaginá-la em meu calabouço, fazendo-a minha de todas as maneiras sombrias que aprecio. Sou um homem experiente, gosto de mulheres em meu nível de entendimento do BDSM, por outro lado, o predador em mim está salivando para ser o primeiro homem de Maya. Quero, pela primeira vez, treinar uma virgem. A porra dessa garota parece ter lançado um feitiço sobre mim.

O caso se agravou tanto que no sábado escolhi uma sub mais ou menos parecida com ela. Fui bruto com a loirinha miúda. Mas cada vez que olhava o rosto dela, era um banho de água fria. Não era Maya. Essa é a razão do meu humor de cão. Quando cismo, só descanso quando fodo a mulher, neste caso, a *bebezinha* em questão, até enjoar. Fiz tudo e mais um pouco com a sub no Voraz e ela me atendeu ansiosa, feliz. Talvez imaginando que tivesse chance de ser minha nova posse. Não tem chance. Nem ela, nem outras. Apenas Maya me servirá neste momento. Apenas a porra da menina e sua boceta virgem.

Ontem não me segurei e enviei o contrato para ela por e-mail, instruindo-a a ler e, se tivesse qualquer dúvida, perguntasse para mim. Agi como se já estivéssemos avançado uma casa, sendo que mal conversamos sobre o tema. A única coisa que está claro entre nós é a atração mútua. Maya pode ser virgem, mas não é tola. Sabe que o sexo entre nós será excelente. Além disso, é uma submissa nata. Senti isso nela desde o primeiro olhar. Talvez tenha sido isso que me atraiu tanto. Aqueles grandes olhos azuis, que mais tarde eram verdes. A forma como me olhou, submetendo-se sem que disséssemos nenhuma palavra.

Meu fluxo ensandecido de pensamentos é cortado quando levanto a vista e vejo a razão do meu mau humor se aproximando do lado esquerdo do corredor de onde fica sua sala. Está distraída, lendo algo em sua pasta e aproveito para me refestelar em sua aparência. Seus lindos cabelos loiros estão presos em um rabo de cavalo no alto da cabeça, permitindo que eu aprecie seu rostinho pueril livremente. Usa saia cinza-escuro e uma blusa de seda azul-esverdeada, sem mangas e gola alta, fazendo um laço elegante sobre o ombro direito. Suas pernas, ou o que consigo ver delas, são lisas e torneadas. Seus pés são delicados e hoje estão em sandálias de salto alto, os dedos pequenos à mostra, as unhas pintadas no rosa-pink, que desconfio seja seu tom preferido de esmalte. Meu sangue esquenta à visão do pequeno corpo intocado. Subo meus olhos famintos, devagar pelas pernas, quadris arredondados, cinturinha fina, os seios, de aparência levemente volumosa e firme. Noto que seus passos diminuem o ritmo e subo a vista para seu rosto. Maya está me encarando e dá para ver o alarme, bem como o tesão em suas íris enormes.

— Bom dia, senhor — murmura ao parar diante de mim, na porta da sala de reuniões. Sua voz suave e submissa quase me faz ranger os dentes.

— Bom dia, Maya — respondo com voz engrossada.

Ela lambe o lábio inferior e meus olhos acompanham o movimento. Pergunto-me se essa franguinha está tentando me seduzir. Estreito meus olhos sobre sua figura deliciosa e tentadora.

— Me chame de Andreas. Você não é uma estagiária, é minha associada.

Seu rosto denota surpresa com meu pedido e torna a lamber a porra desse lábio rosado.

— Como quiser, sen... — Um sorriso nervoso brinca em sua boca. Em seguida, percebo o momento em que a Maya segura de si assume as rédeas. — Andreas... — a porra da garota parece saborear meu nome e isso me dá uma ereção. — Você leu meus pensamentos, eu ia lembrá-lo exatamente esse detalhe, sou sua associada.

A garota tem uma atitude afrontosa. No entanto, sei que é submissa. Não há como disfarçar quando seus belos olhos encontram os meus. Pode lutar, espernear, mas as coisas são como são. Sou o predador e ela a minha presa. Ofereço-lhe um sorriso de lobo e empurro a porta, sendo um cavalheiro, mas não muito, uma vez que não me afasto para lhe dar passagem. Terá que roçar esse lindo corpinho no meu.

— Entre — murmuro.

Ela poderia passar de lado, mas não, a garota abusada passa de frente, roçando os seios em mim. Eu me inclino, deixando minha boca próxima da sua. Rio cínico. A menina pode ter atrevimento, mas eu sou o macho Alfa e com muito mais quilômetros rodados.

— Você é corajosa, menina. Eu gosto disso. — Ela ofega e levo minha boca para a sua orelha, sussurrando: — Quando se submeter a mim, terá um sabor ainda mais especial, *bebezinha.*

— Quem disse que vou me submeter a você? — ousa replicar. Mas sua respiração alterada, suas pupilas dilatadas, me contam outra história.

Afasto-me para olhar dentro de seus olhos e rio lento e zombeteiro.

— Tudo em você — digo asperamente. — Cada centímetro desse lindo corpo grita pela minha dominação toda vez que te olho.

— Está enganado — sussurra.

Torno a rir, zombando dela e sua mentira.

Maya emite um som desgostoso e se afasta como o diabo da cruz. Rio baixinho, vendo-a caminhar a passos largos para a mesa. Minha intenção de continuar me divertindo ao atiçar a menina é interrompida quando Mônica, minha secretária, surge na porta. Nossa cliente está bem atrás dela. Certo, hora de trabalhar honestamente. Zombo, a máscara do advogado impecável descendo em meu rosto.

Passamos as próximas duas horas treinando a mulher, para não colocar tudo a perder na audiência real. Em dado momento, ela se altera e começa a chorar, acusando-me de ser duro e insensível em minhas perguntas. Contenho minha exasperação.

Por que diabos as mulheres são criaturas tão dramáticas?

— Senhora Mércia, entenda uma coisa — uso meu tom menos agressivo, porém, ainda incisivo —, eu não sou o vilão aqui. O promotor é. Ele não terá a menor consideração pelos seus sentimentos de viúva. Não dá a mínima se é ou não inocente. Ele passará por cima da senhora e seus sentimentos como um maldito rolo compressor, tenha certeza disso.

Para meu azar, a mulher chora ainda mais. *Porra.*

— Senhora, o doutor Andreas está certo — Maya intervém, usando um tom brando. — Sei que parece agressivo o que estamos fazendo, mas não é. Só estamos antecipando as artimanhas que a promotoria irá usar para fazê-la cair em contradição e condená-la por um crime que não cometeu.

A mulher funga e lhe estendo um lenço. Não digo nada, nenhuma palavra de conforto. Não sou a porra de um terapeuta. Meu trabalho aqui é livrar sua bunda dramática da cadeia.

— É doloroso responder a perguntas tão invasivas. — Choraminga.

Quero rolar os olhos. Maya me salva ao continuar:

— Nós sabemos disso. No entanto, o nosso trabalho é fazê-la sair daquele tribunal sem algemas nos pulsos e uma sentença nas costas, senhora — seu tom é um pouco mais incisivo, porém, a mulher estanca um pouco do choro. — Recomponha-se, por favor. Ainda temos algumas perguntas.

— Posso ir lá fora um instante, respirar um pouco? — indaga.

Perco a paciência.

— Não, não pode. O juiz não está lá a seu serviço, senhora. É uma audiência e está sendo acusada de matar seu marido. — Bato o dedo indicador no tampo de madeira polida da mesa. — Respire aqui, recomponha-se aqui. Nós vamos ganhar esse caso, mas para isso, é preciso que siga nossas orientações, está claro?

A morena de trinta anos engole em seco antes de assentir. Era amante, mas acabou virando a *senhora* Albuquerque há cinco anos. Por isso, tanto ódio da ex-esposa e filha do falecido. Já estamos virando a vida da filha do homem do avesso, conforme Maya sugeriu. Meu faro me diz que pode mesmo ter sido a moça a assassinar ou encomendar a morte do pai. Vamos ganhar esse caso. É só a mulher dramática cooperar.

Observo minha associada e sua desenvoltura me encanta cada vez mais. É muito audaz e tem essa voz mansa e sorrateira que parece lançar um encantamento fodido em que a escuta. Eu a quero. Estou diante da minha nova escrava. É só uma questão de tempo até ela assinar o contrato. Minha experiência nesse jogo me dá a certeza.

O corpo virgem de Maya me dará muito prazer nos próximos quatro meses.

Maya

Engulo em seco ao ver Mércia deixando a sala, depois de encerrarmos o ensaio de hoje. Meu coração retumba no peito junto com a porta sendo fechada. Andreas gira a chave e torno a engolir. O que vai fazer comigo? Em pleno escritório, em pleno expediente? Pergunto-me alarmada. Ainda não estou preparada para estar mais íntima do meu inimigo. Minhas mãos suam enquanto procuro uma saída. Ele anda devagar de volta para a mesa. Para meu alívio, senta-se do outro lado, à minha frente. Não consigo evitar um suspiro deixando minha garganta. Aquela curva cruel, e de certa forma sensual, vai se acentuando em sua boca. Seus olhos são preenchidos com cinismo e certeza de que estou muito atraída por ele.

Enquanto estou em casa, longe desse seu olhar dominante, planejo mil e uma formas de agir, mostrar indiferença. Mas tudo cai por terra no instante em que nossos olhares se cruzam. Sensações fortes e inadequadas invadem meu corpo e, por mais que lute contra o desejo espiralando em meu baixo ventre, nunca sustento a pose atrevida por muito tempo.

Eu cato os papeis sobre a mesa, organizando-os na minha pasta e aproveito organizo a sua também.

— Você foi bem. — Meu coração volta a disparar com a voz baixa e profunda.

Levanto a vista, obrigando-me a encará-lo. Usa um terno escuro, camisa azul-claro e gravata vermelho-vinho. Elegante, esmagadoramente belo. Seus olhos verde-musgo seguram os meus daquela maneira estranha e inquietante, que me faz querer ajoelhar a seus pés e agradá-lo. Odeio-o por me fazer sentir isso e *me* odeio por estar desejando-o sexualmente.

— Obrigada. Você também — respondo e rolo os olhos para a minha resposta. *É claro que ele foi bem, Maya.*

Andreas ri do seu jeito irônico. Pedante ao extremo. Atiro-lhe um olhar desdenhoso.

— Leu o contrato? — Seu rosto fica sério e engasgo com a introdução brusca desse assunto.

Deus amado... *O contrato.* Meus nervos, que já estavam em desordem, ficaram um caos total ao receber seu e-mail ontem. Estragou meu domingo, mas me poupou de ter que me inscrever na ridícula seleção para seu novo *bichinho de estimação.* Ironizo-o. O homem já é desconfiado ao extremo e, convenhamos, daria muito na cara eu concorrer para sua submissa também. Infelizmente, devo ficar grata por ter despertado seu interesse sexual. Valeska ficou radiante quando a informei sobre o vento mudando a nosso favor.

— Li — assinto. Meu rosto corando contra a minha vontade por tudo que vi escrito naquelas vinte páginas. Isso mesmo, vinte páginas de conteúdo sexual sombrio.

— E? — indaga.

Percebo que se sentar à minha frente foi uma boa estratégia da sua parte. Não há como escapar de seu escrutínio perturbador.

Cruzo as mãos sobre a minha pasta, torcendo para que não perceba meus dedos tremendo. Meu corpo inteiro está trêmulo, para dizer a verdade. É agora que darei o passo decisivo em minha vingança. Sei, sinto em meu âmago que a posse desse homem me mudará para sempre. Contudo, decido jogar com seu interesse um pouco mais, para não dar tudo de mão beijada. E também para parecer mais crível. Afinal, sou virgem. Nenhuma garota virgem aceitaria um contrato nesses termos logo de primeira.

— Eu ainda não sei, senhor — digo, lutando para controlar as batidas do meu coração.

— Andreas — corrige em tom de comando. — Só me chame de senhor quando estivermos em cena — completa, com um brilho arrogante em seu olhar. — Embora haja outros termos que minhas escravas podem usar: mestre, amo, dono, meu lorde.

Eu me seguro para não bufar. Sim, ele descreve esses tratamentos no contrato.

— Gosto muito de *meu amo, meu dono* e *meu lorde*. Então, se quiser me agradar, use esses.

— Eu disse que ainda não sei se vou aceitar — retruco, sua certeza me irritando.

O brilho frio e perverso que é quase uma constante em seus olhos se acentua, enquanto seus lábios se curvam nos cantos. Ele abre sua pasta e retira o que parecem duas apostilas. Empurra uma em minha direção e volto a me alarmar ao ver o título: *Contrato de posse em BDSM, Amo Andreas Montanaro.*

— Pegue a sua cópia, Maya — comanda, enquanto abre a sua, mudando para a primeira página. — Abra.

— Eu disse que talvez não aceite — enfrento-o. — Você é surdo?

Seus olhos inflamam e ele pega minha cópia abrindo-a na mesma página que a sua.

— Vou deixar essa afronta passar, porque ainda não me conhece, branquinha — diz em tom frio e ameaçador. *Está enganado, querido. Sei exatamente quem você é.* — Vamos passar cada ponto do contrato e, no final, espero que assine.

Sua expressão é intimidadora. Não parece haver outra opção para mim.

— Está dizendo que não tenho escolha? — questiono. O que ele faria se eu não assinasse? Essa pergunta me vem à mente.

— Sempre há uma escolha, Maya — diz com ar cínico.

— Sim, mas o que fará se eu não assinar? — externo minha preocupação.

O brilho cruel e sombrio volta em suas íris.

— Eu seria obrigado a te raptar e prender em meu calabouço, *bebezinha* — seu tom de voz sugere que é uma piada, porém, o brilho letal em seus olhos me diz que não está brincando.

Ele seria capaz disso.

Recordo-me de que me prensou contra a parede de sua sala enquanto apertava meu pescoço, logo após a audiência de seleção. Decido parar o jogo e mostrar minha curiosidade sobre essa esquisita doutrina. Não vou negar que fiquei excitada imaginando-o me dominando nos muitos cenários descritos no contrato. Fazendo coisas perversamente sombrias comigo.

— Eu quero ser dominada — assumo. — Mas tive medo de muitas de suas preferências. Sou virgem. Jamais imaginei quaisquer dessas coisas que gosta de fazer. Eu não...

— Se quer que esta seja uma reunião civilizada, pare de me dizer que é virgem, menina.

Seu tom brusco me assusta um pouco. Andreas percebe e adiciona:

— Excita-me sobremaneira saber que serei seu primeiro homem.

Ondas de calor indesejadas espiralam em minha barriga com a forma como seus olhos escurecem, nunca desviando dos meus. Abaixo minha vista para a apostila e respiro fundo. Meu rosto esquenta e sei que ainda está me observando. Leio os itens da primeira página, recordando que concordei com todos. Lembro quais fiz anotações no arquivo baixado em meu notebook.

— Concordo com os itens propostos na seção 1, sobre cuidar do corpo com exercícios físicos regulares. Eu já faço isso — informo.

Um sorriso de predador se abre lentamente na boca generosa. Está vendo em meus olhos que estou aceitando seu contrato sexual degradante do caralho.

— Perfeito — elogia. E a coisa mais estranha acontece, alegro-me em agradá-lo.

Torno a olhar o contrato, para fugir desse seu olhar fodido de cobiça. Na segunda página, na sessão sobre uso de objetos cortantes, descartei todos os itens.

— Nenhum? — Ele ri levemente.

Percebo que está se divertindo com minha total inexperiência em seu território.

— Você acha engraçado? — Levanto meu queixo, insolente.

Seu riso amplia, o brilho nos olhos ficando malvado. Imagino que deva estar cogitando mil maneiras de me castigar quando for meu amo.

— Para ser sincero, é um pouco sim — afirma. — Você ainda não sabe o que te dá prazer em BDSM, Maya. Que tal experimentar e, se não rolar, descartamos? Sempre pode usar a sua palavra segura. — Uma expressão sardônica cruza seu rosto. — Mas espero que mude de ideia e resolva se divertir no lado sombrio comigo, branquinha.

A forma como diz isso faz meu estômago apertar em nós de desconforto e excitação.

— Por falar em palavra segura, já escolheu uma?

Eu lambo os lábios, nervosa. Ainda não escolhi. É uma coisa estranha demais, sério.

— Que tal esperar até chegarmos nessa página? — implico e, novamente, um brilho perverso cintila em suas íris.

— Claro — diz lentamente. — O que não lhe agrada na página três?

Há sexo anal, dupla penetração. Sexo oral. Compartilhamento de escrava. Sexo grupal. O que não me agrada? Muita coisa! Quero rolar os olhos para a perversão desse homem.

— Anal? — retoma, uma vez que demoro a responder.

— O que? — inquiro ressabiada.

— Já fez anal? — questiona, olhos travados nos meus.

— Claro que não! Qual a parte do *eu sou virgem* você ainda não entendeu? — rebato, indignada.

Um sorriso enrola sua boca e seu olhar cintila com diversão.

— Calma, branquinha. Só perguntei, porque tem muitas mulheres que começam fazendo anal e preservam o hímen para uma ocasião especial — o depravado explica.

Eu relaxo um pouco. Certo. Em minha cidade, tive duas colegas de faculdade que faziam anal com seus namorados, guardando o vaginal para a noite de núpcias. E recordar isso me traz lembranças do meu casamento abortado. Reteso-me na cadeira, tentando afastar a imagem de Breno da minha mente ou vou acabar chorando.

— Oral? — o homem insensível continua seu interrogatório indecente.

Eu levanto a cabeça, expulsando as memórias tristes para longe. Em breve terei a minha justiça.

— Sim. Fiz algumas vezes — digo, forçando um tom seguro. Os olhos verde-musgo escurecem. Ele parece não gostar da resposta.

— Com quem? — sua voz é áspera.

— Acredito que isso não seja da sua conta — respondo com petulância. O brilho afiado cintila em seus olhos. Ele se mantém em silêncio, encarando-me e isso me irrita. Então, quero irritá-lo também. — Minha boceta e bunda ainda são virgens, isso não é suficiente para você?

Sua mão dá um bote em meu pulso e eu grito de susto. Ele segura minha carne num aperto firme, os olhos geralmente frios, estão inflamados.

— Cuidado como fala comigo, menina — rosna.

Meu corpo inteiro treme de medo e infelizmente excitação. Alguma parte bizarra em mim gosta desse comportamento rude dele. Quando apertou meu pescoço e prensou seu corpo no meu naquele primeiro dia em sua sala, eu gostei também. Sou uma vergonha, tenho conhecimento disso. Ele me solta e meu pulso queima onde esteve seu toque.

— Dupla penetração? — retoma a leitura e sinto meu rosto corar ao ouvir isso da sua boca. Seus olhos ficam escuros e tenho medo da fome que vejo em seu rosto.

Limpo a garganta e levanto meu queixo, dizendo com o máximo de dignidade que consigo:

— Só farei com você e um dildo, ou algo do tipo. Não quero que me compartilhe com outro amo.

Acho que ele rosna, suas narinas fremem enquanto me observa.

— De acordo, bebezinha — murmura e, pela primeira vez não sinto desdém ao ouvir o apelido ridículo. — Você será apenas minha. Arrepio-me inteira com essa última frase, o jeito que me olha.

Forço-me a passar seriamente cada seção e cada item. Quando chegamos à última página, já concordei em ser açoitada por vários tipos de chicotes pregada à cruz de Santo André. Eu o surpreendo aceitando experimentar grampos nas genitálias, mamilos e outras partes do corpo. Tive alguma preparação com Bianca para adquirir resistência à dor. Estou familiarizada com as práticas mais sinistras que ele gosta e vou ganhá-lo justamente aí. Farei tudo que esse homem quiser. Com sorte, cairei em suas graças, então, o destruirei. Chegamos à parte dos contraceptivos, exames periódicos do amo e da submissa. E o item que me inquietou, pois não vi isso nos inúmeros modelos de contratos que busquei na internet para me oferecer um parâmetro. Ele quer ter sexo sem preservativo.

— Contraceptivos e exames periódicos, concordo — tomo as rédeas. — Sobre termos relações sexuais sem preservativo, terminantemente não.

Ele se recosta ao espaldar de sua cadeira e um arremedo de sorriso curva sua boca.

— Não costumo fazer sem camisinha, se é com isso que está preocupada. Meus exames irão provar que sou muito saudável — murmura. — E você é virgem, Maya. Quero, na verdade, estou ansiando por estar dentro de você sem nada entre nós, bebezinha.

O jeito que me olha e o que acabara de dizer faz ondas perversas e quentes espiralarem em minha barriga. Meu centro fica úmido e me remexo no assento, incomodada.

— Não quero que nada ofusque essa sensação — diz.

Eu aceno, minha boca seca, incapaz de falar alguma coisa. Chegamos à última página, onde estão as duas coisas que me deixaram com uma mistura de medo, repugnância e também excitação, infelizmente.

— Wax Play[2], dá medo, mas me excita — admito e seu sorriso predador aparece. — Quero experimentar.

— Você é uma boa menina, Maya... — sussurra perversamente e mais uma vez aquela euforia ridícula por agradá-lo me invade.

Olho o penúltimo item: gaiolas.

— Não gosto de gaiolas, mas, por alguma razão que não compreendo, quero experimentar — comento e seu olhar prende o meu de forma intimidante.

— Você é uma submissa, menina. Essa é a razão — diz numa voz engrossada.

O último item é a cara do escroto: sem beijos na boca.

— O beijo é muito íntimo. Não aprecio misturar as coisas. — Segura o meu olhar, sua expressão é cínica agora. — Teremos quatro meses de sexo, Maya. Farei você gozar de maneiras inimagináveis, porém, tudo se resumirá a isso. Nossa interação nunca será mais do que sexo.

Escroto fodido! Quem pensa que é para usar mulheres como meros objetos? Quero socar sua cara linda e arrogante neste momento.

— Será a minha posse e eu o seu amo. Nada mais, nada menos.

— Concordo. O beijo é muito íntimo mesmo. — Sustento seu olhar, não querendo ficar por baixo, embora seja inexperiente. — Eu, com certeza, não desejo beijar você, pode ficar tranquilo. — Algo cintila nas íris verde-musgo e o sorriso cínico brinca em sua boca. — E é óbvio que será apenas sexo. Sou virgem, não tola. — Rolo os olhos para enfatizar meu ponto.

Ele parece se divertir com meu desdém e afronta. Seu olhar vai ficando escuro e murmura:

— Você se submete a mim, Maya?

Eu tremo inteira ao ouvi-lo perguntar isso em seu timbre profundo. Juntando toda a coragem dentro de mim, pronuncio as palavras que espero que sejam a ruína desse homem. Contudo, sinto que, de certa forma, serão a minha também:

— Sim, submeto-me a você.

Seus olhos fervem. Vejo a fome em seu belo rosto, o lobo prestes a me devorar.

— Sua palavra segura? — questiona.

Vingança seria o ideal, todavia, terei que escolher outra.

— Ainda não escolhi. Talvez possa me ajudar. — Dou de ombros, tentando disfarçar o nervosismo.

Ele retira sua caneta, de aparência cara, do bolso do terno e me entrega. Meu olhar cai para a tatuagem de Fênix e cara de caveira em seu dorso. É meio sinistra, para ser sincera. Pergunto-me quantas mais tem em seu corpo. Estico a mão, pegando a caneta e nossos dedos se tocam. Apenas um breve contato me causa arrepios e tremores.

— Assine — sua voz e olhar são de aço. Engulo em seco e entrego minha alma ao diabo.

---

2 Jogo com velas.

Assino logo abaixo do seu nome. Sua assinatura é elegante, como o dono. Ele empurra a outra cópia e torno a assinar, meus dedos suados e trêmulos. Então, levanto e aliso minha saia, juntando minhas coisas. Preciso dar o fora daqui para processar isso tudo. Estou sem ar aqui dentro junto com meu inimigo, o homem que em breve possuirá meu corpo.

— Vou voltar ao trabalho — digo sem olhar na cara dele.

De repente me sinto suja.

Ele se levanta também e abotoa o terno com gestos lentos.

— Olhe para mim — sua voz tem um tom de comando diferente agora.

Levanto a vista e sua expressão é controlada e fria. Nenhuma emoção está identificada em seu rosto.

— Vou providenciar tudo para que receba a injeção contraceptiva ainda hoje.

Assinto, meu coração disparando com força. Preciso ir embora, processar esse passo gigantesco que acabei de dar.

— Irei providenciar um convite especial do clube Voraz para você. É lá que nossas sessões acontecerão. Nunca fora de lá.

Torno a balançar a cabeça.

—Tenho uma viagem programada para amanhã e ficarei duas, talvez três semanas fora do escritório.

Acho que deixo escapar um som de alívio e seus olhos estreitam. Em seguida, sua boca sensual se curva no arremedo de sorriso cínico, que já me é tão familiar.

Com medo de que me toque, corro em direção à porta, mas, antes que consiga girar a chave para abri-la, uma mão grande espalma acima da minha cabeça. Seu corpo prensa o meu, sua frente contra as minhas costas. Sou cercada pelo cheiro másculo e gostoso. Meu coração torna a disparar contra as minhas costelas. Sua virilha pressiona em minha bunda e sinto-o grande e grosso. Seu braço livre enrola em minha cintura, a mão espalmando minha barriga. Ofego, ondas de calor perverso se espalhando em meu núcleo. Minhas paredes vaginais ficam úmidas, sinto os líquidos se reunindo. Sua barba roça meu pescoço, a boca subindo até meu ouvido, onde continua roçando os pelos aparados, os lábios mornos em meu lóbulo. Minhas pálpebras caem fechadas e eu gemo. Ele ri, o som perverso, fazendo cada pelo do meu corpo arrepiar. Então, bruscamente, envolve a mão em meu rabo de cavalo, puxando-o para trás, como uma rédea. Resfolego. Sinto picadas em meu couro cabeludo, só que, para a minha vergonha, eu gosto.

— Shh, respire fundo, meu lindo bichinho — sua voz é falsamente aveludada. Repulsa e tesão guerreiam dentro de mim ao ouvir o apelido degradante. No entanto, por alguma razão retorcida, esse bandido escroto me excita. — Isso, *bebezinha,* acostume-se com o seu dono.

Mais uma vez, o creme inunda minha vagina pelo termo de posse que usa. Meu Deus! Será que sou mesmo uma submissa? Pergunto-me, alarmada.

— Eu tenho trabalho a fazer — minha voz é deprimente. É apenas um choramingo e vergonha me enche.

Andreas ri na minha orelha.

— Sim, também tenho — diz, dando um puxão firme em meu rabo de cavalo.

Fico quieta e sinto-o inalando meu cabelo, meu pescoço. Sua boca volta para o meu ouvido e aperta meu corpo contra o seu. Sinto toda a extensão do seu pau duro. Então ele pronuncia a sentença:

— Quando voltar, terei você, Maya. Não haverá um ínfimo centímetro desse corpo lindo que não sentirá meu toque, minha posse.

Eu quase desmaio de desespero. Não está me perguntando se estou disponível. Está me intimidando, comunicando o que vai fazer comigo, porque sou dele agora. Apenas aceno, minha garganta tampada pelo sentimento aterrador que é senti-lo tão perto. Só preciso estar longe dele agora. Sua voz e respiração estão perfeitamente controladas e me envergonho por ser a única a não saber dissimular o tesão.

— Não especificamos no contrato, mas vou te comer três vezes durante a semana. — Engasgo com sua linguagem chula. — Se me agradar, como suspeito que fará, eu vou querer mais vezes. Tenho um apetite feroz, menina. É bom que aprenda rápido a satisfazer seu amo. — *Porco!* Xingo-o em pensamentos, mas torno a assentir e ele gira a chave, abrindo a porta.

Eu tropeço para fora, soltando minha respiração. Ando rapidamente pelo corredor em direção à minha sala. Não ouso olhar para trás, mas sinto seus olhos me acompanhando até que abro a minha porta e passo para dentro, trancando-a por puro reflexo. Recosto-me a ela, meu coração parecendo que correu uma maratona. Toco meus brincos de ouro, com pedras imitando esmeraldas. Há uma escuta neles também. Sinto-me envergonhada, porque Valeska não é boba, já deve ter percebido meu conflito desde que estive cara a cara com o maldito homem. Para o meu desespero, estou atraída por esse criminoso. Nunca cogitei que algo assim pudesse acontecer. Em meus planos milimetricamente orquestrados, jamais imaginei sentir algo além de ódio e repulsa pelo assassino indireto de meu amado noivo. E essa constatação me faz odiá-lo ainda mais. Quero que Andreas Montanaro queime no fogo do inferno!

CAPÍTULO QUATRO

Nem teus inimigos podem te causar tantos danos quanto teus próprios pensamentos.
(Nicolau Maquiavel – O Príncipe)

Uma semana depois...

Maya

Entro no elevador junto com Bianca e aperto o 23º andar. Minha nova amiga e colega de quarto está vindo comigo esta semana para o escritório, já que seu carro está na revisão. Sua animação salta aos olhos, porque tem passado mais tempo com o outro irmão Montanaro escroto. Dá para ver que se apaixonou loucamente pelo homem e acredita que, o infeliz casado, também a ama. Bianca é tão franca e aberta. Torço para que seja feliz algum dia, com um homem de bem, que não seja um bandido asqueroso.

Ao contrário dela, estou revoltada. Revoltada e mal humorada depois que assinei o maldito contrato semana passada. Meus pensamentos não me dão paz. Naquele mesmo dia, no fim da tarde, o motorista particular de Andreas me levou a uma clínica chique numa rua atrás da Av. Paulista. Uma ginecologista simpática me atendeu e orientou sobre os métodos contraceptivos e os cuidados com a primeira relação sexual. Quase me enfiei debaixo da mesa, de tanta vergonha. O infeliz avisou a ela que sou virgem. Tomei a injeção em uma farmácia nas imediações do prédio da Montanaro e o motorista me trouxe de volta.

Andreas me surpreendeu me levando ao tribunal com ele no período da tarde. Depois disso, não o vi mais. Sua secretária me avisou que me chamaria em web conferência se precisasse falar comigo sobre o caso da senhora Mércia. Mas, graças a Deus, até agora ele não chamou. Preciso me aproximar dele mais e mais. Porém, meus princípios ainda entram em guerra com essa vingança perigosa a que me propus. Tenho tentado não pensar em Andreas e no fato de que me fará mulher, em breve. Cada vez que me lembro disso, meu estômago despenca, tremores me abalam por inteiro.

Para me distrair, lancei-me no trabalho e na escavação sobre a filha do falecido por conta própria. Visitei a moça e conversamos um pouco. Visitei sua mãe também, fui até a antiga escola da filha e universidade que recém concluiu. Mirella foi descrita, por alguns colegas e ex-professores, como uma adolescente e jovem mimada.

Parece que o pai atendia a todos os seus caprichos, o que suspeito, tenha parado de acontecer quando a amante se tornou esposa e as atenções dele foram para a sua jovem companheira. Minha tese permanece a mesma. Acredito que Mirella tenha algo a ver com o assassinato do pai. É horrível, mas meu instinto apontou para ela desde que bati o olho no processo. Estou dedicando todo o meu dia a esse caso, preciso cavar mais informações sobre a garota, sua mãe e a relação que tinham com o homem.

À noite, persigo o meu inimigo na internet. Na segunda passada, eu o vi saindo de um restaurante chique com o braço enrolado na cintura da sua noiva. É muito bonita. Os dois são, e confesso que me incomodou vê-lo com a morena elegante. O escroto parecia feliz olhando para ela e vice-versa. Bandido maldito! Para piorar, Mônica, secretária dele, uma vaca de primeira, contou durante uma pausa na cantina que Isabeli Valente está retornando ao trabalho hoje. Vi pelas redes que a ricaça quebrou o pé enquanto esquiava nos Alpes Suíços. Pelo que Bianca me conta, a mulher é outra vaca.

— Você está encantando o doutor Andreas. Eu te disse que ia dar tudo certo, amiga — Bianca cantarola pela enésima vez.

— Vamos com muita calma, amiga. — Sorrio do seu exagero.

— Você não o conhece, Maya. — Rola os olhos.

Se ela soubesse...

— Ele não costuma levar um novo associado ao tribunal logo no começo. Os coitados penam por meses até serem notados pelo homem, eu juro.

Ele me intimou a ir ao tribunal na segunda passada e Bianca acredita que esse é o acontecimento do século. Ironizo-a. Fomos em sua limusine e estava me borrando de medo de estar perto do homem, depois da tensão sexual sombria que emanava dele enquanto discutimos os termos da minha submissão. Entretanto, o advogado competente havia encarnado em Andreas. Mal me olhou nos olhos. O percurso inteiro ficou ao celular falando com várias pessoas, dentre eles, seu primo Luigi. Pareceu-me uma conversa em códigos em dado momento. Em seguida, percebi, pelo seu tom suave, que falava com sua noiva. *Beli,* ele a chamou. Eu me remexi no assento à sua frente e seus olhos verde-musgo encontraram os meus. Algo cintilou fugazmente em suas íris e os desviou para fora da janela, dispensando-me. Fiquei lá, ouvindo o infeliz falar, pelo que pareceu uma eternidade, com a outra mulher. Quando encerrou, já estávamos na frente do Fórum.

Foi uma tarde bem interessante, devo admitir. Eu o assisti simplesmente liquidar outro advogado em um caso de estupro. Andreas defendeu uma secretária que estava processando o patrão que a drogou e a estuprou numa confraternização da empresa. A forma como conduziu e interrogou cada testemunha da defesa e acusação me fez admirá-lo e, novamente, questionar-me, como alguém tão brilhante prefere o lado obscuro? Em meio à admiração, veio a revolta, porque aquele homem é uma farsa. Andreas Montanaro não é um homem que faz justiça, é um bandido cruel e mentiroso. Quando voltamos, informou que o motorista iria me levar para a consulta ginecológica e, em seguida receber o contraceptivo injetável. E depois disso, não o vi mais.

Expulso a lembrança conflituosa da minha cabeça e respondo à Bianca.

— Você é tão romântica e crédula, amiga. — Sorrio, meneando a cabeça, enquanto saímos do elevador, tomando o corredor do lado esquerdo. A sala de Álvaro, seu chefe, fica desse lado também.

— Só digo o que estou vendo. Ele está encantado com você — repete e rolo os olhos.

Neste momento, Álvaro Montanaro sai do elevador privativo, a alguns passos de onde estamos. O homem é muito parecido com o irmão mais velho. Só que seus olhos são escuros. Dois poços negros que estão cravados em Bianca. Ouço minha amiga suspirar baixinho e seu amante anda devagar em nossa direção. Até mesmo o jeito de andar lembra o escroto mais velho. Os dois são muito bonitos, infelizmente é a verdade.

— Bom dia, Bianca — cumprimenta sua secretária.

— Bom dia, Álvaro — ela responde, e, embora o chame pelo primeiro nome, sua voz é profissional. Ele lhe oferece um meio sorriso.

Então, seu olhar escuro e perigoso se desvia para mim. É tão intimidante quanto o de Andreas, e sombrio também. Olhos sem alma. Olhos de um criminoso.

— Maya Pinheiro — cumprimenta com um leve movimento de cabeça. — Eu nunca tive oportunidade para lhe parabenizar depois da seleção. Você foi muito bem naquela sustentação.

— Obrigada, doutor — digo, sem jeito. Por essa não esperava.

— Me Chame de Álvaro. É uma associada, não estagiária — pede, novamente me surpreendendo.

— Está certo. Obrigada — agradeço, ainda sem jeito, querendo escapar o quanto antes para a minha sala.

Seu olhar estreita um pouco, analisando-me atento.

— De onde você é mesmo? — pergunta e minhas mãos começam a suar.

— Sou de Ribeirão Preto, senh... — Rio levemente e corrijo a tempo. — Álvaro.

— Certo. Cursou Direito na USP? — indaga com ar aparentemente despretensioso. Contudo, se há uma coisa que advogados jamais são é despretensiosos. E no caso dele, um bandido perigoso, devo ficar ainda mais alerta quando estiver por perto.

— Sim, USP — respondo com um sorriso também despretensioso de volta.

— Muito bom. Eu e o And temos alguns amigos que são professores naquele campus — o homem adiciona, fazendo meus batimentos cardíacos acelerarem.

Deus, não o deixe me perguntar sobre nenhum desses amigos! Não saberei responder. Percebo, com desespero, que nem Valeska nem eu pensamos sobre isso. *Os professores.* Preciso me inteirar sobre os mais populares do Direito no campus de Ribeirão, urgentemente.

Álvaro continua me olhando, tenho quase certeza de que vai me fazer alguma pergunta que colocará em risco meu disfarce.

— Bem-vinda à Montanaro!

Quase suspiro de alívio. Em vez disso, obrigo-me a colar meu melhor sorriso no rosto.

— Obrigada. Estar aqui é um sonho se realizando — digo com ar sonhador dos recém-formados.

O homem me encara fixamente e acena, abrindo um leve sorriso.

— Espero que meu irmão não esteja maltratando-a. — O brilho em seus olhos negros me diz que sabe o que serei para seu irmão em breve.

Meu rosto esquenta. Sinto-me suja, uma prostituta imunda.

— Tenha um bom dia, Maya. Eu preciso de Bianca na minha sala.

Leva a atenção para Bianca.

— Agora — seu tom é mais baixo e profundo, parecido com o que Andreas usou comigo depois que assinei o contrato.

Ele não espera pela anuência da secretária/sub, apenas passa por nós, andando com a arrogância que acredito ser uma característica da sua maldita família. Bianca o segue, como uma escrava bem treinada. Quando se distanciam, solto uma respiração aliviada.

Merda. Essa foi por pouco!

Retomo a caminhada até o meu escritório. Entro e vou direto até a mesa, retirando meu notebook da pasta de couro elegante. Pego meu celular da bolsa e a guardo no armário do lado. O espaço é pequeno, porém, aconchegante. E tem uma vista incrível da cidade lá embaixo. Vou até a parede de vidro e olho com encantamento a movimentação da metrópole que nunca para. Então, lembro-me da razão de eu estar aqui. Se as circunstâncias fossem diferentes, poderia me deixar envolver pelo glamour que é trabalhar em um grupo advocatício tão importante. Mas não são. Estou aqui para obter justiça para meu amor perdido. Não posso esquecer-me disso jamais. Sou uma impostora. Entristeço-me ao perceber que, de certo modo, também não sou a mocinha desta história.

Volto à mesa e me acomodo na cadeira de couro acolchoada. Abro o notebook na pasta do caso Mércia e me ponho a trabalhar. Estou entretida quando meu celular toca do meu lado. Faço uma careta ao olhar o visor: Miguel. Ele nunca desiste. Liga-me com frequência. Ontem, quando falei com meus padrinhos, em nossa ligação diária, eles disseram que Miguel havia dito que viria me visitar em breve. Eu não o quero por aqui. Deus, não quero nenhum deles me visitando e descobrindo minhas mentiras. Com sorte, conseguirei pegar Andreas antes dos quatro meses do contrato. Não suportarei ser o brinquedo daquele assassino por tanto tempo. Só de pensar nisso, quero morrer. Suspirando em desânimo, atendo o primo de Breno:

— Oi, Miguel — tento colocar empolgação em meu tom, afinal, ele é um bom cara e um bom amigo.

— Maya... — pronuncia meu nome com tanta reverência que me assusta. Isso significa que não vai desistir de mim tão cedo. — Eu não aguento mais ficar sem te ver — seu tom é sofrido e fico triste por meu amigo. Infelizmente não mandamos em nossos corações. Ele não tem culpa de me amar como mulher quando não compartilho dos mesmos sentimentos. — Estou indo no fnal de semana. Nem me venha com mais desculpas. Meus tios também estão preocupados com você aí nessa cidade grande sozinha.

Expiro. Sei que estou castigando-os em nome da minha vingança. Sinto tanto a falta deles. Tem noites que choro até adormecer. Mas não voltarei até que aquele maldito pague por destruir a minha vida. Por outro lado, tenho me sentido tão sozinha aqui nesse mundaréu de cidade. Mesmo com a hospitalidade e amizade de Bianca, ainda me sinto só, porque escondo muitas coisas dela. Converso com Valeska quase que diariamente, mas esse contato é frio. A mulher não está interessada em fazer amizade comigo, apenas pegar Andreas Montanaro. Somos duas pessoas que se uniram pelo ódio à mesma pessoa. Sabe o provérbio "o inimigo do meu inimigo é meu amigo?" É mais ou menos assim a minha relação com a agente da PF.

— Venha, então, Miguel. Também sinto a sua falta — murmuro e ele respira fundo do outro lado.

— Porra, pensei que ia inventar mil desculpas para eu não ir. — Meu amigo sorri. Seu tom aliviado agora. — Meus tios estão sentindo a sua falta. Eles não falam para não pressionar você, mas eles sentem.

— Eu sei. Também sinto falta deles. — Meus olhos ardem de tristeza. — Sei que parece egoísmo da minha parte não ter visitado eles até agora, mas estou tentando me recuperar, Miguel — embargo.

Falar com um deles sempre me deixa para baixo. As lembranças de Breno vêm como uma avalanche, soterrando-me em lágrimas, desilusão e ódio.

— Nós entendemos. Mas acabamos perdendo você também, junto com Breno — há tanta tristeza em sua voz que as lágrimas transbordam em meus olhos.

Depois de um momento em silêncio, Miguel murmura:

— Eu te amo, Maya. Você é a mulher da minha vida.

Eu meneio a cabeça, como se ele estivesse me vendo.

— Miguel, já falamos sobre isso — sussurro. Não quero magoá-lo.

— Não estou falando isso para te pressionar. Só quero que saiba que estarei sempre por perto — diz suavemente. — Quando curar seu coração, promete que irá pensar sobre nós?

Quero dizer a ele, pela milésima vez, que meu coração nunca será curado. Continuará partido. Para sempre. Contudo, meu único amigo não merece ouvir mais uma negativa.

— Se o meu coração se curar, você será o único candidato a habitá-lo, eu prometo — digo e ele ofega em meu ouvido.

Sou uma pessoa horrível por falar isso quando sei que nunca terei meu coração inteiro outra vez.

— Você é simplesmente incrível. — Consigo percebê-lo sorrir, isso já faz eu me sentir menos miserável. Talvez eu precise recarregar minhas energias junto das pessoas que amo.

— Não, você que é. — Eu fungo. — Vou te esperar com lasanha à bolonhesa — anuncio e ele dá um grito vitorioso do outro lado com a menção de seu prato preferido. — Visitarei a madrinha e o padrinho em breve, prometo.

— Venha. Eles estão muito sozinhos — seu tom é triste outra vez. — Tento passar por lá com frequência, mas o trabalho está tomando muito do meu tempo.

— Miguel também é contador, presta serviço para São Carlos e cidades vizinhas. — Apesar de que estou sendo recompensado financeiramente. Talvez eu compre um apartamento aí na cidade grande, Maya.

— Oh, isso é maravilhoso, Miguel! — exclamo, limpando meus olhos com cuidado para não borrar a maquiagem. — Parabéns! Você merece o melhor.

— Obrigado. Vou te dar tudo do bom e do melhor, Maya — garante e eu rio um pouco da sua empolgação. Talvez esteja exagerando.

— Eu preciso desligar agora. Estou no trabalho — aviso. — Vou amar tê-lo comigo no final de semana — suavizo a voz.

— Eu te amo — ele sussurra. — Cuide-se aí nessa cidade perigosa.

— Eu também te amo — digo de volta. Só que ele sabe que o amo de outra maneira. — E pode deixar, estou me cuidando direitinho. Cuide-se aí também.

Desligo em seguida e fico olhando o nada por um instante. Então, o ramal toca. Eu aperto o botão do aparelho e logo a voz antipática de Mônica soa:

— A doutora Isabeli quer que você venha até sua sala imediatamente.

Vou responder, mas a garota estúpida já desligou. Nenhum bom dia. A infeliz enfiou as boas maneiras naquele rabo estreito dela. Fico encarando o aparelho, fervendo de raiva, e aí a ficha cai. *Isabeli*. A noiva de Andreas. Meu coração salta. O que essa mulher pode querer comigo? Pergunto-me, franzindo o cenho. *Imediatamente*, a vaca da Mônica disse. Rolo os olhos e me levanto, alisando meu vestido azul-marinho. É um modelo bem comportado, com decote quadrado, mas é justo, moldando minhas curvas de forma sensual e elegante. Meus sapatos *Louboutin* pretos são saltos dez. Meu cabelo loiro está solto, caindo em ondas até o meio das costas. Vou até o pequeno banheiro e confiro minha imagem. Não quero, mas, de repente, sinto essa mulher como uma rival. Ou talvez seja só a culpa, porque, em breve, terei relações sexuais com o seu homem. Volto para a sala, dirigindo-me para a porta.

Eu saio pelo corredor, na direção da sala da mulher. Mônica me oferece um sorriso cruel ao passar diante de sua mesa. O que diabos essa vaca tem contra mim? Pergunto-me, atirando-lhe um olhar afiado em resposta do seu risinho de merda. Viro para o lado direito do corredor e logo avisto o nome de Andreas em sua porta. É deprimente como apenas ver o nome do escroto me deixa descontrolada. Meus passos diminuem, até parar em frente a sala da tal noiva. Levanto a mão e dou duas batidas leves na madeira.

— Entre! — vem a voz feminina do lado de dentro.

Respiro fundo e giro a maçaneta, empurrando a porta. Meus olhos correm pela sala, ressabiados, ansiosos. Percebo que é menor do que a de Andreas, porém, muito bonita, tem uma decoração sofisticada. Então, meu olhar encontra a morena sentada atrás da grande mesa de tampo de vidro. Engulo em seco. É muito mais bonita do que as imagens que vi nas redes. Seu cabelo negro é liso e usa num corte Chanel, partido no meio. As pontas acariciam as laterais do rosto perfeitamente maquiado. Tem trinta anos, pelo que bisbilhotei dela, mas com essa pele não aparenta a idade. Quando nossos olhares se encontram, percebo que também estou sendo avaliada pelos olhos castanhos da mulher. Ela encosta-se ao espaldar alto da sua cadeira e o brilho em suas íris vai ficando afiado e frio.

— Você é Maya Pinheiro? — sua pergunta é um misto de surpresa e altivez. Mede-me dos pés à cabeça novamente, a boca curvando em desprezo óbvio.

— Sim, sou eu — digo no tom mais firme que consigo. — Você queria me ver?

A mulher levanta uma sobrancelha bem feita e arqueada.

— Sim, eu queria conhecer a nova associada de meu noivo — a forma como me diz isso é dura. Espero que ela não dificulte a minha vida aqui. — Que idade tem, garotinha? Parece mal saída da adolescência.

— Tenho vinte e um — ofereço, tentando não me irritar com a pose de rainha que a mulher ostenta.

— Recém-formada — diz, como se isso fosse um crime, com um arremedo de sorriso cruel cruzando seu rosto. — Aproxime-se, filhinha, eu não mordo — seu tom jocoso me tira do sério.

— Meu nome é Maya — replico e seus olhos estreitam, a expressão afiada voltando com tudo. — Use-o, por favor.

Ela se levanta e constato que é alta pra caramba. Parece uma dessas modelos que vivem aparecendo em comerciais da televisão. Isabeli dá a volta na mesa e anda devagar para mim, seus olhos me examinando mais e mais.

— Pois bem, *Maya* — pronuncia meu nome com ênfase exagerada, cruzando os braços sobre o peito.

Ela está vestindo um conjunto de calça e terninho branco. Uma blusa vermelha por dentro. As unhas bem feitas estão pintadas de vermelho-sangue, como seu batom. Sua pose esbanja confiança e a arrogância dos muitos ricos.

— Quando o And me disse que tinha selecionado uma mulher para associada, pensei que se tratasse realmente de uma *mulher*... — Ela ri e meneia a cabeça, como se tivesse diante de algo ridículo, no caso eu. — Mas estou vendo que não passa de uma *garotinha* recém saída da faculdade.

O comentário desdenhoso torna a vir e eu trinco os dentes, reprimindo uma resposta.

— Como conseguiu passar na seleção? Estou curiosa, não me culpe.

Bianca tem razão. Essa mulher é mesmo uma vaca! E agora só quero responder à altura. Foda-se se ela é a noiva do chefão!

— Pergunte isso para o seu noivo, Isabeli — respondo friamente. — Andreas me aprovou, porque obviamente gostou do meu desempenho.

Seus olhos castanhos fervem. Em seguida, ficam gelados e ela abre o meio sorriso de desprezo.

— Você é nova por aqui, então, vou relevar esse deslize, querida — diz com voz gelada. — Deve sempre se referir a mim por doutora Isabeli e a meu noivo por doutor Andreas. Está claro?

— Você está desinformada — rebato, cruzando meus braços também, imitando sua postura nada amistosa. — Andreas me pediu que o chamasse dessa forma, visto que não sou uma estagiária e sim sua colega de trabalho.

A mulher dá uma risada. Uma risada alta, mas longe de ser divertida.

— Colega de trabalho? Pelo amor de Deus, menina, você acabou de sair da faculdade! — caçoa. — Diga-me que não está ousando se equiparar ao melhor advogado criminalista da atualidade.

Grrrr! Ela está me irritando.

— Claro que não estou me equiparando a ele. Sei que ainda tenho um caminho longo a percorrer.

— Ótimo, querida — diz com desdém. — Que bom que sabe disso.

— Há realmente um motivo para a sua chamada *urgente*? — pergunto, minha paciência por um fio.

Seus olhos me atiram farpas.

— Você é muito abusada para uma recém-formada, *garotinha*. — A infeliz continua me irritando. — Esteja certa de que falarei com o And sobre sua afronta — ameaça e não digo nada.

Andreas não me parece o tipo de homem que é pau mandado de mulher. Ele é dono de si, a prova disso é que mantém submissas mesmo tendo essa entojada como noiva. E olha que ainda tive crise de consciência no começo, punindo-me por estar a caminho de fazer sexo com o homem de outra mulher. Depois de dois segundos conversando com a dita cuja, uma parte perversa dentro de mim está gostando de saber que estarei na cama com o seu precioso noivo, tão logo ele volte de viagem.

Deus, mas o que estou pensando? Reprimo esse pensamento leviano. Não quero gostar da ideia de estar na cama com aquele homem sob nenhuma circunstância.

— Eu tenho muito trabalho esperando, então, seja objetiva, por favor — peço.

Ela me lança um sorriso maquiavélico e volta para a mesa. Vejo-a apertar o botão no interfone. Fico intrigada. Que mulher estranha.

— Ela passará aí e pegará a papelada com você, querida. Obrigada, Mônica.

Meu estômago se revolve, antevendo más notícias para mim. Isabeli senta à beira da mesa e seu olhar ganha um brilho ainda mais cruel ao informar:

— Chamei você porque preciso que tire cópias de alguns processos para mim.

Não disse? Essa mulher quer me diminuir por alguma razão que ainda não consigo discernir.

— Isso é serviço de estagiário ou secretária. Eu não...

Seu rosto fica sério e ameaçador, mostrando que é uma escrota também, quando me intima:

— Você vai fazer o que eu mandar, senhorita *meu nome é Maya*. — Revira os olhos. — Vai tirar as cópias e depois virá me ajudar com as inúmeras petições que tenho para fazer. — Seu sorriso é tão desprezível ao propor: — ou pode reclamar para o And e ter esse seu rabo insubordinado chutado para o meio-fio, *garotinha*.

Eu trinco os dentes, ódio dessa infeliz me tomando. Claro que não vou reclamar para o maldito. Ele pode me jogar na rua mesmo e arruinar meus planos. Respiro fundo e me resigno a acatar as ordens dessa nojenta. Engulo todos os desaforos que merece ouvir e aceno.

— Boa menina! Viu? Chegamos rapidamente a um entendimento. — Ri vitoriosa. — Pegue tudo que preciso copiar com a Mônica. Quando terminar, volte aqui.

— Certo — murmuro, virando-me para deixar a sala.

— Maya? — eu olho por cima do ombro. — Você vai me tratar por doutora Isabeli, entendeu? Não pense nem por um momento que está em meu nível, querida. — Torno a acenar, explodindo por dentro.

Ela percebe que estou me contendo e espezinha:

— Outra coisa que é extremamente importante, benzinho. — Seu rosto fica ainda mais brutal. Noto que seus olhos são sem alma como dos irmãos criminosos. Deus, que estupidez a minha. Se é noiva dele só pode ser uma bandida maldita também! — And nunca teve uma associada antes. Eu sempre selecionava homens para o posto. Homens capazes, porque meu noivo é muito exigente — revela.

E, de repente, percebo que não era preconceito de gênero de Andreas. Era sua noiva ciumenta garantindo que apenas homens chegassem perto dele.

— Não confio em mulheres. Elas são levianas. Adoram se engraçar com homens comprometidos. — Anda em minha direção e me obrigo a permanecer no mesmo lugar. Não lhe darei o gosto de meter medo em mim.

Olha-me de cima a baixo e torce o nariz com nojo.

— Sei que o meu And nunca se interessaria por alguém como você, mas, de qualquer forma, saiba que estou de olho. Meu noivo é um homem muito bonito e cobiçado, como já deve ter percebido. — Aponta o dedo na minha cara. Tenho vontade de pegá-lo e torcer até quebrar.

Na verdade, quero dar uma surra nessa entojada. Sou pequena, mas já estou dominando bem as artes marciais.

— Se perceber algum movimento errado da sua parte, eu acabo com você, garota.

— Está me ameaçando? — ouso perguntar.

— Sim, estou. Não queira ser minha inimiga. Você não tem ideia do que eu faria pelo meu noivo. — Seus olhos são duros, letais, neste momento, e um arrepio ruim desce pela minha espinha.

A escrota assume sem nem ao menos piscar, ela é tão arrogante que minha vontade de lhe dar uma surra só cresce. Faria um estrago grande nessa sua cara de rica nojenta. Mas, novamente, estragaria tudo que tenho planejado.

— Agora vá! Mexa-se! Tenho muito trabalho para você hoje.

Eu giro nos calcanhares e saio da sala, esfumaçando pelos ouvidos.

Duas semanas depois...

Entro em nosso apartamento e suspiro, meus pés me matando. Retiro meus saltos e gemo de prazer ao pisar no assoalho frio.

— Vaca maldita! — resmungo.

Meu ódio por Isabeli Valente só aumentou nessas duas semanas em que tive que ser praticamente sua escrava particular.

— Nojenta! Que vontade de quebrar aquela cara desprezível da vadia!

— Ela está pegando pesado com você, porque é mulher, amiga. E além disso, linda, convenhamos, né? — Bianca diz, entrando atrás de mim e fechando a porta. — Os outros associados a vaca deixa livre, porque não oferecem perigo para o homem dela.

Bufo e ando até um dos sofás, caindo pesadamente sobre ele. Bianca anda até a cozinha, ainda falando sobre como a *noiva do terror* adora infernizar a minha vida. Abro os olhos e minha amiga está voltando com duas *Smirnoff Ice*. É quinta-feira, mas dane-se! Eu preciso mesmo de uma bebida. Estou acabada de tanto correr para lá e para cá o dia inteiro, tirando mil cópias ou elaborando documentos para aquela infeliz.

— Ah, droga, eu te amo, garota! — Pego a minha garrafa já aberta e me sento, tomando um gole.

Bianca gargalha, empoleirando-se no outro sofá à minha frente, e ficamos saboreando nossas merecidas bebidas depois de um longo dia de expediente. Estou duplamente cansada, já que, durante o dia, a rainha do escritório não me deixa pegar no caso de Mércia. Não tive um minuto de sossego nesses dias.

Miguel veio me visitar e foi tão bom ver meu amigo. Ele dormiu aqui mesmo, teve que se virar no pequeno sofá que se transforma em cama na sala. Bianca ofereceu e fiquei feliz por tê-lo por perto. Falei a verdade ainda há pouco, já amo essa garota. É a pessoa mais doce e incrível que conheci. Saímos os três para um bar em uma das noites e me permiti beber e esquecer um pouco minha vida caótica. Fui ao cinema com Miguel e jantamos em um restaurante ótimo aqui perto de casa. Passeamos pelo Ibirapuera no domingo e fechamos com sessão de filmes em casa. Acabei dormindo espremida com ele, no pequeno sofá. Quando foi embora na segunda, chorei muito. Talvez tenha razão e, em algum momento no futuro, possa enxergá-lo como homem e me permita recomeçar.

Suspiro, não querendo pensar sobre isso agora. Só de pensar que ainda vou trabalhar mais tarde, quero matar aquela mulher infeliz! Estou tendo que estudar o caso de Mércia à noite porque quando o chefão retornar, vai querer ver os avanços. Por falar nele, que diabos de viagem longa é essa? Nunca mais deu sinal de vida. O filho da puta deve estar cuidando de seus negócios obscuros.

— Vamos pedir algo leve para o jantar? Quero dormir cedo hoje, estou acabada. — Gemo, movimentando meus dedos doloridos dos pés.

— Vamos. Também estou um caco. — Estica os braços acima da cabeça e abre um sorrisão para mim. Está cansada das atividades extra curriculares com Álvaro. — Meu amor é tão vigoroso — completa com ar sonhador.

Sorrio. Espero que não se machuque muito com esse outro maldito. Não falei para Bianca sobre meu envolvimento com Andreas fora do escritório. Seria suspeito demais até para alguém sem malícia como minha amiga é. Prefiro não envolve-la mais do que o necessário em minha teia de vingança.

— Vou tomar um banho e já volto para pedirmos — aviso, levantando e catando minhas bolsas e sapatos e me arrasto pelo corredor, em direção ao meu quarto.

Ela acena e se levanta também, seguindo-me. .

Entro no pequeno cômodo e jogo minha pasta e bolsa sobre a mesinha de canto, onde trabalho e também persigo os Montanaro, muitas vezes até tarde da noite. Ingiro o restante da minha bebida, enquanto me livro das roupas e vou para o banheiro. Tomo um banho, uma ducha demorada, deixando um pouco do cansaço descer pelo ralo. Enxugo-me e visto um roupão para ficar mais à vontade.

Meu celular pré-pago toca dentro do guarda-roupas. Esse é o aparelho que Valeska me deu para nos comunicarmos. Ela diz que não pode ser rastreado, caso me peguem com ele. Ando até lá, abrindo a gaveta das calcinhas, pego o pequeno aparelho e atendo:

— Valeska — saúdo. Ouço sua respiração pesada do outro lado por um instante. — Valeska? — torno a chamar.

— Maya, a última submissa de Andreas Montanaro está morta. — Minhas pernas ficam moles com a revelação. Ando até a cama e me sento. — Acabei de sair do apartamento da moça. Estava amarrada à cama, nua, seus mamilos arrancados e a garganta cortada.

Um arrepio de mau agouro percorre a minha coluna. Meu coração salta com o terror descrito na cena. *Meu Jesus Cristo!*

— Você acha que ele a matou? — minha voz é baixa e assombrada — Ou mandou matá-la, já que está fora da cidade?

Silêncio na linha.

— Ele não está mais fora da cidade, Maya. Chegou esta tarde.

Eu gelo com essa informação. Ai, meu Deus, ele já chegou! Isso significa que terei que me submeter... Meu coração salta com força.

— Andreas Montanaro é capaz de matar das piores maneiras, Maya, você já sabe disso — seu tom é cheio de advertência. — Mas não importa o que o maldito faça, nós não temos força para pegá-lo. Os Montanaro são protegidos pelo alto escalão da polícia e também políticos influentes. — Expira desgostosa. — Você é a única esperança de eu pegar o assassino do meu marido. Precisamos expô-lo para o público. Sua máscara precisa cair o quanto antes!

Respiro entrecortado. Ele pode ter assassinado sua ex-sub? Me aterroriza pensar que sim e que posso estar caminhando para a beira de um precipício. Estarei completamente à sua mercê, em breve.

— Ouvi todas as suas conversas com o nosso alvo até agora, Maya — sua voz tem um toque de preocupação. — Haja o que houver, jamais se encante por aquele homem. — Engulo em seco, vergonha e asco de mim mesma e do que estou sentindo pelo assassino indireto de Breno. — Eu sei o quanto a aparência externa do monstro pode enganar e seduzir as mulheres — faz um som de lamento. — Jamais esqueça do que aquele homem é capaz, Maya. Jamais abaixe a guarda perto dele, ou isso pode lhe custar a vida, menina.

Garanto que vou me cuidar e me manter em alerta e, alguns minutos depois, encerramos a ligação. Eu saio, janto com Bianca no balcão da cozinha. Conversamos sobre o universo BDSM. Aproveito para tirar mais dúvidas. Já li muito, ainda assim, um frio horrível me percorre quando lembro que o homem a quem vou me submeter é um sádico. Ele gosta das práticas mais escuras e pesadas. Perto das 21h dou um beijo de boa noite na minha amiga e volto para o meu quarto.

Pego firme no caso. Aproveitei as facilidades da internet e fiz mais ensaios de audiência com Mércia. A mulher está muito mais segura e controlada agora. Creio que Andreas ficará satisfeito com os avanços nesse quesito. Meus olhos já estão pesando quando encerro a última conversa no *Google Meet*. Fecho o notebook e vou ao banheiro, cuidar da higiene. Deito-me já perto da meia-noite. Estou quase cochilando quando meu celular toca sobre o criado-mudo. Sobressalto, pegando o aparelho. É uma ligação privada. Não aparece número na tela. Sei que não é o indicado, mas atendo, trazendo o aparelho ao ouvido.

— Eu quero você, amanhã.

A voz profunda do outro lado quase me faz derrubar o celular, de tanto susto. Meu coração dispara loucamente. *Andreas.* Oh, Deus... Contra a minha vontade, meu corpo inteiro reage ao som de sua voz, à sua demanda. Meus seios ficam tesos e minha vagina umedece. Ofego um pouco alto, entregando minha reação. Aperto meus olhos com força, imaginando a expressão cínica e fria em seu rosto bonito e sombrio.

— Você receberá seu convite do Voraz e presentes especiais do seu dono — seu tom abaixa uma nota.

Mais excitação enrola em minha barriga ao ouvir o termo possessivo.

— Use tudo e obedeça a cada instrução dada na mensagem que enviarei junto.

Seu tom é dominante e sei como devo responder.

— Sim, meu lorde — digo na voz submissa, que, por alguma estúpida razão, eu nunca precisei treinar muito. Vem de forma natural e assustadora. — Farei tudo para agradar o meu amo e senhor.

— Minha boa menina... — seu tom é levemente zombeteiro. — Boa noite, minha cadela — murmura.

O termo ofensivo me faz estremecer, e o mais humilhante, não de uma maneira ruim. Ouvir sua voz depois de tantos dias mexeu com meus nervos. E de uma forma torcida, percebo que senti falta dele. Arfo, abalada com essa descoberta.

— Boa noite, meu dono — murmuro de volta, mansa, como a cadela desprezível que realmente estou me tornando.

Abaixo o aparelho do ouvido e meus olhos se enchem de lágrimas. Deixarei de ser virgem, mas não será com o menino que amei toda a minha adolescência e que seria o meu marido. Amanhã, entregarei a última parte de minha inocência para um monstro. Fecho os olhos e rogo a Deus que me proteja do meu inimigo e de todas as emoções perturbadoras que está me fazendo sentir.

CAPÍTULO CINCO

Noite, noite da matéria. Flores negras desafloram,
Destemida em minha respiração...
(Teardrop – Massive Attack)

Andreas

Tomo um pequeno gole do meu Bourbon e observo meus primos Luigi e Augusto no palco. Os dois estão jogando com suas posses. O clube está movimentado, como sempre fica nas noites de sexta. Na verdade, a partir de quinta-feira já começa a esquentar. Os sócios levam uma vida dupla, gostam de aparecer apenas a partir desses dias. Quinta e sexta, uma vez que muitos são casados e usam o BDSM como escapatória de suas vidas conjugais baunilha. Vejo um juiz conhecido arrastando suas duas atuais cadelas pelo salão. É casado com uma promotora renomada e tem dois filhos. A família perfeita. Ironizo.

— Ei, mano — a voz de Alvinho me faz girar a cabeça. Meu irmão está sentando no banco vazio do meu lado direito. Acena para o barman, pedindo o nosso habitual. — Finalmente vai comer a *Chapeuzinho*? — zomba.

Aceno, um sorriso cínico e triunfante se abrindo em minha boca. Maya e sua carinha linda voltando a povoar meus pensamentos. Tenho pensado na franguinha mais do que devia nesses dias em que estive fora da cidade.

Os negócios me levaram ao Oriente Médio. Os ilícitos, a título de esclarecimento. Temos clientes fiéis que só compram o produto conosco... Fiquei uma semana por lá e voei para o México, encontrar com outros clientes. Entre eles, Juan, chefe do maior cartel de Tijuana. Frequentei um dos clubes de BDSM da organização criminosa e joguei pesado com uma sub morena. Era bonita e gostosa, mas faltava algo. O rosto de Maya, seus olhos lindos de camaleoa e aquela boquinha rosada, era tudo que via na minha frente enquanto chicoteava a cadela. Estou com um tesão desenfreado por essa menina e isso já está me irritando. Exatamente por isso viajei antes de tirar sua virgindade. É preciso muito mais do que uma bocetinha intocada para tirar meu autocontrole. Onde já se viu um homem com a minha idade e experiência se deixar impressionar com um maldito hímen?

Bufo, porque embora esteja relutando em aceitar, foi isso que aconteceu. Estou louco para foder a *bebezinha*, extravasar meus desejos sombrios naquele corpinho, sujar e machucar aquela pele de porcelana. Ranjo os dentes, sabendo que terei que pegar mais leve nessa sua primeira vez. Nada me agradaria mais do que rasgar sua virgindade fora, sem dó. O Sádico em mim está salivando para marcá-la, usá-la sem pena. Porém, terei de ir com calma. Preciso introduzi-la aos poucos em meu mundo sombrio. Lentamente, fazendo-a tornar-se dependente de mim e do sexo que pratico. Será fácil, já que Maya não tem quaisquer parâmetros nesse sentido. Vou lhe dar tanto prazer quanto dor e torná-la a escrava perfeita. Meu corpo inteiro está clamando pela experiência. Nunca estive com uma virgem antes, um sentimento estranho de posse está se misturando ao tesão animal. Serei seu primeiro homem. Nunca pensei que algo assim fosse me dar tanto tesão e ânsia. Confiro o relógio e sorrio sombriamente. Faltam vinte minutos para eu ir encontrar o meu novo e lindo bichinho de estimação.

— Sim — admito. — E você, não está com a sua cadela preferida? — alfineto e vejo a irritação tomando seu semblante.

Sua bebida é entregue e ele toma um grande gole.

— Não. Quero uma boceta nova hoje — diz com um arremedo de sorriso perverso.

Levanto as sobrancelhas enquanto o observo. Alvinho é tão transparente para mim quanto sou para ele. Meu mano estava desenvolvendo sentimentos pela sua sub permanente, tenho certeza. Pegar *carne nova* é a sua forma de dizer à Bianca que não crie altas expectativas em sua relação.

— Bem, eu também vou. Um brinde às bocetas novas! — digo com cinismo, estendendo meu copo em sua direção. — Especialmente à boceta virgem da minha *bebezinha*. — Bato meu copo no dele.

Alvinho devolve o sorriso sarcástico e toma mais um gole da sua bebida. Franze o cenho um instante depois.

— Você checou sua bebezinha, mano? — indaga, encarando-me. — Não me falou mais nada sobre a garota, exceto que está doido para estourar aquela cereja...

Verdade. Acabei viajando e não compartilhei com ele o que descobri sobre Maya.

— Claro que chequei. Ela está limpa — digo, deixando de fora a sensação que ainda sinto quando estou fitando aqueles olhos bonitos.

Aqueles olhos parecem esconder algo de mim. Mas seja lá o que for, não me impedirá de foder aquele corpinho de todas as formas sombrias e dolorosas que conheço até me saciar.

— Ótimo. Estou achando os Ramazotti quietos demais — resmunga, seu tom preocupado. — Não acha?

— Sim. Muito quietos, mano. Espero que tenham aprendido a lição. Se não quiserem mais membros da família esfolados vivos, é bom que nos deixem em paz.

Alvinho abre um sorriso de psicopata. Ele adora arrancar o couro de nossos inimigos. Bem, devo dizer que é algo que aprecio também. Como já disse, nunca vou atrás de inocentes. Esse é o tipo de castigo reservado à piores ofensas à nossa família. No caso dos infelizes Ramazotti, o estupro e assassinato de nossa priminha Bea. Ainda dói como o inferno quando lembro dela e sua vivacidade adolescente. A vontade que dá é de ressuscitar os estupradores só para esfolá-los lentamente, de novo e de novo.

— Vamos continuar de olho neles, para garantir — ele diz.

— Luigi e Augusto estão cuidando disso — digo e olho o palco de relance.

Meus primos estão chicoteando suas cadelas, presas por cordas que pendem de ganchos no teto mais baixo naquela parte. A de Luigi é loira, a pele branca, as costas estão com vergões vermelhos, há sangue brotando em alguns cortes. A visão me faz ainda mais ansioso por Maya. Não vejo a hora de poder fazer isso com ela.

— Por falar em Luigi, houve avanços com a tal agente Mariana?

Alvinho bufa.

— A mulher é durona. Luigi a tortura e fode com frequência, mas a puta ainda não cedeu.

Isso não me agrada. Se continuar bancando a heroína, teremos de matar a puta e sumir com o corpo, como fizemos com o rato fedido do Moraes. É muito fácil para nós limparmos nossos rastros. Temos a proteção de quem realmente manda na polícia. Só que, para minha irritação, sempre aparecem policiais metidos a honestos e, quando decidem cavar em nosso território, eles precisam sumir do mapa...

— Espero que ele não amoleça com a puta só porque é uma mulher — digo friamente. — Traidores não tem gênero para nós.

— Duvido que nosso primo amoleça. Estou até com pena dessa vadia na mão de Luigi. — Alvinho ri maldosamente. Rio também.

— Assim espero. Ratos são ratos, não importa se são mulheres e com uma boceta gostosa — abaixo meu tom apenas para meu irmão. — Se precisar *encomendar uma pizza* para uma dama, não há razão para não fazer. — Esse é o nosso código para falar de assassinato em público.

Rimos os dois, tocando nossos copos uma vez mais, termino minha bebida e bato o copo vazio na bancada do bar. Estamos na ala onde o BDSM mais pesado é praticado. O clube possui vários salões e ambientes apropriados para cada praticante. Há salas onde a atividade é bem mais leve. Este salão é para os que apreciam a face mais escura dos jogos sexuais e fica um piso acima dos calabouços. Não *aqueles* das torturas dos ratos que apresentei antes. Esses são de uso dos sócios seletos e com a conta bancária mais, digamos, recheada. Cada um tem o seu privado, como eu, Alvinho e nossos primos. Permaneço mais alguns minutos jogando conversa fora com meu irmãozinho até dar a minha hora. Não vou beber outra dose, porque esta noite outro tipo de droga irá me entorpecer: *Maya.* A posse total de seu corpo virgem. Só isso me deixará satisfeito. Nada mais o fará.

Despeço-me de Alvinho e sigo por entre os muitos sofás espalhados no salão espaçoso. Todo tipo de sexo sujo está rolando por aqui e meu corpo fica ainda mais inflamado, antecipando o prazer que terei esta noite. Tomo o elevador, apertando o botão para o subterrâneo, onde mantenho meu calabouço e minha branquinha já deve estar lá, aguardando a minha chegada. Esperando o seu dono e lorde.

Saio da caixa e minha vontade é apressar o passo, mas resisto ao impulso estúpido. É só mais um corpo gostoso que vou usar, divertirei-me por quatro meses, não há nada de especial nisso. Resmungo internamente enquanto ando devagar pelo corredor semiescuro. Passo por uma, duas e paro na terceira porta. Estive aqui mais cedo, arrumando a cena para a primeira noite de Maya como minha posse. Empurro a porta de madeira pesada e ouço a música sexy tocando. Entro devagar e fecho a porta, trancando-a, isolando-nos do resto do mundo. Agora somos só eu e a menina que reteve a minha atenção desde aquele maldito esbarrão.

A música tocando em volume moderado foi sua escolha. Uma das orientações que lhe enviei hoje de manhã era que escolhesse o som para embalar nossa sessão. Ainda não a vi desde que cheguei de viagem ontem à tarde. Não fui ao escritório hoje intencionalmente. Uma estratégia para aumentar a expectativa da submissa, mas percebo que teve efeito em mim também. Estou louco para vê-la.

Aproveitei o tempo livre e convidei o general Rodolfo Pena para almoçar comigo em minha casa. É nosso grande aliado, ele quis me contar pessoalmente que a PF tem fuçado para chegar aos chefões do narcotráfico no Brasil e estão descobrindo que, a exemplo do México, aqui também o crime organizado anda de mãos dadas com a política. Novidade. Ironizo. A diferença é que, no México, os carteis corromperam a política, enquanto que, em nosso país, a política já nasceu corrupta. Não é preciso esforço para fazer alianças. Rodolfo já está dificultando a vida dos *metido a heróis* e criando cortina de fumaça para manter os Montanaro fora do radar, como sempre. Claro que um serviço de qualidade como o do velho general não é barato, mas é uma gota d'água no oceano, comparado ao lucro do nosso ramo de negócios...

Abano a cabeça, expulsando negócios de qualquer natureza da minha mente. Corro a vista pelo quarto iluminado por candelabros distribuídos pelas paredes negras. Há muitos objetos e geringonças que uso para jogar com minhas cadelas. Banco da punição. Cruz de Santo André, no centro da parede do lado direito. Ganchos pendendo do teto, são vários, para diversas funções. Cavaletes, correntes com algemas nas paredes, no chão e em outros locais estratégicos. Chicotes de todos os formatos e tamanhos. E, por último, mas não menos importante, as jaulas, de vários tamanhos e funções também. Maya está na última. As instruções eram claras. Não dá para vê-la daqui, mas sinto seu leve perfume de rosas no ar.

A banda que escolheu é Massive Attack. Eu não conhecia, mas me peguei gostando do som quando procurei pelo grupo no final da tarde. Quis lhe fazer algumas concessões hoje. Por quê? Não sei responder. Talvez para agradá-la por me dar a honra de ser o seu primeiro homem. Ou talvez eu queria apenas amansá-la, seduzi-la mais rapidamente para o meu mundo. Sim, esse é um bom argumento. Rio e me dirijo ao aparador perto do cavalete, onde minha coleção de facas de ouro puro, está exposta. O brilho dourado reluz na lua bruxuleante das velas.

Pego uma e tomo a direção das gaiolas. Meu coração começa a saltar conforme me aproximo da última. É diferente das outras, as barras são douradas e há uma cama dentro. É onde possuirei Maya. Haverá muito tempo para humilhá-la, prendendo-a nas outras menos glamorosas. Sorrio cínico, estacando na frente das grades. Ela está lá dentro. E meu coração salta com ainda mais força ao vê-la. Privei-me intencionalmente desta visão por três semanas e, porra, valeu a pena. Está linda no vestido que escolhi e enviei para seu apartamento. É de seda branca e alças finas. O decote ficou como imaginei, mal contendo os seios cheios, redondos e firmes. Sandálias douradas, para combinar com a gaiola, completam o traje. Os cabelos longos e loiros, ordenei que os deixasse soltos. Quero pegar, cheirar, puxar, nesta primeira vez. Vejo o momento em que percebe que já cheguei. Sua boquinha linda, de lábios apetitosos e naturalmente rosados, entreabre e ela abaixa a cabeça, apoiando as mãos delicadas sobre as coxas cremosas.

A pose submissa perfeita. *Ela* é perfeita. Seu vestido é curto e, devido à sua posição submissa na cama de lençóis negros, subiu ainda mais, dando-me um vislumbre da calcinha branca de renda fina. Vejo os lábios da pequena boceta, e meu pau engrossa. Está usando uma venda de seda vermelha, uma de minhas instruções. Gualberto, um de meus homens de confiança, a buscou em casa e a trouxe vendada até o calabouço. O suspense faz parte do jogo. Ao ser privada de um dos sentidos, ela ativou os outros e, certamente, ficou mais curiosa e ansiosa para começarmos a brincadeira. O fato de não saber o que a espera aumenta a sua adrenalina. Hora de jogar! Aproximo-me e abro a porta da jaula.

— Você está linda, meu bichinho — elogio, sem conseguir me conter.

Normalmente não sou de elogiar, mas ela é a coisinha mais linda que já vi, não há como calar sobre essa merda. Maya ofega, lambendo os lábios.

— Obrigada, meu lorde — murmura mansamente. Sua voz está levemente trêmula e o sádico em mim gosta disso. Seu medo é o meu alimento.

Estendo a mão direita e toco a sua esquerda. Ela se retesa um pouco, mas me deixa pegar firmemente. Seguro um gemido de deleite por segurar sua mãozinha macia. Porra, tocá-la é como uma descarga elétrica percorrendo meu corpo. Sei que sente o mesmo. Nossa química é abrasiva, forte. O sexo será fora de série, tenho certeza.

— Levante-se, meu passarinho. Venha mostrar-se para seu dono — uso um tom bajulador e indolente enquanto a ajudo a se levantar e descer da cama.

Enfio a faca pelo cabo no bolso traseiro do meu jeans e firmo-a sobre as sandálias de salto alto.

— Por aqui, bebezinha — murmuro, colocando as mãos em seus ombros nus.

Maya estremece, arfando baixinho, deixando-se guiar para fora da jaula. Vamos voltar para foder aqui dentro, mas agora preciso vê-la nua. Paro com ela à minha frente, minhas mãos coçando para percorrer cada centímetro da pele de porcelana. Sua respiração está alterada pela nossa proximidade. Aproveito a vantagem de ela estar vendada para olhá-la de cima à baixo. Os peitos firmes estão se derramando sobre o decote e resisto à vontade de tocá-los. Ainda não é a hora. Desço as mãos pelos seus braços, lentamente. Maya geme, sua pele arrepiando, tremores a percorrendo. Faço o caminho de volta, deslizando as pontas dos dedos, apreciando a maciez da sua pele. Agarro seu pescoço sem aviso e ela resfolega alto, enquanto fecho as mãos em sua delicada garganta. Eu rio malvadamente.

— Minha cadela gosta disso, não é? — zombo, apertando devagar.

— S-sim, meu dono — assume.

Eu gosto da sua honestidade.

Subo as mãos pelo rostinho de anjo que tanto me fascina. Quero ver seus olhos. Estão azuis ou verdes nesta noite? É hora de retirar a venda. Hoje quero que veja tudo que vou fazer com ela. Nas outras vezes lhe privarei de alguns sentidos. Porém, nesta noite, quero que me olhe nos olhos quando meu pau rasgar sua virgindade fora. Com esse pensamento, desfaço o nó na fita de seda, puxando-a lentamente para baixo. Maya pisca várias vezes para se acostumar ao ambiente e minha respiração trava quando nossos olhares se encontram. Azuis. Porra, a tonalidade incomum de azul é realmente linda. Apenas quinze dias que não nos víamos, mas parece que eram muito mais. Pego seu pescoço pela frente, tornando a apertar, tesão descomunal queimando em cada parte do meu corpo. Nossos olhares nunca se deixam. Pergunto-me o que há nesses olhos que me encantam tanto. É a expressão de medo em meio à coragem? Aproximo meu rosto do seu, minha boca ficando a um sopro da sua. Minha atenção recai nos lábios cheios e minha boca saliva. Para minha surpresa, vejo-me desejando beijar essa franguinha. Sim, essa garota tem algo que me atrai muito. Rio cínico, segurando seu queixo com a mão livre, passo o polegar sobre sua boca, esfregando os lábios macios. Suas pálpebras caem, seus olhos se fecham, provavelmente à espera do beijo. Sorrio perverso e pego a faca no bolso de trás do meu jeans.

— Bem-vinda ao jogo, meu bichinho — sussurro, encostando a lâmina no lado direito do rostinho de anjo.

Seus olhos se abrem no mesmo instante, o medo ameaçando tomar o lugar do tesão de segundo antes. Deslizo a faca muito levemente em sua face, meus olhos nunca deixando os dela, testando-a. Embora seu corpo fique tenso, não faz menção de se afastar ou protestar. Sorrio, encarando-a fixamente e murmuro em tom áspero, bem perto de sua boca:

— Sua coragem me excita tanto quanto seu medo, bebezinha. Você nasceu para ser submissa, Maya. — Desço a lâmina devagar para seu pescoço.

Ela ofega, mas continua submissa, os olhos presos aos meus, aceitando-me como seu amo e senhor. Pego seus cabelos da nuca e puxo com força, mantendo a faca encostada em sua garganta.

— Vai tomar meu pau sem reclamar, não é, minha boa cadela?

— Sim, meu amo. Farei tudo que meu dono quiser — responde, ofegante.

A mistura de emoções em seus olhos é fascinante e, neste momento, eles estão quase verdes. Sim, porra, a menina é corajosa e me faz rosnar como um animal selvagem quando murmura:

— Usa-me, meu lorde.

Puxo seus cabelos com mais força e, ainda assim, a menina apenas resfolega. Rio perversamente e escorrego meus lábios pela face macia até seu ouvido. Sugo devagar, mordiscando depois. Maya estremece, gemendo, matando-me de tesão.

— Eu vou acabar com você, menina — rosno.

Minha vontade é jogar a garota atrevida no chão e meter fundo em sua pequena boceta. Mas não vou. Tudo a seu tempo. Estar no comando é o meu jogo.

Meu coração está quase saindo pela boca, presa em seu olhar verde-musgo. Sua proximidade, seu cheiro limpo e amadeirado, gostoso, inebriante. Ele é meu inimigo. É um monstro capaz de coisas terríveis. Mas tudo que consigo pensar neste momento é em como é lindo. Encaro-o sem piscar, presa no transe ridículo que esses olhos me jogam toda vez que ele me encara. Emoções adversas gritam, guerreiam dentro de mim. Estou quase fazendo xixi na calcinha. A lâmina fria encostada à minha garganta, faz eu engolir em seco, suor frio escorre pela minha espinha. Porém, o tesão que vejo em seu rosto me dá a certeza de que não vai me matar. É aterrorizante, mas é parte do seu jogo de dominação. E, por alguma razão estúpida, sentir o seu desejo por mim me deixa ainda mais desejosa por ele. Seu rosto sombriamente belo bem perto do meu me deixa mole, quero fechar os olhos. Vergonha me inunda ao recordar que fiz isso minutos antes, pensando que ia me beijar. O maldito parecia que queria. Sinto ódio dele, mas também de mim, por querê-lo como homem. Não era para eu sentir nada disso. Não era.

Desde que me enviou a caixa com os presentes, o convite especial para esse clube e as instruções para esta noite, meu estômago está torcendo de nervoso. Um cara grande e vestido de terno escuro, chamado Gualberto, foi me buscar na frente do prédio de Bianca, exatamente às 20:00. Fui vendada tão logo entrei na limusine e segui, literalmente, às cegas, nesta que é a maior loucura da minha vida. Eu entrei no inferno, convidei o diabo para dançar e agora, em vez da minha alma, ele quer a posse do meu corpo. Quando ouvi sua voz grossa me elogiando e chamando de seu *lindo bichinho*, um arrepio de excitação percorreu minha espinha, como sempre acontece quando esse homem está perto. Suas mãos grandes mornas em meus ombros, fizeram-me estremecer. Meus olhos arderam atrás da venda. Ele é meu inimigo, mas não consigo conter o desejo sujo que me desperta. Esse homem tem um estranho poder sobre mim. É perturbador, aterrorizante, porém, infelizmente também me deixa molhada, pulsando. Não posso negar que o desejo muito. Talvez desejá-lo não seja totalmente ruim, pode tornar o fardo de ter que me tornar sua menos cruel. Tento não pirar por sentir tesão no infeliz.

— Meu novo brinquedinho de foda — diz zombeteiramente.

Minha vagina lateja ao ouvir a frase humilhante. Seus olhos adquirem um brilho perverso e sua linda boca curva nos cantos. A faca desce finalmente da minha garganta, permitindo-me respirar aliviada. Mas isso só dura até o metal frio se enfiar no meu decote, entre o tecido de seda e meu seio direito. Seu olhar escurece com minha demonstração de coragem, acho. Sua atenção cai para meus seios. Estão pesados, os bicos duros e Andreas sorri baixinho ao constatar minha excitação com sua bizarrice.

— Perfeita! Algumas correram com essas preliminares... — sussurra com um meio sorriso perverso. — Mas minha bebezinha é tão corajosa. — Seu elogio indolente me causa tremores de prazer e percebo que estou no caminho certo.

Tenho que mostrar coragem, mesmo me borrando de medo. Ele roça a lâmina em meu mamilo e arfo, minha respiração presa na garganta.

— Mal posso esperar para te foder inteira, menina — diz baixo e rude, cortando a alça do lado direito.

Engasgo, não ouso nem respirar. Corta a do lado esquerdo. Meus seios ficam expostos e minha pele arrepia com a fome que toma seu olhar cravado em meus dois montes. Uma onda quente e eletrizante se espalha em meu baixo ventre, descendo para a vagina. Sinto o líquido grosso encharcando minhas paredes e eu arquejo alto. Desgosto luta contra o tesão sem medida.

— Linda. — Mesmo elogiando sua voz é áspera.

Meu olhar cai para sua camisa bem apresentada de botões. Está todo de preto hoje. Calor e eletricidade pura emanam do seu corpo grande e ameaçador perto do meu. Enfia a lâmina entre minha pele e o vestido, descendo pelo meu ventre reto. Ofego, a respiração engatando. É uma sensação louca. Terror e tesão misturados, deixando-me fraca, dopada. Um gemido me escapa.

— Porra, garota, não ouse gemer assim ou vou te comer sem nenhuma maldita preliminar — ameaça ao mesmo tempo em que corta a seda lenta e torturantemente.

O tecido vai deslizando pelos meus quadris e coxas e minha pele arrepia dos pés à cabeça quando fico apenas de calcinha na sua frente. Seus olhos fervem, passeando pelo meu ventre, minha cintura fina e cravando entre minhas coxas. Aquele canto de boca cínico levanta um pouco e o metal frio encosta em meu monte. Arfo, minhas mãos coçando para segurar em seus ombros. Andreas empurra a faca devagar pelo cós da calcinha e gemo ao sentir a ponta roçando meu clitóris.

— Meu senhor... — balbucio, sem saber o que realmente quero dizer, ou pedir.

Suas narinas fremem e ele agarra meus cabelos da nuca, puxando-os com força. Então, roça outra vez o metal afiado em meu feixe de nervos. Respiro fundo, perdida em seu olhar sombrio, porém, hipnotizante e lindo. Seu sorriso é malvado ao girar a faca e cortar a lateral da calcinha. É rápido e solto um grito de susto. Seu sorriso aumenta lentamente e ele corta o outro lado. O tecido não cai, fica grudado em meus lábios vaginais e sinto meu rosto corando de vergonha por estar tão molhada. Sua risada é baixa, sexy, escura, com promessas de coisas humilhantes para mim, mas meu núcleo pulsa e mais creme encharca a renda entre minhas pernas. Ele larga meu cabelo e me rodeia devagar, ficando atrás de mim. Sinto-o tocando meu cabelo, em seguida, seu nariz mergulha entre as mechas, estremeço inteira quando sua mão rodeia a minha cintura, puxando minhas costas contra seu peito. Seu pau está duro e grosso, cavando em minha bunda. Seus dedos acariciam meu ventre e arquejo, meus seios queimando pelo seu toque. Ele sabe disso porque sobe até a base, deslizando o indicador por toda a curva e volta a descer. Choramingo em protesto e ele sorri, sua boca vindo para o meu ouvido.

— Minha cadela é tão responsiva — zomba, mordendo meu lóbulo.

Eu gemo de tesão e raiva desse filho da puta sádico e convencido. Novamente, roça a faca sobre os meus seios. Eu tremo, gemo, a ponto de implorar seu toque, então, sua mão desce e empurra a calcinha arruinada, deixando minha vagina nua. Eu quase gozo ao sentir seus dedos esfregando meus lábios melados.

— Tão molhada — sibila em meu ouvido e desce a boca pela lateral do meu pescoço.

Quero ouvi-lo gemer também. Quero sentir seu tesão descontrolado, como o meu. Porém, o escroto não geme. Apenas seu pau duro e um leve sibilar são a prova de que me deseja também.

— Quão longe irá para gozar, bebezinha? — pergunta com um brilho cruel em suas íris. — Você só goza em meu calabouço se merecer, Maya. É bom que saiba disso.

— Farei tudo, meu senhor. Estou ansiosa para agradar meu dono — digo, ofegante, louca por mais do seu toque.

Ri com minha resposta submissa, esfregando minha carne com mais pressão, então, empurra um dedo grosso em minha vulva. Fico tensa, arde um pouco. Ele não se importa, empurrando com força até parar na barreira do hímen. Sua respiração trava, então, puxa o dedo, deixando-me dolorosamente vazia. Vira-me de frente e pega um punhado do meu cabelo, fazendo-me gemer com o puxão forte. Sem nenhuma palavra, ele me arrasta em direção à uma das paredes laterais. Tropeço nos saltos, mas ele não para. O dominador está assumindo agora.

A luz do ambiente é apenas das velas. O lugar tem aspecto de calabouço mesmo, sombrio e sem janelas. Ganchos, correntes e chicotes assustadores pendem das paredes. Arfo ao olhar de lado e notar um aparador com uma coleção de facas douradas. Elas parecem ouro. São bonitas e assustadoras, como seu dono.

Massive Attack está tocando. Fiquei surpresa quando me solicitou isso pela manhã junto com as outras orientações. *Teardrop* começa. Eu amo essa. Andreas guarda a faca junto das outras e pega as algemas de couro pendendo dos ganchos do teto. Meu coração retumba no peito. Ele vai me prender. Sei que vai fazer alguma merda doentia comigo, ainda assim estou excitada. Pegando meus pulsos juntos, os levanta acima da minha cabeça. Arfo, deixando-o prendê-los nas algemas de couro. A sensação de estar impotente é aterradora, mas meu coração troveja de emoção quando suas mãos estão sobre mim de novo. Fica à minha frente, o corpo próximo do meu. Eu nua e ele completamente vestido. Isso mostra o desequilíbrio de poder entre nós aqui no seu reduto.

— Olhe para mim — ordena.

Levanto minha vista, nossos olhares se encontram. Seu rosto está próximo. Ele me observa enquanto suas mãos passeiam pelas minhas costas, ombros, bunda, coxas. Seu toque é firme, com posse, e estremeço, meu centro pulsando, o creme grosso se reunindo em minha vagina. Então, seu olhar desce, queimando minha pele e, finalmente ele enche as mãos em meus seios. Um arquejar ridículo me escapa e seus olhos cintilam com pura perversão, as mãos descem pela minha cintura e voltam para os seios, esmagando-os, em seguida, aperta meus mamilos dolorosamente. Choramingo, ofegando. Um leve alterar de sua respiração indica que meu corpo o agrada. Sua cabeça abaixa e convulsiono ao sentir a boca morna no meu seio direito. Engole o mamilo e auréola de uma vez e chupa com força. Gemo, pendurada pelos pulsos. Uma mão desce pelo meu ventre e cava entre minhas coxas. Esfrega meus lábios, abrindo-os e mete o dedo grosso outra vez.

— Sua putinha. Está gostando de ser a minha cadela, não é, menina? — Sua voz está muito rouca, embrutecida e um tapa duro estala em minha nádega esquerda.

Eu me sobressalto, meus olhos ardendo com a dor irradiando no local onde bateu. Ele alisa um pouco e gemo, então, bate do outro lado. Seguro um soluço. Queima e dói pra caralho! Seu polegar encontra meu clitóris e o esfrega levemente, enquanto me come com o dedo, indo e vindo, arrastando-o perversamente em meu ponto G. Resfolego, o prazer me distraindo um pouco da dor nas nádegas.

— Isso, meu bichinho. Eu sei que você pode aguentar. Vejo isso nesses lindos olhos de camaleoa. — Alisa minha bunda ardida. — Vejo as sombras que há em você, menina. — Me dá um e outro tapa. Sibilo de dor. — Você consegue me aguentar, eu sei, bebezinha — murmura, seus olhos verde-musgo me lançando no transe.

— Sim, meu lorde. Eu consigo aguentar — garanto.

Sua boca se curva num sorriso satisfeito e acelera o dedo, comendo-me rápido, não indo fundo por causa do hímen. Certamente, quer rompê-lo com seu pau e eu já estou antecipando a dor. Meus olhos caem para sua braguilha e respiro entrecortado ao notar o grande volume esticando o jeans. Já sabia que era grande pelas vezes que me prensou contra as paredes na firma. Ele me fode e massageia meu feixe de nervos e abaixa a cabeça no meu outro seio, chupando-o firme, sacudindo a língua no bico. Gemo, ondas quentes descendo em meu ventre, indo para a vagina. Sinto meus líquidos descendo em seus dedos. Respiro entrecortado, o gozo vindo. Seu dedo empurra meu ponto G, sem pena e morde meu seio, então, eu grito alto, o gozo lavando minhas entranhas. Meu corpo inteiro estremece, meus pulsos pesando nas algemas.

— Isso, minha boa cadela — rosna e torna a bater em minha bunda.

Tapas duros enquanto gozo e, de uma forma doentia, percebo que gosto. Minha carne pulsa, dói, mas eu não paro de gozar, convulsionando, gemendo. Lágrimas ardem em meus olhos, constatando que posso realmente ser uma submissa. Só isso explica gozar sendo surrada. Andreas puxa o dedo da minha vulva e o chupa. Volto a pulsar, vendo-o me provar, seus olhos fumegantes sobre mim.

— Abra bem as pernas, bebezinha — ordena asperamente e eu faço, mesmo que minhas pernas estejam bambas do orgasmo.

Ele acaricia e amassa meu corpo inteiro. Minhas mãos já estão doendo pela posição incômoda. Se não estivesse de saltos, estaria nas pontas dos dedos, mas sei que o escroto fez isso de propósito. Vê o meu incômodo e ri malvado, confirmando que fez isso intencionalmente, o sádico.

— Branquinha — sussurra, pegando meus seios outra vez, apertando os mamilos —, essa será sua palavra segura — esclarece. — Estou louco para marcar essa pele de porcelana com cada um dos meus chicotes. — Seu olhar queima em meu corpo inteiro. — Nesta primeira sessão, tentarei ser mais brando, mas não garanto nada. — Crava as unhas na carne dos meus seios, arranhando-me.

Arfo, minha vagina voltando a latejar, mais umidade se reunindo. Deus, sou uma aberração! Sou mesmo sua cadela e puta. Penso com desgosto. Ele ri e me dá as costas, indo para o outro lado do cômodo. Não sei o que virá a seguir, mas meu núcleo aperta em antecipação. Andreas volta e vejo algo prateado em sua mão direita e gemo quando consigo discernir do que se trata.

— Grampos de mamilos — murmura, mostrando os objetos temíveis na minha frente.

Lambo meus lábios. Trenei muito com grampos, tanto nos mamilos quanto na vagina, mas era *eu* colocando, ou Bianca. Sei que esse homem não será gentil. É um sádico, alimenta-se da dor.

— Você pode falar a sua palavra segura a qualquer momento, escrava — zomba, com o brilho cruel nos belos olhos.

— Estou aqui para agradar meu amo e senhor — murmuro com mansidão, mas com coragem.

Ele sibila com minha submissão. Pega meu queixo e levanta meu rosto, sua boca vindo bem perto da minha. Meu coração dispara com a beleza do rosto moreno tão perto. Deus, porque me sinto dessa forma logo sobre esse homem? Pergunto-me com desgosto. Seu polegar desliza em minha boca e ele respira um pouco ofegante, aproximando ainda mais, seus lábios quase roçando os meus.

— Você não tem ideia do que eu sou capaz — sussurra, seu hálito gostoso entrando em minha boca e eu lambo seu polegar, atrevidamente.

— Menina... — avisa e chupo-o inteiro, hipnotizada por ele e sua aura sombria.

Ele me assusta ao dar um tapa na minha cara. É um tapa forte e me sinto ultrajada. Ri zombeteiramente e bate do outro lado. Meu rosto queima e arquejo, chupando seu dedo ainda mais forte. O brilho cruel cintila em seus olhos.

— Eu encontrei a melhor putinha — rosna e agarra meu seio esquerdo, sem aviso, chupando o mamilo deliciosamente.

Rolo os olhos, gemendo baixinho. Porém, durou pouco. Andreas coloca o prendedor de metal e aperto os dentes com a dor. Chupa o outro e choramingo com a distração bem-vinda. Então, o prende também. Eu aguento tudo, meus olhos queimando de lágrimas. A corrente desce até meu ventre e ele a puxa, me fazendo gritar.

— Ai! Ai...

Com uma risada perversa, solta a corrente e suas mãos acariciam meu corpo. Choramingo, meus mamilos doendo tanto que penso em falar a palavra segura.

— Ignore a dor, Maya — seu tom é inesperadamente macio e seus lábios quentes pousam num beijo em minha face.

Ele gira para trás de mim e enfia os dedos pelos meus cabelos, do couro cabeludo até as pontas, no meio das minhas costas. Meu corpo arrepia. É um toque quase reverente.

— Seu cabelo é lindo — sussurra quase para si mesmo e sinto-o cheirando-o, acariciando-o de novo.

Percebo que está mexendo nas mechas, espera, está fazendo uma trança? Seus lábios depositam um beijo suave no meu ombro direito e estremeço de prazer. A trança pende em minhas costas e suas mãos acariciam minha cintura, subindo e descendo nas laterais do meu corpo. Sua respiração vem para o meu ouvido e ele me puxa contra seu peito, as carícias continuando pela minha frente, na barriga, nas coxas. Cava minha vagina e esfrega meu clitóris com a almofada da mão.

— Não, *você inteira* é linda, bebezinha — sussurra em meu ouvido, lambendo a ponta da orelha, depois raspando os dentes no lóbulo. Gemo, momentaneamente distraída da agressão a meus mamilos.

— O-obrigada, meu dono — murmuro, uma sensação louca e indesejada de real agradecimento.

Sua boca desce pela lateral do meu pescoço e convulsiono quando me chupa deliciosamente. Uma sugada forte que sei que ficará uma marca, mas não me importo. Fecho os olhos, meus pulsos doendo, porém, quero permanecer aqui, sendo tocada por ele. É como se estivesse me venerando agora. Um tapa duro cai na minha bunda e me assusto. Minha carne já está ardida.

— Vou usar de meus chicotes agora. Preciso marcar essas costas lindas.

Minha respiração trava. Oh, Deus... Ele vai me chicotear em minha primeira noite? Engulo em seco. Andreas ri, subindo a boca para o meu ouvido de novo, as mãos alcançando meus seios e os amassa por cima dos grampos. Sibilo por entre os dentes. Dói.

— Você quer usar sua palavra segura, branquinha? — zomba, tornando a puxar a corrente dos grampos, meus mamilos sendo esticados de forma dolorosa.

Morde meu pescoço, descendo para o ombro, combinando com sugadas gostosas. Outra vez a dor é ofuscada pelo prazer de ter sua boca sobre mim.

— Responda — seu tom é duro e puxa a corrente com mais força.

Filho da puta! Quero xingá-lo.

— Não, meu lorde — respondo, minha respiração entrecortada.

Ri perverso e me dá uma mordida na nuca. Meu corpo inteiro treme. Com um puxão brincalhão em minha trança, ele se vai. Choramingo. Não sei se de alívio ou lamento pela perda do seu calor ao meu redor. Os minutos se passam e fico na mesma posição, olhando para a parede, sabendo que virá me açoitar a qualquer momento. Sinto-o se aproximando e vem para a minha frente, abaixando-se, o rosto ficando na altura da minha vagina. Seus olhos verde-musgo levantam para os meus e arfo com sua beleza. Ainda está todo vestido e suas mãos apalpam minhas coxas, indo para a virilha. Seus polegares abrem meus lábios melados, sem desviar os olhos dos meus, inclina a cabeça e lambe. Gemo alto, prazer e surpresa me tomando. Não imaginei que faria algo assim para mim. Sua respiração altera um pouco e ele segura minha bunda agredida, puxando meu monte para sua cara. Rolo os olhos, sendo praticamente engolida pela boca gostosa. Arreganha meu clitóris, puxando a pequena protuberância e seus dentes raspam nesse lugar extremamente sensível.

— Ahhh... Deus... — vocalizo a sensação perversa de prazer com uma picada de dor.

— Deliciosa — rosna e passa a me chupar com voracidade, empurrando a língua em minha vulva. — Afaste mais as pernas, Maya — ordena e o faço, dando-lhe mais acesso.

Abre minha bunda e me reteso ao sentir seus dedos deslizando para o meu ânus. Ele me chupa, passando a massagear meu buraco traseiro. Traz um dedo para minha vagina, empurrando-o em meu canal melado, cavando o creme e volta para porta traseira. Ele morde o meu monte inteiro e torna a me chupar gostoso, enquanto esfrega meu ânus e vai empurrando o dedo. Fico tensa, o dedo entrando onde nunca testei nada antes.

— Relaxe, meu bichinho. Preciso preparar esse cuzinho para o meu pau mais tarde — sua voz é enrouquecida.

Ele mete o dedo todo. Ofego, soprando pela boca. Ele torna a lamber meus lábios e chupar meu clitóris enquanto me penetra atrás. Vou relaxando, logo ele acrescenta outro dedo, entra ardendo muito, mas sua atenção em meu montinho de nervos consegue equilibrar o desconforto. Fode minha bunda e me devora com a boca, e, em pouco tempo, a quentura familiar do orgasmo se instala em meu ventre. O cretino ri malvado e para de me tocar.

— Não, escrava. Vai gozar com o seu dono te açoitando, marcando essas costas lindas.

Faço um som de protesto e ele torna a ri, depositando um beijo suave em meu monte. Em seguida, pega algo do bolso. Não sei o que é, mas, quando o estende e instala-o sobre o meu clitóris, entendo rapidamente. É um sugador. A excitação volta com a sucção do brinquedo em meu montículo sensível. Andreas levanta e gira para as minhas costas. Sinto-o se abaixando. Alisa minhas bochechas e gemo alto ao sentir seus lábios depositando beijos suaves onde devem estar as marcas de seus dedos malditos. Em seguida, lambe minha bunda inteira. Sei que tenho um corpo bonito e me congratulo por tê-lo agradado. Abre minhas bochechas e eu reviro os olhos de prazer ao sentir sua língua lambendo meu buraco. Sem aviso, puxa minhas pernas para trás, abrindo-me mais. Meus pulsos doem nas algemas, mas isso é perdido quando enfia o rosto em meu traseiro, a língua pegando os lábios vaginais e meu ânus numa lambida suja e indecente. Faz isso muitas vezes, ora enfiando a língua em minha vulva, ora, circulando meu anel de músculos. A sensação é a mais devassa que já senti. Excitação escorre em minhas coxas, o gozo está quase vindo, então, ele para de me chupar e me reteso, sentindo-o pressionar algo em meu ânus.

— Abra para seu dono — rosna e eu choramingo, relaxando.

A ponta entra e eu grito, porque ele não para, enfia o objeto todo em minha bunda.

— Porra, menina. Você é um achado, bebezinha — murmura, certamente observando o objeto enfiado em mim.

Beija ambas as minhas bochechas e se levanta. Fico tensa, na expectativa do chicote. Sei que será doloroso demais. Mas ele está impressionado comigo, não quero decepcioná-lo. Esse pensamento ridiculamente submisso me faz querer bufar. Foda-se esse cretino! Estou no meio da minha guerra de emoções quando ouço-o estalando o fodido chicote atrás de mim. Meu coração corre, pavor me tomando. E se ele me machucar muito? Não tenho tempo para conjecturas, o primeiro açoite cai sobre a minha omoplata. Grito alto, dor irradiando no local. Penduro-me nas algemas de couro, sinto meus pulsos já machucados.

— Aprenda a neutralizar a dor, Maya. Está tudo na sua cabeça. Controle-se — sua voz é um tom mais brando.

Ele alisa onde bateu.

— Minha marca está linda em sua pele de seda, meu bichinho.

Em seguida, sinto os lábios mornos beijando o local agredido.

— Você é uma perfeita submissa — sussurra contra a minha pele. — Vai dar muito prazer para seu dono, eu soube disso no momento em que te vi.

Seu tom de voz e seus elogios me seduzem. Respiro fundo, sobrecarregada por tudo que esse homem me faz sentir.

— Açoite-me, meu senhor. Deixe sua marca na minha pele, meu dono — peço, ofegante.

A sucção no meu clitóris recomeça e o dildo vibra dentro de minha bunda. Ele deve estar controlando isso, presumo.

— Maya... Sua submissão me deixa louco — sua voz é muito rouca e me arrepia.

Eu quero que me domine, marque-me, faça tudo. Quero lhe dar prazer, agradá-lo verdadeiramente. Percebo que quero sentir prazer com ele também, independente de isso ser uma farsa para mim. Andreas desliza os dedos pela minha coluna e estou ofegando, esperando pelos açoites. Um instante depois, o segundo vem. Eu torno a gritar.

— Sinta seu clitóris sendo sugado — ordena. — Esqueça os açoites e canalize sua atenção na vibração em seu rabinho e boceta lindos.

Então, outra chicotada vem. Torno a gritar, dessa vez mais baixo. Fecho os olhos e exercito o que ordenou. Mais uma. Procuro sentir meu clitóris sendo sugado, minha bunda vibrando com o dildo. A velocidade das sugadas em meu monte de nervos aumenta e resfolego. Ele me bate mais. O ardor em minhas costas se mistura com a iminência do gozo. Minhas entranhas estão ondulando, o calor abrasador empurrando tudo em seu caminho.

— Oh, Deus... Eu vou gozar... — balbucio, sem acreditar nisso.

Ouço-o rosnando atrás de mim e um rio caudaloso inunda minha vagina. Neste exato momento, o último açoite cai na minha bunda. O berro que sai da minha garganta é assustador. Lágrimas pulam dos meus olhos e eu gozo, sobrecarregada de dor e prazer. Ele me abraça por trás e me segura enquanto as ondas perversas passam pelo meu corpo.

— Linda e sombria... — murmura no meu ouvido.

Minhas pálpebras caem, meus olhos se fechando. Estou exausta. Minhas pernas cedem.

— Eu vou cuidar de você, meu bichinho — sussurra e sinto-o abrindo as algemas, liberando meus pulsos. Sei que estão feridos.

Ele os massageia, um som satisfeito saindo da sua garganta.

— Vamos para a cama, bebezinha — diz, levantando-me nos braços.

Abro os olhos, encostando a cabeça em seu peito. Seu olhar está cheio de admiração e isso me deixa contente.

— Eu o estou agradando, meu lorde? — as palavras saem da minha boca sem o meu consentimento. Seus olhos fervem e entramos na jaula onde estive antes.

— Mais do que imagina — diz, encarando-me sombriamente. — E ao contrário do que pensa, isso pode não ser bom para uma bebezinha como você.

Engulo em seco e o meio sorriso perverso curva sua boca. *Imbecil.* Bufo mentalmente. Ele me deposita sobre os lençóis negros e macios e fica aos pés da cama. Minha boca seca ao vê-lo abrindo o primeiro botão da camisa. O peitoral largo é revelado aos poucos e meu pulso acelera ao ver uma camada leve de pelos negros cobrindo a pele cor de oliva. Seu tom de moreno é diferente, herança de sua ascendência siciliana. O abdômen bem definido aparece e minha boca saliva. Quero tocá-lo, lamber sua pele. Ele sabe disso, porque sua risada soa baixa e arrogante. Observo-o jogar a camisa no chão e vejo que tem mais uma tatuagem sobre o peito. Algo escrito em latim, acho. Noto mais outra inscrição em seu ombro direito. Andreas abre o zíper do jeans, empurrando-o para baixo e minha respiração trava ao ver o volume do pau grande e grosso dentro da boxer preta. É ágil em se livrar dos sapatos e logo está subindo na cama.

— Abra as pernas para mim — ordena e obedeço.

Seu olhar passeia pelo meu corpo inteiro e desce para a minha vagina exposta. Segura minhas coxas e as arreganha mais, olhando-me atentamente. Sinto meu rosto esquentar pela forma que observa minha intimidade. Acaricia minha virilha em ambos os lados e retira o sugador do meu clitóris. Em seguida, arfo ao senti-lo puxando o pequeno dildo da minha bunda. Seu olhar queima sobre o meu corpo de novo e ele se debruça sobre mim. Meu coração dispara loucamente, a sensação da sua pele nua contra a minha é mais gostosa do que seria justo.

— Normalmente, eu teria te fodido por trás depois de açoitá-la. Mas você é virgem e seus pulsos estão feridos — sussurra tocando-os, então vejo que estão marcados e alguns lugares machucados mesmo.

Esfrega a pele agredida, fazendo-me assobiar, dói, mas é bom ao mesmo tempo. Minhas costas estão ardendo sobre os lençóis também. Sei que tenho vergões profundos em minha pele.

— E também prenderia seus pulsos às grades, mas você será premiada por aguentar tão bem em sua primeira sessão.

A ridícula euforia por agradá-lo me invade, mesmo que não queira sentir.

— Ficará livre. Pode até mesmo me tocar, se quiser.

Minha respiração acelera com sua proposta. Eu não quero. Não quero tocar meu inimigo. Repito uma e outra vez para convencer minha mente em transe.

— Obrigada, meu lorde — murmuro em submissão.

Ele segura o meu olhar, seu rosto perto demais do meu. Seus olhos me deixam fraca de desejo. Então, aperto meus dentes ao senti-lo retirando o grampo do seio direito. Sua cabeça escura desce e sua língua cálida lambe delicadamente o bico dolorido. Arfo, ondas de excitação depravada vibrando em minha barriga. Ele sorri e retira o outro grampo, a boca morna sugando o mamilo lenta e gostosamente. Quero enfiar as mãos em seus cabelos negros. Parecem macios. Fecho as mãos em punhos. A loucura de emoções mistas me castigando enquanto o homem que arruinou minha vida está chupando meus seios e logo irá me foder, transformando-me em sua puta desprezível. Tento recobrar a razão e não me abalar tanto pelo seu poder de atração. Andreas tem outros planos, desce pelo meu ventre, beijando, sugando sensualmente, escorregando, ficando cara a cara com a minha carne molhada e pulsante. Arreganha meu clitóris, expondo o feixe de nervos para fora e me chupa com força. Acaricia meus lábios vaginais e, sem aviso, mete dois dedos em minha vulva. Como estou muito molhada, não arde tanto. Me fode, indo e vindo, sem forçar meu hímen. Os tremores perversos voltam a percorrer meu corpo e um longo e rouco gemido sai da minha garganta, jogando a cabeça para trás. A quentura despudorada escorrendo do meu ventre para meu centro. Ele não para, as pontas dos dedos massageando meu ponto G.

— Goza, minha cadela — ordena, fazendo-me arquejar.

Estremeço-me toda e o gozo me lava de dentro para fora. É denso, forte. Líquidos abundantes escorrem pela minha vulva. E aqui compreendo que é perfeitamente possível odiar um homem e sentir desejo carnal por ele. Andreas me olha e arquejo ainda mais com a fome animal que vejo em seu rosto bonito. Ele se arrasta para cima de mim, seu corpo grande me esmagando no colchão. Meu coração salta com tanta força que tenho medo de desmaiar. Ele junta meus pulsos machucados e os levanta acima da minha cabeça. Meu corpo ainda está sob os efeitos do orgasmo e me reteso ao sentir a cabeça grossa de seu pau cavando em minha vagina. Em algum momento, tirou a cueca e não vi. Fico alarmada, respirando rapidamente. Ele parece notar meu descontrole e segura meu queixo, fazendo-me encará-lo.

— Shhh, respire, meu lindo bichinho — sussurra, na voz que termina de me enviar para aquele lugar escuro onde quero realizar todas as coisas sórdidas apenas para agradá-lo. — Eu sou o seu dono — murmura.

Seus olhos estão estranhamente calorosos, fitando-me fixamente, respiro fundo, soltando o ar devagar. Faço isso duas vezes. Aquele canto de boca perverso sobe, seus olhos nunca deixam os meus, enquanto volta a alinhar a cabeça bulbosa em minha vulva. Então, ele mete em mim.

— Deus... Ai! Ai... — protesto, estremecendo inteira, retesando-me pela invasão do eixo grande e grosso. Ele não para, apenas aperta mais seu domínio em meus pulsos.

— Abra mais as coxas, bebezinha — sua voz é engrossada.

Obedeço e ele sibila, estocando firme e fundo. Eu berro, lágrimas ardendo em meus olhos, a sensação de estar sendo rasgada é intensa, dolorosa.

— Porra, menina — resmunga e, mesmo sentindo dor, refestelo-me pelo tremor que sinto percorrendo seu corpo. Embora o cretino ainda não tenha gemido uma única vez. — Delícia... Toda apertadinha e quente... — elogia, esfrega a pelve na minha, provocando meu clitóris.

Arfo, arreganhada, sem saber exatamente o que estou sentindo. Ele puxa um pouco e estoca profundamente, batendo até o punho. Torno a gritar. O homem não tem pena, puxa e mete perversamente, embainhando-se até o talo outra vez. Suas bolas batem em minha bunda e resfolego, com o quão profundo ele está. Estou muito molhada, mas seu tamanho e espessura me castigam. Está me rasgando e parece não se importar. É muito incômodo. Estremeço, lágrimas queimando minhas faces. Eu sou a puta do meu inimigo agora.

Sua mão grande pega a minha coxa direita e a enrola em seu quadril. Por incrível que pareça, ainda tinha algo para fora e eu berro ao sentir os últimos centímetros entrando em mim. Andreas começa a girar o quadril e o movimento me faz arquejar, não de dor desta vez. Fica todo atolado em minha vulva e aproxima a boca da minha. Os olhos verde-musgo fixos nos meus, fazendo-me sua presa, enquanto esfrega um ponto sensível em minhas profundezas. Entreabro os lábios, arquejando, o prazer começando a surgir em meio ao desconforto. Ele puxa devagar, deixando apenas a cabeça entre meus lábios e volta a socar até o fundo, a fome estampada em seu rosto é assustadora, mas me excita como nunca. Grito, só que dessa vez o prazer está presente e Andreas passa a me comer mais rápido, com golpes firmes e profundos. Seu hálito gostoso de bebida cara vem direto para a minha boca e eu saboreio isso. É humilhante, mas quero beijá-lo enquanto mete em mim me fazendo sua mulher. Sei que é degradante eu me sentir assim pelo meu inimigo, mas o quero.

Parece ler em meus olhos o que desejo, pois, sua boca macia deposita um beijo suave em minha face, seguindo para o ouvido, onde suga meu lóbulo, mordisca, lambe. Abro a boca, gemendo alto, a excitação voltando em meu corpo, superando a forma dolorosa com que fui penetrada em minha primeira vez. Choramingo de boca aberta, emoções e sensações aterradoras tomando cada célula do meu corpo, minha vulva está quente, cremosa, pulsando, latejando em volta do seu pau longo e grosso. Finalmente solta meus pulsos e pega minha bunda por baixo. Nunca deixando de me olhar, ele soca em mim com tanta força que berro e, por puro reflexo, seguro em seus ombros largos. Seus olhos inflamam e ele passa a estocar sem pena, comendo-me com golpes profundos e perversos. Sua pele é quente e macia e me perco de vez, correndo as mãos pelos ombros amplos, peitoral, os bíceps duros. Gemo enrouquecida, momentaneamente rendida a tudo que sinto com esse homem, recebendo suas estocadas fundas. Seus olhos cintilam sombriamente, fitando-me com posse enquanto me come, batendo-me no colchão com voracidade.

— Meu dono... — choro, fora de mim, recebendo-o sem qualquer restrição agora.

Nossos olhos nunca se deixam e estremeço, a sensação deliciosa do orgasmo tomando minhas entranhas. Andreas continua me fodendo com força, metendo tudo, sem pena. Nossas bocas voltam a ficar bem próximas, resfolegando uma na outra.

— Por favor... — imploro. Quero, não, *preciso* que me beije, a emoção de ser dele é quase demais para suportar. Em algum lugar escuro da minha mente, eu gosto de estar sendo fodida por esse homem. Não tenho muito tempo para lamentar, o gozo me atropela mais uma vez e grito, tremendo descontrolada, as ondas quentes explodindo em minha vagina, impiedosamente.

— Sim, encontrei a melhor putinha. — Ri, zombeteiro, e segura meus ombros por baixo das costas. — Isso, minha boa cadela, goza no meu pau! — ordena, metendo com força brutal, seu peso me esmagando, mas não me importo.

Tudo o que está na minha mente é a sensação vertiginosa que é gozar com ele dentro de mim, fazendo-me sua. As veias de seu pescoço ficam pronunciadas e um sibilar indica que está perto também, acho. Uma mão vem para o meu pescoço e ele o aperta. Um instante depois, os jatos quentes de seu sêmen invadem minha vulva castigada. Fecho os olhos, a sensação gostosa demais me faz gemer vergonhosamente alto enquanto ele se derrama em minhas paredes.

— Abra os olhos, Maya — range e eu abro no mesmo instante. Seus olhos estão com um brilho feroz enquanto goza em mim, isso me faz arfar. — Sinta minha porra te enchendo, bebezinha — sussurra asperamente, sua voz levemente alterada pelo prazer.

Estremeço com seu linguajar sujo e acaricio seus ombros, indo para as costas, na tentativa de fazê-lo gemer. Ele não geme, apenas continua metendo em mim, gozando calado, mas com uma fome feroz. Quando termina, passa o polegar sobre a minha boca e tenho a impressão de quer me beijar também. Olhamo-nos fixamente, nossos corpos ainda espiralando no gozo aterrador.

Minhas mãos passeiam suavemente pelos seus ombros e peitoral e subo para seu rosto. Ah, meu Deus, eu nunca tive chance contra esse homem. Nenhuma mulher conseguiria fazer sexo sem sentir nada com um homem lindo desses. Ele acaricia minha boca mais uma vez, seu olhar verde-musgo me mantendo cativa. Então, o meio sorriso cínico brinca em sua boca e ele sai do meu interior, sem muita delicadeza, fazendo-me assobiar com o incômodo. Seu esperma vaza da minha vulva inchada. Sem uma palavra, sai da cama e começa a se vestir. Vejo sangue em seu pau e é realmente enorme e grosso, mesmo meio mole. Sento-me, gemendo pela dor afiada em meu canal vaginal. Olho entre minhas pernas e vejo o sangue. Uma sensação de desamparo me invade ao lembrar de onde estou e com quem foi a minha primeira vez. Lágrimas picam meus olhos e luto para contê-las. O maldito ainda vai querer me foder na bunda também. Quando termina de se vestir, Andreas anda devagar até a beirada da cama. Sua expressão é tão fria quanto a que me acostumei a ver no escritório. E o odeio ainda mais por estar tão controlado quando me lançou num precipício com tudo que me fez sentir ao lhe entregar minha virgindade.

— Você é uma delícia, meu bichinho — murmura com o tom indolente que odeio ouvir, dobrando as as mangas da camisa preta com gestos lentos.

Seu olhar passeia pelo meu corpo nu.

— Marcaria algo para o final de semana, mas uma coisa que deve saber é que esses dias são reservados para a minha noiva.

Eu pisco. Não sei porque diabos me incomoda o escroto mencionar a vaca. Mas incomoda. Talvez seja pelo fato de que ele acabou de me comer, tirar minha virgindade e isso não tenha nenhuma importância. *Deus, Maya, pare de ser estúpida! Recrimino-me. É claro que não tem importância para ele. E também não tem para você, esqueceu?* Tento me reorientar e focar na razão de eu estar aqui: Breno, meu noivo amado que me deixou por causa desse assassino.

— Mas te quero na próxima semana. — Meu coração salta contra a minha vontade, com essa sentença.

— Quais dias, meu dono? — obrigo-me a perguntar, mansa, quando, na verdade, quero matá-lo por mexer tanto com minhas emoções.

Um *flash* de calor perverso passa em suas íris e ele diz sombriamente:

— Todos os dias, bebezinha. Eu avisei que me agradar talvez não fosse algo bom para você, menina.

Com o arremedo de sorriso cínico, ele se vira e sai. Nenhuma despedida. Nada. Olho-o cruzar o recinto em direção à porta. Seu porte alto, imponente, como se fosse o dono do mundo. Só então, deixo as lágrimas virem. Minha vista turva enquanto observo o meu inimigo indo embora depois de ter me usado das formas mais vis. Ele some do meu campo de visão e me sinto suja, olhando em volta do calabouço. Uma imagem do rosto bonito de Breno surge em minha mente e eu soluço, chorando de vergonha por ter entregado meu corpo a outro, sobretudo, o seu assassino indireto. *Perdoa-me, meu amor. Por favor, perdoa-me.* Peço silenciosamente, a dor rasgando meu peito. Está sendo muito pior, porque senti coisas que não deveria ter sentido nos braços daquele homem.

Haja o que houver, não posso me permitir ser tão afetada nas próximas sessões. Já entreguei meu corpo ao diabo. Ele jamais terá minha alma também.

CAPÍTULO SEIS

Toda vez que fecho meus olhos, é como um paraíso escuro.
(Dark Paradise – Lana Del Rey)

Andreas

Observo o corpo nu e adormecido de Beli sobre meus lençóis. Ela estava uma fera, porque não lhe dei a devida atenção quando retornei de viagem. Empurro-me para fora da cama e visto a calça do pijama, andando descalço pelo piso de mármore. Estou sem sono, mesmo depois do sexo bom. Sempre gostei de foder Beli, a única baunilha na minha vida. Minha família só se casa com italianos, sicilianos, para ser mais específico, e de famílias que entendem o nosso ramo de negócios... Meu pai é extremamente rigoroso quanto a isso e jamais permitiria que eu ou o Alvinho nos casássemos com uma brasileira, ainda que tenhamos nascido aqui. A preservação do nome e o sangue siciliano é algo valioso em nossa família. Sendo assim, a esposa de meu irmão foi escolhida a dedo e a minha também. Atravesso o cômodo, indo para a biblioteca/escritório que tem uma porta de ligação com meu quarto. Estou inquieto, então, abro meu notebook e vou estudar o caso de Mércia. Releio os últimos e-mails enviados por Maya.

Ver o nome da menina me traz uma enxurrada de imagens da sexta. Gostosa. Submissa. Sombria. Linda demais e é minha por quatro meses. Meu corpo inflama, já desejando a próxima sessão. A maldita garota me deixou espancar aquela bunda redonda e arrebitada. Minhas mãos estão marcadas em sua pele, eu sei. Não obstante, Maya ainda me deixou açoitá-la com chicote e gozou enquanto apanhava. Tudo isso em sua primeira noite e a porra da menina era virgem! Um som satisfeito sai da minha garganta, a adrenalina de ser o primeiro a estar dentro de sua bocetinha intacta ainda está em meu corpo. Convidei minha noiva para cá ontem, como sempre faço nos finais de semana, mas o sexo pesado que tive com Maya obliterou um pouco o que fiz com Beli. *Baunilha* não me satisfará por esses dias. Não quando tenho à disposição a boceta apertada e a submissão da minha deliciosa associada. Quando a novidade passar, voltarei a apreciar o sexo com minha noiva. É sempre assim. A diferença desta vez é que peguei uma maldita virgem e gostei de rasgar aquele hímen fora mais do que supunha.

Expulsando a garota da minha cabeça, eu leio os documentos adicionados recentemente aos autos. A audiência está marcada para dentro de quinze dias e estou confiante. Maya fez um excelente trabalho de campo, descobrindo fatos relevantes da vida de Mirella, filha do falecido. Tudo nos leva a montar nossa defesa de Mércia, mostrando que Mirella foi a assassina do pai. Faz tempo que um associado novo não me impressiona, mas essa menina tem algo a mais. Bufo, vendo os horários dos e-mails que me enviou desde que viajei. São todos às três da manhã. Contra a minha vontade, vejo-me rindo, porque faço a mesma merda quando preciso dar mais atenção a um caso. Viro a noite estudando estratégias. Meus dedos voam sobre o teclado digitando minha sustentação. Até isso a garota teve a ousadia de me enviar, acreditam? Torno a sorrir, impressionado com o seu atrevimento. Ela é a novata, não eu.

Termino o texto. Bom, pelo menos por hoje, e fecho o notebook. Confiro o relógio, constatando que é quase uma da madrugada. Ainda sem sono, vou até a prateleira do fundo da sala e abro o estojo do meu sax. Eu toco saxofone desde a adolescência. Acalma-me. Pego o instrumento e sigo até as portas que levam à sacada. Sento-me numa espreguiçadeira de frente para o parque e inicio uma melodia suave, olhando as luzes da cidade em milhares de pontos espalhados à minha frente. Limpo a mente e me concentro apenas no som do instrumento e nas músicas que interpreto. Quando paro, estou me preparando para voltar para dentro, mas o som de palmas me faz olhar de lado. Beli está recostada à porta de vidro da sacada.

— Amo ouvir você tocar — murmura, caminhando devagar para mim.

Ela deixa o lençol cair no mármore, o corpo moreno e lindo sendo revelado. Meu pau se anima de novo. Sorrio como um lobo, colocando meu sax sobre a outra espreguiçadeira e entortando o indicador em sua direção. Ela sorri, satisfeita. Tivemos mais sexo do que o normal neste final de semana e seu rosto está brilhante, mostrando uma mulher bem fodida.

— E eu amo comer você — digo asperamente. — Vire de costas — ordeno e o faz.

Puxo meu pau para fora, já duro. Ela escarrancha meu colo de costas e desce em meu eixo. Toco suas costas morenas e, quando minha atenção vai para o cabelo escuro e curto, flashes de uma pele branquinha, macia, costas esguias, e, porra, aquele cabelo loiro e lindo batendo em sua cinturinha fina, faz eu rosnar e ficar mais duro. E aqui está a razão para eu ter comido minha noiva como um louco desde ontem. *Maya.* Foi nela que pensei cada vez que afundei em Beli. Pela primeira vez na minha vida, estou comendo uma mulher pensando em outra. Aquela franguinha do caralho!

Não me contenho e puxo o cabelo de Beli, com força. Ela começa a protestar, mas não me importo. Trinco os dentes, doido para bater nela. Porra. Fecho os olhos para evitar ver sua pele morena. Não funciona. Maya. Eu quero Maya. Seu lindo rosto de anjo, seus olhos de camaleoa, seus gemidos de dor e prazer, enquanto meu pau abria caminho em sua boceta virgem, tornando-me seu primeiro homem. E agora é a sua bocetinha apertada me sugando gostoso demais. *Maya...*Chamo seu nome em minha mente e rosno alto, o gozo explodindo em minhas bolas.

— Porra, que gostosa... — sibilo e não me contendo, mordo as costas à minha frente.

Um grito horrorizado me puxa da névoa sádica e percebo que não só me perdi em devaneio, como não me importei em dar prazer à minha noiva. Fui rude como um cavalo. Ela sai de cima de mim rapidamente e corre de volta para dentro.

— Beli! — chamo-a, passando as mãos no rosto.

Eu me ajeito e levanto, pegando meu sax. Volto para dentro e o guardo em seu lugar. Procuro por ela e a encontro no banheiro, olhando as costas e a marca da mordida que lhe dei enquanto gozava pensando em outra mulher.

— Querida... — murmuro, aproximando-me. — Desculpa, eu me excedi.

— Você se excedeu? — Lança-me um olhar mais irritado do que magoado. — Não sou uma de suas putas, cadelas, seja lá como as chama!

Eu estaco. Beli sempre esteve com a cabeça enfiada na areia, como uma avestruz, quando o assunto é minhas práticas BDSM.

— Eu sempre soube, meu amor. — Solta uma risada irônica. — Mas sei que essas putas são descartáveis para você, então, não me importo.

— Elas são — garanto, aproximando-me ainda mais e beijando onde mordi.

Já que estamos nesse tópico, aproveito para abrir o jogo:

— Eu preciso desse tipo de sexo, Beli. Vou continuar tendo submissas depois de nos casarmos. Veja só como ficou por causa de uma mordida... — Aponto.

Ela fecha a cara para mim através do espelho da pia.

— Você esteve comendo uma dessas putas na sexta? Foi por isso que só me quis aqui ontem? — Seu olhar é acusador.

Acredito que já saiba que estou com uma sub nova. Minha noiva é inteligente e muito esperta.

— Sei que foi àquele antro na sexta, And, e você só vai lá quando precisa extravasar com uma de suas vagabundas.

— Para quem nunca mencionou minhas putas, está muito eloquente agora, não? — digo friamente. — Você anda me vigiando, Beli? — Estreito meus olhos. Ela sente a minha mudança de humor e pisca, sua expressão abrandando. — Não sou homem de ficar me explicando para ninguém e isso não vai mudar. Nunca. Não pense que porque será a minha esposa pode interferir nas minhas coisas.

Solta um longo suspiro.

— Você parecia estar fodendo outra pessoa, And. Foi rude e egoísta — acusa.

Acertou na mosca! Expiro e decido não a chatear mais esta noite.

— Vem aqui, amor — sussurro, usando o tom certo para amansá-la. — Deixa-me corrigir meu egoísmo. — Levanto ela pela cintura e a coloco sentada sobre a bancada. Seus olhos cintilam e eu rio alisando suas coxas. — Coloque os pés sobre a borda, querida.

Ela o faz e me ponho a agradar minha noiva com o que as mulheres mais amam depois de um cartão de crédito sem limites: ter suas bocetas chupadas até que revirem a porra dos olhos.

— Rodolfo conseguiu desviar a atenção da PF antes que chegassem perto de nós — informo ao meu pai e ele acena satisfeito tomando seu café à cabeceira da mesa. Ele e minha mãe voltaram de sua viagem romântica na sexta e sempre tomamos o café com eles, em sua ala do palacete.

— And, deixe os negócios longe da nossa mesa de refeições, *tesoro*[3] — mamãe pede suavemente.

Meu pai sorri e pega sua mão esquerda, levando-a à boca num gesto galante.

— Eu não quis interromper nossa viagem com os negócios, *vitta mia*[4]. Mas deixe o *bambino*[5] me atualizar agora.

O velho a encara com o olhar mais suave. Eles são loucos de amor um pelo outro.

— *Va bene, cuore mio*[6] — ela sussurra, rendida ao charme do velho.

Meu pai tem uma boa aparência, mesmo beirando os sessenta. Compleição morena, 1,90 de altura. Seus olhos escuros são intimidantes, todavia, quando estão sobre minha mãe, como agora, eles ficam ternos, mostrando o amor que sente por ela.

Minha mãe é uma siciliana morena de belos e expressivos olhos verdes. Foi escolhida a dedo pelo meu velho, há muitos anos, quando foi visitar alguns parentes que ainda vivem na Sicília.

A exemplo do restante dos homens da família, meu pai mantinha suas submissas por fora, no começo do casamento. Porém, dona Gioconda foi astuta, estudou a doutrina BDSM e deu o ultimato a meu velho: ela seria sua única sub ou iria embora de volta para a Itália. Rio ao lembrar da cara de meu pai contando isso. Agora ele ri, mas naquela época, presumo que não foi nada engraçado para o implacável e arrogante Gian Lucca Montanaro, chefe da família aqui no Brasil. Todavia, meu velho a amava muito, então, acatou o ultimato e tem sido fiel desde então.

Acho bonito, porque se trata de meus pais, contudo, uma merda assim não é para mim. Gosto de poder variar o cardápio, se me entendem...

— *Buongiorno, famiglia!*[7] — a voz de Alvinho me tira dos pensamentos.

Ele está indo para nossos pais. Dá um beijo no rosto de nossa mãe e outro em nosso pai. Não hesitamos em demonstrar carinho e respeito com nossos velhos, como manda a boa criação siciliana.

— A senhora voltou ainda mais linda — o espertinho bajula nossa mãe.

— Oh, *bambino mio.*[8] — Ela se derrete para o seu caçula.

— Ei, mano. — Ele sorri em minha direção, já tomando assento do outro lado da mesa.

— Ei, mano — respondo, tomando um gole do meu café.

— Bom dia, família! — Celine, sua esposa, cumprimenta com falsa empolgação.

3 Tesouro, em italiano.
4 Minha vida, em italiano.
5 Menino, em italiano.
6 Está bem, meu coração, em italiano.
7 Bom dia, família, em italiano.
8 Meu menino, em italiano.

Ela é uma cadela fútil, não faz nada da vida, salvo compras e irritar meu irmão. Enquanto nossos pais tiveram a sorte de se amar em seu matrimônio, meu irmãozinho e eu não estamos nessa categoria. Ele fez um casamento arranjado com uma Amarantto, uma das famílias importantes da Sicília, depois dos Montanaro. Celine é uma morena de olhos azuis. Uma putinha linda que encantou Alvinho no começo. Mas a novidade passou e voltou a jogar pesado com suas cadelas. Seguro um riso cínico. Eu e meu mano não estamos interessados em amor. Uma cadela que goste de ser fodida, espancada e torturada sem frescuras está ótimo!

— Meu sogro, minha sogra, que bom tê-los de volta. Como foi a viagem?

Minha mãe sorri e se põe a contar a viagem para a nora. Meu pai apenas lhe dá um leve aceno de cabeça. Gian Lucca Montanaro é osso duro.

— Como está seu pai, Beli? — Ele puxa assunto com a sua nora preferida.

— Está melhor, meu sogro. — Ela abre um sorriso satisfeito. Sabe que tem o apoio e simpatia de meus pais e adora isso. — Minha mãe está dando uma dura nele para seguir as recomendações médicas.

Seu pai teve um AVC no começo do mês. É um parceiro nosso nos negócios ilícitos. Como nós, os Valente atuam em outras frentes de forma legalizada para justificar sua fortuna: uma rede de farmácias. Seu patrimônio é bem inferior ao nosso, mas o velho é leal ao meu pai desde quando eram jovens, então, foi natural crescermos tendo muito contato, Beli e eu. Meu pai insinuou que gostaria que me casasse com ela e aceitei, porque, na verdade, já estava comendo a garota há muito tempo. Não estourei sua cereja, caso estejam se perguntando. Só despertei interesse sexual nela depois que voltou de uma temporada na Europa. Estava linda, uma garota de vinte e um anos. Transamos em sua festa de boas-vindas e, desde então, não paramos mais. Isso tem nove anos. Caralho, já tem muito tempo. Por isso meus pais estão me jogando indiretas. Para piorar, tem o meu aniversário de trinta e cinco que está chegando. Eles vão intensificar as cobranças, tanto pelo casório como por netos, com toda certeza. Terei que colocar uma aliança no dedo de Beli antes que o ano termine. Não há como adiar mais essa merda. Terei que me amarrar e aturar uma mulher no meu pé a semana inteira. Porra. Faço uma careta com esse pensamento.

— Isso é bom, *figlia mia*[9] — minha mãe entra na conversa, sorrindo verdadeiramente para a futura nora.

Celine está de cara amarrada agora. Minha cunhada odeia não ser a queridinha de meus pais. A cadela não merece tal honraria, no entanto. É chata como o inferno e, em vez de trabalhar, como Beli faz, passa os dias entre compras e spa. Também não está querendo filhos por enquanto, o que fez ela despencar ainda mais na preferência de meus pais. Bons sicilianos que são prezam por uma família numerosa e agora a bola está comigo e com Alvinho. Com um pouco mais de pressão para o meu lado, por ser o mais velho, infelizmente.

9 Minha filha, em italiano.

— Que bom que seu pai está se recuperando, querida. — Celine força um sorriso amistoso para Beli.

— Obrigada, querida — Beli responde com o mesmo riso falso.

— Quando teremos o casório? Estou ansiosa para chamá-la de cunhada — Celine indaga, como quem não quer nada, e toma um gole de suco de laranja.

— Em breve, não é, meu amor? — Beli vira para mim, com olhos cintilantes.

Quero torcer o pescoço da vadia da minha cunhada.

— Claro, querida — assinto e me inclino, beijando sua têmpora.

— Ah, *bambino,* eu e seu pai ficamos tão felizes em ouvir isso! — minha mãe exclama, entrelaçando a mão na de meu pai por cima da mesa.

— No seu aniversário, *figlio* — o velho diz, lançando-me um olhar significativo. — Será uma ocasião perfeita para anunciar seu casamento.

Engulo em seco. Merda. Estou encurralado agora, graças à cadela da Celine.

— Farei nessa data, então, pai — assinto e todos aplaudem em volta, menos Alvinho, que está me lançando um sorriso zombador. Idiota. Estreito meus olhos sobre o espertalhão.

Cerca de quarenta minutos depois, estamos entrando na limusine que nos levará à Montanaro. Beli ostentando um sorriso de morder as orelhas. Ela cumprimenta até mesmo os seguranças nesta manhã, coisa que normalmente não faz. É minha noiva, mas é uma cadela esnobe. A diferença entre ela e Celine é que trabalha e é muito boa no que faz, por sinal, ou eu não a manteria no escritório. Não contrato ninguém pela beleza ou vínculo afetivo. Sou um homem de negócios e só me importam os resultados.

Jairo coloca o carro em movimento e cortamos o jardim, em seguida, a área vasta de mata que meus avós mantiveram ao comprar o terreno. Temos uma trilha de caminhadas e um pequeno riacho passando por este lado. A propriedade é enorme e monitorada por todos os lados. Uma verdadeira fortaleza. Tudo é blindado, inclusive nossos veículos.

Beli se aconchega do meu lado e encosta a cabeça em meu ombro. Seguro um bufo. É desse tipo de merda que estou falando. Odeio ficar de aconchego.

Meu celular toca e aproveito para me afastar um pouco para atender. É Augusto, meu primo.

— Diga, primo — saúdo.

— Oi, primo — responde, sua voz um pouco tensa.

— O que foi? Diga logo, porra — resmungo.

— Ei, ei! Que mau humor é esse de manhã, cara? — retruca. — Os Ramazotti — diz e meu sangue esquenta. Odeio apenas ouvir esse nome sendo pronunciado. — Descobri algo nas interceptações recentes.

Estamos monitorando seus telefones desde que esfolamos seus filhos estupradores, para evitar sermos surpreendidos numa retaliação. Não seremos emboscados por esses infelizes outra vez. De jeito nenhum!

— O que encontrou?

— Valéria, a irmã do meio, está vindo da Itália em definitivo — informa.

— Só isso? — pergunto, insatisfeito. — Ela nunca se envolveu muito nas atividades da família — aponto.

— Sim, mas parece que está disposta a participar ativamente nos negócios, pelo tom das ligações dela com o maldito pai — relata e isso capta meu interesse.

— Quando a cadela chega? — indago.

— Nesta quarta.

— Vigie-a desde o momento de sua chegada — ordeno. — Quero ser informado sobre cada passo da *puttana*[10] em solo brasileiro.

— Farei isso, primo — garante.

— Perfeito.

— And, e quanto à agente da PF no calabouço de Luigi? — pergunta com voz tensa.

— O que tem a puta? — resmungo.

— Meu irmão está desenvolvendo sentimentos pela cadela, acho — diz com desdém.

— Luigi não seria louco — replico. — O trabalho dele é foder e torturar a puta, apenas isso.

— Meu Deus, amor... — Beli sorri da minha declaração. Outra mulher ficaria horrorizada ao ouvir algo nesse teor, mas não minha noiva.

Olho-a rindo cínico. Tenho que reconhecer que a cadela é perfeita para ser a minha esposa.

— Quem é essa coitada?

— Negócios, querida. — Sorrio, voltando a atenção para meu primo. — Por que supõe que Luigi está caindo pela boceta federal, Guto?

Ele ri ironicamente do outro lado.

— Porque ontem veio com uma conversa de que a puta cooperando ou não vai mantê-la no calabouço como sua escrava. Converse com o bastardo, primo. A cadela é uma federal, isso pode dar merda.

Eu acabo rindo em vez de ficar puto. É a cara de Luigi. Seu interesse na negra gostosa não durará muito, tenho certeza. Conversamos ontem e meu primo mais novo me garantiu que só precisa comer a puta por mais um tempo. Não posso culpá-lo. A garota é mesmo uma beldade.

— Fique tranquilo. É de Luigi que estamos falando — zombo. — Ele vai matar depois que enjoar de comer a puta — garanto.

Guto dá uma risada sinistra em concordância.

— Certo. Estou me preocupando à toa — zomba de si mesmo. — Sobre a cadela Ramazotti, fique tranquilo que estarei atento, primo.

— Eu sei que sim, primo — digo em tom satisfeito.

Confio minha vida a meu irmão, Luigi e Augusto de olhos fechados. Sei que o fazem comigo também. Nós quatro triplicamos o patrimônio Montanaro na última

10 Prostituta, em italiano.

década. Tanto com a advocacia legalizada quanto no ramo ilícito. Entramos no rol dos bilionários há cinco anos, contudo, não divulgamos isso para o público, senão despertaria suspeitas.

— Vemo-nos no escritório.

Despeço-me e desligo. Beli está me olhando com orgulho.

— Adoro saber que serei a esposa do chefe — murmura.

Não respondo nada. Ainda estou irritado por ter que marcar uma data na maldita festa de meu aniversário. Odeio ser encostado na parede. O resto do percurso fico conferindo os e-mails e mensagens para evitar falar mais sobre o assunto casamento.

Chegamos ao edifício da Montanaro cerca de trinta minutos depois, descemos na garagem de uso apenas meu e de meus primos. O elevador privativo está passando por manutenção hoje, então, sigo com Beli pendurada em meu braço pelo *hall* até os elevadores de uso comum. Entramos no primeiro vazio. As portas estão se fechando, mas uma mão branca e delicada se interpõe entre elas e, então, a razão da minha inquietação no final de semana, surge diante de mim. Todo o meu corpo responde à visão da menina. Percorro o seu de cima a baixo, o desejo violento golpeando minha virilha. Ela estaca, seus belos olhos ampliando pela surpresa. Estão verdes hoje, um reflexo do vestido verde escuro que usa. A maldita coisa está colada às curvas perfeitas que estiveram em minhas mãos e boca na sexta. Maya se recupera rapidamente e entra no pequeno espaço.

— Bom dia — cumprimenta, dividindo a atenção entre mim e Beli.

Minha noiva se aconchega mais, sua mão possessiva sobre o meu antebraço. Sua resposta à saudação é baixa e meio ríspida.

— Bom dia — respondo em tom sério e profissional.

Mas aí a menina anda devagar para perto da parede espelhada e não há como não cobiçá-la de novo. Sapatos impossivelmente altos deixam suas pernas deliciosas e mais torneadas. E, foda-se! O longo cabelo loiro está solto, caindo pelas costas, quase batendo na bunda linda e arrebitada. A bunda que surrei com a mão. A bunda que irei foder em nossa sessão de hoje à noite. Ela olha para frente, o queixo levantado, mostrando sua personalidade altiva fora do meu calabouço.

— Reservei uma mesa para o almoço em um de seus restaurantes favoritos, amor — a voz melosa de Beli me faz piscar e parar de encarar minha nova e deliciosa sub.

Preciso manter o decoro aqui no escritório. Fico contrariado por perder a compostura na frente de minha noiva.

— Perfeito, querida — murmuro, sorrindo para disfarçar meu tesão louco na menina a poucos passos de nós.

Beli levanta o rosto e pega minha nuca, puxando minha boca para a sua. Não é um simples selinho, como pensei, ela enfia a língua e acho que geme baixinho. Quando se dá por satisfeita, sorri contra meus lábios, soltando minha nuca.

Giro a cabeça e encontro Maya nos observando. Ela desvia o olhar no mesmo instante. Tenho a impressão de ouvi-la bufar, uma expressão irônica tomando seu rostinho lindo. É bom que tenha presenciado isso, para que fique ainda mais claro a diferença entre as duas. Beli será a minha esposa, enquanto ela é apenas a putinha do momento. Gostosa, não nego, porém, nada além disso. Não tenho tempo para pensar muito a respeito, porque o elevador dá um solavanco e para. Em seguida, as luzes se apagam, deixando-nos na escuridão total.

— Oh, meu Deus... — a voz de Maya soa apreensiva. Sua respiração começa a acelerar.

— Que porra está acontecendo? — Beli rosna, irritada.

Tateio o bolso do terno em busca do meu celular e bufo ao lembrar que guardei na pasta de couro.

— Ligue a lanterna do seu celular, amor. O meu descarregou.

— Não deve demorar a normalizar. Fique calma — mantenho a voz baixa, tateando a pasta, procurando o zíper.

Nossos elevadores passam frequentemente por manutenção, como manda a norma. Conforme era esperado, procuro o celular dentro da porra da pasta e não encontro. É sempre assim quando precisamos encontrar algo. Contrariando minha garantia, os minutos se passam e nada de a energia voltar. Suspiro de alívio ao localizar o celular e o pego, tateando-o até conseguir ter percepção das teclas e botões. Ligo a lanterna.

— Ajuda-me... P-por favor... — a voz de Maya soa outra vez, agora cheia de desespero, ofegando, como se lhe custasse respirar. — Eu não consigo respirar...

Aponto o aparelho em sua direção a vejo escorregando pela parede. Foda-se! Está passando mal. Me desvencilho de Beli e avanço até ela.

Maya

Dark Paradise, da minha diva Lana Del Rey, encerra enquanto estaciono na frente do prédio da Montanaro. Pego a bolsa do notebook e minha bolsa de lado e saio do veículo, trancando e acionando o alarme de segurança. Começo a andar em direção à entrada. Ainda sinto minha vagina sensível pela atividade do sádico na sexta. Pensar no escroto me deixa numa miríade de sentimentos e emoções. Odeio-o com todas as minhas forças. Mas gostei da sua posse, seu toque bruto, a forma como me surrou, açoitou e fodeu sem pena. Um arrepio perpassa meu corpo ao lembrar das coisas perversas que fez comigo. E o bandido miserável ainda me quer hoje e todos os dias desta semana. Eu precisava de um tempo maior para me preparar, para não ser tão estúpida e sentir tanta atração por ele.

Valeska está viajando e volta na quarta, mas me enviou um dispositivo que preciso dar um jeito de colocar no notebook de Andreas. De acordo com a hacker, seu invento irá roubar todos os arquivos do infeliz e, então, poderemos avançar em nossa vingança. Com sorte, não terei que ser a puta daquele escroto por muito tempo. Ando confiante, passando pelas portas giratórias. Logo estou entrando na área dos elevadores e aperto o passo ao ver as portas do primeiro se fechando. Suspiro aliviada, alcançando-o e enfiando a mão direita entre as portas, impedindo-as de se fechar. O alívio dura pouco, no entanto. Quando passo para dentro e levanto a vista, meu estômago cai, meu coração disparando contra minhas costelas. Diante de mim está Andreas e a vaca da noiva. Meu Deus... Meu corpo inteiro treme quando nossos olhares se encontram. As imagens sujas e proibidas da sexta me assaltam sem piedade. Ofego baixinho e obrigo-me a reunir algum controle.

— Bom dia — cumprimento-os, desviando a vista para a nojenta.

Ela me dá o olhar esnobe de sempre e se aconchega mais ao noivo. Responde-me no tom antipático de sempre também. *Puta!* Xingo-a mentalmente.

— Bom dia — Andreas responde e sua voz profunda viaja por cada terminação nervosa do meu corpo.

Escroto fodido! Xingo-o também, irritada, porque não consigo não ser afetada por ele.

Desvio o olhar, andando para perto da parede espelhada. Estou um caos por dentro, minhas mãos suando. É bizarro estar neste espaço pequeno junto com ele e a noiva do terror. Esteve com ela esse final de semana inteiro, pelo visto, se estão chegando juntos. Minha irritação cresce. Odeio ter me transformado nisso: uma puta que transa com um homem comprometido. E tudo piora quando a vaca diz, numa voz exageradamente melosa, que vão almoçar no lugar preferido do infeliz. Ele a chama de *querida* e meus olhos ardem quando giro a cabeça e vejo os dois se beijando.

Contra a minha vontade, meu coração dói ao ver a cena. Ele esteve dentro de mim, usou meu corpo do jeito que quis, mas não me beijou. Sou apenas sua prostituta. Os beijos são reservados para ela, sua noiva perfeita. Eles terminam e ele vira a cabeça em minha direção. Mortificada, desvio o olhar com rapidez, encarando as portas à minha frente. Expiro, lutando para expulsar esse sentimento ridículo de ciúme que estou sentindo. Levanto a cabeça decidida a não dar bola para esse infeliz e sua nojenta.

Então, o elevador sacode. Seguro à haste de metal e o pânico se instala em mim quando as luzes se apagam.

— Oh, meu Deus... — arfo, a sensação horrível e incontrolável da claustrofobia me assolando.

Ouço os dois conversarem, mas só consigo rezar para que as luzes voltem o quanto antes. Cada segundo que passa a minha garganta vai se fechando mais e o pânico absoluto tomando conta de mim. Começo a ofegar com mais dificuldade, puxando um ar que já não vem mais. Escuro. Tudo escuro, sufocando-me, asfixiando-me. Minhas pernas não me sustentam e vou perdendo as forças, escorregando pela parede.

— Me ajude... P-por favor... — consigo falar com dificuldade. — Eu não consigo respirar...

Uma luz forte vem na minha cara e ouço um palavrão alto.

— Maya! — a voz dele é urgente e, no momento em que perco as forças, braços fortes me pegam. — Ei, menina! O que está sentindo? Fala-me! — Andreas pede, seu tom ficando mais alterado.

Não consigo responder, minha garganta está tampando. Eu reviro os olhos, fechando-os.

— And, solte essa infeliz! Vai que tem alguma doença contagiosa!

Ouço a voz da mulher. Quero gritar, mandá-la para o inferno, mas tudo que consigo é um esgar.

— Ligue para uma ambulância, Beli! Seus lábios estão ficando roxos! Ligue agora, porra! — a voz do homem é desesperada.

Me sinto sendo levantada nos braços.

— Respire, Maya. Por favor, respire! — ele pede, dando tapas leves em meu rosto.

Consigo abrir os olhos com muita luta e encontro os verde-musgo bem próximo. Deus, seus olhos são tão bonitos. Arrasto minha mão até seu peito e ele a segura, apertando-a. Seu toque quente é reconfortante em minha pele fria. Arquejo, lutando por ar.

— Vamos, por favor, respire — sussurra.

Eu quero respirar. Quero continuar olhando em seus olhos, mas tudo piora, sem ar fecho os olhos. Não ouço mais nada.

Algo roça meu nariz, o cheiro forte de éter invade meus sentidos. Eu sobressalto puxando uma respiração aguda. Alívio me enche ao perceber que minha garganta está destampada e oxigênio passou para meus pulmões. Abro os olhos e torno a respirar fundo. Encontro os olhos verde-musgo me encarando de perto. Eu pisco atordoada.

— A *bela adormecida* acordou. Finalmente!

Ouço uma voz feminina cheia de sarcasmo. A voz de Isabeli. Então, a lembrança da minha crise no elevador espoca em meu cérebro. Merda. Passei mal logo junto com essa nojenta! Torno a puxar uma respiração.

— And, já pode se afastar, não vê a garota conseguindo respirar? — a vaca volta a falar. E só agora me dou conta de que era Andreas praticamente debruçado sobre mim, roçando o algodão embebido em meu nariz.

Ele não se move, continua me olhando de perto. Muito perto. O cheiro do éter é substituído pelo seu. O rosto moreno e lindo parecendo ainda preocupado. Os cabelos negros penteados para cima, mas uma mecha escapou, caindo sobre sua testa. Como sempre acontece, seu olhar me deixa com zero neurônios. Arfo, incomodada e quebro seu maldito feitiço, empurrando seu peito e me sentando rapidamente. O movimento brusco me deixa tonta e tenho que me segurar nas lapelas de seu terno. Merda. Isso não foi nada digno. Olho-o de novo e vejo o cintilar de satisfação perversa em suas íris.

— Se sente melhor agora? — murmura com essa sua voz escrota que faz coisas más com o meu corpo. Filho da puta!

— Ela está ótima, não é, garotinha? — a nojenta torna a falar e quero mandá-la se foder, mas não posso, infelizmente.

— Estou bem. Obrigada — sussurro, minha voz rouca.

Solto seu terno, lamentando ridiculamente não sentir mais seu cheiro e calor. Sento-me em seu sofá elegante. Olho em volta. Estou na sala dele. Passo as mãos pelo meu cabelo. Pelo meu vestido, fechando as pernas, tentando recuperar alguma dignidade. Firmo meus pés sobre os sapatos no carpete branco.

— Não por isso — Andreas diz, levantando-se.

Sua noiva o puxa para perto e enrola um braço no seu, com uma possessividade infantil. Odeio essa vaca!

— O que houve com você, queridinha? Alguma doença que não informou ao RH quando a contrataram? — Isabeli pergunta numa voz enganosamente suave.

Encaro a puta, fumaça saindo pelos meus ouvidos. Quero levantar e dar um belo soco nessa sua cara esnobe. A infeliz está insinuando que tenho alguma doença contagiosa?

— Tive uma crise de pânico, doutora Isabeli — respondo educadamente. — Tenho problemas com lugares fechados e escuros.

— Nossa... Faz todo sentido agora. Pobrezinha — suas palavras são solidárias, mas o brilho em seus olhos é cheio de maldade. — Deve ser horrível a sensação, não é?

— É — assinto e me levanto.

— Mas que bom que estávamos lá para te ajudar Nem precisou da ambulância — diz, sorrindo falsamente. — Agora que tudo passou, já pode ir trabalhar. Melhoras, querida.

— Obrigada, eu já vou — digo, correndo o olhar pela sala a procura de minhas bolsas.

— Maya tem a manhã inteira de reunião comigo, Beli.

A voz grossa e o teor do aviso fazem meu coração disparar loucamente. Como?! Eu não estava sabendo disso. Não fui informada sobre reunião alguma. Droga. Não quero ficar perto dele nem mais um segundo, imagina a manhã inteira.

— O que...

— Você precisa ir agora. Tenho muito trabalho atrasado com a minha associada — ele a corta, levando-a em direção à porta.

Eu sei que não devia, mas um sorriso estúpido e triunfante brinca em minha boca. A cena é bem engraçada, a vaca obviamente não me quer perto de seu precioso noivo, mas não há nada que possa fazer para me tirar daqui neste momento. E para ser sincera, agora estou adorando ficar. Ela olha por cima do ombro e não me contendo, levanto a mão, lhe dando um *tchauzinho*. Certo, isso foi golpe baixo. Eles somem da minha vista e ouço o barulho característico de beijos.

— Vemo-nos para o almoço, querida.

Eu rolo os olhos com essa última frase. *Escroto!* Um momento depois, Andreas volta. Seus passos elegantes, ele diminui o ritmo enquanto se aproxima. Nossos olhares se encontram e minha boca seca. Vê-lo, estar perto dele depois de tudo que fizemos na sexta, deixa-me ainda mais fraca e afetada do que antes. Usa um terno cinza-escuro de três peças hoje. É soberbamente lindo. Eu entrei numa enrascada me envolvendo sexualmente com um homem desse calibre. Arfo quando para à minha frente, seu cheiro gostoso e cruamente masculino me excita. Tudo nele me excita, essa é a verdade deprimente. Constato com desgosto.

— Você não deve, nunca, sob nenhuma circunstância, falar de suas fraquezas diante das pessoas, branquinha — sua voz é firme e sem o calor e preocupação que ouvi no elevador.

Então, a realização me atinge na cabeça. Ele me trouxe. Pegou-me antes que eu caísse no chão. Eu poderia ter batido a cabeça. Poderia... Meu coração salta com força ao perceber que poderia ter morrido lá se estivesse sozinha. Oh, meu Deus... Uma sensação aterradora me invade por inteiro ao me dar conta de que acabou de acontecer: *ele* me salvou. Eu fico um instante sem reação. O meu inimigo me salvou de morrer no elevador.

— Ela estava insinuando que tenho uma doença contagiosa — replico, tentando me controlar com tantos sentimentos controversos.

Sua boca se curva e o brilho perverso cintila em seus olhos.

— E tem? — pergunta, claramente querendo me irritar.

Querendo peitá-lo de igual para igual, pelo menos aqui. Sorrio provocadora e sussurro:

— Você gozou nu dentro de mim na sexta. — Seus olhos escurecem.

Querendo empurrá-lo um pouco mais completo no tom submisso que o sádico ama:

— Está preocupado, meu dono?

A expressão em seu rosto moreno fica sombria. Por incrível que pareça, isso faz meu centro pulsar. Olha-me de cima a baixo sem dizer nada e começo a me contorcer, arrependendo-me de ter ousado brincar com seu lado *darkzão*.

— Tire o vestido, meu passarinho falante. — Eu gelo ao ouvir sua ordem baixa e rude. — Quero ver as minhas marcas em suas costas e nessa bunda linda.

Termino de engasgar. O quê?!

— Não pode me pedir isso aqui. Não pod....

— Não estou pedindo, Maya. — Um meio sorriso cruel aparece em sua boca sensual. — Estou ordenando. Tire o vestido. — Engulo em seco. — Agora — seu tom vai abaixando e ficando frio.

— Você está louco, Andreas? — Estico minha coluna. — Não sou sua submissa aqui. Contente-se em me ter apenas no calabouço. É o que está no contrato.

Vejo a surpresa em seu rosto. Acho que até mesmo um *flash* de diversão passa em seus olhos.

— Sua ousadia me excita, menina — murmura.

Entretanto, sua expressão fica ainda mais dura e ele vai até sua mesa, mexendo em algo debaixo do tampo. Um click suave soa no recinto e meu coração começa a correr. Ele trancou a porta. Anda devagar de volta, suas mãos casualmente enfiadas nos bolsos, como se não fosse uma ameaça. Para mais perto de mim desta vez, os olhos cínicos se fixando nos meus e completa:

— Para seu azar, ainda prefiro sua submissão. Portanto, tire a porra do vestido ou eu mesmo vou tirá-lo.

— Não está no contrato. Não vou ficar nua em pleno local de trabalho só porque você pensa que é o dono do mundo, Andreas Montanaro!

Ele sorri desta vez. Um sorriso ameaçador, no entanto.

— Eu sou o contrato. Dono do mundo, o *seu dono*, bebezinha — afirma com arrogância.

— Uma pena que você pegou uma advogada desta vez — ainda tento sustentar a bravata. — Não vou me submeter aqui, já disse.

Um meio sorriso cruel curva sua boca e sei que passei dos limites. Tento me afastar, mas uma mão grande se fecha em meu pulso. Está dolorido ainda e gemo baixinho, disfarcei os dois com pulseiras largas. Seu sorriso amplia lentamente ao perceber meu desconforto. Um machucado provocado por ele. Li muito sobre a mente de um sádico e eles se deleitam ao ver o estrago no corpo de suas posses. Sua outra mão vem para o meu queixo, levantando meu rosto. O seu se aproxima mais do meu, a boca perto da minha, os olhos verde-musgo fazendo aquela coisa do transe de forma sombria e autoritária.

— Vou te ver nua onde *eu* quiser. — Arquejo e a mão desce pegando meu pescoço, apertando-o. — Vou te comer onde *eu* quiser. Você me pertence — rosna na minha cara. — Acha que me importo com o fodido contrato? É só um monte de papeis que não servem para nada. Você se tornou minha no instante em que te olhei naquele esbarrão.

Engasgo com a crueza com que diz isso.

— Eu não menti quando disse que te prenderia em meu calabouço, caso se negasse a assinar o contrato. Se tentar voltar atrás, eu te prendo lá, Maya. Prendo você e vou te comer sempre que eu quiser, bebezinha.

Minha respiração trava, eu luto para não me mijar toda com sua ameaça.

Nunca pensei que ele fosse capaz de me falar isso assim, abertamente. Estou tremendo, mas me mantendo firme, sustentando seu olhar. Com um gesto brusco, ele me gira de costas. Estremeço ainda mais ao senti-lo tocando e cheirando meu cabelo. Coloca-o sobre o meu ombro direito e desce o zíper do meu vestido lentamente. Tenho vergonha de dizer que estou excitada também. Minha calcinha ficou molhada com sua ameaça de me prender e usar a seu bel prazer. Meu Deus... Que tipo de aberração estou me tornando? Ele desce as mangas do vestido e ouço sua respiração alterando sutilmente no momento em que as marcas do chicote começam a aparecer. Empurra o tecido pela minha cintura e quadris e, novamente, ouço-o sibilar vendo minha bunda ainda arroxeada de seus tapas brutos. Em instantes, estou apenas de sutiã e calcinha. É um conjunto na cor vinho e fica bonito em meu corpo. Suas mãos quentes tocam os vergões dos açoites, um a um. Resfolego, minhas paredes pulsando sem controle com seu toque. Ele ri com satisfação perversa.

— Minha menina sombria — murmura, aproximando a boca do meu ouvido. — Você é minha por isso, Maya. Não é por causa do contrato.

Suas mãos descem para minha bunda ainda um pouco dolorida. Ele aperta minha carne. Eu gemo de prazer em vez de protestar.

— Você é o meu lindo bichinho. Um verdadeiro achado — murmura e beija suavemente meu ombro.

Ele se afasta e eu tremo inteira, pura necessidade do seu toque vibrando em meu corpo.

— Tire a calcinha — ordena e meu coração troveja.

Contrariando minha bravata estúpida, quero que me foda aqui e agora. Puxo minha calcinha devagar, meus dedos trêmulos, passando-a pelos saltos altos. Ele dá a volta, para na minha frente e pega o tecido. Sem tirar os olhos dos meus, leva-o ao nariz e inala profundamente. Lambo os lábios, meus líquidos inundando a vagina. Ele sabe disso pelo brilho perverso em suas íris.

— Vou sentir o seu cheiro até o momento em que estarei dentro de você de novo — diz baixo e rouco.

Decepção me atinge. Ele não vai me ter agora. Era apenas um jogo fodido de dominação e eu perdi.

— Vista-se, Maya — ordena na voz fria do advogado, guardando minha calcinha no bolso da calça. — Temos realmente muito trabalho esta manhã.

Então, ele me dá as costas, voltando para sua mesa. Começo a puxar o meu vestido. Respiro com dificuldade, fechando meus olhos e me sentindo a pior puta do mundo, porque esse homem sádico tem razão: por mais que eu tente lutar contra, tornei-me a porra do seu *bichinho de estimação.*

CAPÍTULO SETE

Portanto, é preciso ser raposa para conhecer as armadilhas,
e leão, para aterrorizar os lobos.
(Nicolau Maquiavel – O Príncipe)

Maya

O carro para e, um instante depois, a porta traseira se abre, uma mão grande e masculina pega a minha. Desta vez, quem me buscou em casa foi Jairo, o chefe da segurança de Andreas. Respiro fundo e me deixo ser conduzida para fora.

— Há degraus à frente, senhorita — o homem avisa numa voz amigável.

— Obrigada — murmuro, firmando meus saltos altos no chão duro.

Estou vendada, como na sexta. Trata-se do jogo perverso de dominação do sádico.

Sinto-me envergonhada, como fiquei com o outro segurança. Eles sabem que sou o novo brinquedo sexual do seu patrão. Esse serviço deve ser algo corriqueiro para eles, transportar as putas daquele imbecil fodido. Ainda estou chocada com sua ameaça e comportamento abertamente ilícito em sua sala. Fiquei estupidamente mexida por ele ter me salvado do episódio de pânico no elevador, mas isso foi suplantado com rapidez pela forma como me tratou depois por me recusar a tirar o vestido. O grande sultão queria ver as marcas da sua depravação em meu corpo. Ameaçou me prender no calabouço como sua escrava. O pior de tudo é que, junto com a indignação, eu me flagrei sentindo tesão ao me imaginar em tal situação, sob seu jugo.

Minha mente está ficando cada vez mais bagunçada, conforme me envolvo com aquele homem. O escroto me manteve junto dele praticamente o dia inteiro. Desconfio que tenha sido para me mostrar quem manda. Passamos a manhã toda discutindo a sustentação do caso Mércia e as novas adições aos autos. Andreas encarnou o chefe e não falamos mais sobre nossa relação sexual sórdida. O cretino me humilhou, deixando-me nua em pleno escritório e, não bastasse isso, ainda ficou com a minha calcinha no bolso. Ao meio dia, comi um sanduiche numa lanchonete perto da Montanaro e corri de volta, antes que ele chegasse do almoço romântico com a vaca. Estou num ódio daquela mulher maldita. Quando foi buscá-lo em sua sala, eu ainda estava lá. Sei que estou sendo contraditória, mas um prazer perverso me encheu ao recordar que seu fodido noivo sairia com ela, levando minha calcinha no bolso.

— Mônica pediu para lhe entregar isso, amor — a vaca disse, estendendo uma folha para Andreas.

Tratei de juntar minhas coisas para ir embora. Quando ele deu as costas para guardar o documento em sua mesa, os olhos da víbora cravaram nos meus e ela murmurou:

— Passe na mesa de Mônica e pegue os documentos que preciso copiados para a tarde. Faça isso agora no horário do almoço.

Meu sangue ferveu. Ódio mortal da mulher invadiu meu corpo. Que puta perseguidora! A empresa está cheia de estagiários, mas a cadela faz isso apenas para me espezinhar.

— É o meu horário de almoço e tenho muito trabalho com Andreas. Ainda tenho que...

— Aposto que tem, queridinha — zomba cruelmente, olhando para trás.

Andreas está lendo o documento, alheio à louca da noiva me assediando moralmente.

— Não pense que não vi a maneira que olhou para ele naquele elevador e depois aqui na sala.

— Está louca — retruco em tom baixo também. — Ele é o meu chefe e...

— Conheço conversa fiada, garotinha — rebate friamente, o olhar ameaçador. — Se eu descobrir que anda se engraçando com o meu And, acabo com você — ameaça.

E seu tom fica mais baixo e sinistro ao sussurrar:

— Estou de olho em você, sua infeliz.

Sua ameaça e olhar maquiavélico me deram a certeza de que a mulher é perigosa.

— Algum problema?

A voz de Andreas soou perto. Ela respirou fundo e olhou para trás. Ele estava se aproximando de onde estávamos.

— Nenhum, amor. — A falsa sorriu, virando-se para o noivo. — Está pronto para irmos?

Ele estreitou os olhos ligeiramente sobre a mulher, em seguida, os pousou sobre mim.

— Você foi ótima. Poupou-me muito trabalho pelo tempo que fiquei longe do escritório — elogiou e eu tive que me esforçar para não dar na cara para a outra que estou fodendo com o seu noivo escroto.

— Obrigada. Fico muito contente, estou fazendo o meu melhor para agradá-lo — respondi usando o tom mais profissional que encontrei, porém, contendo o significado escuso que apenas nós dois sabemos.

O cintilar fugaz em seus olhos verde-musgo me disse que ele captou. Peguei minhas bolsas, mas me parou, intimando-me mais uma vez:

— Eu te quero à minha disposição à tarde também. Deixe suas coisas aí.

Sei que falou no sentindo profissional, mas meu centro palpitou ouvindo a frase. Era essa a intenção do sádico, tenho certeza.

— Irá comigo ao Fórum.

Sei que a vaca ficou ainda mais doida de ciúmes. Se fosse outra, eu me sentiria mal, mas com a mulher nojenta, eu me regozijo em estar transando com o seu homem. Em todos os sentidos.

— Obrigada de novo, Andreas. Estou aprendendo muito com você — disse em tom de advogada séria, mas me divertindo por dentro com nosso jogo safado bem na frente da noiva ridícula. — Estou à sua disposição para o que precisar — completei, e o brilho

perverso cintilou rapidamente nos olhos cínicos. Certamente zombando do fato de que estou realmente à sua disposição sendo sua puta nas horas vagas.

Banquei a egípcia e saí antes deles. Fiz um lanche rápido e voltei ao prédio. Tinha a missão de entrar na sala do bandido e inserir em seu notebook o dispositivo que Valeska me deu. Ela anda impaciente por resultados, contudo, ainda é cedo. Meu contato com ele tem sido pouco. As palavras mais incriminadoras que ouvi de sua boca até agora foram na ameaça de me fazer sua escrava sexual. É preciso muito mais do que isso para levar à justiça um homem com a reputação que o infeliz tem não só no meio jurídico, mas na alta sociedade. Será um choque nacional quando conseguirmos trazer à tona suas atividades criminosas, não tenho dúvidas. Será um escândalo de proporções colossais. Resumindo, voltei e dei sorte que a puta da Mônica ainda não tinha retornado também. Embora tenha câmeras nos corredores para captar qualquer movimento suspeito, estava respaldada por estar reunida com o chefe pelo dia inteiro. Esgueirei-me até a sala dele e encontrei seu notebook sobre a mesa. Meu corpo inteiro tremia de medo quando inseri o pequeno objeto, semelhante a um pen drive. Valeska me avisou que as luzes ficariam vermelhas enquanto estivesse roubando os arquivos e verdes quando estivesse concluído.

As luzes pareceram uma eternidade para mudar de cor e quando finalmente acenderam as verdes, suspirei. Puxei o dispositivo e fechei o notebook, deixando-o do mesmo jeito que encontrei. Saí da mesa e dei poucos passos, porém, a porta se abriu e quase morri do coração ao ver Álvaro entrando na sala. Engoli em seco, o dispositivo ainda na minha mão.

— Maya? — indagou, franzindo o cenho, os passos diminuindo. Seu olhar se estreitou, atento sobre mim. — O que faz aqui?

Tive que agir rápido e me recompor. Mesmo a ponto de me borrar, consegui esconder o nervosismo.

— Álvaro — saudei amigavelmente com um sorriso. — Sei que é horário do almoço, mas estou reunida com seu irmão desde a primeira hora de expediente. Ele me quer acompanhando-o ao Fórum às 14h. — Tornei a sorrir timidamente. — Engoli um sanduiche ali na esquina e corri de volta para dar uma última conferida no processo. Não quero decepcioná-lo. Andreas tem me dado oportunidades que não teria em outros escritórios.

O rosto do homem elegante e muito parecido com o irmão mais velho ainda se mostrou desconfiado. Correu o olhar pela sala notando minhas bolsas sobre os sofás. Graças a Deus Andreas havia me intimado a deixa-las aqui. A expressão de Álvaro amenizou, acreditando na minha mentira.

— Certo. Boa sorte. Meu irmão não se impressiona fácil, já vou avisando. — Abriu um leve sorriso. — Só vou pegar uns documentos na pasta dele e já estou de saída. Continue seu estudo.

Quando o homem saiu da sala, eu caí sobre um dos sofás, minhas pernas tremendo.

Volto da lembrança e o som dos meus saltos sobre um piso seco capta meus sentidos. São 20h. Andreas me dispensou depois da audiência no Fórum, às 17h. Ele disse para eu descansar, pois me queria por um tempo maior esta noite. E, desde aquele momento, estou excitada, ansiando por todas as bizarrices que o maldito fará comigo. O som de uma porta sendo aberta envia um frisson em minha coluna. A mão firme de Jairo me conduz para dentro. O som de Massive Attack está tocando no volume gostoso de sexta. Pelo menos nisso o escroto se preocupou em me agradar. Meu coração começa a saltar no peito conforme avançamos. Jairo para e rapidamente puxa a minha venda. Pisco, um pouco aturdida.

— Siga todas as instruções desta nota. — Ele me entrega um papel dobrado. Meu rosto esquenta, mas sustento seu olhar. — Boa noite, senhorita.

Ele vira as costas e vai para a porta, deixando o calabouço. Corro a vista pelo local assustador. Na sexta não vi muito. Estava vendada na chegada e muito abalada na saída. A iluminação é somente de velas em candelabros. Olho tudo e percebo algo que não tinha notado antes: uma parede toda de espelho. Ela estava aqui na sexta? Pergunto-me. Abro a nota, a letra masculina fazendo um calor indecente espiralar em meu ventre. A letra *dele*. Apenas olhar a letra do homem me deixa excitada. Quão doentio é isso que me faz sentir? Andreas ordena que eu tire a roupa e fique completamente nua, apenas nas sandálias de salto alto. Quer que fique próximo à porta, esperando-o na pose submissa e recoloque a venda. Com um bufo rebelde, eu me livro do vestido, sutiã e calcinha, e me coloco sobre os meus tornozelos, cabeça baixa. Depois de recolocar a venda, levo meus pulsos para as costas, cruzando-os. Os minutos passam e não percebo nenhuma movimentação ao redor. Com a venda, sou obrigada a acionar meus outros sentidos, especialmente a audição. O tempo passa e minhas pernas já estão doendo pelo incômodo da posição estúpida.

Já estou cogitando seriamente me levantar. Então, ouço o barulho suave da porta sendo aberta e fechada. Meu coração dispara freneticamente, conforme ouço o som dos sapatos tocando o chão. Em seguida, o cheiro familiar e inebriante atinge meu olfato. Os passos param. Lambo os lábios, posso sentir seu olhar percorrendo meu corpo nu. Arrepios eclodem em minha pele. Meus seios ficam pesados, os mamilos túrgidos. Os minutos se passam e ele não diz nada. Vai tirar a minha venda como na sexta? Eu me pergunto, sem ter ideia do que vai acontecer aqui hoje. Eu quase salto com o toque em meu cabelo. Estão soltos, como ele gosta. O toque se vai e sinto falta. Ouço-o se movimentando pelo local, mas me mantenho na posição. Um instante depois ele volta, pegando meu queixo, levantando meu rosto. Arfo, sentindo o toque dos dedos mornos.

— Levante, meu bichinho — ordena indolente. Contenho um suspiro de alívio e me coloco de pé. Sinto seu olhar correndo pelo meu corpo inteiro. — Esperei por este momento o dia inteiro, bebezinha.

Suas mãos mornas seguram minha cintura e arfo, o calor do seu corpo está mais próximo do meu. Sobe e desce pelas minhas laterais, apalpando num toque tão suave que me dá medo. Passa as mãos pelos braços, subindo devagar até os ombros e respiro entrecortado quando desce pela minha clavícula, os dedos acompanhando o osso pronunciado. Gemo, minha vagina molhando e latejando. Quero seu toque em meus seios. Ele desce mais, fazendo desenhos em minha pele, tocando o topo dos meus montes e arqueio um pouco as costas, oferecendo-me. Seu sorriso soa baixo e arrogante e seu toque se vai inesperadamente.

Um som fraco de protesto cai da minha boca. Silêncio se segue e imagino-o me observando, divertindo-se com meu tesão louco por ele. Quase salto ao senti-lo pegando minha garganta, os dedos alisando minha pele. Em seguida, algo se fecha em meu pescoço fazendo-me ofegar. É de couro e um metal frio escorrega pelo meu peito e barriga. É uma coleira. Meu corpo estremece, arrepia com a sensação. É degradante, mas me excita. Andreas torna a sorrir, testemunhando meu tesão em ser sua posse. Dá um puxão na corrente, levantando meu rosto e seu hálito gostoso sopra em minha pele.

— De joelhos, minha cadela — a ordem vem baixa e em um tom mais duro.

No mesmo instante obedeço, meus joelhos tocando o chão duro. Parece um piso rejuntado ou cerâmica antiderrapante. É áspero. Ouço o som de um zíper sendo aberto e entendo o que o escroto quer. Seu polegar corre pela minha boca e lambo-o atrevidamente, sugando-o para dentro depois. Ele sibila e me assusto quando recebo um tapa duro na face direita. Eu assusto, mas gemo em seguida, o ardor fazendo meus seios ficarem mais duros e meu núcleo mais cremoso. Outro tapa do lado esquerdo e choramingo vergonhosamente.

— A putinha perfeita — seu tom é zombeteiro, engrossado e sinto uma ponta grande e arredondada esfregando meus lábios. — Chupe, Maya. Cruze os pulsos atrás das costas e Mama meu pau.

Mais creme grosso encharca minha vagina e abro a boca, engolindo a cabeça gorda. Sugo delicadamente, rodando a língua no orifício. Sua respiração altera um pouco e suas mãos pegam meu cabelo, fazendo um rabo de cavalo no alto da cabeça. É um aperto doloroso. Lambo o eixo longo e groso, as veias pronunciadas. Está duro como rocha e meu centro pulsa mais desejando tê-lo me esticando o quanto antes. Engulo boa parte do membro avantajado e chupo-o docemente. Já tinha feito sexo oral antes, mas assisti a muitos vídeos e estudei técnicas na internet. Quero agradar esse filho da puta. Ele puxa a corrente da coleira, e imaginar a cena de eu usando-a, ajoelhada chupando seu pau, deixa-me louca de tesão. Gemo gananciosa e sugo com um pouco mais de pressão. Quero o seu gemido. Preciso ouvi-lo gemer pelo prazer que lhe proporciono. Nessa missão, eu dilato a garganta e vou engolindo mais e mais, meus lábios ficam tão esticados à sua volta que minha mandíbula dói.

— Porra... — Ele me bate na cara de novo. Um tapa mais duro que os anteriores e empurra o pau todo até o fundo da minha garganta.

Ofego, entalada, controlando o reflexo de vômito, como ensinaram nos vídeos. Sinto o cheiro másculo da sua pélvis e inspiro, chupando-o todo, tendo dificuldade por causa do tamanho e espessura. O aperto em meu cabelo fica mais forte e ele me ajuda, puxando o pau e metendo tudo de volta. Mamo com força, lambendo as veias, chupando a cabeça, arreganhando meus lábios. Sopra o ar por entre os dentes e continua fodendo minha boca, empurrando-se com força. Minha garganta dói sendo pressionada ao limite.

— Isso, menina... Chupa o meu pau todo — sua voz está um tanto tensa e, pela forma que sua carne fica mais inchada em minha boca, sei que está perto de gozar.

Puxa meu cabelo me fazendo choramingar entalada em seu eixo. Chupo-o mais forte, raspando os dentes levemente sobre as veias inchadas. O escroto rosna e empurra tudo com força, sibilando quando começa a jorrar seu sêmen na minha garganta. Engasgo e ele ri maldoso e ameaça:

— Bebe a minha porra, bebezinha. Não deixe cair nada, ouviu?

Aceno do jeito que posso, uma vez que minha cabeça está imobilizada pelo seu aperto em meu cabelo e na corrente da coleira. Engulo tudo, não deixando de mamar com gula. Limpo-o todo. Seu eixo ainda sofrendo espasmos, ainda duro e gemo, querendo implorar que o enfie em minha vagina. Mas sei que não fará agora. Irá fazer coisas perversas comigo primeiro.

— Eu tenho uma cadela tão obeditente. Se continuar me agradando assim, será a minha escrava em breve, branquinha — sua voz é cheia de zombaria. Fico em pânico com suas palavras. Não quero ser sua escrava, mas ao mesmo tempo, meu estúpido lado submisso se alegra em expectativa.

Ele puxa o membro da minha boca. Meus lábios estão dormentes, minha garganta machucada, mas meu corpo pulsa para ser possuído, usado por ele. Lambo os lábios, levando os últimos resquícios do seu gozo para dentro. Andreas ri ainda mais zombador e ordena:

— Fique de quatro. Vai andar comigo te puxando pela coleira. É assim que as boas cadelas andam com seus donos. — Arfo. — Alguma objeção, meu bichinho?

— Não, meu lorde — digo mansa, colocando-me na porra da posição humilhante que ordenou. — Excita-me andar assim com meu dono — completo para brincar com seu lado sádico. E também porque é a verdade. Merda, o que estou fazendo comigo?

Estou cheia de tesão. É humilhante, mas, bizarramente, eu gosto. O escroto ri e puxa a corrente, forçando-me a andar de quatro, acompanhando-o pelo recinto. Meus joelhos e mãos doem, raspando no chão áspero.

— Levante-se, cadela — ordena com rispidez.

Obedeço, incomodada com a venda. Quero vê-lo, estupidamente olhar em seu rosto sombrio e bonito. Arfo ao senti-lo me levantando nos braços. Está todo vestido ainda e lamento não poder sentir sua pele na minha. Deus, esse homem me lança em um torvelinho de contradições.

Ele me coloca no chão e me gira de frente para algo duro. Uma parede, mas há superfícies de madeira. Já sei onde estou: na cruz de Santo André. O que ele vai fazer? Meu coração recomeça a saltar quando pega meu tornozelo direito e o prende com algema de couro. Arreganha minhas pernas e leva meu tornozelo até a outra extremidade, prendendo-o também. Suas mãos sobem pelas minhas panturrilhas e coxas, bem devagar. Gemo, meu corpo inteiro implorando seu toque. Suas unhas raspam suavemente minha carne, chegando na virilha, indo perto da minha vagina. Minhas paredes pulsam, estou muito molhada e latejando. Ofego, desejando desesperadamente que me toque lá. Ele não faz, claro, o maldito desvia as mãos subindo pela minha bunda e a acaricia, posso imaginar seu olhar de posse ao ver suas marcas. Me dá um tapa duro. Grito, lágrimas pulando dos meus olhos com a dor. Quero chorar de prazer quando sua mão livre enfia entre minhas pernas por trás, pegando minha vagina em cheio. Sem preâmbulos, enfia dois dedos em minha vulva cremosa. Gemo, estremecendo inteira, tesão sujo e escuro vibrando em minha pele me deixando quente. Ele sorri e passa a me comer com os dedos, metendo fundo, voltando, empurrando de novo. Outro tapa perverso cai em minha bunda. Eu me seguro à parte superior da cruz e me empino para receber mais. Andreas rosna e passa me surrar com vontade. Não parando de me foder com os dedos. Minha bunda está ardendo, a pele quente. Estou quase gozando, lágrimas de dor e prazer escorrendo pelas minhas faces.

— Não tem permissão para gozar agora, bebezinha — diz, parando o ataque perverso e se levantando atrás de mim.

Ele pega meu pulso direito, prendendo-o acima da minha cabeça. Faz o mesmo com o outro. Gemo em protesto. Fico irritada pela negação e, mais ainda, por ficar a ponto de gozar com o maldito surrando minha bunda.

— Você não merece gozar — rosna, pegando meu cabelo rente à nuca. Sua boca vem para o meu ouvido. — Pensa que esqueci sua desobediência em minha sala esta manhã? — sua voz se torna sombria. — Vou te castigar, depois te comer de todo jeito que quiser e só eu vou gozar — sussurra.

— Não... Por favor, meu dono — imploro sem a menor dignidade.

Ele ri no meu ouvido e morde a minha orelha, sugando o lóbulo depois. As mãos se infiltram pela minha frente e acariciam minha barriga, subindo para os seios, pegando-os com força.

— Oh, Deus... — choramingo de prazer.

A maneira firme com que amassa minha carne é perversa, mas é gostoso demais. Pega os mamilos entre os polegares e os aperta dolorosamente, a virilha encostando em minha bunda. Seu pau duro e o tecido da calça roça em minha carne ardida e convulsiono, meus líquidos escorrendo pelas minhas coxas. O escroto ri malvado e morde meu ombro, descendo uma mão para a minha vagina, passando a esfregar meu clitóris. Arquejo, o orgasmo querendo vir, mas sei que se gozar ele vai me punir ainda mais duro.

— Por favor, meu lorde.

Ele para as carícias torturantes e puxa meu cabelo, forçando minha cabeça para trás.

— Você não vai mais me negar nada, ouviu, Maya? — diz áspero em meu ouvido.

Aceno.

— Sou o seu dono. Você é minha puta. — Só agora percebo que está zangado. O maldito ficou a porra do dia inteiro esperando para me castigar. — Se eu decidir te comer em pleno escritório, eu vou. Se eu disser que quero te comer, você apenas tira a porra da calcinha e fica de quatro. Não importa onde estivermos, será que entendeu quem é que manda, querida?

Ah, merda. Convulsiono com sua ameaça depravada. Mais líquidos descem em minhas pernas ao imaginá-lo me usando assim, como uma escrava realmente. Não é possível que eu me sinta dessa forma. O desgraçado desce a mão, pegando minha carne molhada, em seguida, tocando minhas coxas vergonhosamente meladas. O riso que ouço é cruel.

— Sim, meu senhor. Perdoa-me pela desobediência, meu amo — imploro com voz rouca. Irritada e completamente enlouquecida de desejo pelo meu inimigo.

— Ótimo, meu bichinho — zomba. — Eu não sou homem de deixar passar desobediência. Vai receber vinte açoites nessas costas e bunda deliciosa. Vou te deixar ainda mais marcada.

— Nunca mais serei desobediente, meu dono — prometo.

Ele se vai por um tempo e, quando volta, sinto seus dedos cavando em minha vulva. Em seguida, gemo alto quando abre a minha bunda dolorida e sua língua circula e lambe meu ânus. Ele empurra-a em minha vulva e depois em meu anel virgem. Sei que vai me foder aí esta noite. Fico excitada de novo. Ele me leva para a borda e, então, empurra algo em meu canal vaginal. Mordo o lábio, relaxando para receber o invasor. É pequeno e gemo desavergonhada ao sentir a vibração e carícia direto em meu ponto G. Em seguida, é como se dedos pegassem meu clitóris e o esfregasse.

— Ohh... — lamento e ele sorri cruelmente, sabendo que não há como segurar o gozo agora. Outro objeto liso e lubrificado procura passagem em minha bunda.

— Relaxe — ordena, empurrando uma ponta redonda. Arde e dói um pouco, mas percebo que é pequeno e fino. Mesmo assim a sensação de estar preenchida nos dois buracos é a mais depravada que já senti.

A vibração começa e sei que estou perdida. O sádico vai me castigar por horas. Por isso me disse que a sessão seria maior hoje. Pega meu cabelo e o acaricia daquela forma quase reverente que fez na sexta, enfiando os dedos pelas mechas.

— Você não tem permissão para mudar a cor, nem cortar um centímetro sequer deste cabelo, Maya — murmura antes de começar a trançá-lo.

Ele o faz em duas partes, colocando as tranças por cima dos meus ombros.

— Tudo nesse corpo perfeito me pertence, entendeu, menina?

— Sim, meu senhor. — Lambo os lábios.

É ridículo, mas gosto da maneira possessiva como pronuncia isso.

— Tão obediente quando quer gozar, não é, bebezinha? — o cretino zomba em meu ouvido.

Ele se afasta e, em um instante, ouço o estalar do chicote. Meu corpo retesa, preparando-se para o primeiro açoite. A música tocando agora é Angel, o toque um tanto sinistro deixa tudo mais assustadoramente gostoso.

— Conte para mim, agora — ordena, e grito ao receber a primeira lapada. É na bunda, já dolorida. Lágrimas frescas sobem em meus olhos.

— Um — digo com voz tremente.

Ele solta mais um açoite em minhas costas. Arqueio, dor irradiando na pele. O sádico não tem pena, soltando o braço outra vez. Eu choro, contando, odiando e amando estar pregada a essa maldita cruz recebendo minha punição. As vibrações dos dildos em minha vulva e ânus recomeçam e arfo, uma lufada de prazer em meio à dor. Andreas continua me chicoteando. Nas costas, na bunda, coxas.

— Doze — minha voz já quase não sai, rouca, sobrecarregada.

As vibrações aumentam ainda mais, meu ponto sendo massageado, meu clitóris sendo espremido. O braço de meu dominador não cansa, açoitando-me sem dó. Arquejo, perdida em sensações escuras e perturbadoras.

— Eu vou gozar... Por favor, deixe-me gozar, meu dono — imploro.

Ele rosna e me bate mais, e não consigo segurar, o orgasmo me catapultando em um gozo perverso.

— Ohhh... — meu gemido é um misto de agonia e prazer, parece que fiz xixi nas pernas de tanto líquido que sai da minha vagina.

— Vinte — sua voz é sinistra às minhas costas.

Eu me sinto desabando, pendendo nas algemas dos pulsos, minha carne cortando mais. Seus braços me rodeiam, segurando-me. Eu rolo os olhos, gozando, estremecendo sem controle. Parece que fui enviada para outra dimensão.

— Goza, minha menina — sussurra, depositando beijos suaves em minhas costas surradas e ardidas.

Ele me segura até passar os tremores violentos. Solta-me das restrições e me pega nos braços. Solto um ganido satisfeito, como uma cadela bem treinada. Seu sorriso é cheio de arrogância. Coloca-me para baixo.

— É um cavalete. Deite-se de barriga para baixo — ordena, sua voz está tensa.

Imagino que vá me foder agora. Deixo-o me ajeitar debruçada sobre a coisa. É uma superfície acolchoada e minhas pernas ficam escarranchadas, uma de cada lado. Não prende meus pulsos nem os tornozelos.

— Abra essa bunda linda e me mostre seu cu — diz, enfiando a mão entre minhas pernas.

Suas palavras são cruas e devassas e meu rosto esquenta ao mover as mãos para meu traseiro, abrindo as bochechas. Ele sibila e eu resfolego ao senti-lo puxando os dois objetos de dentro de mim ao mesmo tempo.

— Será completamente minha agora, bebezinha — sua voz soa ameaçadora pelo tesão.

Ele se debruça sobre as minhas costas e percebo que está todo vestido ainda. Porém, a ponta quente e redonda de seu pau encosta no meu pequeno orifício. Eu me sinto um pouco decepcionada por não sentir sua pele nua na minha. Parece que isso faz parte do meu castigo esta noite. Andreas segura minha cintura e mete em meu ânus com força, rasgando-me perversamente. Um urro de dor cai da minha garganta. Meu corpo todo estremece, minha bunda vibrando, palpitando ao ser penetrada sem pena. Dor humilhante. Selvagem. Sombria. Sua respiração está muito alterada atrás de mim.

— Maya... — resmunga meu nome e continua metendo.

Torno a gritar quando entra profundamente colando a pelve na minha bunda ardida.

— Continue segurando sua bela bunda aberta. Está linda tomando meu pau todo, meu bichinho — elogia.

Ele passa a ir e vir devagar, compensando-me pela entrada brutal. Meu clitóris já sensível, arrasta sobre o couro do móvel a cada vez que entra bem fundo em meu traseiro. Começo a gemer, uma necessidade escura e aterradora espiralando em meu ventre. Empino minha bunda e ele sorri.

— Por isso não prendi seus pés. Preciso dos seus movimentos livres agora. Além disso, sabia que minha menina atrevida ia amar me dar esse cuzinho virgem — zomba.

Sobe as mãos pelas minhas costas, certamente apreciando sua obra de arte enquanto me fode da maneira mais suja e ultrajante.

— Segure-se lá na borda, branquinha — ordena e obedeço.

Suas mãos sobem e acariciam meus ombros enquanto ele me come devagar, mas entrando todo, cada centímetro.

Meu ânus dói pela entrada dura e pelo seu tamanho e espessura. Suas mãos se fecham em meu pescoço por cima da coleira e aperta, puxando-me para trás, num ângulo que incomoda. Puxa quase tudo e estoca com mais força, arrombando-me com crueldade. Eu berro alto e ele não para. Me castiga em seu eixo grande e grosso me comendo vorazmente. Sodomizando-me sem pena a cada estocada profunda. Arranho o couro do tal cavalete, sendo fodida sem trégua. Andreas me escarrancha, sinto suas pernas vestidas, por cima do meu quadril e soca mais duro, mais fundo. Continuo berrando, tomando-o até o punho.

Meu clitóris é esmagado no couro, deslizando com as estocadas bruscas. Resfolego, minhas entranhas sendo bombardeadas por uma sensação prazerosa. Mesmo minha bunda sendo fodida tão duramente, eu vou gozar. Uma mão grande reúne as duas tranças em minhas costas e a outra segura meu quadril. Eu grito alto, respirando com dificuldade. Meu orgasmo vindo com tudo, como um trem desgovernado. Arquejo, meus cabelos sendo puxados como uma rédea, a mão da cintura me apertando enquanto ele me come com tanta força que tenho medo de ficar sem conseguir sentar amanhã. Mas isso é obliterado quando o gozo lava minhas paredes, explodindo tudo dentro de mim. Grito, gemo, choramingo, o prazer mais perverso sacudindo todo o meu corpo. Andreas xinga um palavrão e, em seguida, goza também. Os jatos de esperma inundam meu ânus todo dolorido.

Gozamos os dois, eu me acabando de tanto gemer e ganir. Ele apenas sibilando, puxando-me para trás e enrolando os braços em minha cintura pela frente. Não geme, mas sua respiração está alterada em meu ouvido, seu coração batendo forte contra minhas costas. Eu me alegro com esses pequenos sinais de que está afetado por mim também. Suas mãos enchem em meus seios e os amassa gostoso. Gemo baixinho e ele beija minhas costas, as estocadas diminuindo o ritmo.

— Gostosa — diz em meu ouvido. E, em seguida, deixa meu interior, empurrando-me de bruços sobre o couro de novo.

Estou acabada. Meus olhos se fecham atrás da venda. Seu calor me deixa e faço um som patético de protesto. Deus, vou deixar esse homem me matar de tanto foder e morro sem dizer a porra da palavra segura. Em instantes está de volta. Suspiro com um pano úmido e morno sendo passado suavemente em meu ânus. Pressiona um pouco e faço um som que não sei o que diabos é. O sádico ri baixinho e se debruça, depositando um beijo suave em minhas costas. É gostoso. Todavia, já estou ficando familiarizada com seu modo dominador. O escroto adora morder e assoprar e vice-versa. Sempre que beija suave, algo doloroso vem a seguir.

— Vire para mim — seu tom engrossado confirma minha teoria.

Termina de me limpar e me ajuda a ficar com a barriga virada para cima. Ele se afasta outra vez e, quando volta, sinto um cheiro forte de velas sendo queimadas. Minha garganta fica seca, temendo o que virá: wax play. O filho da puta vai derramar cera quente em mim. Minha respiração engata e começo a respirar rápido. Vai doer como o inferno. Já tentei me preparar para essa prática, mas sempre é a mesma dor.

— Shhh, respire, meu lindo bichinho — a voz muito suave me diz que é isso mesmo.

Surpreendo-me quando ele começa a tirar minhas sandálias e, em seguida, massageia meus pés. Eu gemo baixinho. Suas mãos deliciosas e mornas sobem pelas minhas pernas e, sem aviso, abre minhas coxas, enfiando dois dedos em minha vulva. Arfo, minhas mãos coçando para estender e tocá-lo.

— Não está autorizada a me tocar — diz, como se lesse minha mente.

Foda-se, seu escroto! Eu fico irritada pela sua negação e, muito mais, pelo desejo pungente de sentir sua pele na minha.

— E quanto a vê-lo, meu amo? — ouso perguntar.

Ele arreganha meu clitóris e passa algo que me faz ofegar. O metal frio roçando em meu feixe de nervos. Engasgo. Faca. Está usando a faca. Meu coração dispara, na sexta passada eu estava sem a venda quando a usou. Agora, eu me sinto completamente à sua mercê, isso me aterroriza.

— Por que quer me ver, minha cadela? — sua voz é cínica.

Ele sabe que me transformo numa criatura estúpida e submissa quando entro neste lugar com ele. Roça o metal em meu clitóris de novo e desce, abrindo meus lábios vaginais. Está passando o lado que não corta, ainda assim é inquietante tê-lo passando uma faca em minha vagina.

— Acha que merece essa honra depois de ter sido desobediente esta manhã?

Imbecil. Quero rosnar, mas não posso. Eu preciso ver os olhos dele. Não consigo explicar racionalmente, apenas preciso.

— Sei que errei. Por favor, perdoa-me, meu senhor — murmuro submissa. — Eu gosto de ver seus belos olhos quando goza dentro de mim, meu dono.

Ele me dá um tapa forte na cara. Grito, assustando-me. Segura meu queixo rosnando bem perto da minha boca:

— Não banque a esperta para cima de mim, bebezinha.

Em seguida, desce e começa a amassar meus seios. Aperta com as duas mãos, torcendo os bicos. Dá tapas na carne. Choramingo quando sua boca quente engole meu mamilo esquerdo e me transformo em sua cadelinha de novo, gemendo, arqueando as costas. Ele rosna e mama com força, sacudindo o bico com a língua, mordendo depois. Passa para o outro e dá o mesmo tratamento. Estou loucamente excitada de novo e ele para o ataque. O cheiro pungente de velas volta e, sem aviso, o primeiro pingo de cera cai sobre o seio direito. Grito alto, a dor me fazendo trincar os dentes. Ele não se importa, pinga no outro seio. Uma mão escava entre minhas coxas e empurra dois dedos de novo. Profundo, duro. Eu gemo e ele pinga mais cera, rodeando meus montes, cobrindo-os. Continua doendo, mas agora seus dedos indo e vindo em meu canal, esfregando meu ponto G, arranca-me outro tipo de som. Sua risada soa alta e satisfeita. Sabe que sou tão bizarra quanto ele. Estamos aqui não pelo contrato, mas porque precisamos disto: este tipo de sexo. Eu preciso? Apenas a segunda sessão sendo sua cadela e estou me convencendo cada vez mais que sou mesmo uma submissa. Ele desce e cobre minha barriga inteira de cera, indo em frente e pingando em minha pelve. Estou quase gozando e, novamente, sob uma situação de dor. Sim, sou uma aberração sombria.

Andreas para antes que eu goze e se afasta, o móvel sobe um pouco. Em seguida, mãos firmes me ajudam a levantar.

— Vou me sentar e você escarrancha suas pernas de costas para mim — orienta, já me puxando para o seu colo.

Ofego ao sentir o calor do seu peito nu. Manteve a calça, percebo, deixando-o ajeitar minhas pernas abertas sobre as dele. Sinto-o mexendo em minhas tranças e, em instantes, meu cabelo cai solto sobre as costas. Um braço forte enrola em minha cintura e logo a cabeça larga e macia está deslizando em direção ao meu clitóris. Choramingo, mordendo o lábio para não implorar. Mas o som lamentoso me entrega. Ele me surpreende ao puxar a venda num movimento rápido. Eu arfo, piscando várias vezes e engasgo quando olho à minha frente. A parede espelhada está bem próxima, se eu esticar o braço, consigo tocá-la. Meus seios, barriga e a pelve estão cobertos de cera vermelha. E então, procuro os olhos verde-musgo que estive desejosa para ver desde o momento que ele chegou. Já o encontro me olhando e meu estômago cai em queda livre, meu coração disparando sem controle. A expressão em seus olhos é intensa, observando-me em silêncio. Sem parar de me encarar, alinha a cabeça bulbosa em minha vulva e sua boca vem para o meu ouvido:

— Apoie as mãos em suas coxas e desce no meu pau, bebezinha.

Arfo e obedeço, começando a descer. Convulsiono pela sensação de esticamento. Olhamo-nos enquanto vou descendo devagar. Dói e arde. É apenas a segunda vez que o tomo na vagina e, nesta posição, é muito incômodo. Certamente por isso a escolheu, o filho da puta sádico e gostoso. Ele segura minha cintura, mas não me ajuda em nada. Deixa-me ir no meu tempo. Pelo menos essa consideração. Zombo. Estou bem molhada, mas é muito grande e grosso, não está entrando muito. Sua mão desce para o meu clitóris e o massageia levemente, tão gostoso que gemo baixinho.

Não diz nada, contudo, seus olhos, seu rosto sombrio e lindo, estão ordenando para levá-lo mais fundo. Então, eu vou. Aquela estúpida vontade de agradá-lo nublando tudo o mais. Empalo-me em seu pau gritando pela sensação absurda de dor e prazer. Nós dois estremecemos. Ele não geme, mas rosna alto, puxando-me contra seu peito, encostando nossas peles, a massagem em meu montinho inchado não parando. Meu olhar cai para nossos sexos e choramingo, Deliciando-me com a visão da minha vulva toda arreganhada engolindo-o profundamente.

— Mexa-se, Maya — resmunga.

Seu pau está pulsando dentro de mim. Seu rosto está tenso. Meu dono está se segurando para não gozar? Ouso sorrir-lhe e levanto devagar, torturando-o, porque agora posso. Seus olhos estreitam e um arremedo de sorriso curva sua boca linda, o brilho perverso tingindo suas íris. Rio mais amplo e desço outra vez, mais forte, mesmo que ainda esteja dolorida da nossa primeira vez. Monto seu pau, subindo e descendo com força, levando-o tão profundo quanto posso. É assim que ele gosta e quero agradá-lo como nenhuma outra. Gemo, choramingo e olho para baixo de novo, vendo-me engolir a coluna grande e grossa.

— Porra — sibila.

Minhas coxas são levantadas e Andreas passa a socar de baixo para cima, entrando todo, fundo, sem pena. Meus gemidos são altos e lamentosos agora.

— Não ouse gozar, sua putinha abusada — ameaça, mordendo minhas costas com força.

Eu grito, molho e palpito mais à sua volta. Resmunga algo que não consigo entender e me come assim por algum tempo. Eu assusto quando me levanta e me gira de frente para si. Vai me deixar tocá-lo? Uma ridícula euforia me invade.

— Cruze os pulsos atrás das costas — ordena, e decepção me atinge. Mas não penso muito sobre isso porque está me empalando de novo, os braços envolvendo minha cintura, puxando-me colada em seu torso.

Ofego, olhando-o de perto, hipnotizada pela beleza morena e começo a montá-lo, a sensação agora é perfeita, apenas prazer. Ele me encara também, apertando-me, estocando de baixo para cima, encontrando-me no meio caminho. Nossos olhares se prendem enquanto fodemos gostoso e duro. O gozo está vindo outra vez e ele sorri, perverso, lindo demais. Estende a mão atrás dele e arfo com o brilho dourado da faca sendo colocada entre nós.

— Monta-me devagar, minha menina — sussurra no tom manso que indica coisas más vindo para mim.

Meu Jesus...

Mais uma vez comprovo minha teoria quando começa a raspar o amontoado de cera em meu seio direito com a faca. Arfo, a sensação da lâmina fria na pele agredida e quente me causa tremores e arrepios pelo corpo inteiro. E não de um jeito ruim. É gostoso senti-lo raspando minha pele. Gemo, descendo com força em seu eixo. Andreas torna a sorrir com a minha reação louca e continua retirando a cera. Rebolo em seu pau enquanto vai descendo pela minha barriga reta, ventre e pelve. Seus olhos estão intensos e ferozes quando sobem para os meus. Há algo nas profundezas verde--musgo que me aterroriza e escraviza ao mesmo tempo. Sobe a faca pela minha pele, até meus seios, rodeando cada um. Estou quase gozando, ele leva a lâmina acima da auréola grande e rosada do seio direito. E passa um pouco mais forte. Grito ao sentir o corte, mas não paro de cavalgar seu pau. Uma gota de sangue brota do pequeno machucado, em seguida, a cabeça escura abaixa e Andreas chupa meu seio ferido, engolindo meu sangue. Gemo alto e o gozo vem, atropelando tudo, mostrando-me que posso ser muito mais sombria do que supus até agora. Fico aterrorizada com minha reação, mas estou além de qualquer raciocínio racional neste momento. Ouço a faca caindo no chão e ele me aperta novamente contra seu peito, comendo-me com força, enquanto suga minha auréola toda.

— Porra... Tão gostosa... — Andreas sibila, gozando dentro de mim. É um som de surpresa e tesão.

Seu esperma lava minhas paredes e nossos olhares se encontram. O meu perdido e o dele uma mistura de incredulidade e algo que não consigo decifrar.

— Estou começando a achar que você é tão louca quanto eu, bebezinha. — Acaricia minhas costas e estremeço inteira, meus olhos se fechando contra a minha vontade.

Meus braços pendem dos lados, saindo da posição submissa. Ondulo na última convulsão do gozo e, sem me controlar, pendo a cabeça em seu peito. Tão cheiroso. Inalo-o, sentindo a letargia me dominar. Sinto-me exausta. Cada músculo em meu corpo dói. Ele ri baixinho. O som é mais divertido do que cínico.

— Foi demais para você — murmura, seus lábios tocando minha testa num beijo suave.

Quero gemer, mas não tenho forças. Estou mergulhando na semiconsciência.

— Minha menina perfeita e sombria — torna a sussurrar contra a minha pele.

E eu apago em seus braços.

Andreas

Entro em casa um pouco depois das onze, levei a Maya em casa. Porra. Apenas pensar na menina e no prazer que me deu hoje faz meu corpo esquentar. Minha vontade era ficar a noite inteira dentro da maldita garota. Gostosa, ousada, resistente e, o elemento mais importante, sombria, como eu. Arranco minha camisa e sapatos e ando descalço até o bar no canto do meu quarto. Sirvo-me de uma dose generosa de Bourbon e tomo um grande gole.

Beli me ligou assim que deixei a menina na frente do seu prédio. Falei com ela rapidamente enquanto Jairo acompanhava Maya até a porta do seu apartamento. Outro carro, com mais três seguranças, estava estacionado logo atrás.

Não é algo que costumo fazer, levar uma sub em casa. Na verdade, elas nunca andam comigo. Sempre me esperam no calabouço. Não temos outro tipo de contato fora das sessões de BDSM. Porém, com Maya é diferente. Trabalhamos juntos. A garota é muito boa no que faz. Não é do meu feitio assumir, mas estou encantado pela sua capacidade profissional. Para acabar de completar, a porra da menina era uma virgem até sexta passada, mas fodeu comigo hoje como se fosse acostumada a tomar meu pau.

— Putinha abusada — resmungo, bebo mais um gole, recostando-me à bancada do bar.

As imagens não saem da minha cabeça de jeito nenhum. Para dizer a verdade, nem quero que saiam. Não por agora, pelo menos. Estou satisfeito de uma maneira que tinha tempo que não ficava. Franzo o cenho. Talvez nunca tenha ficado. Aquela menina tem algo diferente. Tentei ficar a sessão inteira sem ver aqueles malditos olhos bonitos, mas perdi a razão quando ela me deixou fazer uma obra de arte com cera vermelha em seus peitos durinhos e a barriguinha lisa. Rosno, tomando mais um gole. Não satisfeita, a cretina montou meu pau como se não houvesse amanhã. E quando cortei sua linda, suculenta e rosada auréola e ela continuou cavalgando gostoso como o inferno, eu enlouqueci. Nunca tinha feito aquela merda de chupar sangue de outra sub. Eu gosto de cortar, mas beber o sangue? Não! *Que diabos foi aquilo, homem?* Zombo de mim mesmo.

Sorrio cinicamente, recordando a exata sensação de gozar em sua bocetinha apertada e deliciosa. Não importa. Foi gostoso além do que minha sanidade permite analisar. Vou repetir, com certeza. Bizarrice é comigo mesmo. Um sorriso arrogante curva a minha boca com a situação que deixei a menina. Maya é um perigo para si mesma. A porra da garota não falou a palavra segura nenhuma vez até agora. Lida com a dor de forma excepcional. Pensei que teria um trabalhão, treinando-a, deixando-a resistente. Sim, a branquinha linda foi um achado, tanto para a Montanaro quanto para as minhas taras. Vamos desfrutar muito de nossas sessões. Nossa química é arrebatadora, brutal mesmo.

Não me lembro da última vez que gozei de maneira tão intensa e gostosa. Até agora meu corpo está vibrando pelo prazer de dominá-la. Não sei explicar, mas uma possessividade feroz toma conta de mim quando a vejo e sei que sou o único homem a estar dentro dela, surrá-la, usá-la de todas as formas sujas que minha alma obscura precisa.

Expiro, tomando o último gole da bebida. Já estou ansioso para a sessão de amanhã. Vou matar a menina de tanto foder se ela não aprender a usar a palavra segura. Um riso perverso curva minha boca. Ela nunca me verá reclamar, no entanto. Eu me livro do resto das roupas e tomo uma ducha rápida. As imagens de Maya dentro da banheira do calabouço me assaltam. Cuidei dela depois da sessão pesada. A levei nos braços até o banheiro nos fundos da sala escura. O banheiro é o único cômodo luxuoso, porque, às vezes, preciso tomar banho e mudar de roupa lá mesmo quando surge um compromisso inesperado. Não sou do tipo que paparica uma posse depois da sessão. No banheiro tem todos os cremes e ervas curativas e elas mesmo se banham e aplicam depois. Não sou um tipo comum de amo. Sou um predador. Meu maior prazer é devastar, não curar. Entretanto, cuidar de Maya não foi uma tarefa tão ruim, admito. Também não tive outra opção, uma vez que a menina tola usou toda a energia para me agradar. É uma sub nata. Tive muita sorte de encontrá-la antes que outro bastardo a reivindicasse e experimentasse aquele corpo lindo e delicioso pela primeira vez

Preparei uma banheira morna com espumas e ervas curativas. Maya estava em estado de semiconsciência. Seus belos olhos estavam azuis, abrindo de vez em quando. Gemendo baixinho com a massagem que fiz em seus ombros. Foi estranho banhar uma mulher. Nunca faço merdas assim. Gosto de foder e sair logo, sem afagos. Simples e direto. Mas me peguei gostando de ver a carinha de anjo, os suspiros de prazer com a água morna e as ervas agindo. Não entrei com ela, mantive a distância necessária. Apliquei em suas costas, pulsos e na pequena ferida no seio uma pomada especial que cura os machucados de forma mais rápida, eu mesmo mando manipulá-la especialmente para minhas subs. Ela havia recuperado as forças quando conclui a tarefa.

Aqueles olhos de camaleoa, estavam me encarando, parecendo lutar uma batalha de sentimentos. Eu vejo, sinto isso nela às vezes. Parece não apreciar o fato de ter gostos iguais aos meus no sexo. Para azar dela, não há como escapar de mim agora. Pelo menos não enquanto eu ainda estiver interessado.

Saio do banheiro e faço um lanche leve, preparado por minha governanta. Meire, que está comigo desde que me mudei para esta parte da mansão. A satisfação sexual me deixa leve e vou para o quarto à meia-noite. Coloco minha Glock sobre a cômoda e me deito na cama enorme ao lado. Praticamente desmaio. É o melhor sono que tenho em muito tempo.

Acordo às seis da manhã e vou me exercitar na minha academia. Após, tomo banho e me visto. Observo minha expressão no espelho do *closet* enquanto ajusto a gravata. Minha cara grita satisfação sexual, devo isso ao meu novo e lindo bichinho.

Pego o terno azul-marinho, vestindo-o com agilidade. Estou saindo do quarto quando ouço a campainha. Há uma extensão aqui em cima e sempre ouço qualquer movimentação na casa. Pego minha pasta e, antes que abra a porta, Alvinho a arreganha, passando como um furacão para dentro.

— Alvinho, o que está errado? — indago. Meu irmão não invade meu lado sem avisar. E nem eu o dele. Gostamos de privacidade.

Enfia as mãos nos bolsos, sua cara nada boa.

— A carga para o cartel de Miami foi interceptada e roubada nesta madrugada, And — solta a bomba e levanto minhas sobrancelhas.

Suas palavras são como um soco potente. Aquela carga vale dez milhões! Faz muito tempo que tivemos uma carga roubada. Acho que uns oito anos. Naquela ocasião, encontramos o rato e o fizemos entregar todos que estavam por trás. Como? Simples, levamos ele para uma ponte abandonada e ameaçamos jogá-lo de lá de cima se não abrisse o bico. O cara se mijou e contou tudo. Foi um ótimo serviço, mas era preciso livrarmo-nos dele de qualquer forma. Jogamos o infeliz lá de cima.

— Conta-me exatamente o que houve, mano — solicito, com a calma que sempre uso nos tribunais.

Seu rosto adquire uma expressão letal.

— Luigi e Guto acham que os Ramazotti estão por trás disso — range os dentes.

Meu sangue esquenta ao ouvir o nome. Encaro meu irmão com a mesma expressão letal.

— Bom, se foram eles, teremos que fazer algo que os Montanaro deviam ter feito há muito tempo — digo. Alvinho espera minha conclusão. — Vamos dizimar cada maldito Ramazotti de cima desta terra, mano.

— Precisamos descobrir primeiramente como conseguiram a informação sobre onde estaria a carga. — Assinto.

Seus olhos ficam ainda mais escuros e ele rosna:

— Acha que pode haver um traidor entre nós, And?

Meu sangue gela. Um traidor entre nós? Ninguém é tolo o suficiente para trair os Montanaro.

— Quero acreditar que não. Mas se houver, precisamos descobrir quem é o rato e arrancar a sua pele — digo friamente.

— Farei um levantamento minucioso ainda hoje — informa e achata a boca ao completar: — o cartel vai querer a carga. Eles não gostam de desculpas, mano.

Bufo, irritado como o inferno. Dormi bem pra caralho depois do sexo espetacular com Maya. Acordar com uma notícia dessas é um banho de água fria, no mínimo.

— Com toda razão. Eu também não suporto desculpas — informo. — Agilize outra carga agora mesmo, Alvinho. Vou chamar o cartel e avisar que chegará com algumas horas de atraso.

Sua boca se curva levemente num sorriso arrogante.

— Eu disse a Luigi e Guto que você ordenaria exatamente isso. Então, pedi aos homens que agilizassem a preparação da nova carga.

Faço um som desdenhoso para sua esperteza e dou um soco brincalhão em seu ombro.

— Vejo que sobrou algum gene inteligente para você, irmãozinho — provoco, já puxando meu celular.

Preciso tratar diretamente com o chefe do cartel de Miami. Eles nos respeitam e são nossos clientes há mais de duas décadas.

— Vamos recuperar a carga e matar todos que participaram dessa afronta.

Ele acena e deixa o quarto. Seleciono o número de Ramirez, um colombiano que mora em Miami há muitos anos e fez fortuna com todo tipo de coisa ilícita. Mas sempre que precisa de um produto como o nosso, sabe que não há mercadoria melhor no mercado. Quando acharmos os traidores, eu mesmo me encarregarei de mandá-los para o inferno. Não há perdão para traição. Em meu reduto, sou o advogado de acusação, o juiz e a porra do executor. O preço da traição em meu mundo é a morte.

CAPÍTULO OITO

Quando fizer o bem, faça-o aos poucos.
Quando for praticar o mal, é fazê-lo de uma vez só.
(O Príncipe – Nicolau Maquiavel)

Andreas

Entro no elevador privativo que dá direto no corredor onde fica a minha sala, de Alvinho e nossos primos. Há outros primos Montanaro de segundo grau trabalhando no Grupo e eles foram todos convocados para uma reunião de emergência. Geralmente tratamos dos outros *negócios* à noite, numa sala no subterrâneo do Voraz. Contudo, o acontecimento desta madrugada pede medidas imediatas e drásticas. Precisamos encontrar os culpados pelo roubo da carga e matá-los o mais rápido possível. Quanto mais penso sobre o ocorrido, mais sinto o fedor de rato. Alvinho tem razão, há um traidor perto de nós. Ninguém tem acesso às rotas, apenas eu. Por que isso? Assim é mais seguro. No caso de meu irmão ou primos serem apanhados, não terão como ceder à tortura. Pensando com mais calma a caminho daqui, fui percebendo que algo não está batendo. Os metidos a heróis da PF já não estão mais na nossa cola. Quem está se metendo conosco parece saber exatamente quem somos para além dos negócios lícitos. E isso pode ser um problema dos grandes. Quem é, ou quem são? Essa é a pergunta martelando em minha mente, dando-me um princípio de dor de cabeça logo de manhã.

Passo para fora quando as portas começam a abrir. Beli está no meio do corredor, esperando-me com um sorriso meloso no rosto. A visão de minha bela noiva me deixa um pouco menos irritado. Ando até ela, que enrola os braços em meu pescoço, plantando um beijo em minha boca.

— Bom dia, querida. Dormiu bem? — Sorrio, dando-lhe um último selinho.

Olho o corredor vazio.

— Chegou cedo.

— Sim, tenho uma audiência no final da manhã e gosto de organizar tudo com antecedência. — Sorri charmosa, acariciando minha barba bem aparada. — Aprendi com o melhor.

Sorrio, lendo-a com exatidão. Ela quer sexo hoje. Sabe que estive com minha sub ontem e está querendo demarcar seu território. Mulheres...

— Vou preparar um jantarzinho para você em minha casa hoje, amor — ronrona.

Seguro um som de insatisfação. Não quero fodê-la hoje. Eu quero Maya. Estou enlouquecido de tesão pela menina e apenas ela e seu corpinho gostoso me farão gozar como preciso neste dia estressante de merda. Qualquer outra só me deixará mais irritado. Todavia, expiro, não querendo mais dor de cabeça. Talvez deva aceitar o convite de Beli e quebrar um pouco desse desejo obsessivo que a maldita garota está me fazendo sentir desde que estive dentro dela. Não sou do tipo que se deixa governar pelo pau e não vou começar agora.

— Desculpem interromper — a voz feminina soa do nosso lado e meu corpo todo reage.

Olho de lado, meus olhos encontrando os da menina que está insistentemente na minha cabeça. Meu sangue todo esquenta, correndo para a virilha. Não há qualquer chance de eu não estar dentro dela hoje de novo, amanhã, depois de amanhã e o resto da semana. Meu olhar passeia pelo seu corpo. Está deliciosa numa saia preta e blusa branca de mangas compridas. Sandálias de salto alto lhe deixam ainda mais empinada e altiva. Seus cabelos loiro-claros estão presos num rabo de cavalo e usa um lenço vermelho no pescoço. Um sorriso perverso brinca em minha boca porque sei que minhas marcas estão em sua pele linda. Volto a olhá-la nos olhos. São verdes esta manhã. Eles me encantam. Porra. Tudo nela me encanta, essa é a verdade. O nariz pequeno e arrebitado, a boquinha linda e rosada pintada apenas com um brilho. A imagem dela ajoelhada à minha frente, nua, na pose submissa e chupando meu pau espoca em meu cérebro. Tudo que fizemos no calabouço preenche meus sentidos de tal forma que tenho que reprimir um gemido.

Como uma garota que era virgem até sexta me deixou neste estúpido estado de fascinação? Pergunto-me, nada satisfeito com a forma que a franguinha se infiltrou na minha cabeça. Por outro lado, estou muito satisfeito com sua submissão. A porra da menina é tão escura quanto eu. Já antecipo tudo que ainda faremos juntos nesses mais de três meses até o contrato findar.

— Bom dia, Maya — cumprimento, minha voz um tanto rouca por mais que tente disfarçar meu tesão feroz.

Sinto os braços de Beli me rodear pela cintura. Ela adora fazer isso quando tem mulher bonita por perto. E talvez já tenha dito, mas minha nova associada e sub é simplesmente linda. Minha noiva está certa em ter ciúmes.

— Bom dia, Andreas — a menina responde, seus olhos fixos nos meus.

Posso ver e sentir o seu tesão por mim, isso me deixa ainda mais doido por ela. Vejo-me fazendo cálculos mentais do horário que a reunião com meus primos termina. Pela primeira vez sei que farei sexo aqui. Não vou conseguir esperar até a noite para estar dentro dela. Estive louco para fodê-la ontem em meu escritório, porém, não fiz para lhe dar sua primeira lição de obediência. Hoje... Bem, hoje é outra história. Digo-lhe exatamente isso com meu olhar e ela lambe os lábios cheios. Caralho. Talvez pegar uma sub do meu convívio diário não tenha sido sábio no final das contas. Vai ser impossível não comer essa menina todo maldito dia em nosso horário de expediente.

— São para mim? — pergunto, apontando a pilha de papeis que traz em suas mãos, para cortar o fluxo de imagens indecentes cruzando minha mente perversa.

— Não, são para a doutora Isabeli — Maya diz, seu rosto levemente corado.

Fico contrariado por perder a compostura quando a vejo. Preciso manter o decoro na frente de minha noiva.

— Está tudo do jeito que a senhora pediu. — Entrega o calhamaço de papel e adiciona: — Se não precisa de mais nada, vou começar a estudar um caso que Andreas solicitou minha colaboração.

— Ah, obrigada, queridinha — Beli responde, pegando as folhas. Seu tom é quase ríspido. — Há mais documentos com a Mônica, quero todos copiados antes das dez.

— O que é isso, Beli? — Junto as sobrancelhas, encarando minha noiva em busca de uma explicação. — Por que Maya está fazendo serviço de estagiário para você?

— Porque a doutora Isabeli tem estado com muito trabalho e me pediu para ajudá-la nas últimas semanas — Maya responde e posso sentir um pouco de desagrado em seu tom.

Com toda razão, isso é serviço de estagiário. Ela é uma associada. Encaro minha noiva novamente e me afasto um pouco, a compreensão me atingindo. Ela realmente está sendo uma cadela com ciúmes de Maya. Claro. Beli nunca me deixou contratar uma mulher antes. Quero rir da sua estratégia ridícula de diminuir a garota que acredita ser uma rival em potencial. Se ela soubesse...

— Procure um dos milhares de estagiários da empresa para fazer isso para você, Beli — digo com seriedade ao perceber que ela poderia ter prejudicado o trabalho de Maya nos casos em que está me auxiliando.

Então, consigo ter a compreensão total da situação. Era por isso que a menina me enviava os e-mails sempre na madrugada, quando estive viajando. Minha noiva a sobrecarregou durante o dia com sua perseguição estúpida.

— Mas, And, estou sem um associado. Precis...

— Faça uma seleção, como todos os advogados neste escritório — digo friamente.

Não sei porque me irrita que Beli tenha tentado levar vantagem sobre Maya, mas irrita.

— Por acaso, parou para pensar que poderia ter ferrado com o trabalho de Maya quando lhe encheu com tarefas que não eram dela?

— Meu Deus, não é para tanto! — Beli revira os olhos. — A garotinha é muito competente e deu conta de tudo — diz com nítido sarcasmo.

— O nome dela é Maya — meu tom ainda é frio. — É minha associada e sim, é muito competente no que faz.

Encaro Maya, que parece surpresa, os olhos arregalados, observando a minha reação.

— Não irá mais atender pedidos de ninguém deste escritório a partir de agora. Você está comigo e apenas a mim deve atender, está claro?

Vejo um brilho de satisfação invadir seus belos olhos e quero rosnar quando vão ficando azuis. Porra de menina linda. O desejo feral golpeia minha virilha. Eu a quero. Agora. Nada me agradaria mais do que gozar bem gostoso nela antes da maldita reunião.

— Claríssimo — murmura e seu olhar vai para Beli.

Vejo alguma emoção subjacente nublando suas íris. Sua boquinha linda curva num arremedo de sorriso triunfante, não, perverso é o termo mais adequado. E sinto a minha boca se curvando com a audácia da menina. Sua atenção volta para mim e completa:

— Obrigada.

— Não por isso. E não há necessidade de tratar Isabeli por doutora. Embora esteja iniciando sua carreira agora, somos todos colegas por aqui — acrescento e, novamente, vejo o contentamento em suas feições delicadas.

— Você é tão permissivo com os novatos — Beli desdenha, lançando um olhar de superioridade para Maya. — Já pode ir, queridinha. Estou numa conversa particular com meu noivo.

Noto certo desconforto na postura de Maya com a grosseria e despeito óbvios de Beli. Que interessante perceber a cadela que é minha noiva, de birrinha com a menina. Satisfação perversa me enche por saber que Maya é minha, não importa os chiliques de minha fodida noiva.

— Com licença — Maya murmura e gira nos calcanhares, afastando-se pelo corredor.

Beli continua falando sobre o tal jantar e tenho dificuldade de tirar os olhos do objeto do meu desejo se distanciando de mim. Essa branquinha pode me trazer problemas. Um maior do que a ereção em minhas calças. Resmungo, obrigando-me a parar de cobiçá-la.

— Por acaso está comendo essa putinha, And? — Beli me empurra, seu rosto torcido em desagrado.

Abro a boca para negar, mas empurra um dedo em meu peito, ameaçando:

— Eu mato essa vagabunda se descobrir que está trepando com ela — diz com os olhos de lunática. — Não vou admitir tamanha afronta bem debaixo do meu nariz, porra! Mato essa prostituta!

Mas que diabos! Sua ameaça a Maya me faz pegar seu dedo e torcê-lo, causando-lhe dor.

— Perdeu a noção do perigo, querida noiva? — digo baixo e frio, mas não menos intimidante. — Não a ameace, Isabeli. Maya não tem culpa das suas paranoias. — Ela ofega quando uso seu nome completo, seu rosto ficando pálido. — Sou muito complacente com você, porque te conheço desde pequena, mas nunca, jamais confunda minha gentiliza com fraqueza, senão você pode se dar muito mal. — Solto seu dedo antes de quebra-lo. Ela o massageia, parecendo magoada. Ótimo! — Se eu descobrir que a está importunando, vai se ver comigo — agora sou eu quem ameaça e me surpreendo com a minha defesa acalorada de uma garota que mal conheço.

Ela respira rapidamente, suspeita se espalhando em suas feições bonitas.

— É ela — murmura com ódio mortal invadindo seus olhos castanhos. — Essa maldita é a sua nova sub, não é? Deus, ela praticamente saiu da adolescência, tem só vinte e um, porra! — rosna, lívida.

— Está completamente fora de si e não vamos conversar sobre esse tópico — ranjo em sua cara. — Não que eu te deva satisfações, mas não estou com ela. Tire essa merda da sua cabeça.

— Então a demita — tem a ousadia de me intimar. — Mande a vagabunda embora antes que resolva trepar com ela, estou vendo como a olha. Eu não respondo por mim se você se engraçar com essa garota.

Tarde demais, porra. Quero essa menina, como um maldito viciado, e vou continuar fodendo-a. Só a deixarei quando *eu* quiser. Ninguém me dá ordens.

— Não recebo ultimatos, Isabeli. Está cansada de saber disso. — Indico a porta de sua sala. — Vá trabalhar e me poupe do drama. Relaxe ou viverá à beira de um AVC - *Acidente vascular cerebral* quando nos casarmos, querida, é um conselho.

— Odeio você — a infeliz ousa dizer.

Eu rio cruelmente.

— Não, você odeia o fato de que nunca será a única a tomar meu pau — replico e seu rosto fica ainda mais irado. — Vá trabalhar, *amor* — completo com cinismo e a beijo na têmpora, dirigindo-me à minha porta, encerrando o melodrama.

Que dia... E ainda não são nem oito da manhã! Resmungo e sigo para a sala conjugada, onde fazemos as reuniões mais sigilosas com nossos clientes. Coloco minha pasta sobre a mesa grande com dez cadeiras. Abro meu notebook e passo as rotas das próximas entregas, uma a uma. Ainda tenho tempo antes dos outros chegarem. Já conversei com Danilo, nosso hacker exclusivo. Ele cuida de proteger nossas contas de e-mails e ligações telefônicas. O cara é muito bom no que faz, por isso, pagamos uma verdadeira fortuna para ele nos manter a salvo de invasões dessa natureza. Ele acredita que isso foi serviço de outro hacker, uma vez que não consegue encontrar rastros. Esse infeliz irá sofrer muito quando o encontrarmos. Eu mudo as próximas rotas, mas solto um som irado ao perceber que teremos que gastar muito para alterar as de quarta e quinta-feira. Tudo está organizado há dias, justamente para não haver falhas.

Passo as mãos pelo cabelo e me recosto ao espaldar da minha cadeira na cabeceira. Novamente o encontro com Maya voltando em minha mente. Que porra de obsessão é essa? Beli está certa, a garota mal saiu da adolescência! Por que estou tão doido por ela? Pergunto-me sem respostas. A perseguição ridícula de minha noiva louca me faz soltar um bufo desgostoso. Maya é mais advogada do que todos nós juntos. Não por ser mais competente, mas pela pureza de sua conduta. Acredita na justiça feita de forma correta. Tem sido fascinante ver seu entusiasmo ao montar as sustentações e sugerir algo pertinente para cada caso que peço sua colaboração. Ela é pura. Um suspiro estúpido de encantamento sai da minha boca. Pura em todos os sentidos, talvez esse seja o motivo pelo qual a bebezinha me atraia tanto. Sou corrupto, sujo, mas sua pureza me fascina.

— Ei, primo.

— Ei, primo.

As vozes de Guto e Luigi soam na porta. Olho-os, sendo puxado dos meus pensamentos indesejados sobre minha nova associada.

— Ei, primos — digo de volta.

Eles tomam seus lugares ao meu lado esquerdo. Luigi e Guto são a minha cara e de Alvinho. Nossos velhos possuem traços semelhantes, por isso, parecemos mais irmãos do que primos.

— Alguma novidade sobre a puta da PF? — indago a Luigi.

— Ela abriu o bico esta manhã — meu primo mais novo responde, mas há algo estranho em sua expressão. Não sei que merda é. — Há uma operação federal de posse de nossos nomes e tudo o que fazemos, And.

Sim, realmente um dia de merda. Bufo, minha irritação subindo a níveis elevados.

— Ela entregou os nomes? — rosno.

Novamente a expressão desconhecida no rosto de Luigi.

— Sim. Está tudo aqui. — Empurra uma folha para mim.

Eu a pego e passo a vista rapidamente pelos nomes. Alguns conheço, outros não, mas não importa, eles são defuntos.

— Excelente trabalho, Luigi! — elogio e encaro-o seriamente, dando a ordem: — mate a puta.

Ele assente, a máscara de assassino frio sendo colocada em seu rosto.

— Farei isso ainda hoje, And — garante.

Olho para o Guto, que está encarando seu irmão com cenho franzido. O idiota sorri para mim e relaxa em sua cadeira.

— Alvinho me contou sobre a sua nova sub, primo — diz, seu sorriso de hiena crescendo.

Costumamos dividir ou trocar nossas subs entre nós. Cerro os punhos, imaginando o que sairá da boca do meu fodido primo.

— Era virgem, é isso mesmo?

— Sim, era, mas isso não é da sua maldita conta — ranjo, um pouco exaltado demais.

Meu primo levanta as sobrancelhas negras, um lento sorriso tornando curvar sua boca.

— Ora, ora, And... — murmura, incrédulo. — Vamos, primo, você não é apegado às cadelas. Dê-me a putinha no final de semana — tem a audácia de pedir.

Meus ouvidos saem fumaça apenas de imaginar meu primo fodendo Maya, tocando o que é meu.

— De jeito nenhum, porra! — rosno como um animal selvagem. Guto fica ainda mais surpreso. Eu sempre o deixo comer minhas cadelas e vice-versa. Mas Maya não. Essa menina não. Quero ser o único a desfrutar dela. — Essa é apenas minha, Guto. Vá procurar boceta fácil em outro lugar — aviso com uma carranca.

— Uau, mano. — O assovio de Alvinho soa na porta. Eu bufo. O quarteto está completo. — Não sabia que estava todo territorial sobre a *chapeuzinho* — diz cinicamente, sentando-se à minha direita.

— Não estou territorial — apresso-me em negar. Claro que não estou. Só quero desfrutar da minha sub sozinho. Que mal há nisso?

Um sorriso arrogante curva minha boca e quero provocá-los sobre a virgindade de Maya.

— Você também estaria se tivesse entrado em uma boceta virgem, *stronzo*[11].

Meu irmãozinho me devolve o sorriso arrogante. Então, eu me recordo de que Bianca era uma virgem também quando começou a jogar com ele.

— Esquece que minha ruiva também me deu a honra de ser o primeiro? — se gaba e sorri, encarando Guto. — Desista, primo, o And está meio que obcecado por essa.

— Então, dê-me a sua ruivinha, primo — Guto muda o foco e todos rimos. Ele é um fodido idiota.

— Vá se foder, cara! — meu irmão rosna para nosso primo mais velho.

Vejam só... Gargalho às suas custas. O estúpido está caído pela boceta ruiva e não quer admitir.

— Pegue a de Luigi — diz, e olhamos para o homem em questão, que está calado e mais sério do que o normal.

— Pegue outras subs novas se está entediado, cara — bufa.

Nós caímos na risada. Estamos irritados com a perda da carga, mas sabemos que estaremos com as mãos sobre os culpados, em breve.

Logo em seguida nossos outros primos passam pela porta e inicio a reunião. Discutimos os dois pontos emergenciais: o roubo da carga e a lista de agentes da PF que precisam ir para a cova mais cedo.

— Sobre o roubo, podemos cuidar disso — Alvinho garante.

Aceno e os outros também.

— Quanto aos agentes, vou chamar Rodolfo, o general irá mexer seus botões, enviar os imbecis numa missão suicida, qualquer coisa. Eu realmente não me importo, desde que o resultado seja todos eles fora do nosso caminho — digo com a frieza que a situação exige.

— Concordo — Luigi abre a boca pela primeira vez. Que merda há com ele hoje? — Não podemos matar tantos federais sem chamar a atenção. Uma missão suicida é sempre bem-vinda. — Um sorriso psicopata se abre em seu rosto. — Eles morrerão como heróis, no cumprimento do dever, e nós ficamos livres — completa com cinismo.

Nós rimos, satisfeitos com as decisões que tomamos. A reunião termina alguns minutos depois e estou com uma dor de cabeça incomodando agora. Por mais que tenha certeza de que vou pegar o traidor, odeio perder o controle de algo ou alguém. Quando eu descobrir quem é, primeiro vou apresentá-lo a meu chicote especial com metais nas pontas. Não há como o rato resistir. Ninguém o fez até agora.

— Você já pensou onde fará sua festa de trinta e cinco, mano? — Alvinho indaga quando ficamos sozinhos na sala.

11 Idiota, em italiano.

Faço uma carranca. Completo trinta e cinco no próximo mês e, nessa ocasião, terei que marcar a data para me amarrar à melodramática da minha noiva. Nenhuma boceta pode ser gostosa o suficiente para merecer a minha aliança no dedo. E minha noiva é gostosa, não nego isso, no entanto, o prospecto do drama me parece grande. Sem falar no quanto está se revelando uma verdadeira cadela. Expiro, analisando a pergunta de meu irmão, já que eventos públicos desse porte precisam de muito planejamento, para não dar chance de sermos surpreendidos pelos inimigos. E eles são muito, acreditem. Depois do trágico fim de nossa prima Bea, ficamos mais atentos a tudo.

— Estou cogitando um hotel. Não quero levar grandes multidões para a mansão — respondo, recostando-me à cadeira.

Estou exausto e é apenas a hora do almoço.

— Sim, pode ser uma opção — ele assente, pegando sua cigarreira no bolso e tirando um cigarro. Estende outro em minha direção.

— Quero parar com essa merda — rosno, mas acabo pegando o cilindro escuro. É a mesma marca importada que uso. Ele puxa o isqueiro folheado a ouro e acende o meu, depois o seu.

Foda-se! Puxo uma tragada, deixando a sensação momentânea de prazer invadir meu sistema.

— Beli está difícil esta semana. A cadela tem a ilusão de que pode controlar meu pau — bufo e ele gargalha, jogando a cabeça para trás.

Alvinho é a única pessoa no mundo com quem me sinto à vontade para desabafar. Nem meus velhos conseguem esse feito.

— Elas sempre terão seus sonhos quebrados por um Montanaro — diz, dando de ombros. — E quanto à Maya? — pergunta, seus olhos ficando mais sérios. — O que está rolando?

— Como assim o que está rolando? — aspo-me. — Ela é a minha sub. Ponto.

Ri cínico e acena, soltando fumaça pelo nariz.

— Boa sorte com Beli quando descobrir que está fodendo a menina, mano.

Seu sorriso aumenta para uma gargalhada.

— Sorte a sua que a cadela da Celine não trabalha aqui para ver você trepando com Bianca como malditos coelhos. — Atiro-lhe uma carranca.

— Eu não trepo tanto. — O idiota ri arrogante. — Não tanto quanto gostaria — acrescenta com uma piscada.

— Você gosta dessa cadela? — pergunto, encarando-o.

— E você gosta da sua putinha? — devolve a pergunta. Irrita-me ouvi-lo chamando-a dessa forma. Porém, não lhe dou o gosto de ver que a franguinha está mexendo comigo.

— Gosto da submissão da cadela. Nada mais que isso — digo com um sorriso cínico e puxo uma tragada longa também.

Ele se levanta e apaga o cigarro no cinzeiro no centro da mesa.

— Vamos almoçar? — chama, ajeitando seu terno risca de giz. Faço uma careta.

Eu perco o apetite quando algo sai do meu controle. Só vou voltar a me alimentar direito quando tiver mandado os ratos para o inferno.

— Danilo vai descobrir quem é o rato, And. Venha se alimentar, porra.

— Vá você. Vou pedir algo para comer aqui mesmo — digo, levantando-me também. — Quero estar livre para falar quando Danilo me ligar com as atualizações.

— Certo. Se houver alguma novidade, faça contato — pede e sai em seguida.

Fico sozinho, matutando cada passo que daremos, até que meu estômago ronca. Porém, minha dor de cabeça é maior. Eu deixo a pequena sala, voltando para a minha. Procuro algum analgésico nas gavetas da mesa, mas não encontro. Saio pelo corredor em direção à cantina, ver se encontro algo por lá. Há uma de nossas faxineiras mais antigas que gosta de trazer analgésicos. Ela me socorreu uma vez com essas dores de cabeça por estresse. Para minha frustração, não há nada nos armários também. Deixo a cantina e sigo pelo corredor vazio. À essa hora, todos estão fora para o almoço. Então, um cabelo loiro balançando me chama a atenção, virando o corredor para o lado esquerdo. Maya. Ela carrega sacolas, provavelmente sua comida. Um sorriso estúpido brinca em meu rosto ao ver a dedicação da porra da garota. Minhas pernas tem vontade própria e sigo em sua direção. Beli ainda está presa na audiência que se estendeu mais do que o previsto. Tenho tempo para estar perto de Maya sem ter que passar por outra cena melodramática por parte de minha noiva.

Paro do lado de fora de sua sala. Meu coração acelera um pouco. Essa garota é problema, com certeza. Meu coração, se é que tenho um coração, não costuma acelerar com a expectativa de ver uma mulher. Nunca. Mas *essa* acelera o maldito órgão. Bufo, descontente pela forma que está mexendo comigo. Dou duas batidas na sua porta e espero alguns instantes. Em seguida, Maya abre e os seus grandes e lindos olhos arregalam-se ao me ver aqui. Meu olhar corre por toda ela, faminto. Ouço uma música suave vindo de dentro do pequeno recinto. Olhamo-nos em silêncio, nossos olhos pegando abertamente o que não podíamos quando nos vimos mais cedo. Seu rosto fica um pouco corado e ela lambe esses lábios que estou salivando para provar. Outra mudança que essa menina provocou em mim. Nunca beijo minhas posses, mas ela eu quero beijar. Ontem, quando me montou de frente e gozou soltando gemidos indecentes, eu queria beijá-la. Porra, como queria.

— Andreas — murmura. — Precisa de algo? — pergunta. Sua submissão respondendo ao meu olhar fixo.

Sim, caralho. Preciso estar dentro de você, o quanto antes. Mas também preciso me livrar da dor de cabeça filha da puta me incomodando.

— Estou com uma dor de cabeça incômoda. Por acaso tem algum remédio? — pergunto, sentindo-me um tanto patético ao lhe pedir isso. Não gosto de mostrar fraqueza na frente de ninguém. Não sei como, mas parece que ela consegue me ler bem, pois murmura:

— Meu dia de retribuir — diz com um brilho suave nos olhos.

Franzo o cenho.

— Ontem você me salvou do ataque de pânico no elevador — recorda-me e se afasta, abrindo a porta para me dar passagem. Eu entro, meio ressabiado. — Isso não o torna fraco, doutor Andreas Montanaro. — Lança-me um sorriso insolente antes de dizer: — na verdade, isso o torna humano para mim. Estava seriamente inclinada a acreditar que você era um robô.

Seu comentário espertinho me faz emitir um som irônico. Garota abusada do caralho. Não entendo como esse seu comportamento insolente me excita. Nunca gostei de mulher com a porra da boca grande. Mas tudo que essa menina faz excita-me, encanta-me. Ela se dirige para a sua bolsa, retirando um frasco de comprimidos. Serve um pouco de água e pega dois, andando de volta até a minha frente. Nossos dedos se tocam quando me entrega. Meu corpo inflama, desejando-a dessa maneira estranha e intensa que está me confundindo e irritando.

— Ainda não almoçou? — indaga. — Precisa comer para ajudar a parar a dor — complementa.

— Não. Estive em reunião com meus primos a manhã inteira — respondo, sentindo-me um tanto deslocado. — Obrigado, Maya. — Jogo os dois comprimidos na boca e tomo um bom gole d'água.

Leva o copo de volta à mesa. Os recipientes de comida estão abertos sobre o tampo, o aroma fazendo meu estômago roncar. Ela sorri. É a porra de um sorriso lindo que eu não tinha visto até então. Não tinha, porque tudo que fizemos até agora foi trabalhar e foder. Não conversamos sobre mais nada. É assim que gosto de manter minha relação com as posses, fria e impessoal.

— Já que descobrimos que não é um robô, junte-se a mim. Tem comida suficiente — convida. O risinho insolente voltando em sua boca atrevida.

— Não sei se é uma boa ideia. Não costumo fazer isso com subs — sou sincero.

Ela rola os olhos, como esperei que fizesse.

— Não berrou ontem que você era o contrato? — Levanta uma sobrancelha de forma desafiadora. — Não está lá que devo tirar a roupa no local de trabalho na hora que meu senhor pedir.

— Mandar, bebezinha. Eu mando em você — digo em tom arrogante.

Ela bufa, revirando os olhos de novo, sentando-se e abrindo um guardanapo de papel sobre o colo. Seus olhos cintilantes levantam-se para os meus. Está me desafiando a ir me sentar com ela. Fria e impessoal. Repito em minha mente. Não compartilhe refeições com ela, porra! Ordeno-me. Porém, Maya pega um prato de plástico e começa a servir para mim. Meu estômago decide em meu lugar quando ronca outra vez.

— E eu não berro, menina. Não é meu estilo perder o controle.

— Estou vendo. Não pode me culpar por pensar que era um robô.

O brilho perverso e o risinho em sua boca me excitam em vez de irritar. A cadela é problema.

— Venha, Andreas. Diferente de você, eu não mordo — insiste em sua petulância. — Não tão forte, pelo menos.

Problema, Andreas. Essa menina é problema. Tento novamente me convencer a ir embora, mas já é tarde, ando e me sento na cadeira à sua frente na pequena mesa. Ela sorri furtiva, servindo-me um copo de suco também. Um copo de plástico. Acho que nunca comi nada em embalagens tão simples, todavia, o cheiro está convidativo. Quando levanto a vista, Maya está me encarando com esses olhos brilhantes, então, murmura com clara provocação:

— Fugiu da noiva?

Levanto uma sobrancelha cínica. A garota é mesmo muito abusada, porra. Vontade de jogá-la sobre o meu colo e bater em sua bunda arrebitada e linda.

— Essa sua língua deliciosa ainda te colocará em problemas, branquinha — murmuro perversamente, com um duplo sentido.

Seu rosto cora e ela abaixa a cabeça, começando a comer.

— Obrigado — digo outra vez.

— Não há de que — diz sem me olhar.

Encaro-a por um tempo antes de começar a comer também. Estou louco. Alguém cuide da minha internação. Ironizo-me.

Maya

Meu coração está saltando descontrolado. Posso sentir seus olhos sobre mim. Deus, quando abri a porta e o vi do lado de fora, quase desmaiei. Por mais que eu me dê mil sermões quando estou em casa, a reação do meu corpo à visão dele, à sua proximidade, ao ser o foco de sua atenção, é sempre a mesma. De manhã forcei nosso encontro de propósito, para tentar ferrar com a nojenta e também para ver como ele reagiria. Para a minha total surpresa, Andreas não só reprovou o comportamento ridículo da noiva, como também me defendeu de uma forma que jamais esperei. Fiquei tão confusa que desejei que fosse livre da vaca para que pudéssemos... Suspiro, lágrimas de vergonha querendo inundar meus olhos. Mantenho a cabeça baixa, para evitar que veja o caos que provoca em mim. Com sorte, tudo se resolverá rápido e não terei que estar com ele muitas vezes mais. Com sorte, poderei voltar para meus padrinhos em breve. Breno será vingado, e eles nunca saberão o que estive fazendo aqui.

Levanto minha vista e o vejo comendo a comidinha simples do restaurante que costumo pedir. O especial de hoje é strogonoff de carne com batatas chips e arroz branco. Ainda tenho algumas economias, mas gastei quase tudo em roupas chiques para impressionar meu inimigo, o que acho que deu certo até agora. Então, tenho tentado não gastar com comida cara. Meus olhos correm sobre ele, deslumbrados. Seu cabelo escuro é brilhante, grosso, e, como sempre acontece, tenho o desejo de estender a mão e acaricia-lo. Ontem queria desesperadamente tocá-lo, sentir sua pele morena, linda e quente sob meus dedos, como senti na sexta. Mais lágrimas sobem em meus olhos e as forço para baixo. Preciso ser mais forte do que nunca. Valeska conseguiu seu intento, a polícia federal já está de posse de todas as informações incriminadoras que estavam no notebook dele. Talvez tudo venha a público ainda esta semana. Andreas levanta a cabeça e o impacto dos olhos verde-musgo tão perto, faz-me ofegar e piscar.

É o homem mais bonito que já vi, com absoluta certeza. Não uma beleza comum ou clássica. Não, sua beleza é crua, máscula e, olhando mais atentamente, sombria. Esse último detalhe me excita além da minha compreensão. É incrível como não tenho medo dele no calabouço. Sinto-me ridiculamente segura com ele me açoitando, fazendo coisas sádicas comigo. Nossos olhares se prendem numa conversa silenciosa. Uma conversa que estou tentando não deixar ser oralizada de jeito nenhum. Estende a mão e toca o canto da minha boca pegando um pouco de creme escorregando. Prendo a respiração e um brilho arrogante e perverso tinge suas íris. Chupa o polegar, me fitando com intensidade. Ele sabe que o desejo. Não há como negar depois de tudo que fizemos naquela merda de calabouço. Deus, meu corpo esquenta, minha calcinha umedecendo apenas lembrando as coisas escuras que fez comigo. A maneira dura como me surrou, possuiu meu corpo e eu amei. A cera quente sendo derramada sobre a minha pele. Ele raspando com a faca. Cortando-me e sugando o sangue do meu corte. A forma retorcida e vergonhosa como gozei, convulsionando de tanto prazer. E contra a minha vontade, uma parte de mim lamenta não poder estar mais tempo com ele. É humilhante, mas meu coração dói ao pensar em não mais vê-lo.

Abaixo a vista novamente para o prato e como, já nem sinto o gosto da comida. Por alguma razão doentia, gostei de tê-lo dentro mim. Gostei de senti-lo gozando dentro de mim. Quero que ele me queira. Que esteja tão louco por mim quanto estou por ele. Eu quero... Paro, odiando o rumo de meus pensamentos. Odiando saber que nunca mais sentirei seu toque, sua posse. Odiando a confusão que esse homem provocou em minhas emoções. Ele causou a morte de Breno e aqui estou, desejando-o de forma desonrosa. Não posso deixar encantar-me mais por ele. O ódio em meu peito não pode diminuir ou ser nublado pelo prazer físico que o maldito me proporciona. Preciso do ódio para conseguir destruí-lo.

Without You, de Lana Del Rey, começa a tocar. Eu amo essa mulher.

— Você não tem mesmo nenhum parente vivo?

Sua pergunta faz meu estômago esfriar. De onde veio isso? Nunca conversamos sobre esse tópico. Quero bufar, porque, na verdade, nunca conversamos sobre nada além dos casos em que o estou auxiliando e sobre as bizarrices que quer fazer comigo naquele antro.

— Não — respondo sucinta, enfiando uma garfada na boca para evitar que faça mais perguntas.

Seu olhar estreita ligeiramente e me recrimino. Droga. Preciso conversar com ele. Talvez consiga mais informações para que apodreça na cadeia.

— Desculpe, não gosto de falar sobre a minha família. — Dou de ombros. — Ou da ausência dela.

Seu rosto relaxa um pouco com a minha resposta calculada.

— Não, eu que peço desculpas por entrar nesse assunto — diz e olho-o confusa. Está estranho desde que apareceu na minha porta. Então, lembro-me de que estava com dor de cabeça.

— Não se preocupe com isso. Estou bem — garanto, forçando-me a sustentar seu olhar fixo.

Lindo é pouco. Penso ridiculamente e me recrimino em seguida. *Ele é um bandido, Maya. Por causa dele, o amor de sua vida morreu.* Lembro-me com raiva. Pisco e afasto as lágrimas de novo.

— A cabeça melhorou? — pergunto com a voz suave e mansa que gosta de ouvir.

Seu rosto franze, parecendo momentaneamente confuso.

— Sim. Muito melhor — murmura, um brilho intenso tomando suas íris.

— Manhã difícil? — tento puxar assunto, como quem não quer nada.

— Difícil nem chega perto de descrever — resmunga.

— Caso novo? — torno a pescar.

— Não queira saber, menina. — Seus olhos adquirem o brilho perigoso que já testemunhei tantas vezes.

Porém, seu rosto está com uma expressão cansada, percebo agora. A ruga entre as sobrancelhas bem pronunciada desde que entrou na sala. Sem conseguir me conter, estico a mão e aliso o local com os dedos. Seus olhos ficam estreitos por um momento e, como já esperava, sua mão levanta, segurando meu pulso, obrigando-me a parar de tocá-lo. Não é o toque bruto a que estou ficando familiarizada quando se trata dele. É um toque surpreendentemente leve. Seu dedo desliza pela pele ainda arroxeada das suas algemas.

— Como estão as costas e o traseiro? — pergunta sério.

— Estão melhor do que ficaram na sexta — respondo.

Ele me surpreendeu ontem ao cuidar de mim e meus machucados no final da sessão. Na sexta, o escroto foi embora, deixando-me muito dolorida e com sangue entre as pernas. Tive que me cuidar sozinha, conforme sua voz soou dentro do calabouço alguns minutos depois que saiu.

— As ervas e pomada que usei são excelentes. — Faz uma careta. — Você nunca ficará muito marcada, o que lamento profundamente. — Seus olhos ficam quentes, descendo pelo meu decote e imagino o que está pensando: no corte do meu seio. — Gosto dessa pele de porcelana com as minhas marcas.

Engulo em seco e empurro o prato quase vazio. Tomo um gole do meu suco de abacaxi natural. Ele faz o mesmo.

— Obrigado pelo remédio e por dividir seu almoço comigo — diz um tanto desconfortável.

Ele não é o tipo de homem acostumado a agradecer. Sei muito bem disso.

— Não foi nada. Desculpe pelo cardápio simples — digo, sentindo-me envergonhada tardiamente por oferecer minha comida tão pobre para alguém com uma conta bancária como a de Andreas Montanaro. — Não estou podendo fazer extravagâncias. Quero conseguir comprar meu apartamento em breve.

Solto a mentira. Estou encontrando dificuldade de atuar nesse momento. Tolamente gostei de compartilhar essa refeição com ele. Torna a nossa relação menos sórdida. Suas sobrancelhas voltam a franzir em concentração.

— Aquele prédio onde sua amiga Bianca mora é nosso — informa, os olhos prendendo os meus. — Se tiver interesse em pegar outro apartamento para ter mais privacidade, posso providenciar e...

— Deixe-me entender, está querendo me pagar por trepar com você? — Corto-o sem conseguir conter minha raiva. Ele arregala um pouco os olhos com minha reação. — Se for, fique sabendo que sou sua puta apenas no calabouço, aqui fora, faça o favor de me respeitar.

Ele me surpreende quando sorri. Não o sorriso cínico que está colado em seu rosto bonito quase como uma arma. É um lindo e quase orgulhoso pela minha resposta, acho.

— Tudo bem, não precisa ficar tão arisca, bebezinha — murmura. — Só pensei em ajudar com suas economias até conseguir comprar um imóvel.

Ele tem aquele tom que levanta meus pelos da nuca. O tom macio demais que usa no calabouço antes de fazer algo doloroso. Meu coração acelera e me ponho de pé, juntando os recipientes vazios dentro da sacola, jogando-a no cesto de lixo debaixo da mesa. Coloco o restante do suco em nossos copos e tomamos em silêncio. Preciso que vá embora agora. Sua presença me oprime, deixa-me em chamas e com raiva de mim mesma. Tem sido um suplício passar por tudo isso sem pirar. Ele toma o suco me encarando por cima da borda do copo. Seus olhos estão quentes, mostrando seu desejo abertamente. Coloca o copo vazio sobre a mesa e se levanta, ajeitando o terno escuro. Olho as tatuagens em suas mãos e meu corpo arrepia. Quero-as sobre mim. É uma necessidade tão esmagadora que arfo. O sorriso perverso curva sua boca e ele vai em direção à porta. Vai embora? Fico em guerra. Uma parte de mim rezando para que vá, porém, a outra está quase implorando para que fique. Não é preciso implorar, entretanto. Meu coração salta quando o vejo trancando-a.

— O que está fazendo? — Minha pergunta é apenas um choramingo arquejante.

— Algo que nós dois queremos, meu bichinho — diz ainda no tom suave.

Ele se aproxima devagar e eu recuo alguns passos, encostando contra a parede atrás de mim. Ele chega perto. Merda, muito perto para que eu consiga manter a minha compostura. Seus olhos ficam intensos, observando-me de cima. Suas mãos levantam e seguram meu pescoço, expiro, começando a me perder no olhar dominante que está me dando.

— Abra a blusa e levante a saia — ordena. — Mostre as marcas do seu dono nesse corpo lindo, branquinha.

— Não vou transar com você aqui, já disse — digo, quase sem forças. Ele sorri, lento e malvado, os polegares subindo e esfregando minha boca.

— Vai, sabe que sim — garante com arrogância. — Isso não é discutível. Você me pertence agora, Maya.

Ele pega meu rabo de cavalo, puxando-o, subjugando-me, a boca ficando bem perto da minha.

— Eu disse que podia não ser uma coisa boa para você me agradar tanto no sexo, menina. Agora não há nada que possa fazer além de aceitar que é minha.

Meu centro palpita com suas palavras de posse. Sou uma vergonha para mim mesma. Porém, se eu negar, vem o castigo na sessão de hoje. Não sei se aguento tanta intensidade duas noites seguidas. Então, eu abro os botões da minha blusa, um a um, bem devagar. Seu olhar verde-musgo cai para meus seios, cobertos pelo sutiã quando deixo a blusa aberta. Ele emite um rosnado na garganta, as mãos descendo do pescoço, passeando pela minha clavícula e gemo, molhando-me toda ao senti-lo puxando as alças do sutiã. Meus seios arrepiam, os bicos ficando duros sob seu olhar incendiário.

— Linda — murmura, pegando meus seios, amassando a carne devagar a princípio. Corre o dedo suavemente pelo pequeno corte. Está bem enxuto e lacrado pela pomada que usou ontem. — Vire-se e coloque as mãos na parede — seu comando termina de me encharcar.

Gemo, girando e encarando a parede. Suas mãos acariciam meus ombros e puxam minha blusa, retirando-a devagar. O zíper de minha saia desce com lentidão e começo a respirar rapidamente. Estremeço inteira, o tesão me tomando por completo. Um beijo suave pousa em meu ombro e, em seguida, sua voz perversa em meu ouvido:

— Por que está tremendo assim, bebezinha?

— Porque preciso de você dentro de mim — choramingo, incapaz de mentir. Ele sabe que isso aqui é de verdade.

— Como ousa ser tão perfeita assim, menina? — resmunga, empurrando minha saia pelos meus quadris e coxas.

Ele se afasta um pouco para apreciar suas marcas. Convulsiono, quase gozando ao sentir seu toque em minhas costas, traçando os vergões. Acabo de perceber que essa coisa das marcas é excitante para mim também, não apenas para ele. Suas mãos quentes descem, passando pela bunda, em seguida, pelas coxas. Ontem me surrou nas coxas também.

— Elas o agradam, meu dono? — murmuro ofegante.

Ele rosna e me prensa contra a parede, empurrando a ereção longa e grossa em minha bunda.

— Sente o quanto, meu bichinho? — sussurra com indolência no meu ouvido.

Ele pega meu rabo de cavalo e libera meu cabelo. As mechas caem pesadas sobre meus ombros e costas.

— Ah, porra, esse cheiro. — Enfia o nariz em meus cabelos, inspirando longamente. Enrolando os braços em minha cintura, puxa-me contra si, as mãos acariciando meu ventre, subindo para os seios. — Seu gosto, sua pele de porcelana... —

Gemo alto, minha calcinha totalmente arruinada, deixando-o sovar minha carne, enquanto se esfrega em meu traseiro.

— Se houvesse uma palavra além da perfeição, ela teria sido criada exclusivamente para você, branquinha — diz com aspereza, a boca descendo do ouvido, mordendo suavemente meu pescoço.

Eu convulsiono, inebriada em suas palavras cheias de tesão e admiração.

— Entre em mim, por favor, meu lorde — a mendicância sai antes que a detenha. — Eu preciso...

Ele rosna e me morde no ombro com um pouco de pressão. Fecho os olhos, esperando sua posse, com meu coração aos saltos. Então, antes que o faça, seu celular toca em seu bolso. As mãos quentes congelam sobre meus seios. Com um palavrão frustrado, ele se afasta de mim. Não, droga, não. Volte aqui. Fecho os olhos e respiro fundo ao ouvi-lo atender. Sua voz é ríspida para quem está do outro lado. A nojenta da noiva? Pergunto-me, não gostando do ciúme que me invade ao vê-lo conversar com a maldita quando estava prestes a me foder. Quando encerra a ligação, sinto-o me olhando, em seguida, seu toque em meu cabelo. Quero pedir que esqueça a puta e fique aqui, comigo. Meus olhos se enchem de lágrimas indesejadas. Oh, meu Deus, não posso me sentir dessa forma sobre ele. Não posso.

— Eu preciso ir — sussurra e traz sua boca para meu ouvido novamente: — à noite estarei dentro de você. — Arquejo e ele completa: — a noite inteira, Maya. Te quero a noite inteira. Você me quer assim também, bebezinha?

Ah, Deus...

— Sim, eu quero — confesso e ele dá um puxão em meu cabelo, fazendo-me gemer. Um som assustador de frustração deixa sua garganta, alisa meus ombros uma vez mais antes de seu calor me deixar. Um instante depois, a porta se abre e fecha.

Eu corro, trancando-a, recostando-me a ela. Meu corpo inteiro está pulsando, insatisfeito, ansiando pela posse dele. É uma necessidade absurda e pungente. Nunca quis tanto alguém. Escorrego, sentando-me no chão, meus olhos turvando. Minhas faces são banhadas e soluço. Choro de desespero por querer o meu inimigo. Eu amo Breno. Eu amo meu noivo e nunca irei amar outro. Repito isso tantas vezes que perco a conta. Não funciona, ainda quero Andreas. Ainda quero tê-lo dentro de mim nesta e em muitas outras noites, essa é a minha triste verdade. É como um feitiço cruel do qual não consigo escapar. Mais lágrimas caem, meu peito comprimido de tanta angústia e culpa. Estou perdendo minha alma para o diabo enquanto danço com ele.

CAPÍTULO NOVE

Quando atacar alguém por vingança, prepare duas covas.
(Confúcio)

Maya

Ando pelo corredor em direção à porta do apartamento de Bianca. Saí do trabalho às 17h. A exemplo de ontem, Andreas me liberou mais cedo para me preparar para a noite. Ele me quer a noite inteira. Foi isso que me disse antes de sair da minha sala na hora do almoço, deixando-me nua e pronta para tomá-lo ali mesmo contra a parede. Estou excitada para passar a noite inteira com ele, claro que estou. Deus, qualquer mulher ficaria enfeitiçada por aquele homem. Por outro lado, não paro de me recriminar pelo que estou sentindo pelo bandido que deveria apenas odiar. Enfio a chave na fechadura e empurro a porta. Ouço vozes na sala enquanto passo pelo pequeno *living*. São as vozes de Bianca e Valeska, reconheço. Valeska? Ela não chegaria só amanhã? E desde quando vem visitar quando minha amiga está em casa? Pergunto-me, dobrando a esquina e confirmando que sim, são as duas. E pareciam estar discutindo sobre algo, parando ao perceberem a minha chegada.

É impressão minha ou as duas ficam um tanto sem jeito com a minha presença? Estudo-as conforme entro na sala.

— Maya, como você está? Acabei antecipando a minha volta. — Valeska abre um pequeno sorriso, vindo até mim e me puxa para um de seus abraços desajeitados. — Vim direto do aeroporto para cá. Precisava conversar com você pessoalmente — informa em um tom mais baixo.

— Estou bem e você, Valeska? Como foi em Curitiba? — pergunto assim que se afasta.

Ela está trajada na roupa preta de sempre e com o distintivo da PF no bolso da camiseta. Retiro meus sapatos e franzo o cenho para Bianca:

— Você veio mais cedo também?

— Sim. — Ela ri, os olhos cintilando de felicidade pura. — Álvaro me quer hoje à noite inteira.

Sorrio de volta, mas, na verdade, tenho vontade de bufar para a cachorrada desses dois irmãos. Um é casado e o outro está em um compromisso sério, até onde sei, porém, os filhos da puta não param de foder por aí. Provavelmente nunca irão parar. Homens como eles não respeitam ninguém, muito menos mulheres. Com sorte, os criminosos irão para a cadeia muito em breve. Penso e não consigo evitar a sensação esquisita no meu peito. Eles merecem. Andreas merece. Repito em minha mente. *Você não pode parar agora, Maya.*

— Isso é ótimo, amiga! — Forço empolgação.

— E você? Foi liberada mais cedo hoje também? — Bianca indaga, estudando-me atenta.

Decido contar pelo menos uma meia verdade.

— Andreas está satisfeito com o meu desempenho, por isso, ele tem me compensado pelas madrugadas que virei estudando os casos. — Dou de ombros e acrescento: — O que me deixa contente, porque estou saindo com um carinha aí...

Os olhos verdes de Bianca se iluminam.

— Está falando sério, amiga? — seu tom é muito surpreso. — Isso é tão bom, Maya. Sei que você amava seu noivo, mas precisa...

— Eu ainda amo meu noivo, Bianca — corto-a, minhas entranhas se revolvendo ante a ideia de algum dia parar de amar Breno. Isso não acontecerá. Nunca. Reforço para mim mesma. — Nunca deixarei de amá-lo. Nunca.

O rosto de minha amiga cai com o meu tom.

— Não quis ser desrespeitosa com a memória de Breno. Desculpe, amiga — apressa-se em explicar. — Eu só gostei de saber que está saindo com alguém, pelo menos tentando se divertir.

Expiro, sentindo-me cansada de mentir para uma pessoa tão boa como ela.

— Eu sei, amiga — murmuro. — Obrigada por se preocupar comigo.

— Imagina. — Rola os olhos, rindo brincalhona. — Obrigada por se preocupar comigo também.

Aceno e desvio a atenção para Valeska, que está nos observando com olhos ligeiramente estreitos.

— Sobre o que conversavam? — pergunto olhando entre as duas, externando minha confusão ao vê-las juntas pela primeira vez.

— Nada em especial — Bianca responde ao ir para a cozinha. Abre a geladeira, retira uma garrafa de água e se serve um copo. — Estava apenas fazendo sala para sua amiga enquanto chegava. Não sabia que tinha uma amiga na Polícia Federal, Maya. — Ri, encantada como uma criança. — Ela estava me contando que moravam na mesma rua em Ribeirão.

Engulo em seco. Tópico muito perigoso. Preciso minimizar a descoberta de Bianca.

— Sim, Valeska e eu crescemos na mesma vizinhança — endosso a mentira e acrescento: — nossos pais eram muito amigos.

— Eu cuidei de Maya quando ela era pequena. Seus pais me davam uma grana muito bem-vinda para isso — Valeska adiciona, salvando-me. — Quando precisar de informações constrangedoras sobre ela, é só me falar que sei de alguns podres, Bianca.

Rio e balanço a cabeça, alívio me enchendo ao ver no semblante sereno de minha colega de quarto que acreditou em nossas mentiras. Não quero que Bianca saiba quem sou eu. Bom, pelo menos não agora. Quando tudo acabar e os bandidos estiverem atrás das grades, eu mesma lhe contarei.

— Obrigada por entretê-la para mim, amiga — murmuro, indo até a ruiva e beijando-a na bochecha. — Vou com Valeska para meu quarto colocar a conversa em dia — informo e ela assente, tomando um gole do seu copo d'água.

— Foi um prazer conhecer você. Amiga de Maya é minha amiga também. — Ela abre um de seus sorrisos doces que me ganhou de primeira.

— Obrigada — Valeska agradece, então, seguimos pelo corredor. — Ela parece gente boa mesmo — comenta baixinho ao pararmos na porta do meu quarto.

— Ela é — garanto em voz baixa também e abro a porta, dando-lhe passagem.

A mulher entra observando tudo com seu olhar atento de agente. Coloco minhas bolsas sobre a mesinha de trabalho e suspiro, virando-me para minha parceira de vingança.

— Venha, sentar-se — convido, acomodando-me na beirada da cama.

Valeska franze um pouco a testa, mas vem, sentando-se à minha frente.

— Imagino o quanto deve estar sendo difícil para você ter intimidades com aquele bandido, Maya — murmura, seus olhos um pouco calorosos hoje.

Minha garganta seca. Sim, é muito difícil. Respiro fundo. Sobretudo, porque meu corpo despertou para coisas sombrias depois da posse daquele homem. Ao contrário do que pensei no começo dessa loucura, tem sido muito mais difícil não o desejar do que deixá-lo me tocar.

— Sim. Tem sido uma batalha diária — concordo sem elaborar.

Seus olhos me sondam com atenção.

— Obrigada pelo que está fazendo. Eu estaria perdida sem você — garante.

— Não precisa agradecer. Meu noivo é a minha única motivação — afirmo, sentindo um gosto amargo na boca.

Desde que deixei Andreas me foder, há outra motivação para estar perto dele. O desejo que sinto é forte demais. Infelizmente, uma parte de mim anseia por ser daquele homem, tantas noites quanto o escroto quiser. Passo a mão pelo cabelo, inquieta com o olhar estranho que Valeska está me dando.

— Quando ele será desmascarado e preso, Valeska? — meu tom é ansioso, mas receoso também.

O rosto da mulher treme um pouco, algum tique nervoso? Indago-me.

— Não rápido o suficiente, Maya. As operações da PF são sempre muito bem planejadas, para não cometermos nenhum erro — informa. — Às vezes, levam-se meses, anos para pegarmos um criminoso.

Meu estômago cai com a notícia. Não posso ficar muito tempo mais perto daquele homem. Não conseguirei fazer isso sem me perder na escuridão de Andreas Montanaro.

— Entendo que é preciso tempo quando estão investigando sem nenhuma prova. No entanto, este não é mais o caso — aponto, levantando-me.

Sinto-me presa, sufocada em minha própria armadilha.

— Está de posse de todo o conteúdo incriminador do notebook do maldito, o que está esperando para prendê-lo?

Valeska estreita o olhar, obviamente avaliando a minha reação.

— Você não pode se deixar tocar por aquele criminoso, Maya. — Ela se levanta e vem para a minha frente.

Eu cruzo meus braços, tentando manter uma pose impassível, mas, por dentro, sou um caos.

— Não pode, está me ouvindo?

— Não estou tocada — nego com rispidez. — Prenda-o logo. Não conseguirei estar com aquele homem por mais tempo.

A mulher pega meu queixo, levantando meu rosto, seu olhar intrusivo no meu.

— Não cometa o erro de se envolver além do planejado com Andreas Montanaro, menina — adverte. Certamente está vendo minha confusão emocional. — Principalmente, não cometa erros que o façam desconfiar de você e sua lealdade. Ele te destroçará se descobrir quem você é, Maya.

Um arrepio agourento perpassa meu corpo. Eu sei disso. De acordo com os relatos de Valeska, Andreas não é um homem clemente. Por isso, preciso dele preso para que eu possa voltar a viver a minha vida em São Carlos.

— Estou tomando cuidado, fique tranquila — garanto. — Mas preciso que agilizem essa operação. Não é agradável estar perto dele a maior parte do meu dia.

Seu rosto adquire uma expressão estranha e ainda mais séria.

— Eu não queria te dizer isso, Maya — começa, soando receosa. — Mas nem sempre a justiça é feita pelas vias convencionais... Nós duas podemos ficar sem a vingança que nossos homens merecem.

— Por que está dizendo isso? — Meu corpo esfria. — Tudo o que estou fazendo não pode ser em vão. Estou fodendo com o homem que matou meu noivo, indiretamente, Valeska. — Meus olhos ardem de vergonha e repulsa. — Transformei-me na puta de um bandido! Você tem que prendê-lo! — *Antes que me perca para ele.* Quero acrescentar, mas não vou deixá-la saber como aquele homem mexe comigo.

Valeska expira, encarando-me fixamente.

— Você conseguiria ir além, Maya? — pergunta, seus olhos escuros brilham de uma forma que faz minha pele gelar.

— Além como? — questiono ressabiada.

Um silêncio sinistro desce entre nós.

— Conseguiria matá-lo?

Meu estômago cai e engasgo, não acredito nas palavras saindo de sua boca. A mulher é uma agente federal. Não é assim que trabalham, é?

— Matá-lo?! — Arfo, incrédula. — Pensei que fosse levá-lo ao tribunal. Foi por isso que me juntei a você, Valeska. — Encaro-a com firmeza e desconfiança. — Não sou uma assassina. Embora odeie Andreas, não cabe a mim tirar a vida de outro ser humano.

— Deus, você está certa. — Expira, seu rosto mostrando linhas cansadas. — Sinto muito. Não é agradável para mim também ver o meu chefe sendo impedido de cavar sobre os Montanaro a cada vez que tentamos algo — diz com frustração.

— Eles são blindados, Maya. Infelizmente, mesmo de posse das informações valiosas que me passou, ainda podemos ficar de mãos atadas quanto a meter aquele infeliz na prisão.

— Não dá para acreditar nisso — digo desgostosa. — Não posso ter deixado aquele homem me tocar, fazer coisas humilhantes comigo por nada, Valeska.

Os olhos da mulher voltam a se acender. É um brilho maligno que me dá arrepios.

— Então, precisamos pensar para além da justiça convencional, Maya — murmura. — Acredite, é horrível para mim que represento a lei pensar em matar. Porém, trata-se de um monstro. Pense nisso, querida.

Abano a cabeça, não querendo considerar essa alternativa. Meu peito dói e meu estômago retorce. Aquela parte estúpida dentro de mim se recusa a vê-lo morto. Deus, que confusão foi essa em que me meti?

— Não, por favor, vamos agir por meios legais — imploro.

— Como já disse, nem sempre a justiça é feita por meios legais — ela diz em tom quase duro. — Você não estaria trepando com o inimigo se acreditasse na justiça convencional nesse caso, Maya, seja sincera.

Eu me afasto dela. Odiando ouvi as palavras de sua boca.

— É diferente. Aproximei-me para reunir provas, não para matá-lo — retruco, olhando-a com firmeza. — Sou uma advogada honesta, Valeska, e pretendo continuar sendo quando isso terminar.

Ela segura a nuca e respira fundo, parecendo exausta. Tenho empatia pelo seu marido morto, pois, sei bem como é perder um amor por causa de um bandido sem escrúpulos. Contudo, não posso descer ao nível dos Montanaro usando a advocacia como cortina de fumaça para suas atividades criminosas. Eu jamais continuaria advogando tendo sangue em minhas mãos. Meu código de ética continuará guiando minhas ações. Sim, estou usando meios não convencionais, mas ainda estou buscando justiça.

— Não vou pressioná-la — diz-me depois de um silêncio desconfortável. — Mas peço que analise essa possibilidade, Maya. Só precisaria se tornar cada vez mais íntima do infeliz. Fazê-lo querer passar as noites inteiras com você. Ele não costuma passar noites inteiras com submissas, mas tenho fé que você consiga agradá-lo para isso. Agrade-o como nenhuma outra e, então, o maldito ficará vulnerável. É linda e jovem. Aquele maldito já deve estar louco por você, menina.

Odeio a forma como meu coração acelera com a última frase. A ideia de Andreas estar louco por mim me deixa excitada. Concordo com Valeska sobre usar meu poder de sedução contra o homem. Não para matá-lo. Todavia, posso deixá-lo maleável e sujeito a falar de coisas que o incriminam na minha frente. Não sei porque retenho a informação de que ele já me quer a noite inteira hoje. E contra a minha vontade, alegro-me com a informação de que Andreas não costuma passar noites inteiras com suas posses. Estupidamente, sinto-me especial. *Por Deus, Maya! Pare com essa merda!* Recrimino-me no mesmo instante.

— Há mais alguma coisa que queira discutir? Estou exausta e ainda preciso me preparar para encontrá-lo mais tarde. — Faço uma careta.

— Não no momento — Valeska murmura. — Pense sobre o que falei, Maya. Matar aquele homem pode ser a nossa única forma de obter justiça.

— Prefiro acreditar que haja outra maneira — digo com firmeza. — Ligue-me se algo novo surgir — peço, indo em direção à porta, abrindo-a. Ela vem, parando em minha frente. Seu rosto está desapontado com minha recusa.

— Espero sinceramente que o alto escalão que protege os malditos deixe a polícia agir desta vez — diz resignada — do contrário, o nosso inimigo continuará impune, Maya — completa e se vai, andando pelo corredor estreito.

Suspiro e fecho a porta. Não, não sou uma assassina. Quero aquele homem preso, pagando por cada um de seus crimes. Quero-o apodrecendo atrás das...

Meu celular toca me tirando da divagação. Ando até a bolsa e pego o aparelho. Meu coração falta sair pela boca ao ver o nome do dito cujo na tela. O que pode querer? Vamos nos encontrar daqui a pouco e ele nunca liga antes das sessões. Toda a comunicação é feita por meio de um de seus seguranças. Estratégia fria, cínica, arrogante, que faz a sub se sentir uma merda, diga-se de passagem. Ando até a janela e olho para a rua de trás do edifício. Atendo meu algoz.

— Andreas — murmuro.

— Maya — sua voz profunda chamando meu nome me faz tremer, prazer sombrio se espalhando em meu sistema. Ah, Deus, estou tão fodida. Há algo nesse homem que derrete meu cérebro quando o vejo ou escuto sua voz. — O que está fazendo? — pergunta com aspereza.

— Acabei de chegar em casa. Vou descansar um pouco e depois me preparar para o meu dono — sussurro na voz submissa que o agrada tanto, mas que também ridiculamente gosto de usar com ele. Sim, muito fodida. Zombo.

— É por isso que liguei, branquinha — informa e posso perceber certa frustração em seu tom. — Aconteceu algo que requer a minha atenção, precisarei me ausentar da cidade por uns dias. Nossa sessão de hoje está cancelada.

Meu corpo inteiro esfria, a excitação despencando drasticamente. Odeio-me por essa notícia me desapontar. Quase gemo de frustração. Estou molhada para ele desde que saí da Montanaro. Reunindo algum controle, respiro fundo.

— Está bem — digo sucinta, não querendo demonstrar meu conflito.

Ouço uma risada baixa do outro lado. O tom cínico que já conheço bem.

— Não fique triste, bebezinha — sussurra perversamente. — Logo estarei de volta e, ao invés de uma, vou querer duas noites inteiras dentro de você, meu lindo bichinho.

Engasgo, meu centro pulsando e umedecendo em resposta. Ele me quer duas noites inteiras. Meu coração acelera e gemo, não me importa que ele saiba que o quero também. Acho que a essa altura não restam dúvidas, sou a cadelinha de Andreas Montanaro. Não importa os conflitos éticos e morais que estou vivendo, anseio para estar em seu calabouço outra vez. Tê-lo como meu homem. Ser dele de novo e de novo.

— Está bem, meu lorde — digo mansamente. Ele ri no meu ouvido. O escroto se diverte quando me vê submissa.

— Até a volta, minha cadela obediente — diz em tom engrossado e, então, desliga antes que possa me despedir também.

Fico olhando o aparelho como uma tonta por alguns instantes. Estou desapontada por não vê-lo hoje, todavia, uma alegria ridícula me tomou quando disse que me quer por duas noites. A conversa que tive com Valeska volta em minha mente: *peço que pense nessa possibilidade, Maya. Só precisaria se tornar cada vez mais íntima do infeliz. Fazê-lo querer passar as noites inteiras com você.*

Um arrepio frio desce em minha coluna. Não, não vou cogitar tamanha sandice. Não sou assassina. Respiro fundo. Por que pensar nele morto me deixa tão abalada? Breno morreu por causa dele, eu devia querer a sua morte também. Passo uma mão pelo meu rosto. Sinto-me exausta física e emocionalmente. Esse homem precisa ser preso para que eu tenha paz. Para que eu não o veja mais. Novamente meu peito aperta ao pensar nisso. Meus olhos turvam com lágrimas dolorosas e confusas. Deus, por que me deixou querer o meu inimigo? Por quê? Revolto-me, chorando pela segunda vez hoje, e não é pelo meu noivo. Choro porque Andreas está ganhando cada vez mais espaço dentro de mim, o pior é que odeio, mas também amo isso. Minhas lágrimas caem. Eu o quero muito. Não posso ficar duas noites inteiras com ele. Vou me perder de vez, sei que sim.

Uma semana e meia depois... Sochi, Rússia.

Andreas

Observo o movimento do cassino de meu amigo de longa data, Nikolai Demidov, sua família descende de nobres russos. Desde o século passado, os novos Demidov trabalham com bebidas destiladas, basicamente a vodca e cassinos. Como nós, usam a fachada legal para encobrir os negócios escusos. Eu e o Alvinho ficamos sabendo que Ivan Orlov, um de nossos clientes de Moscou, e que, infelizmente, está insatisfeito com o atraso de sua carga, estaria em Sochi esta noite. Nikolai nos avisou que o homem reservou uma mesa para festejar com os amigos no iate-cassino. Esquadrinho o local, puro veneno percorrendo minhas veias. Tivemos mais duas cargas roubadas. Estou querendo esfolar algum bastardo. Preciso descarregar toda a ira que me tomou quando meus homens ligaram informando o segundo roubo. Ramirez não facilitou também. Tive que ir até Miami acalmar o filho da puta pessoalmente. Meu irmão quis vir comigo nesse *tour* indesejado para contenção de danos. Em nosso ramo, não há desculpas, os clientes vão embora quando não há segurança na entrega.

Por fim, conseguimos conter Ramirez e, em seguida, Stefano Fragozzo, em Milão. Primamos pelos clientes satisfeitos sempre. Esse é o nosso lema e o que nos mantém no ramo há tanto tempo. Por outro lado, não somos frouxos para aguentar desaforos de nenhum filho da puta em nome da boa clientela. E é isso que vamos fazer esta noite, mostrar a Ivan quem é que manda. Levo meu copo de uísque à boca e minha atenção cai numa loira numa roleta próxima. A mulher sorri, acenando com sua mão de unhas longas e vermelhas. Meu olhar desce pelo corpo escultural num vestido vermelho. Um decote enorme mostra metade dos peitos volumosos e uma fenda lateral toda a coxa direita. Levanto meu copo num brinde sugestivo. Talvez eu deva comer essa boceta esta noite. Estou precisando relaxar. Na correria entre as cidades e continentes não pensei em foder. Não, na verdade, estava e ainda estou frustrado por ter abortado minha noite com Maya. O rostinho de anjo surge em minha mente e um sorriso curva a minha boca. Ah, porra, Maya. A garota esteve na minha cabeça desde o momento em que encerrei a ligação cancelando nossa sessão. Meu corpo está queimando pelo dela. Não vejo a hora de resolver o último assunto com o fodido Ivan e voltar para a minha menina sombria.

Tomo um gole longo da minha bebida. Com a fome que estou, vou acabar com aquela porra de menina linda. Torno a sorrir, antecipando tudo que farei com a melhor sub que já tive. Tenho de admitir, Maya é a melhor. Levando em conta sua inexperiência, ela me agrada como nenhuma outra. A mulher à minha frente se anima, o sorriso ampliando, achando que estou rindo para ela. Vadia. Está longe de ser comparada à minha bebezinha. Porém, sou homem e decido que vou usar a puta oferecida para um boquete. Não vou foder nenhuma boceta aqui. Apenas Maya me interessa. Minha obsessão com a menina é cada vez maior e sei que não vai passar tão cedo. Vou me esbaldar nos mais de três meses que faltam. Aliás, vou querer adicionar um adendo, subtraindo as três semanas que tive que me ausentar e não desfrutei do seu corpo. Já imagino que vai dar uma de espertinha e dizer que a culpa não foi sua. O que há sobre essa garota? Apenas pensar sobre ela me deixa num ridículo estado de euforia. Que diabos é isso?

— A loira parece interessada, And — a voz de Alvinho do meu lado direito me faz virar a cabeça em sua direção. — Vai comer? Não o vi pegar nenhuma vadia desde que deixamos São Paulo. — Franze o cenho.

— Estou muito irritado para trepar — resmungo a mentira. — E você? Também não te vi pegando ninguém. A afilhada de Ramirez estava na sua...

Meu irmãozinho ri cínico.

— Gosto de comer a putinha, mas desta vez não estava no clima, então, recebi só um boquete. — Pisca malicioso para mim.

— Sério? Que idade tem para estar se gabando da porra de um boquete, mano? — provoco-o e ele bufa, tomando um gole da sua bebida.

— Fala o cara que sequer teve o pau chupado em nenhum momento nesses sete dias.

— Vou ter esta noite. — Rio cínico, indicando a loira com o queixo. — A cadela vai engolir meu pau no segundo em que colocarmos Ivan em seu devido lugar.

Os olhos escuros de Alvinho cintilam de expectativa. Meu irmãozinho odeia negociar civilizadamente. Se dependesse dele, todos os nossos clientes mais difíceis teriam algum membro faltando em seus corpos.

— Já era hora de um pouco de ação, mano — resmunga. — Estava ficando entediado pra caralho.

— Somos civilizados, Alvinho — digo rindo com deboche. — Nem sempre agimos com selvageria. — Meu sorriso aumenta. — Embora em muitos momentos eu prefira cortar algumas gargantas em vez de conversar. Os resultados são imediatos — completo.

— Alvo à vista — ele diz baixinho e olho para a entrada. Ivan Orlov está entrando no recinto com uma loira estonteante e jovem.

Trata-se de sua enteada, a qual o homem adotou como sua e é a menina dos seus olhos. A esposa morreu há dois anos em um acidente enquanto esquiava. Quebrou o pescoço na hora. Recordo-me que voei para o velório para prestar minhas condolências, acreditando que o infeliz estava triste pela perda da mulher. Porém, eu me surpreendi com o que encontrei ao sair para pegar ar em seu jardim. Ivan estava comendo uma loira por trás, contra uma árvore. Os gemidos eram abafados para não chamar atenção, mas me aproximei à medida em que o rosto da loira ficou em evidência. Era a enteada de apenas dezesseis anos! Minha primeira reação foi avançar sobre o maldito pedófilo e socá-lo até a morte. Então, a voz da menina suplicante e cheia de prazer me parou: *mais forte, papaizinho!* A vadiazinha pedia uma e outra vez enquanto era fodida sem dó pelo padrasto. *Te amo tanto. Estamos livres agora.* Os traidores continuaram fodendo e gemendo enquanto a mãe e esposa era velada dentro da casa.

Nunca comentei nada com ele. Entretanto, não voltei imediatamente para o Brasil. Segui até a estação de esqui onde a mulher tinha sofrido o acidente e fiz uma pequena investigação. Eu e Jairo, meu homem de confiança, descobrimos que não havia sido acidente, afinal. A infeliz estava bêbada e, mesmo assim, o marido e filha a deixaram sair para esquiar. Foi premeditado. Os dois queriam se livrar do empecilho para seu sórdido caso amoroso. Voltei para São Paulo sabendo que aquela descoberta me seria útil em algum momento. Bem, esse momento chegou. Ninguém nos deixa. Quando disse que prezamos pela satisfação de nossos clientes, não menti. Realmente o fazemos. Gosto de manter uma relação pacífica com cada um, todavia, se algum se meter a besta conosco, é preciso ensinar-lhe uma lição...

— Hora do show! — digo ironicamente e atravesso o recinto de encontro a meu amigo e sua putinha de apenas dezoito anos.

Alvinho segue do meu lado. Ivan arregala os olhos quando nos vê, mas já é tarde para mudar a rota. Está elegante em seu *smoking* e Katya deslumbrante num longo branco. A menina projeta a imagem da pureza. Certamente, quem os vê de fora imagina que ainda é virgem e que o infeliz de quarenta e cinco anos é apenas um pai zeloso, levando-a em todas as suas viagens e festas da alta. Um viúvo solitário que prefere a companhia da filha a amantes. Estão livres do julgamento do público, uma vez que Ivan realmente adotou a menina quando tinha apenas um ano de vida.

— Ivan, como tem passado, velho amigo? — cumprimento-o em russo. Eu e Alvinho dominamos perfeitamente sete idiomas. É importante para o nosso ramo de negócios...

Estendo a mão, forçando-me a ser cordial. Pelo menos por enquanto. Zombo. Ele não parece satisfeito, mas aceita.

— Andreas — resmunga. — Eu devia saber que estava me espionando.

— Orlov. — Alvinho estende a mão, sua cara não tão diplomática quanto a minha. — Temos que recorrer a métodos mais invasivos quando um cliente antigo, de repente, não quer receber sua carga.

Ivan bufa.

— A encomenda chegou com dois dias de atraso, Álvaro — rebate, abaixando a voz.

Embora a clientela neste iate seja toda mais suja do que pano de chão, sempre é bom manter o decoro em público.

— E já lhe explicamos a razão — retomo a atenção. — Fomos alvos de um ataque planejado nesta semana. Mas tem a minha palavra de que isso não se repetirá, Ivan.

O infeliz torce a cara. Seus olhos azuis frios travando nos meus.

— Sua maldita palavra não me interessa, Montanaro — desdenha.

Aquela vontade de esfolar um vivo começa a voltar...

— Estou em contato com outro fornecedor e...

— Não diga coisas das quais se arrependerá mais tarde, Orlov — advirto, meu tom gelado.

Olho para sua amante e sorrio, acionando meu charme. Estendo-lhe a mão e a menina a pega. Beijo seu dorso como um perfeito cavalheiro.

— Como vai, Katya? Você se transformou em uma linda mulher. — A garota fica um pouco corada.

— Senhor Montanaro — murmura, meio tímida, denunciando sua idade. — Obrigada.

— Linda mesmo sua *filha*, Orlov — Alvinho alfineta. — Permite-me dançar com ela mais tarde?

Se olhar matasse, meu irmão cairia morto agora.

— Fique longe da minha filha. — Ivan range os dentes, como um cão raivoso.

— Aposto que ela aceitaria se eu pedisse. — Alvinho ri, satisfeito por tirar o homem do sério e sorri para Katya. A menina fica corada de novo. — Quer dançar comigo no outro salão, princesa?

— Fique longe, seu estúpido! — Ivan fica vermelho, o braço enrolando possessivamente na cintura da garota. A safada vira o rosto e sorri para o infeliz.

— Fique tranquilo, papaizinho. Não irei dançar com ele nem com ninguém — garante, depositando um beijo na bochecha do pedófilo.

Os dois se encaram por um segundo e conseguimos ver a cumplicidade de amantes antes de Ivan voltar a fuzilar Alvinho com o olhar.

— Se está querendo uma conversa amigável, não mexa, em hipótese alguma, com a minha filha — o homem diz em tom baixo de ameaça.

Alvinho ri e olha para mim.

— Eu conto ou você conta, And? — pergunta com um brilho cruel nas íris escuras. Dou de ombros. Adoro ver meu irmãozinho em ação.

— Vá em frente, maninho.

Alvinho se aproxima ainda mais de Ivan, ficando cara a cara.

— Essa conversa não será amigável, Orlov. Nossa paciência com você se esgotou na segunda ligação em que não quis nos atender — diz friamente.

Ivan recua um pouco. Ele sabe que não somos de brincadeira. Nunca tivemos problema antes, por isso que eu acho que o homem pensou que podia nos deixar quando quisesse. Tsc, tsc, ledo engano. Aproximo-me, pego o braço de Katya, e aceno para um dos seguranças espalhados pelo recinto. Jairo vem para perto, seguido de Gualberto.

— Gualberto, cuide da senhorita Orlov enquanto conversamos com seu pai — ordeno, e meu segurança tira a menina do domínio de Ivan.

— O que estão fazendo? O que vão fazer com a minha menina? — O imbecil está alarmado e olha para seus dois seguranças atrás dele. Os meus já os cercaram, contendo qualquer reação.

— Nada, Ivan — garanto. Mas porque estou puto e quero fazê-lo pagar pela afronta em rejeitar uma carga de oito milhões de Euros —, bem, a não ser que seu *querido papaizinho* não colabore — completo com deboche.

— Se fizerem mal a ela, eu mato todos vocês, Andreas! Está me ouvindo? — ameaça e minha paciência esgota.

Pego seu braço e começo a arrastar o homem patético para uma das saídas laterais.

— Vamos dar um passeio, *amigo*. — Rio cínico, saindo pelo corredor em frente a um pequeno deque.

Alvinho e Jairo nos seguem. Empurro Ivan pela escada, rumo à proa. Antes que diga algo, seguro sua cabeça de cada lado e Jairo coloca uma fita adesiva em sua boca. Os olhos azuis do infeliz se arregalam, horrorizados. Eu rio friamente e pego sua gravata borboleta, então, dou um soco duro em seu nariz. Solta um grunhido e passo a socar sua cara sem dó, repetidas vezes. Seus olhos já estão inchados, supercílios cortados, nariz escorrendo sangue. Quando o infeliz está ficando roxo, sem conseguir respirar, puxo a fita da sua boca.

— Filho da puta maldito! — sua voz é um gemido cheio de dor.

Eu rio como um psicopata. Um pouco da minha raiva e frustração sexual sendo aplacada.

— Já assistiu Titanic, Ivan? — zombo. Meu irmão ri, seguido por Jairo. — Aquela cena de Leo Di Caprio e Kate Winslet na proa é tocante, concorda?

— Que porra de pergunta é essa, infeliz? — o imbecil range e o empurro contra as grades.

— Dê-me seu celular e carteira — ordeno.

Ele quer recusar, mas lhe dou um soco bem em cima dos rins. O imbecil sibila de dor e me passa tudo. Entrego a Alvinho.

— Jairo, assuma aqui. Chegou o momento de fazermos nossa adaptação da trama de James Cameron — debocho e meu sorriso aumenta quando meu chefe da segurança assume. O homem é loiro corpulento. Exímio lutador em todo tipo de artes marciais.

— Fique longe de mim! O que vai fazer comigo? — Ivan se desespera ao ser levantado e dependurado de cabeça para baixo. Seu desespero aumenta quando Jairo o coloca para fora das grades da proa. — Não! Oh, meu Deus! Não faça isso, Andreas! Mande-o me soltar!

— Tem certeza disso, Ivan? Se Jairo te soltar você morre, *amigo*. — Rio sombriamente, enfiando minhas mãos nos bolsos da calça.

Aproximo-me das grades e olho para baixo.

— Uh, é uma viagem e tanto até lá embaixo — divirto-me — e ainda tem a água gelada nesta época do ano... Se a queda não te matar, a temperatura abaixo de zero fará o resto do trabalho, com toda certeza.

— Andreas! Seu filho da puta! — O homem insiste em brincar com a morte.

— Solte uma perna, Jairo — ordeno e meu segurança o faz.

Ivan berra e começa a chorar. Eu aliso a haste de metal, devagar, seu desespero mexendo com a besta dentro de mim. Gostaria de matá-lo hoje. Mas aí perderia um grande cliente e ele não aprenderia a sua lição. Por mais que me contrarie deixar o infeliz vivo, às vezes precisamos ser civilizados.

— A Rose foi mesmo uma puta egoísta, não foi? — continuo zombando, sem a menor pressa. — Todo mundo viu que o infeliz do Jack cabia naquela cabeceira de cama...

— O que você quer, Andreas? Eu dou o que quiser, porra! Qualquer coisa! — Ivan berra.

E chegamos aonde eu queria, senhoras e senhores!

— Segure as duas pernas, Jairo. Mas ainda não puxe-o — ordeno.

Eu me debruço sobre as grades e me divirto mais um pouco vendo a cara de Ivan toda inchada e ensanguentada.

— Eu quero o dobro por aquela carga, Ivan — digo calmamente.

Ele faz uma cara feia para mim, e Alvinho gargalha do meu lado, como o lunático que é.

— Acha que foi fácil arrumar outra tão rapidamente, seu monte de estrume? E como nos agradece? — meu irmão cospe. — Negando-se a receber o produto separado com tanto cuidado. Eu pediria agora o triplo, maninho — Alvinho ri cruelmente e zomba.

É a minha vez de gargalhar. Eu amo trabalhar com meu mano.

— Viu? Meu irmão não é tão razoável como eu, Ivan — caçoo. — Aproveite a minha oferta de paz.

— Porra! Seus filhos da puta! — Range os dentes, irado, acuado. Então, uma expressão derrotada toma seu semblante. — Está bem! Pago o dobro! Agora me puxem de volta!

— Puxe o imbecil, Jairo — ordeno e Ivan respira aliviado ao ser colocado sobre os seus pés novamente.

Pego seus pertences das mãos de Alvinho e lhes entrego.

— Faça a transferência agora. Tenho uma garota realmente linda e gostosa me esperando em São Paulo e não quero ficar nem mais um segundo sequer olhando essa sua cara de pedófilo doente.

Ivan tremendo manuseia seu celular de última geração.

— Do que diabos está falando? — indaga, mas o medo em seus olhos o entrega.

— Da sua sordidez em foder sua enteada, uma menina que adotou como sua, seu verme — esclareço com asco. — Nem pense em negar, pois eu os vi trepando no jardim enquanto a mãe da garota era velada dentro de casa.

— Andreas...

— E sei que o "acidente" — faço aspas com os dedos — foi premeditado por você e pela putinha. Queriam se livrar da infeliz mulher para viverem esse caso doentio.

Ivan está pálido como cera neste momento. Rio friamente e acrescento:

— Não contarei a ninguém, fique tranquilo. Todavia, jamais brinque conosco de novo, Orlov. Veja bem, eu preferiria arrancar seu couro esta noite, mas não vou, em nome da diplomacia.

Alvinho ri. Nós somos dois fodidos.

— Esfolar-te vivo ia me agradar muito, mas logo passaria a adrenalina. — Ivan está quase mijando nas calças, tenho certeza. Porra, eu ainda quero sangue! Então, digo-lhe em tom duro para que não restem dúvidas: — Você tem mais utilidade vivo. Agora, escute bem o que estou dizendo, porque não repetirei as ameaças. Sou homem de ação. Vou te esfolar inteiro se ao menos sonhar em bancar o esperto para cima de nós novamente. Você me entendeu?

— S-sim, Andreas. — Acena vigorosamente com a cabeça. — Não teremos mais problemas, eu garanto.

Um sorriso curva minha boca.

— Viu? É o que sempre digo, *amigo*. Nada como uma boa conversa para resolver as diferenças — falo cinicamente. Jairo e Alvinho riem.

Ivan transfere o dinheiro e, quando confiro o saldo da conta na suíça, meu sorriso alarga. Avanço sobre ele e pego sua mão esquerda. Retiro meu cortador de charutos do bolso das calças e o mostro para o homem, que ofega, pânico voltando em sua cara.

— Não, Andreas. Já resolvermos tudo — implora.

Passo o aro do cortador em seu indicador. Olhando-o bem dentro dos olhos eu aperto e corto seu dedo fora. O infeliz berra, mas Jairo tampa sua boca com a mão. Afasto-me antes que o sangue espirre na minha roupa.

— Se correr para um hospital agora, talvez ainda consiga consertar — zombo, apontando o dedo sangrento no chão. Os olhos azuis do homem estão ferozes. Tenho certeza de que, neste momento, deseja a minha morte.

Eu guardo o cortador no bolso de novo e sorrio cinicamente:

— Fico contente que tudo foi resolvido. Avise-nos quando precisar de outra carga. — Fico sério antes de completar: — Percebeu exatamente quem somos nós, Ivan?

Ainda vejo a raiva queimando na cara do homem, mas ele assente. Entendo-o. Afinal, sua pequena afronta lhe custou mais oito milhões de Euros e um dedo fora.

— Solte o nosso *amigo*, Jairo — ordeno. — Tenho certeza de que ele saberá preservar nossa parceria de agora em diante. Um cliente Montanaro é um cliente Montanaro pelo resto da vida. Ninguém nos abandona, está claro agora?

— Sim, está claro — responde numa voz sofrida.

— Se pelo menos sonhar em se levantar contra nós de novo, vou te matar — digo friamente. — E sua filha irá para o Brasil ser puta de meus homens. Todos eles.

— Não! Jamais teremos problemas de novo. Não mexa com a minha menina. — Ele cai de joelhos aos meus pés e chora.

Pedófilo de merda. Olho-o com nojo.

— Se está dizendo a verdade, tem a minha palavra de que não mexeremos com ela — garanto.

— Ótimo! Agora podemos voltar para o cassino e brindarmos o fechamento de mais um negócio bem-sucedido — Alvinho sugere e seguro o riso ao ver a cara de desgosto de Ivan.

Vinte horas depois, meu jatinho pousou no aeroporto de Guarulhos. Alvinho foi direto para a mansão com dois de seus seguranças que o estavam esperando. Eu vim para a minha cobertura recém-adquirida nos Jardins. Comprei-a no começo do mês, e a ideia de trazer Maya para cá esta noite martelou em minha cabeça desde que entrei no jato. Quero passar a maior parte do tempo dentro dela e no calabouço não tem conforto. Estou cansado e precisando dormir numa cama de verdade, não na que tem dentro da jaula.

É começo de noite de sexta. O bom senso me diz para ir passar a noite com a minha noiva, porém, meu corpo é outra história, ele grita por Maya. Ontem, quando terminamos com Ivan e voltamos para o cassino, realmente brindamos com champanhe, como sugeriu o Alvinho. Apenas eu e meu irmão, visto que Ivan teve que ir mais cedo para casa, ou para o hospital. Rio satisfeito. Tudo saiu perfeitamente bem. E a loira que eu tinha visto algum tempo antes chegou até mim. Seria fácil comer a vadia em algum canto, contudo, para meu espanto, eu não quis. Guardei tudo para a minha bebezinha linda. Estou completamente doido por essa menina. Quando dispensei uma trepada fácil? A resposta é nunca. Mas aquela mulher não me atraiu. Sim, era muito bonita, como muitas que vi na viagem, contudo, não fizeram nada para meu pau.

Parece mentira que não quis foder ninguém por causa de uma franguinha mal saída da adolescência. Zombo de mim mesmo e entro no chuveiro da suíte principal. Minha governanta trouxe algumas roupas e fez compras de artigos de higiene corporal, bem como abasteceu a geladeira com carnes e ingredientes frescos. Eu cozinho. É um de meus hobbies. Quando não estou tocando sax, gosto de testar receitas.

O que diabos estou fazendo trazendo uma sub para um fim de semana em minha cobertura? Pergunto-me a cada cinco minutos, porém, nenhuma resposta plausível surge. Pedi a Jairo que orientasse um dos homens a trazer minhas caixas de objetos BDSM para cá. Não é porque não estaremos no calabouço que deixarei de ser o TOP[12]. Maya será dominada todo o final de semana. Merda, isso me faz lembrar de Beli. Os fins de semana são dela. Sempre foram. Ela não ficará nada feliz quando souber que já cheguei e não a quis nesse meio tempo. Ficará pior se desconfiar que preferi minha nova sub. Mas não quero outra nesta noite. Apenas Maya me dará o alívio que preciso. Estou praticamente salivando pela menina, porra. Meu pau está tão duro que dói acomodá-lo dentro da calça jeans. Puxo uma camiseta preta de mangas compridas sobre a cabeça e penteio o cabelo. Fico descalço mesmo e saio pelo corredor, descendo a escada para o térreo.

As paredes de vidro me dão uma vista panorâmica de São Paulo lá fora. Estou inquieto, excitado, esperando pela menina. Ligo o *home teather* numa coletânea de clássicos ao som instrumental do saxofone. Programo, em seguida, uma pasta de músicas que ela sugeriu por mensagem quando perguntei logo que cheguei. Confiro o relógio, meu coração disparando ao ver que faltam apenas dez minutos para Maya chegar. Ando pela sala enorme e me sirvo de uma pequena dose de Bourbon. Repasso minha viagem com Alvinho. Conseguimos resolver a emergência em relação às substituições das cargas. Contudo, ainda não sabemos quem está por trás das interceptações. Tudo que sei é que, quando eu colocar minhas mãos sobre o rato, esmagá-lo-ei com a sola do meu sapato. Meu celular toca, tirando-me dos pensamentos homicidas. Puxo-o do bolso do jeans e sorrio ao ver o nome de Jairo. Eu o encarreguei de trazer Maya para mim. Atendo-o no mesmo instante.

— Estamos subindo, senhor — avisa, e tenho que me controlar para permanecer no mesmo lugar.

— Obrigado, Jairo — digo sucinto.

As ordens são para que ele a conduza até a sala e deixe-a lá. Está vendada, como nas outras sessões. Tomo o restante da bebida e me viro de frente para o elevador privativo. Em poucos instantes, as portas estão se abrindo e porra, minha respiração falha ao ver o objeto do meu desejo obsessivo passando para dentro da sala. Está de tirar o fôlego num vestido vermelho-vinho, frente única e saia rodada, caindo até a metade das coxas lindas e torneadas. As sandálias pretas são de tiras enroladas nos tornozelos. Os longos cabelos loiros soltos como sempre peço. Sua boquinha rosada está levemente aberta e a vejo respirando rápido. Seu peito subindo e descendo. Está tão ansiosa por esta noite quanto eu? Pergunto-me, perdido para o resto do mundo enquanto a observo dos pés à cabeça, meus olhos famintos por cada detalhe. Movo-me devagar, acompanhando Jairo levá-la para o centro da sala. Faço um sinal de silêncio com o indicador sobre meus lábios. Ele acena e faz seu caminho de volta para o elevador.

---

12 Top é a pessoa que, em uma cena ou atividade, exerce o papel dominante.

Eu a rodeio devagar apreciando tudo nela. Absolutamente linda. É por isso que nenhuma mulher me atraiu na viagem. Estive na Rússia, onde tem loiras belíssimas, mas não me interessaram. Era *essa* menina. É ela e somente ela quem eu quero. Maya lambe os lábios e inspira lentamente. Acabou de sentir meu perfume, percebo. Quero dominá-la, fodê-la neste mesmo instante, mas primeiro preciso ver seus olhos. Sempre me vejo puxando sua venda em algum momento em nossas sessões. Seus olhos me jogam num feitiço do caralho. Levanto minhas mãos e toco seus ombros.

— Ah, Deus... — estremece inteira, gemendo baixinho.

Sibilo, segurando um gemido. Sua pele macia testando meu controle. Pego seu pescoço com as duas mãos. Ela ofega, o peito subindo e descendo. Aperto, meu lado escuro gostando do quanto seus gemidos ficam lamentosos ao tratamento rude.

— Meu dono — murmura para ferrar de vez com o meu parco controle.

— Sim, meu lindo bichinho de estimação. Seu dono chegou — sussurro e subo as mãos para o seu rostinho macio.

Pego a venda e levanto-a devagar. Sinto o baque esquisito e já familiar em meu peito quando estou olhando em seus belos olhos. Eles estão verdes agora. Maya pisca, sua respiração ficando ainda mais alterada enquanto nos fitamos. Que porra essa menina tem? Pergunto-me completamente deslumbrado, enfeitiçado, obcecado. Toco sua face direita e não resisto à química esmagadora entre nós.

— Ah, branquinha... — minha voz é metade resmungo, metade reverência.

— And... — meu apelido sai da sua boquinha linda. Em outro momento a repreenderia, mas estou abobalhado demais agora para pensar em qualquer coisa que não seja olhá-la, tocá-la. É uma necessidade tão pungente que tudo em mim dói.

— Maya... — sussurro seu nome, arrastando o polegar para a boca carnuda.

Nunca na minha vida quis tanto beijar uma mulher. Nossos corpos estão tremendo pela proximidade depois de dias longe. É mútuo. Seja lá o que for essa merda, é mútuo. Ela sente também.

— Além da perfeição, bebezinha, é lá que você está — digo com voz pesada de desejo e seus olhos ficam ainda mais brilhantes com o elogio.

— Obrigada, meu amo — diz obedientemente. — Meu senhor está muito bonito esta noite.

Ah, porra. Meu pau está absurdamente duro. Nunca estive tão ensandecido para me enterrar numa mulher.

— Vire-se, Maya — ordeno, meu tom áspero. — Preciso de você nua e tomando o meu pau o quanto antes, menina.

Geme, mas não discute, virando de costas, como uma boa sub. Seus longos cabelos me fazem resmungar e tomo o meu tempo acariciando as mechas macias. É como uma cortina de seda dourada. Não foi exagero quando lhe disse que está além da perfeição. Não conheço mulher que chegue aos seus pés. É estranho que tenha esses impulsos de suavidade com ela. Nunca tive esses momentos com as outras posses. Sempre foi sexo e dominação brutal, nada mais. Todavia, com essa menina me pego querendo coisas que nunca fiz com outras. *Como dormir com ela numa cama fora do calabouço, por exemplo?* Uma voz irônica zomba em meu cérebro. Deve ser porque fui seu primeiro homem. Isso certamente mexeu com a minha cabeça. Procuro uma explicação convincente. Sinto-me realmente seu dono, não apenas nas cenas. Que diabos de loucura é essa? Tentando controlar as emoções ridículas que essa garota me desperta decido que vou surrá-la antes de fodê-la. Ninguém mexe comigo dessa forma. Ninguém, porra!

CAPÍTULO DEZ

As juras mais fortes consomem-se no fogo da paixão como a mais simples palha.
(William Shakespeare)

Maya

Posso senti-lo me rodeando e meu coração salta com mais força. Seu perfume sofisticado invade meus sentidos. Estou molhada desde o momento em que me ligou no final da tarde avisando que já estava de volta e me queria. Contra todo o bom senso, lamentei o fato de hoje ser sexta-feira e só podermos ficar juntos por uma noite. Os finais de semana são da nojenta da noiva e a odeio além da conta neste momento. Percebi que Jairo me trouxe para um lugar diferente esta noite. O barulho do trânsito no percurso indicou que estamos em outro bairro. Centro? O elevador subiu ao invés de descer e não senti o cheiro característico das velas queimando. Não estamos no calabouço? Torno a me perguntar, nervosa, mas excitada por não saber o que me espera. Então, suas mãos quentes e deliciosas tocam meus ombros e estremeço inteira.

— Ah, Deus... — não contenho um gemido de deleite. Um gemido de pura saudade.

Andreas sibila e alisa meus ombros em direção ao pescoço, agarra-o com as duas mãos. Ofego, meu corpo inteiro respondendo ao seu toque dominante. Vai apertando e gemo outra vez, meu centro pulsando, um rio caudaloso de excitação encharcando a calcinha. Eu sussurro o que é a minha triste verdade:

— Meu dono.

— Sim, meu lindo bichinho de estimação. Seu dono chegou — diz no tom perverso que me deixa ainda mais excitada e submissa.

Suas mãos sobem por minha face e meu pulso acelera quando sinto-o levantando a venda bem devagar. E então estou de frente para ele, seu rosto moreno perfeito, sua boca linda, seus olhos. Arfo, minhas pernas ficando moles. Tão bonito. Quero tocá-lo. Quero... Oh, Deus, eu o quero demais. Seus olhos verde-musgo vão adquirindo um brilho intenso enquanto nos olhamos fixamente. Pisco, fascinada, absolutamente louca por esse homem. Minha respiração altera, cada célula do meu corpo grita por ele, pela sua posse. Sua mão toca a minha face direita e gemo baixinho. O toque suave, seu olhar, seu cheiro e sua beleza morena me deixam à beira de desmaiar.

— Ah, branquinha... — sua voz soa mais profunda.

Excitação, prazer, e sim, submissão, castigam-me enquanto o encaro.

— And... — choramingo o seu apelido.

Não sei porque o chamei assim. Mas há uma energia estranha vibrando entre nós. Eu me sinto sua. É um sentimento esmagador. Cada pequena parte de mim lhe pertence neste momento. Deus, por que esse homem me afeta dessa maneira?

— Maya... — ouvi-lo sussurrar meu nome, termina de me enlouquecer.

Ele traz o polegar para a minha boca, esfregando devagar. Seu olhar inflama, descendo para meus lábios. Um tremor delicioso percorre meu corpo com a fome animal que vejo em seu rosto. Seu corpo grande estremece também e me regozijo por afetá-lo. Quero que me beije. Minha boca enche d'água, a respiração trava, a expectativa me invadindo. *Beije-me, por favor. Beije-me.* Imploro com meu olhar.

— Além da perfeição, bebezinha, é lá que você está — murmura.

Ele já havia me falado isso antes, mas não posso evitar a satisfação reverberando em mim. Gosto que me ache bonita.

— Obrigada, meu amo — sussurro com submissão. Quero dizer que sua beleza me arrebata também, porém, consigo me conter a tempo e completo: — Meu senhor está muito bonito esta noite.

Seus olhos ficam selvagens e sua mandíbula trinca. Medo e tesão se espalham em meu sistema.

— Vire-se, Maya — ordena em tom seco. — Preciso de você nua e tomando o meu pau o quanto antes, menina.

Gemo, virando-me, agradecendo que o dominador está assumindo. Não quero sentir nada além de tesão em nossos malditos encontros, mas esta noite começou estranha. Ouço-o resmungar e, em seguida, a carícia suave em meu cabelo. Trinco os dentes, recriminando-me pelo prazer desse simples toque. Enquanto isso, observo à nossa volta. Estamos numa sala enorme e sofisticada. As paredes de vidro nos dão a vista de São Paulo toda iluminada lá fora. Alto. Muito alto. Parece uma cobertura. Por que me trouxe aqui? No contrato diz que as sessões sempre seriam no calabouço. Odeio-me por querer enxergar um significado romântico por trás disso. Odeio-me por desejar que esse homem me queira para... *Para o quê, Maya? Não ouse trair a memória de Breno mais do que já está fazendo.* O lado sensato me puxa da névoa perigosa que estava tomando. Um som lamentoso deixa a minha boca quando a venda desce sobre os meus olhos novamente.

Mas meu desapontamento é desviado pelas mãos grandes e mornas passeando pelos meus ombros, afastando o cabelo para o ombro direito. Sua boca morna suga a lateral do meu pescoço e eu gemo, minha pele arrepiando, necessidade absurda pulsando em meu centro. Meus seios ficam túrgidos e imploram seu toque. Seus lábios viajam em minha pele e sinto-o abrindo o fecho do vestido frente única. As alças caem desnudando meus seios, em seguida, suas mãos estão os tocando, agarrando meus montes.

— Ahh, sim... — engasgo pelo prazer do agarre, as unhas raspando em minha carne de maneira possessiva e gostosa. — Por favor... Machuque-me... — choramingo, perdendo-me no seu, no *nosso* mundo sombrio.

Andreas rosna e puxa meu cabelo, meu couro cabeludo dói, arde e mais líquidos inundam minha vagina.

— Use-me, meu lorde — imploro numa voz que não reconheço.

Uma mordida forte em minha nuca me faz gritar, convulsões perversas sacudindo meu corpo. Ele ri, o som sádico que já me é familiar, e começa a descer o zíper do meu vestido, empurrando-o pelo meu corpo asperamente. Novos arrepios me tomam ao ficar nua contra suas roupas. Agarra minha bunda, sovando as bochechas, fazendo-me arfar. Sibila e me dá um tapa forte na esquerda. Grito, choramingo. Dá mais um do outro lado e torna a pegar meus cabelos da nuca, puxando-os grosseiramente.

— Vou te deixar em coma de tanto foder, menina — ameaça em meu ouvido e estremeço.

O escroto ri e me empurra, forçando-me a andar. Ele praticamente me arrasta, já que não consigo acompanhá-lo nos saltos. Piso em algo macio. Um tapete. Em seguida, suas mãos me deixam. Lambo os lábios, ansiosa, mas também receosa do que ele tem para mim hoje.

— Pulsos atrás das costas — ordena e obedeço de imediato.

Ele os prende com algo duro, no entanto, não é uma algema. Uma braçadeira, percebo. Sem aviso, sou empurrada de cara em um couro macio. O assento de um sofá, presumo.

— Estou louco para comer sua bocetinha apertada, mas preciso ver minhas marcas vivas nessa pele perfeita primeiro, bebezinha.

Ele se vai novamente e eu fico de bunda para cima, expectante, meu coração saltando loucamente. Minha respiração trava ao sentir o toque frio da lâmina em minha panturrilha. Convulsiono inteira. Deus, não sei que fascínio sombrio é esse que adquiri por ser tocada por suas facas.

— Essa reação me deixa ainda mais ensandecido por você — sua voz é grossa com perversão, enquanto sobe a faca, traçando espirais em minha pele, subindo pelo interior da perna, indo pela coxa.

Estou arquejando quando sobe mais, roçando minha virilha, e esfrega suavemente entre minhas pernas, através do tecido empapado da calcinha.

— Você me pertence, Maya — diz num tom que me assusta. Soa como uma ameaça de cativeiro. — Minha linda e deliciosa cadela — sussurra e quase gozo com suas palavras, o toque da lâmina em meu clitóris. Ele ri e sobe a faca, traçando minha bunda e devagar pela coluna, a ponta com um pouco mais de pressão agora.

— Por favor, meu amo... — imploro sem saber pelo quê, exatamente.

— Pelo que está implorando, meu lindo bichinho? — zomba, a lâmina percorrendo toda a extensão das minhas costas. — Quer que eu corte essa pele linda? Quer que eu sugue seu sangue?

Santo Cristo... Essas coisas não deveriam me excitar, mas, para meu espanto e desespero, enchem-me de tesão.

— E-eu não sei... — Lambo os lábios, nervosa, alarmada comigo e minha entrega a esse homem, um bandido, um assassino perigoso.

No entanto, não sinto medo de ele me ferir seriamente nestes momentos. Eu só quero jogar seu jogo obsceno e escuro. Só quero ser a melhor submissa.

— Sabe sim. Somos iguais, Maya — seu tom abaixa perigosamente.

Num gesto rápido, corta as laterais da minha calcinha e arranca o tecido grudado de minha vagina. Arquejo com seus dedos esfregando meus lábios melados. Um som de satisfação sai da sua garganta ao constatar minha reação ao jogo sombrio em que me viciou tão rapidamente. Empurra dois dedos em minha vulva e gemo, babando no couro do sofá. Andreas me come assim e, então, sinto seu hálito quente em minha bunda. Em seguida, vem a lambida em meu ânus. Entrego-me, o orgasmo começando a se formar em meu ventre. Ele me fode profundamente enquanto lambe meu pequeno buraco. Estou quase gozando quando puxa os dedos da vagina e os empurra em minha bunda. Grito pela ardência, mas relaxo para o incômodo diminuir. Logo seus dedos se vão e, então, ele junta minhas pernas e prende meus tornozelos com corda.

— Saudade de surrar a minha branquinha — murmura asperamente e o primeiro açoite aterrissa em minha bunda.

— Ai, Deus... — choramingo surpresa. A dor e o tesão aumentando em meu lado masoquista. Sim, estou aceitando que sou masoquista. Eu amo a dor. Sobretudo, a dor infligida por *esse* homem.

Ele ruge e me bate de novo. Desta vez nas costas.

— Sim, sim. — Eu choro sendo surrada e implorando por mais porque eu preciso de mais.

Inexplicavelmente preciso da rudeza de meu dominador. Ele faz um som alto de satisfação masculina e me surra mais e mais, nas costas, na bunda. A excitação está escorrendo em minhas coxas.

— Como ousa aparecer e me fazer te querer assim, menina? — range, dando-me um último açoite na carne abaixo das nádegas, o qual pega minha vagina. Não é tão forte, mas dói, fazendo-me berrar e estremecer. — Shhh... — murmura, esfregando minha carne agredida.

Seus dedos deslizam pela minha coluna bem devagar. Ofego, não conseguindo esconder ou reter nada. Eu o odeio, mas amo ser sua. Seus dedos chegam à minha bunda e continuam a viagem, pegando minha vagina por trás. Esfrega meus lábios tão molhados que eu deveria me envergonhar. Andreas faz um som baixo, provocando-me, acariciando suavemente meu sexo depois do tratamento áspero. Gemo alto e o bandido ri, zombando do meu estado. Puxa meus cabelos da nuca, levantando meu rosto do sofá. Arfo e gemo pelo puxão brusco.

— Meu bichinho de estimação quer foder com seu dono? — sua voz grossa está no meu ouvido, sugando, raspando os dentes no lóbulo e convulsiono quando começa a empurrar dois dedos em meu canal latejante.

— Sim, meu senhor... — murmuro ansiosa.

— Sentiu a minha falta, Maya? — pergunta perversamente, já sabendo a resposta.

Meus olhos se enchem de lágrimas de vergonha, porque sim, senti sua falta. Estou pingando para tê-lo dentro de mim depois de quase duas semanas longe. Eu o quero desesperadamente, essa é a verdade.

— Responda, meu lindo passarinho. — Pega meu pescoço pela frente e aperta.

Mais excitação desce em meu canal. Não há explicação racional para a devastação que esse homem provoca em mim.

— Sim, meu dono — digo, perdida em luxúria. — Senti sua falta.

Um som satisfeito reverbera em seu peito e ele me arrasta do sofá, empurrando-me para o chão, de rosto contra o carpete. Meus pulsos contidos às minhas costas e meus tornozelos amarrados juntos deixam minhas pernas unidas. Vai ser doloroso tomá-lo nesta posição. Resfolego, ouvindo o farfalhar de suas roupas. Alisa minha bunda inchada e dolorida de seu chicote. Gemo ao senti-lo me montando. Ele empurra o pau grande e grosso em minha vulva. Eu berro, estremecendo-me inteira e Andreas sibila por entre os dentes. O maldito nunca geme, nunca mostra seu prazer e o odeio um pouco mais por isso, por me fazer desmoronar enquanto não me dá um mísero gemido de volta. É algo que me incomoda profundamente, não sei a razão. Incomoda-me tanto que, no dia seguinte à sua partida, comecei um curso de pompoarismo[13] e outros exercícios que aumentam a pressão no canal vaginal. Quero fazer o todo poderoso dominador gemer toda maldita vez que estiver dentro de mim.

— Pronto, meu bichinho. Era isso que queria? Estou dentro de você — ele zomba.

Segura meus ombros, puxando tudo e voltando a estocar profundamente. Torno a berrar, meu sexo ficando ainda mais cremoso ao ser penetrada duramente. Como posso sentir tanto prazer em ser a puta do meu inimigo?

— Isso, menina, agrade seu dono — ordena, indo e vindo cada vez mais duro e fundo, rasgando-me sombria e gostosamente. — Você está aqui para isso: ser a minha cadela dócil e treinada. Nada mais, nada menos.

— Sim, meu amo. Use o meu corpo como bem quiser — balbucio, meu rosto sendo esfregado nos pelos do tapete. Então, aciono meus músculos internos, minha vulva passando a sugar e massagear ao longo do seu eixo. Sou recompensada com o primeiro ofego de Andreas.

— Porra... — resmunga, voltando a puxar meus cabelos, debruça-se sobre minhas costas, sua boca vindo para o meu ouvido: — onde diabos aprendeu essa merda, menina?

— Iniciei um curso de técnicas de ginásticas íntimas para dar mais prazer ao meu amo — respondo entrecortado pelas suas estocadas profundas.

Coloco mais pressão, chupando-o com força. Um som feral sai da sua garganta, então, o que tanto esperei, finalmente vem. Andreas geme alto e guturalmente, comendo-me com mais voracidade, as bolas batendo em meu clitóris a cada estocada.

— Gostosa demais... — range os dentes, montando em mim sem pena.

---

13 O **pompoarismo** é uma técnica que serve para melhorar e aumentar o prazer sexual durante o contato íntimo através da contração e relaxamento dos músculos do assoalho pélvico, no homem ou na mulher.

O som de foda dura rivalizando com o som instrumental do saxofone.

— Você não precisa de nada disso, bebezinha — geme baixo e rouco. — Eu te achei perfeita desde a primeira vez que entrei nessa bocetinha virgem.

Eu reviro os olhos de prazer em ouvi-lo dizendo isso. Molho e latejo mais com suas palavras em tom quase reverente. Ele me come com força, indo tão profundo quanto consegue. Minhas paredes já estão doendo pela sua dureza, mas não me importo, o orgasmo está vibrando em meu ventre a cada socada funda.

— Oh, porra... Goza comigo, Maya — ordena, voltando a puxar meus ombros, arrombando meu canal a cada estocada.

Eu grito, o gozo vindo com tudo e, no mesmo instante, seu sêmen jorra em minha vulva dolorida. Nossos gemidos misturados enquanto gozamos juntos é o som mais perfeito que já ouvi. Eu babo no carpete, recebendo-o profundamente, minha pele vibrando de tanto prazer. Arquejo, ouvindo gemer e resmungar algo bem baixinho. Seus movimentos diminuem e ele abre bem minha bunda. Posso sentir seu olhar em minha vulva o engolindo. Com um beijo suave no meio das minhas costas, ele se retira de mim. Estou gemendo baixinho, tremendo. Andreas desamarra meus tornozelos, massageando-os. Em seguida, gira-me de costas, deitando-me, livrando meus pulsos também. Sua respiração está ainda um pouco alterada pelo gozo. Ronrono com o toque suave em meu rosto onde estava pressionado no chão. Está ardendo um pouco.

— Nunca vi nada tão bonito como você nua e rendida a mim, meu bichinho — murmura. Eu gosto do tom reverente. — Você me dá prazer como ninguém, Maya. — Meu coração salta com a confissão.

— Estou aqui para servir e dar prazer a meu lorde — murmuro a resposta ensaiada. Mas ela vem do fundo da minha alma. Em nossos momentos sombrios, sou dele. Não há mais nenhuma dúvida a esse respeito.

Ele meio que rosna e me levanta nos braços. Tenho que me policiar para não rodear seu pescoço com os braços. Carrega-me alguns passos e me coloca no chão. A pasta de músicas muda para uma de minhas escolhas para esta noite. *Not Afraid Anymore*, da Helsey, inicia. Essa com certeza traduz como me sinto sobre esse homem.

Eu não tenho mais medo
Estou parada no olho da tempestade.

Ele pega meus pulsos e levanta-os acima da minha cabeça, prendendo-os em algemas de couro. Vai me surrar de novo? Pergunto-me. Minhas costas e bunda ainda estão ardendo. Andreas ri, o som cínico que me irrita e excita. Para a minha surpresa, a venda é puxada e engasgo com a visão diante de mim. Estou presa bem próxima à parede de vidro lateral, onde não há sacada para amortecer o impacto da vista da avenida lá embaixo. É assustador olhar daqui de cima. Empurra-me, esmagando meu rosto no vidro. Meu coração salta. Meu Deus! Parece que o chão debaixo de nós está se movendo!

— Olhe para baixo, Maya — murmura e grito de pavor.

O chão realmente se moveu e estamos sobre uma plataforma de vidro agora, vendo tudo lá embaixo. Parece que vamos despencar a qualquer momento. Engulo em seco.

— Está com medo, bebezinha? — sussurra com o toque cruel em meu ouvido.

Seu lado sádico é muito mais profundo do que sequer imaginei.

— N-não, meu senhor — minto e ele me bate na bunda.

— Não minta para mim — adverte e nossos olhares se encontram na parede da frente. Deus, como pode alguém ser tão lindo e sombrio?

— Estou com medo — assumo.

Suas mãos passeiam pelo meu ventre e sobem para os seios, sovando-os delicadamente enquanto nos fitamos no espelho. Está lindo apenas no jeans escuro, o peito amplo está nu. Salivo para tocá-lo e ele sabe disso pelo sorriso perverso curvando sua boca.

Não estou mais envergonhada
Eu quero algo tão impuro

Helsey canta e ele torna a sorrir. Lindo, perverso. Perfeito.

— Não vou te surrar de novo. A dominação não é sempre através da dor — murmura, depositando beijos suaves em meu ombro, puxando meus mamilos com suavidade.

Arfo pendurada, os pulsos começando a incomodar. Suas mãos me acariciam e pega minha vagina já sensível, os dedos esfregando meu clitóris bem devagar. Seu olhar nunca desvia do meu enquanto me toca.

— É linda demais, menina. Como veio parar com um predador como eu? — pergunta, seu olhar desviando para meu corpo nu.

Vejo e sinto o quanto ele me deseja. Seus olhos flamejam com posse enquanto me acaricia inteira. Morde minhas costas já ardidas e choramingo, estremecendo. Enfia uma mão por trás pegando minha vagina pela frente. Abro as pernas para lhe dar mais acesso e ele ri indolente. Abre meus lábios vaginais, expondo minha carne vermelha e inchada da sua penetração rude minutos antes. Sua respiração altera à medida em que esfrega meu montículo protuberante.

— Levante a bunda, agora — ordena e arqueio minhas costas, empinando o máximo que consigo.

Ele se abaixa e abre minhas bochechas. Reviro os olhos quando começa a me lamber, indo da vagina até o ânus. Meus dois buracos começam a latejar, querendo-o desesperadamente. Enfia dois dedos na vulva e leva os líquidos para meu traseiro. Os empurra sem trégua e relaxo, deixando-o me preparar para seu tamanho. Andreas o faz, sibilando, enfiando bem fundo, girando-os lá dentro. Com um som impaciente, levanta-se e me reteso um pouco com a ponta grossa pincelando meu anel. Ele segura meus quadris e me olha através do vidro.

Implorando para você me levar
Um demônio sob o seu sorriso

Resfolego de boca aberta enquanto ele vai metendo o grande volume em minha bunda. Relaxo para recebê-lo. Uma mão desce para o meu monte e seus dedos esfregam meu clitóris. Eu gemo alto, sendo sodomizada pelo homem mais bonito e sombrio que já conheci. Ele geme rouco e solto um ganido quando se enterra até o punho. Meu ânus lateja, esticado além da conta.

— Porra, como pode ser tão perfeita — murmura quase para si mesmo.

Então, passa a me comer devagar, indo e vindo, alargando meu canal estreito. Ainda dói muito. É apenas a segunda vez que fazemos isso. Mas ele, surpreendentemente, vai devagar desta vez, seus dedos nunca deixando de massagear meu montinho de nervos. Em pouco tempo estamos os dois gemendo alto e ele passa a estocar mais fundo, mais forte.

— Ah, Deus... Sim... — murmuro em lamúria, a vista assustadora da frente e de baixo dos nossos pés pouco importando. — Meu lorde é tão gostoso — choramingo.

Andreas acelera, comendo-me sem dó, metendo profundamente. Cada estocada me levanta do chão. Suas mãos passeiam pelos meus seios outra vez, amassando, dando tapas na carne. Grito, gemo, completamente ensandecida. Gozamos sem aviso, eu primeiro e ele me seguindo, com um rugido alto. Seu torso suado desliza em minhas costas enquanto levanta pela cintura, empalando-me sem parar. Nossas respirações e gemidos reverberam na sala. Estoca, despejando até a última gota de gozo em mim. Com um beijo suave em minhas costas ele se retira. Minhas pernas estão moles, meus pulsos pendurados e doendo nas restrições. Se afasta e se dirige para aonde estávamos antes e volta com a venda. Quero implorar que não a coloque. Preciso ver seu rosto, seus olhos. Ele sabe disso, posso ver no brilho em seus olhos, mas, ainda assim, desce o tecido preto em meu rosto, tirando a minha visão. Levanta-me nos braços e anda comigo não sei para onde. É quase como um pedido de desculpas quando seus lábios quentes beijam minha testa. A brisa fresca sopra em minha pele suada. Estamos na sacada? Ele me deposita sobre algo estofado e se vai. Passam-se alguns minutos quando volta, segura minha cabeça.

— Beba um pouco para refrescar. É champanhe — murmura e sinto a borda de uma taça, presumo, em meus lábios. Abro-os e tomo um grande gole.

É a bebida mais saborosa que já experimentei. Sei que é muito cara, não aquelas de marca ruim que sempre compro em ocasiões especiais. No calabouço, o escroto nunca me ofereceu nada, apenas sexo e mais sexo duro. Ri de forma gostosa pela forma ávida em que engulo o líquido gelado. Ouço-o bebendo também. Posso sentir seus olhos sobre mim e meu corpo começa a ficar pronto para ele de novo. Deus, estou me transformando numa ninfomaníaca. Gemo internamente. Em seguida, empurra minhas pernas abertas e se coloca entre elas. Está nu. Meu coração salta com a expectativa de vê-lo. Sinto seu cheiro e a familiar cabeça bulbosa esfrega meus lábios.

— Chupe, bebezinha — diz na voz suave que me traz problemas.

Eu gemo e abro a boca, engolindo o eixo grosso com a mesma avidez que engoli a champanhe. Andreas geme roucamente, pegando meus cabelos num coque apertado no alto da cabeça. Eu o chupo até ficar duro como rocha. Seu sabor é delicioso e não quero parar. Ele ri da minha ganância e puxa, fazendo-me soltar um som de protesto.

— Depois, branquinha. Agora eu preciso gozar na sua bocetinha gostosa de novo — diz com aspereza e, no instante seguinte, estou sendo suspensa.

Gemo ao senti-lo me escarranchando em seu colo de frente para ele. Nossas peles tocando uma na outra.

— Pulsos atrás das costas — ordena e obedeço imediatamente, eufórica.

Talvez me deixe vê-lo, tocá-lo.

— Por favor, meu senhor, deixe-me vê-lo, tocá-lo — a súplica sai antes que eu consiga detê-la.

Ele se retesa debaixo de mim. Silêncio se segue e já imagino o castigo que terei. Então, para a minha surpresa, a venda se vai. Arquejo com o seu belo rosto bem perto do meu. Sim, estamos ao ar livre, em um estofado na borda da sacada. Um frisson de excitação transgressora arrepia minha pele quando percebo que vamos foder aqui, onde qualquer um dos vizinhos pode nos ver. Sem uma palavra, seus braços envolvem minha cintura me levantando.

— Pegue meu pau e coloque dentro de você, Maya. — Seus dentes estão trincados, os olhos quentes e fixos nos meus.

Lambo meus lábios, alegria me invadindo. Vou tocá-lo. Minhas mãos estão levemente trêmulas quando pego seu pau inchado e o levo para a minha vulva. Ele sibila. Sentindo-me poderosa esfrego a cabeça entre meus lábios, provocando-o. Um sorriso perverso curva sua boca linda e ele pega meu pescoço pela frente, apertando-o.

— Desce. Agora — rosna e choramingo, descendo devagar em seu eixo grosso.

Convulsiono de prazer e dor, pois estou um pouco machucada da sua fome de antes. Amparo-me em seus ombros e gemo ao sentir a pele morna e firme. Andreas geme também. É um som lindo, deleitoso. Sua mão gira do meu pescoço, pegando minha nuca. Grito alto quando me empalo, levando-o até o talo. Ele estremece e rosna, a mão da minha cintura aperta-me com posse.

Começo a montá-lo, devagar a princípio. Puxa meu rosto bem perto do seu e nos olhamos enquanto o cavalgo. Lindo é uma palavra insípida para descrever esse homem. Estou fascinada, hipnotizada. Ele enrola o braço em minha cintura e me levanta e abaixa em seu pau, socando de baixo para cima, empurrando-se todo. Nossos olhares nunca se desgrudam, uma energia poderosa nos consome e vibra entre nós. Nossas bocas estão bem próximas, respirando uma na outra enquanto me come bem gostoso. O gozo começa a se formar em meu ventre mais uma vez. Arquejo, antecipando o prazer absoluto. Eu o toco livremente, deslumbrada como uma criança em noite de Natal. Correndo as mãos pelos seus ombros, peitoral, bíceps, suas tatuagens. Ele abaixa cabeça e suga meu seio direito, a língua sacudindo no mamilo, enquanto mete com força em minha vulva. Meu centro lateja, ficando mais e mais cremoso. Muda para o outro seio, mamando gostoso demais e, então, o brilho dourado capta minha atenção sobre o estofado. A faca. Minha pele arrepia com a expectativa do que vai fazer. Andreas pega-a e passa a ponta sobre os meus seios. Arfo, meu lado escuro desejando que me corte como na outra noite. A lâmina fria passeando em minha pele é um afrodisíaco sinistro, mas é gostoso. Gemo, empalando-me em seu eixo com mais força, a espessura me castigando, machucando minhas paredes.

— Por favor... — suplico.

Seus olhos ficam tão intensos e flamejantes que me faz arquejar. Continua circulando meus seios e minha respiração trava ao vê-lo empurrar a lâmina na minha pele, perto da auréola direita. Choramingo com o corte. Sua boca quente cobre o machucado imediatamente e convulsiono pelo prazer sombrio.

— Ah, sim... Meu dono. — Meu corpo inteiro sacode, quase gozando. — Meu dono — repito, perdida nesse mundo escuro que me atrai tanto.

Ele larga meu seio um instante e me entrega a faca.

— Corte a minha pele também — sua voz é engrossada, pesada de tesão e da escuridão que o cerca.

Não penso duas vezes e faço um pequeno corte acima do seu mamilo esquerdo, depois jogo a faca no chão. Sem parar de olhá-lo e rebolar em seu pau, eu abaixo a cabeça e sugo a pequena gota de sangue. O gosto metálico atinge minhas papilas gustativas e é estranho. Porém, tudo que consigo pensar é que meu sangue está em seu sistema e agora o seu também está no meu. Suas mãos grandes seguram meu rosto dos lados, ele parece um tanto atordoado, incrédulo, acho. Sua boca está quase roçando a minha. Gemo em lamento. Sinto que vou morrer se ele não me beijar agora.

— Porra, menina. Porra, porra! — ruge, então, sua boca se apossa da minha.

— And... — Respiro entrecortado pela surpresa, a textura dos lábios macios sobre os meus.

Estremeço, prazer sem medida ricocheteando em meu corpo inteiro. Choramingo, esquecendo-me de tudo o mais e abro a minha boca, recebendo sua língua com tanta ânsia que fico zonza. Não importa que ele é meu inimigo. Eu quero chorar por sentir o gosto da sua boca. Quero continuar sendo sua. Nosso primeiro beijo é perfeito. Tem gosto de sangue, é sombrio como nós dois. Ele rosna, chupando a minha língua, lambendo o céu da minha boca. É o beijo mais delicioso que já experimentei e não quero parar de beijá-lo nunca. Eu gemo e gemo, enfiando as mãos pelos seus cabelos macios e densos. Seus braços me apertam contra seu peito enquanto aprofundamos o beijo, nossos lábios sedentos, nossos sexos unidos e se devorando como nossas bocas. Esperei muito por isso, mesmo que me odeie um pouco por querê-lo tanto assim.

— Maya... — geme meu nome e nos gira, deitando-me no estofado.

É largo, como uma cama, e me abro toda, recebendo suas estocadas vigorosas. Abraço-o com as pernas e ele bate tão profundo que grito alto. Ele me come ferozmente, seus olhos verde-musgo me encarando com algo que não identifico o que é.

Mas estão lindos, brilhantes, quentes, observando-me de perto. Penduro-me em seus ombros e me dou sem nenhuma restrição. Andreas geme longo e rouco e sei que está perto do clímax. Rebolo, tomando-o bem fundo e, então, meu corpo sacode, o gozo me atropelando. Choramingo seu apelido uma e outra vez enquanto as ondas perversas me devastam. Ele urra, o som reverberando na noite, e começa a jorrar dentro de mim. Gememos, agarrando-nos com desespero. Nossas bocas se encontram de novo. Beijamo-nos enquanto gozamos, a brisa soprando em nossos corpos suados.

— Bebezinha linda... — sussurra e meus olhos se enchem de lágrimas.

Sim, estou perdendo minha alma para esse belo demônio. O feitiço virou contra o feiticeiro.

Andreas

Observo a menina espalhada em minha cama. Que diabos estou fazendo? Essa pergunta não cansa de martelar em meu cérebro desde que decidi trazê-la para cá em vez do calabouço. Não tenho a resposta para isso, exceto que estava exausto e queria conforto para fodê-la muitas vezes neste fim de semana. E, porra, nós estamos indo muito bem. Rio cínico. Meu corpo ainda está vibrando pela saciedade do sexo gostoso. Essa branquinha é chave de cadeia.

A coisa foi tão intensa ontem que não resisti e a beijei na terceira rodada na sacada. Seu beijo é exatamente como imaginei, delicioso, como toda ela. Agora está nua de bruços sobre os lençóis de seda brancos e amarfanhados. As marcas do meu chicote nas costas e bundinha arrebitada me deixam possessivo. Ela me deixa em um estado ridículo de euforia que me irrita tanto quanto me encanta. A usei sem trégua desde que pisou na cobertura. Parecia com a mesma fome, deixando-me fazer tudo. Rosno baixo ao recordar que a cortei e pedi que me cortasse também. Poucas subs me deixavam cortá-las. Encontrei a minha metade sombria numa menina de apenas vinte e um anos. Parece piada, porra.

Continuo observando-a, encantado como sempre estive desde o primeiro olhar que trocamos. Talvez eu deva mantê-la como sub permanente. A necessidade em minha virilha sempre que a vejo não vai passar tão cedo, sei disso. Pela primeira vez em minha vida me vejo querendo manter uma sub por mais de quatro meses. Mas que merda estou pensando? Ainda não tem um mês que começamos a foder. Talvez esse desejo louco diminua e seja extinto dentro dos nossos quatro meses. É isso. Não preciso me precipitar. Com meus pensamentos errantes aplacados, eu rio arrogante e saio do quarto. Passa das oito e vou me exercitar um pouco na academia antes de preparar o nosso café da manhã. Dormi como uma pedra, agarrado com a menina. Não era minha intenção dormir com ela na mesma cama, mas estávamos exaustos quando paramos de nos devorar perto das três da manhã. Ela desmaiou primeiro e fiquei olhando-a como um fodido idiota, então, puxei-a para o meu peito e nos cobri com o lençol. Uh. Faço uma careta. As coisas foram mesmo estranhas ontem.

Quando volto, quarenta minutos depois, pingando de suor, Maya ainda está dormindo profundamente. Tomo uma ducha e visto apenas uma calça de pijama. Olho-a antes de sair. O cabelo longo está espalhado sobre o meu travesseiro. A vontade estúpida de ir até a cama e lhe dar um beijo é quase insuportável, mas resisto. Não é porque a beijei ontem que vou ficar de chamego toda hora. Resmungo e deixo o quarto, descendo a escada para o amplo vão térreo. Sala e cozinha são divididas apenas por móveis, sem paredes. Avisto uma névoa densa sobre a cidade, os prédios em volta estão quase engolidos pelo cinza.

Ando pelo assoalho lustroso até o *home teather* e seleciono a pasta de rock nacional. À Sua Maneira, de Capital Inicial, uma de minhas preferidas, soa em volume baixo. Muito sugestivo, não? Bufo ironicamente tomando a direção da cozinha.

Ligo a cafeteira elétrica para preparar um café preto antes de iniciar minha tarefa. Sirvo-me de uma caneca enquanto observo o clima lá fora através das paredes de vidro. Tomo pequenos goles, os negócios voltando a povoar minha mente. Estou numa gana de descobrir quem é esse infeliz que vem me sabotando que tenho até pena do rato quando cair na minha mão. Termino meu café e preparo ovos *Benedict*. Em seguida, torradas, panquecas com xarope de morango e suco de laranja natural.

Coloco as xícaras, pratos e talheres sobre a bancada da ilha, que sempre uso como mesa. É mais prático. Admiro minha obra, e, quando levanto a vista, meu coração acelera ao dar de cara com Maya. Sua boquinha está aberta, provavelmente surpresa por me ver fazendo algo tão doméstico. Seus olhos estão azuis esta manhã. Os cabelos longos empilhados num coque despretensioso no alto da cabeça. Meu olhar corre pelo seu pequeno corpo. Usa um dos robes de seda vermelha que pedi à minha *personal stylist* para comprar ontem mesmo e entregar à minha governanta. Os pés estão descalços, como os meus. Meu corpo inflama com a visão dela e sua beleza etérea bem no meio da minha cozinha. Olhamo-nos com cobiça e com a cumplicidade de quem passou a noite fodendo e ainda não é suficiente. Seu peito sobe e desce mais rápido enquanto sua respiração acelera. Seus belos olhos brilham mais à medida em que passa pelo meu peito nu e sobe de novo, travando nos meus. E minhas pernas tem vida própria, contornam a bancada e vão ao encontro dela.

Ofega quando paro à sua frente. Sem pensar duas vezes, enrolo os braços em sua pequena cintura, puxando-a para mim. Nossos corpos se moldam perfeitamente juntos e o som de prazer saindo da sua boca me faz sibilar. Nossos olhares se devoram, quentes, falando das coisas sujas e escuras que fizemos ontem. Seus braços circundam meu pescoço e abaixo meu rosto, bem perto do seu, nossas bocas respirando uma na outra. Suas pálpebras pesam num convite mudo e eu vou. Foda-se todo o resto! Roço meus lábios nos seus. Faço isso devagar. Quero saboreá-la com calma hoje. Ontem cada beijo era mais desesperado e ganancioso do que o outro. Sua boca entreabre e sugo o lábio inferior. Ela estremece e geme baixinho, passando a chupar o meu lábio superior ao mesmo tempo. Nossas línguas se encontram e se entrelaçam, se lambendo com lentidão sensual. A danadinha chupa e morde a minha língua. Eu rosno, levantando-a pela bunda, aprofundando o beijo. Suas mãos macias correm pelos meus ombros e nuca, numa massagem tão gostosa que me sinto um idiota por ter me privado disto: seu toque, seu beijo.

Seguro-a bem apertado contra mim, meu pau acorda prontamente sentindo sua bocetinha quente pressionando-o. Gemo, apertando sua bunda, empurrando-me em seu centro também. Beijamo-nos, entregando-nos ao tesão entre nós, sem reservas neste momento. Com uma última mordida em seu lábio inferior, eu separo nossas bocas. Meus olhos se abrem direto para os seus. Nossas respirações estão irregulares. Não sei que porra é essa que estou sentindo com essa menina. Só sei que é bom demais tê-la dessa forma, não apenas no calabouço acatando minhas ordens depravadas. Sim, essa branquinha é chave de cadeia. Obrigando-me a tomar o controle de volta, eu a coloco em seus pés de novo e solto-a. Ela pisca e puxa seus braços do meu pescoço. Ainda permanecemos perto, olhando-nos, presos nessa coisa estranha acontecendo entre nós.

— Bom dia, bebezinha. Dormiu bem? — murmuro, tão suave que quero me dar um soco.

— Bom dia, Andreas — murmura com a voz rouca, seu rosto ficando um pouco corado. Provavelmente lembrando que fomos dormir bem tarde, fodendo e nos beijando como loucos. Era como se eu nunca tivesse beijado uma garota na vida. Patético. — Dormi bem, obrigada. E você?

— Eu dormi muito bem — digo com um meio sorriso perverso. Ela fica ainda mais corada e lambe os lábios rosados. — Então, voltei a ser Andreas?

— Foi ousadia da minha parte usar um apelido que não me foi autorizado — diz no tom firme que conheço bem.

Eu rio lentamente. Adoro essa boquinha linda e esperta.

— Tem autorização para usá-lo de agora em diante — digo. Um sorriso enrola minha boca. — Desde que não seja no meio de uma cena, bebezinha. Senão terei que te castigar — acrescento sério.

Como eu sabia que faria, seu nariz torce. O que minha branquinha tem de perfeita em uma sessão BDSM ela tem de petulante fora.

— Venha sentar-se comigo para o café, Maya — convido em tom ameno.

Ela assente e seguimos os dois, lado a lado para a ilha. Contorno a bancada e me sento do lado de dentro da cozinha. Maya se acomoda em um dos três bancos à minha frente. Eu sirvo-a primeiro, como manda a etiqueta.

— Café, suco?

— Café com leite, por favor — murmura.

Eu a encaro, suas sobrancelhas estão levemente franzidas.

— Vou querer apenas isso. Tomo o desjejum completo em casa.

Encaro-a confuso a princípio. Sirvo seu café e empurro a xícara em sua direção. Então, a compreensão me bate. Ela pensa que irei dispensá-la, porque é sábado.

— Coma tudo o que quiser, menina. Você vai precisar de suas energias para hoje e amanhã — digo, olhando-a fixamente.

Ela emite um som de surpresa, seus olhos me sondando, incrédulos.

— Vai passar o final de semana aqui comigo, Maya.

— Mas pensei que...

— Pensou errado — interrompo-a, servindo-me de café com leite também. Preparo dois pratos de ovos *Benedict* e empurro um para ela.

— Coma. Não me faça perguntas.

— Não estamos numa cena. — Rola os olhos e toma um gole da sua xícara.

— Aí que se engana, branquinha. Este final de semana serei o TOP a qualquer hora que eu quiser — digo com arrogância.

— Em seus sonhos, talvez, Andreas Montanaro — zomba e quero rir em vez de ficar puto pela sua impertinência. — Você está louco se acha que vou passar três dias sendo fodida duramente, açoitada, cortada e ...

— Não ouvi você reclamando ou falando sua palavra segura em nenhum momento, meu bichinho — debocho, ela cora.

— Não falei, porque estava...

— Louca para foder comigo, como eu também estava para meter em você por horas, dias — corto-a novamente. — Você me pertence, Maya. Somos feitos do mesmo material escuro. Você não pode fugir da sua natureza.

Sacode a cabeça, como que para clarear as ideias.

— É assustador — confidencia, cavando a colher em seu prato de ovos. — Mas gostei de tudo que fizemos até agora — assume. Eu gosto disso, da sua honestidade.

Ela me sonda mais atenta, mastigando a comida.

— Por que mudou de ideia sobre os fins de semana?

Sabia que sua boca esperta não deixaria passar essa merda. Pego uma boa porção de dentro do meu prato e levo à boca, mastigando devagar enquanto a encaro.

— Eu precisava de você este final de semana — sou honesto também. Seus belos olhos cintilam com a minha admissão. — Abri exceção apenas neste, no entanto. Nos próximos, eu estarei com minha noiva — informo e seu rosto se fecha um pouco.

Talvez vocês pensem que sou um filho da puta por falar abertamente de Beli. Seria um maior se não a mencionasse, já que será minha esposa. Não engano ninguém.

— É claro. Eu também não gostaria de ser surpreendida outra vez — diz, levantando o queixo levemente. — Tenho um amigo que virá me visitar no próximo final de semana, por isso perguntei. Quero estar livre.

O quê?! Estreito meus olhos sobre a menina. Que caralho de amigo é esse? Agora é a minha vez de fechar a cara.

— Que amigo é esse? — não me contenho e pergunto.

Acho que vejo uma expressão perversa passar em seus olhos de camaleoa.

— Amigo de infância. — Dá de ombros. — Ele se preocupa comigo aqui na cidade grande.

— Apenas amigos? — meu tom sai seco. — Você não tem permissão para trepar por aí.

Sua boca escancara. Porra, até eu fico surpreso com o que falei. Exclusividade não está no nosso contrato.

— Engraçado, não me lembro de ter visto uma cláusula de exclusividade em nosso contrato — zomba, como sabia que faria.

— Foda-se o maldito contrato! — minha voz altera. Imaginar outro tocando, tendo o que é meu, deixa-me com vontade de esfolar o maldito. — Eu a proíbo de foder com esse ou qualquer outro bastardo, Maya.

O sorriso perverso é bem escancarado agora.

— Bem, não há nada que possa fazer para impedir — cantarola, não parando de comer.

A franguinha está me provocando?

— Você é comprometido e trepa com a sua noiva. Nada mais justo do que eu poder me divertir quando quiser também. Direitos iguais, meu querido *lorde* — zomba.

— Não brinque comigo, menina — advirto, socando uma colher em minha boca.

Estou irritado como o inferno, com ela, comigo. Quem essa franguinha pensa que é para me afrontar dessa forma?

— Eu mato qualquer um que ouse chegar perto de você, Maya — minha voz é baixa e letal agora.

Seus olhos arregalam e me arrependo da ameaça veemente de morte. Porra, ela não pode saber quem sou eu de verdade. O advogado e o dominador é tudo que posso mostrar a ela. No entanto, vejo-me rangendo os dentes e ameaço de novo:

— Eu mato qualquer infeliz que ao menos pensar em te foder. Você é minha. Só minha. Fui claro?

Maya parece horrorizada, mas rola os olhos. Provavelmente acha que é uma ameaça vã.

— Poupe-me da coisa do Tarzan, Andreas — caçoa.

— Fale-me sobre esse idiota — exijo.

Ela sorri agora, gostando de me tirar do sério.

— Ele é só um amigo mesmo. Era amigo de meu, ex-... namorado também — gagueja, e eu a estudo mais atento com a menção do namorado.

— Era? — indago, confuso.

Seu rostinho de anjo é tomado por uma expressão de dor e ela desvia os olhos para fora da janela.

— Meu namorado está morto — revela, surpreendendo-me.

Outra pessoa em meu lugar sentiria pena. Eu não. Tudo que consigo pensar é que eu mesmo mataria o infeliz para ter Maya só para mim.

— Você o amava? — pergunto, sentindo algo estranho em meu peito enquanto espero pela sua resposta.

Seus olhos se enchem de lágrimas e ela os crava em meu rosto. Há raiva, acho. Não sei se direcionada a mim ou à sua situação.

— Sim — murmura com voz embargada.

Minha vontade de matar o defunto cresce. Tento me lembrar de que *eu* tive seu corpo intocado e a possuo desde então, não ele. Todavia, não adianta, ainda estou com raiva do infeliz, porque ela o amou. Tomo mais um gole do café para descer o bolo desconfortável em minha garganta. Caralho. Olha o ridículo da situação, estou com ciúmes de um defunto! Faço careta para mim mesmo. Espera, ciúmes? Não, não. Claro que não é isso. Não sou do tipo ciumento. Não me importo com o que minhas cadelas fazem de suas malditas vidas.

— Como ele morreu? — vejo-me perguntando para cessar meus pensamentos estúpidos. Novamente, vejo o brilho de raiva, e acho que mágoa, em seu olhar.

— Um homem inescrupuloso o prend... O matou — revela e abaixa os olhos para o seu prato. — Não vamos mais falar sobre isso, por favor — pede e trinco os dentes, percebendo que ela ainda ama esse infeliz. Mesmo tendo gozado intensamente comigo, seu coração ainda pertence a esse maldito fantasma.

— Certo. Sinto muito — vejo-me obrigado a dizer. — Sobre o que prefere falar? O tempo? — provoco-a.

Maya funga e rola os olhos, mas vejo um pequeno sorriso em sua boca.

— Sobre o caso Mércia. Já que vamos passar esses dias juntos, podemos repassar tudo mais uma vez antes da audiência — sugere, com seu entusiasmo de início de carreira.

Está ansiosa para mostrar serviço, entendo-a perfeitamente. A audiência será na terça de manhã. Estou otimista que levaremos essa.

— Vamos ganhar e comemoraremos aqui nesta cobertura, bebezinha — murmuro, fitando-a fixamente, meu tom mais brando.

Maya arfa, lambendo os lábios rosados. Um sorriso satisfeito curva minha boca. Ela pode ainda amar o infeliz morto, mas seu corpo é todo meu. Ela se deu para mim por livre e espontânea vontade.

— Também estou otimista — admite, encarando-me com desejo. Seu olhar passeando pelo meu peito e abdômen nu.

Toda essa conversa de amigo e do namorado morto me deixou com vontade de demarcar território.

— Eu quero você de novo — digo em tom de ordem. Maya arfa, lambendo os lábios. — Tire o robe e venha aqui, branquinha.

Ela o faz sem pestanejar. Trinco os dentes ao ver o corpo nu, as curvas mais harmoniosas e deliciosas que já tive o prazer de desfrutar. Meus olhos permanecem cravados nela enquanto contorna a bancada e vem para mim, parando à minha frente. Eu abro as pernas, puxando-a pela cintura, encaixando-a entre elas. Seus peitinhos empinados fazem minha boca salivar. E quando vejo o pequeno corte acima da auréola direita, o sádico ruge dentro de mim. Inclino-me e sugo o mamilo delicadamente. Ela geme, enfiando as mãos em meus cabelos. Chupo com mais pressão e mudo para o outro, mamando forte e gostoso. Maya estremece em meus braços.

— Minha linda menina — sussurro, soprando e lambendo seus mamilos rosados.

— And... — choraminga meu apelido e pego-a pela bunda, trazendo-a para o meu colo.

Ela precisa esquecer o defunto. Ela *vai* esquecer esse defunto. Um sorriso possessivo se abre em meu rosto. Vou me encarregar disso a partir de agora. Apenas *eu* estarei em sua mente vinte e quatro horas por dia. Acabo de voltar atrás. Maya será minha, permanentemente. Eu mato qualquer imbecil que ao menos olhar para ela com desejo.

CAPÍTULO ONZE

Me mostre um homem que não é escravo da paixão
e o conservarei no mais fundo do peito.
(William Shakespeare)

Maya

Eu acordo e me remexo sobre os lençóis macios. Gemo baixinho, sentindo meu corpo dolorido e um braço possessivo envolvendo minha cintura, mantendo minhas costas coladas em um peito duro e amplo. Abro os olhos devagar e encontro a semiescuridão, apenas uma luz vem através das portas abertas da sacada. Estou na suíte da luxuosa cobertura de Andreas. Ele me trouxe para cá, de novo, depois que encerramos o expediente. Viemos juntos em seu Aston Martin. Tento puxar seu braço, mas geme em protesto, apertando-me mais. Odeio o sorriso idiota que se forma em minha boca com sua reação possessiva. Gosto demais do seu braço à minha volta, seu corpo quente junto ao meu. Essa é a terceira noite em que dormimos juntos e isso está ferrando minha cabeça e planos de vingança. Pego-me desejando-o para mim. Desejando tê-lo conhecido em outras circunstâncias. Ontem não nos vimos, senti sua falta de uma maneira tão absurda que me irritou.

Ficamos na sexta, sábado e domingo aqui, isolados do mundo. Foi perfeito. Pela primeira vez, conversamos sobre nossas famílias. Eu só disse o que não iria me comprometer, ele fez o mesmo, mas gostei de saber coisas de sua infância com seu irmão, por exemplo. Discutimos os casos em que estamos trabalhando em conjunto também. E, claro, fizemos muito sexo. Quando me deixou em casa no domingo, depois das 22h, eu estava esgotada da fome desse homem. Tive dificuldade para dormir. Fiquei repassando tudo que fizemos em nosso idílio sexual. Ontem de manhã, ele fez reunião com todos os seus associados, eu tive que me policiar para não ficar babando nele o tempo todo. Estava lindo num terno escuro, os cabelos penteados para trás, a expressão dura de dono do mundo que já conheço bem. Não conversamos muito e ele evitou me olhar, o que me incomodou um pouco. A sensação de ser o segredinho sujo do chefe só aumentou quando a reunião encerrou e a nojenta da Isabeli foi correndo apanhá-lo para o seu almoço ridículo.

Contra a minha vontade, meu coração doeu ao ver a mulher abraçando-o e beijando-o. Ele pertence a ela, sei disso, mas, desde sexta, sinto-me possessiva a seu respeito. Beijamo-nos durante o sexo na sexta. Foi uma surpresa. Uma coisa que desejei absurdamente, mesmo sabendo que estou ficando louca. Eu queria muito, e sentir sua boca na minha enquanto possuía meu corpo me deixou ainda mais alucinada por esse homem. Tudo se tornou mais intenso com o beijo. Ele também sentiu isso? Pergunto-me estupidamente. Suspiro, tentando me desvencilhar de seu domínio mais uma vez. Devagar, retiro seu braço e consigo deslizar para fora da cama, escorregando para o assoalho frio. Sibilo com a sensibilidade entre minhas coxas. Foram horas de sexo selvagem desde que passamos pela porta, pouco depois das 18h. A audiência de Mércia iniciou-se às 10h e se estendeu até às 16h. Contudo, conseguimos sair vitoriosos. Andreas deu um show contra o promotor e, no final, nossa cliente foi inocentada da acusação de assassinato. A filha do falecido, Mirella, acabou caindo nas armadilhas que preparamos e confessou o crime, chocando a todos no tribunal.

Quando o juiz proferiu o veredito, meu olhar encontrou o de Andreas e, não me contendo, joguei-me em seus braços. Ele me pegou, surpreso. Porém, seus olhos estavam calorosos, pousando em minha boca. Arfei, pendurada em seus ombros largos, salivando pelo seu beijo. O brilho perverso cintilou em suas íris verde-musgo e o meio sorriso arrogante curvou seus lábios exuberantes. Seu olhar encontrou o meu, ele se inclinou para o meu ouvido e disse baixo e áspero:

— A volta para o escritório vai demorar um pouco mais... — Ofeguei com sua insinuação. — Nossa comemoração começa com você montando meu pau em todo o percurso, bebezinha.

Ah, Deus... Segurei um gemido com muito custo. Ele se afastou e me deu seu olhar dominante.

— Sim, meu senhor — murmurei obediente, excitada demais. Eram muitas horas sem tê-lo dentro de mim e, como uma dependente da droga mais poderosa, eu já estava em abstinência. Andreas riu com um toque do seu cinismo habitual e me soltou.

Recebemos os cumprimentos da nossa cliente, seu sorriso largo no rosto aliviado. Cumprimentamos o promotor e deixamos a sala, lado a lado, trocando olhares cúmplices e safados. Foi como um banho de água gelada encontrar Isabeli no corredor.

— Beli?! — Andreas se surpreendeu. Odeio o jeito que ele a chama. Mostra uma familiaridade que não temos. Nunca teremos.

— Parabéns, meu amor! — a escrota exclamou, pendurando-se nele. Nunca odiei tanto uma pessoa. — Estava voltando de um café com um cliente e resolvi passar por aqui para voltarmos juntos ao escritório.

— Obrigado, querida — ele agradeceu, enlaçando-a pela cintura. Seu olhar encontrou o meu e o odiei ainda mais por me fazer sentir esse turbilhão de emoções controversas. — Maya teve grande participação nessa vitória — disse e meu coração acelerou de forma estúpida.

— Ah, isso é ótimo, amor! — a vadia exclamou. Porém, seu olhar venenoso para mim contradizia o entusiasmo de suas palavras. — Parabéns, queridinha! A primeira vitória a gente nunca esquece.

— Obrigada, Isabeli — fui educada, ainda que meu coração estivesse confuso e dolorido por vê-lo com ela.

Olhei para Andreas e, decepcionada por não voltar sozinha com ele para a empresa, avisei:

— Eu vou pegar um Uber. Assim você e sua noiva ficarão mais à vontade.

Os olhos verde-musgo estreitaram-se um pouco, estudando-me por um instante.

— Tem certeza, queridinha? Não me importo que volte comigo e meu lindo noivo.

A nojenta sorriu triunfante, encostando a cabeça no peito de Andreas. Fechei os punhos para evitar arrancar a puta de perto dele.

— Não é, amor? — diz, voltando o olhar para ele.

— Não está incomodando, não seja tola — a voz meio seca de Andreas me fez encará-lo. — Você veio e vai voltar comigo.

Tive que me segurar para não bufar. Idiota insensível! Só um escroto como ele para querer colocar a noiva e a amante no mesmo carro. Eu não facilitaria.

— Não, prefiro voltar de Uber — insisti e sua mandíbula trincou, os olhos ficando escuros, mostrando sua contrariedade. Eu não me importei. Estava puta com ele e comigo. Eu estava morrendo de ciúmes. — Até daqui a pouco — murmurei e virei as costas, andando rapidamente pelo corredor.

Voltei chorando na viagem de Uber. Sem saber exatamente o porquê. Se ciúmes ou culpa por me sentir dessa forma pelo criminoso que jurei destruir. Para piorar, Valeska enviou mensagens irritadas dizendo que as informações copiadas já não tinham validade, pois, as rotas das atividades criminosas de Andreas foram alteradas. A PF não conseguiu rastrear mais nada, o que tornava a prisão quase impossível.

Ela me perguntou se eu estava disposta a roubar os dados do computador dele outra vez. Comprometi-me a fazê-lo. Era uma alternativa melhor do que assassinato. Por alguma razão que desconheço, não o quero morto. Acabei dando voltas e mais voltas no carro para me acalmar antes de retornar à empresa. Quando cheguei, a primeira cara que vi foi a da mocreia da Mônica, também conhecida como capacho da nojenta.

— O doutor Andreas está esperando-a na sala dele — informou tão logo saí para o corredor. Era como se alguém tivesse avisado quando entrei no prédio, o que não duvido nada.

Quero que o doutor Andreas vá se foder! Era a resposta que estava na ponta da língua, mas apenas sorri docemente e anuí.

— Já estou indo. Vou só dar uma passada na minha sala antes — avisei e ela bufou, obviamente achando uma afronta da minha parte não ir como um cachorrinho atender ao chamado do chefe. Eu não fui. Passei o resto da tarde trancada em minha sala. Torci para que ele já tivesse ido embora quando saí, mas Gualberto, um de seus seguranças, interceptou-me a caminho do meu carro.

— Senhorita, o doutor quer que me siga até a garagem — avisou.

Eu bufei e continuei andando em direção ao carro, puta da vida.

— Diga ao seu patrão para ir se foder! — rosnei, abrindo a porta.

Neste momento, meu celular tocou em minha mão. Revirei os olhos ao ver o nome do escroto. Aceitei a chamada, colando o aparelho no ouvido, mas não disse nada.

— Venha para mim, bebezinha — sua voz foi suave, era quase bajuladora. Irritei-me mais, porque sabia que o imbecil só estava daquele jeito pois queria me comer. Sei que, pelo menos por enquanto, ainda sou novidade e ele gosta do nosso sexo. Mais raiva e ciúme cresceram em mim. O infeliz trepou com a sua nojenta ontem. Ele dormiu com ela ontem, não comigo. Odeio ele, ela, a mim. Odeio todo mundo e essa situação de merda em que me meti!

— Vá para a sua noiva, Andreas — disse sem disfarçar o despeito em minha voz. — Vá trepar com ela hoje de novo, seu escroto!

Eu esperava uma reprimenda dura, porém, em seu lugar veio uma risada baixa em meu ouvido.

— Eu não a quero — murmurou no tom ainda suave. — Quero a minha branquinha linda.

Trinquei os dentes pelo prazer de ouvi-lo me dizendo isso. Todavia, minhas emoções estavam um caos e já não havia clima para ir a lugar nenhum com ele esta noite.

— Deixe-me em paz — sussurrei, exausta e irritada com o ciúme absurdo que o bandido me fez sentir. — Quero descansar esta noite.

Um breve instante de silêncio se faz do outro lado.

— Venha com o meu segurança, Maya — seu tom perdeu toda a suavidade. — Eu quero e vou passar esta noite com você.

— Eu não vou. Já disse que quero descansar, droga! — Cerrei os dentes, ainda mais puta naquele momento.

— Você não tem que querer, menina — disse baixo e friamente em meu ouvido. — É minha agora. *Eu* decido quando vou te comer, pensei que já estivesse claro.

— Foda-se! — sibilei, fora de mim.

— Venha com Gualberto, Maya. É a última vez que peço educadamente — ameaçou, causando-me arrepios perversos e indecentes. — Tranque o carro e siga-o até a garagem privativa. Estou te esperando aqui. Você vai dormir comigo na cobertura.

Suspirei entre frustrada e alegre com a notícia e encerrei a ligação. Tranquei o carro e segui o segurança de volta para o prédio. Evitei encarar Andreas quando entrei no elegante Aston Martin preto esportivo. Ele estava na direção. Era a primeira vez que andaria com ele desse jeito. Gualberto fechou a minha porta e engoli em seco com o interior luxuoso da máquina exuberante e cara. Podia sentir seus olhos sobre mim, mas não o encarei. Estupidamente, senti-me importante andando com ele assim, em um de seus brinquedos particulares. Coloquei o cinto e ele acelerou a máquina potente, deixando a garagem, subindo devagar para a avenida. Quando entramos no trânsito, acelerou com vontade, trazendo-nos para cá. Não falei nada e Andreas surpreendentemente dirigiu em silêncio também. Quando parou em sua garagem privativa, desceu, dando a volta, abriu minha porta e estendeu-me a mão. Nunca tinha feito isso e minha raiva cedeu um pouco. Aceitei o gesto e meu corpo inteiro vibrou ao sentir seu toque, sua pele morna. Desci e ficamos cara a cara. Apesar do gesto cavalheiresco, seus olhos estavam sombrios e duros. Seus dedos entrelaçaram nos meus e, sem uma palavra, ele me puxou em direção ao elevador que, já sei, dá direto na sala de sua cobertura. Meu coração idiota saltou ao nos ver na parede espelhada, nossas mãos unidas. Não sei o que isso significa, mas a parte estúpida dentro de mim quer esse homem para si desesperadamente.

Nós mal deixamos a caixa e ele já estava me levantando do chão, pegando-me pela bunda. Eu o abracei com as pernas e choraminguei quando ele bateu minhas costas contra uma parede. Agarrou meu pescoço pela frente e sua boca se apossou da minha num beijo quente, apaixonado. Pendurei-me em seus ombros e minha birra cessou completamente ao sentir seu gosto delicioso. Ele me beijou mais e mais duro, então, rasgou a minha calcinha enquanto eu o ajudava com o cinto e zíper das suas calças. Em poucos instantes, ele estava metendo em mim, numa única estocada funda e punitiva. Gritei, estremeci inteira, meu lado escuro dando boas-vindas à dor e ao prazer que a acompanha. Arranquei seu terno, sua gravata, camisa. Ele puxou meu vestido pela cabeça, quando nossas peles se tocaram, gememos os dois, gananciosos, tocando-nos em todo lugar que pudéssemos alcançar. E, a partir dali as palavras se tornaram desnecessárias. Nossos olhares, nossos toques e nossos beijos urgentes disseram tudo. Gozei apenas arquejando com ele apertando meu pescoço, enquanto castigava minha vulva com seu tamanho e espessura. Ele veio logo atrás, urrando, seu belo rosto transparecendo todo o prazer que lhe proporciono.

Sua boca possessiva veio para a minha outra vez e nos beijamos por tanto tempo que meus lábios ficaram dormentes. Ele me carregou através da sala e subiu a escada comigo enrolada nele, seu pau ainda duro dentro de mim. Levou-me direto para o seu banheiro luxuoso e, pela primeira vez, tomamos banho juntos. No final de semana, tivemos muitos momentos íntimos, mas a coisa Dom/sub estava presente na maioria das vezes. Continuamos a foder embaixo do chuveiro, nossos gemidos altos reverberando no cômodo. Ele me banhou e lavou meu cabelo com seu shampoo quando terminamos, eu devolvi o favor, banhando-o também. Pedimos o jantar e comemos na sacada, perto da piscina aquecida. São Paulo a nossos pés. Corrigindo, São Paulo e tudo o mais aos pés *dele*.

Eu pisco, interrompendo as memórias recentes e perturbadoras e continuo olhando o homem esparramado na cama. Sua pele morena, única e inigualável me fascina. Está nu. O corpo poderoso mexendo com minha libido de forma esmagadora. As costas largas tem uma tatuagem assustadora, uma naja enorme. Sempre tive pavor de cobras. Lembro que quase morri de susto ao vê-la pela primeira vez na sexta. Em nossa primeira vez ele ficou nu também, mas não vi suas costas. Todavia, mesmo com medo, a coisa parece bonita na sua pele morena. De alguma forma, isso parece combinar com ele, sua personalidade sombria. Sem me conter, estendo a mão e toco seu cabelo negro e denso. Ele geme baixinho com meu toque e desço a mão pelo rosto másculo, a barba bem aparada, a boca cheia e gostosa. Meu coração está cada vez mais em conflito. Quero esse homem com tanta força que me assusta. Recolho a mão, ficando de pé. Seria tão fácil matá-lo agora. O pensamento diabólico atravessa minha mente. Talvez Valeska esteja certa mesmo. Ele está bagunçando minha cabeça e emoções. Se eu o matar tudo acaba. Posso voltar a pensar apenas em Breno, o único que merece os meus pensamentos. Dirijo-me à minha bolsa e abro o zíper do fundo falso, retirando a minha pequena pistola. Aproximo-me da cama novamente e puxo a trava de segurança. Minhas mãos tremem e meus olhos ardem com lágrimas enquanto miro bem na testa do homem que eu deveria odiar ferozmente, mas, a partir do momento que o vi de perto, tudo virou de cabeça para baixo.

Mate-o. Mate-o! Uma voz sinistra sussurra em meu cérebro. Um tremor frio perpassa meu corpo, meus olhos turvos, enquanto observo a figura adormecida e momentaneamente desprotegida na cama. *Oh, Deus, eu não posso.* Minhas lágrimas rolam pelas faces. Meu coração dói só de pensar em feri-lo. Eu choro em silêncio, olhando-o, querendo desesperadamente que as coisas fossem diferentes e... *E o quê, Maya?* Pergunto-me, ainda apontando a arma para a cabeça de Andreas. Ele se mexe e desperto do transe maligno, correndo para o *closet*, escondendo minha arma de novo. Meu coração salta de pavor de ser descoberta. Aguardo um instante, mas parece que não acordou. Saio novamente na ponta do pé e uma olhada em direção à cama confirma que ainda dorme. Visto um robe de seda branca. Ele comprou muitos para meu uso, e me sinto patética por gostar que tenha pensando em mim. *Esse homem é podre de rico, Maya. Pare de ser tola. Comprar coisas para seus casos deve ser um ato mecânico e sem nenhuma importância.* Alerto-me e sigo para fora do quarto. Preciso respirar e limpar a mente.

Desço direto para a sala e atravesso as portas da sacada. O ar frio da noite me faz estremecer e cruzo os braços, andando devagar até o parapeito. O barulho do trânsito é bem fraco a essa hora da madrugada. Minhas mãos ainda estão tremendo e meu corpo agitado pelo que acabei de fazer. Apontei uma arma para outro ser humano. Meus olhos voltam a turvar e eu deixo o choro vir livremente desta vez. Teria sido tão fácil me livrar dele. Mas não pude. O pior de tudo é saber que não o fiz não por minha bússola moral. Não consegui fazer porque estou cada vez mais envolvida e fascinada por esse bandido. Estou sob uma espécie de feitiço cruel, eu o quero mais e mais. Breno já não ocupa todo o espaço dentro de mim, isso me corrói. Estou gostando de ser a puta do seu assassino. Mais lágrimas de angústia e vergonha descem em minhas faces.

— Sinto muito, meu amor. Eu não queria gostar de nada relacionado a ele. — Soluço baixinho, meu corpo sacudindo. — Não consegui ser forte o suficiente, perdoe-me, por favor.

— Maya?

A voz profunda atrás de mim me faz congelar, minha respiração travando. Oh, meu Deus... Pavor me toma. Ele ouviu o que acabei de dizer?

— Está chorando? — pergunta e suas mãos pousam sobre os meus ombros, virando-me suavemente para encará-lo.

Ele segura meu queixo, levantando meu rosto banhado de lágrimas para a sua inspeção. Seus olhos estreitam enquanto me sonda.

— Conte-me o que está acontecendo.

— Não é nada — nego e seu olhar fica ainda mais afiado.

— Ninguém chora por *nada* — diz em tom frio e desconfiado. — Conte-me. Agora — intima-me, e engulo em seco.

Minha mente corre rápido, procurando uma resposta convincente. Decido ir com parte da verdade.

— Sinto falta do meu namorado — murmuro e vejo seus olhos ficando ainda mais duros.

— Ele está morto — diz em tom seco. Quero lhe dar um soco por ser tão insensível.

— Eu sei, mas isso só faz com que doa mais — rebato rispidamente também.

Ele me puxa contra si, enrolando um braço possessivo em minha cintura.

— É passado. Eu sou o seu homem — afirma com aspereza, os olhos verde-musgo intimidantes nos meus. — Supere isso.

Minha boca cai aberta e o empurro pelos ombros. Andreas não cede, mantendo-me colada a ele.

— Como pode ser tão insensível? — pergunto com mais lágrimas inundando meus olhos. Estou abalada demais.

Ele resmunga um palavrão e me levanta nos braços.

— Solte-me — exigo.

— Não. Você está voltando para a cama, comigo — anuncia com voz de aço.

Ele me leva de volta para a suíte. Não quero transar, mas ele me domina rapidamente, tanto com força quanto com seu toque e beijos abrasadores. Eu me rendo e transamos por um longo tempo, sem nos preocuparmos com o fato de que amanhã é quarta, dia de expediente. Seus olhos ferozes e possessivos enquanto me penetra fundo e forte. Ele me faz gozar duas vezes e, quando me enche com seu sêmen, geme guturalmente, sua boca tomando a minha num beijo quente e delicioso. Ficamos agarrados, suados, corações saltando, nossas respirações alteradas ressoando no silêncio do quarto. Estou perdida com esse homem, meu Deus. Completamente perdida. Quando paramos de nos beijar, abro meus olhos, já encontrando os seus me encarando. Seus dedos traçam meu rosto delicadamente. Gemo saciada e ele ri, o brilho perverso invadindo suas íris. Ele se retira do meu canal, mas continua deitado em cima de mim, prendendo-me ao colchão.

— Quero você no calabouço amanhã — diz no tom de ordem que já estou familiarizada. Minha respiração altera e lambo os lábios. Odeio a forma que meu corpo enlouquece com a menção daquele lugar sombrio.

— Também quero isso, meu lorde — murmuro pateticamente.

Sua mandíbula trinca e ele morde minha boca com um pouco de pressão. Acaricio seus ombros amplos, momentaneamente esquecida de tudo que nos separa. De tudo que o torna o meu inimigo.

— Você me pertence, Maya — sua voz fica ainda mais profunda e dura. — Não vou mais tolerar te ver chorando por outro homem.

Minhas mãos congelam em seus ombros e o encaro, novamente, a raiva da sua insensibilidade voltando.

— Não seja um escroto. Ele está morto, Andreas. — Ranjo os dentes.

— Exatamente, bebezinha — diz em tom de ameaça, segurando meus cabelos dos lados, mantendo meu rosto bem próximo do seu. — Ele já era.

Fico ainda mais irritada. Quero sair agora da sua cama, porém, não posso. A minha vingança e meu tesão por ele me impedem. Amo-o dentro de mim tanto quanto desejo fazê-lo pagar por ter destruído a minha vida. Como que percebendo que está sendo um escroto total, ele expira e deita de costas na cama, puxando-me para o seu peito. Seus dedos traçam minhas costas, quadris, num toque suave que faz meus olhos pesarem.

— Você é minha — sussurra, seus lábios roçando a minha testa.

Meu peito aquece com seu tom.

— Sua posse, sua sub, sua amante — retruco, meu tom é suave, porém. A letargia pós sexo me deixa mansa.

Ele fica um instante em silêncio, apenas suas mãos me tocando quase com reverência.

— Sim, não vou dourar a pílula — pega meu queixo, fazendo-me levantar o rosto para olhá-lo. — Terei uma esposa em breve. Mas vai continuar sendo minha, menina.

Sei que devia odiar esse seu machismo, todavia, meu coração tolo salta ao ouvi-lo dizendo isso. Ele quer me manter.

— Você quer continuar sendo minha, meu bichinho? — murmura no tom indolente de dominador.

— Eu realmente tenho uma escolha? — murmuro e o brilho sombrio tinge suas íris, seu polegar alisando meu lábio inferior.

— Não, branquinha. Não tem — responde com sinceridade.

Sei que é um criminoso e que seria capaz de me manter presa a ele, contudo, isso só me excita mais em vez de causar repulsa. Eu gemo pateticamente quando ele rola por cima de mim de novo, seu rosto lindo vindo para perto do meu. Suas mãos seguram meus cabelos dos lados num agarre firme, os olhos fixos nos meus, de forma perturbadora.

— Você está presa a mim, Maya. Sou seu dono — garante, numa voz engrossada que me faz estremecer dos pés à cabeça.

Mas em vez de empurrá-lo, puxo sua nuca, minha boca colando na sua. Geme rouco e eu também. Infelizmente está certo, estou presa a ele e em minha própria armadilha.

Uma semana depois...

Andreas

Eu saio do box e pego uma toalha para enxugar meu cabelo. Beli está vestida em um dos meus robes, de braços cruzados, encostada à pia e com uma carranca em seu rosto. Descontrolei-me hoje e comi seu rabo com mais força do que devia. Sei que a machuquei, mas não era ela que estava na minha mente. Era Maya. Porra, sempre ela. Seu rosto lindo, o som da sua voz, seu sorriso. Aqueles olhos de camaleoa mudando de cor sempre que entro nela. Seus gritos de dor, gemidos de prazer quando a faço minha tanto em meu calabouço quanto na cobertura. Estou ensandecido pela menina. As trepadas com minha noiva estão perdendo a graça depois que comecei a foder com a minha branquinha deliciosa e sombria. Caralho. Meu corpo quer inflamar de novo com a lembrança dela e do nosso sexo quente, violento.

— Você está cada vez pior — Beli acusa.

Eu quero bufar de frustração. Quero lhe dizer que foder com ela já não é tão bom como antes. Que prefiro a minha nova associada, mas isso traria problemas para a menina. Beli está no modo cadela ciumenta de uns tempos para cá, e não tenho dúvidas de que tentaria prejudicar Maya de alguma forma. Talvez a expectativa para o nosso casamento esteja lhe dando uma ilusão de poder e liberdade para me cobrar, o que não tinha antes. É uma tola se acha que pode me controlar só porque levará meu sobrenome.

— Gosto de foder duro, sabe disso, *amor* — vejo-me rosnando de volta. — É melhor ir se acostumando. Se quiser que a procure regulamente para trepar, tente fazer o que me agrada.

Seus olhos me fuzilam e resisto à vontade de sorrir. Não sei porque estou sendo tão escroto. Mentira, eu sei. Estou preso com ela este final de semana, quando tudo que quero de verdade é estar com Maya. Perceber isso me enche de desgosto comigo mesmo pela forma que estou me deixando afetar por essa menina. Beli nunca me entediou quando estive com outras subs. Pelo contrário, o sexo era gostoso, mesmo minha noiva tendo seus mimimis e não me toques. Chegava ao ponto de sentir falta das trepadas mais suaves, e nossos finais de semana eram sempre muito bons. O que diabos mudou agora? A resposta é uma só. Minha bebezinha completamente inexperiente está me dando tanto prazer que não quero nenhuma outra. Porra, estive dentro dela hoje de manhã antes de levá-la até em casa para depois vir para cá. Temos dormido juntos na cobertura durante a semana. Nas noites em que jogamos no calabouço, eu a levo para lá depois e dormimos agarrados pelo resto da noite. Não sei como a coisa evoluiu para tal grau de intimidade, mas evoluiu, e estou cada vez mais louco, obcecado por Maya.

— Você está me ouvindo, And? — a voz irritada de Beli, puxa-me das divagações.

Eu termino de me enxugar e sigo para o *closet*, pego meu smoking preto. Hoje temos um jantar de gala na casa de um senador, grande amigo de meu pai. Iremos apoiá-lo para reeleição.

— Sei que está comendo aquela prostituta — cospe às minhas costas.

Expiro, a raiva ameaçando transbordar, e me viro para ela.

— De quem está falando? Pelo amor de Deus, dá um tempo, porra! — Ranjo os dentes, puto que esteja dificultando ainda mais para eu passar esses dias com ela e não com a garota que realmente quero.

— Você sabe exatamente de quem estou falando! — berra, perdendo as estribeiras. — Maya, seu cretino! Está trepando com a putinha sonsa! Eu vou matar a vagabunda! Vou acabar com aquela maldita!

Aproximo-me e pego seu queixo com um pouco mais de força. Ouvi-la ameaçando Maya outra vez quando lhe alertei que não fizesse me faz querer esganá-la. De repente, percebo que preciso demarcar meu território com a menina ou essa louca irá atrás dela.

— Isabeli, não me faça perder completamente a paciência ou a consideração que ainda tenho por você — digo baixo e frio. Ela arfa, respirando rápido. — Sim, estou com Maya. Era isso que tanto queria ouvir, querida? — assumo com uma satisfação cruel ao ver seus olhos se enchendo de lágrimas. — É com ela que durmo todas as noites da semana. — *É com ela que gostaria de estar agora.* Quero acrescentar, mas a cadela já está chorando. — Ela é minha e continuará sendo depois que nos casarmos — aviso, meus olhos nunca desviando dos seus. — Se você tocar em um único fio de cabelo dela, esqueço quem você é para mim e a vingarei, está me entendendo?

Ela me empurra e se desvencilha, o olhar horrorizado.

— Você está apaixonado por essa putinha? Ela é muito mais jovem, não vê isso, And? — diz com ódio e despeito marcando suas feições.

O quê?! Rio cínico com a pergunta.

— Claro que não, Isabeli — bufo, voltando para o meu *smoking.* — Não seja ridícula. É só sexo. Está cansada de saber que gosto de foder por fora. Isso nunca irá mudar, é bom aceitar essa merda de uma vez por todas ou teremos que rever nosso compromisso.

Seus olhos ampliam com a última sentença e ela limpa o rosto, seu semblante amenizando. Bem na mosca!

— Sabe que te amo. — Ela se aproxima cautelosa depois da birra.

Puxo-a pela cintura, disposto a acabar com o clima de discussão. Beli será a minha esposa, meu pai não me deixará romper o compromisso. A ameaça foi apenas para fazer a cadela parar de dar chilique. Ela me enlaça pelo pescoço e abre um pequeno sorriso.

— Ser a sua esposa é o meu sonho de criança, And. Desculpe-me se não estou conseguindo conter meu ciúme...

— Desculpo. Porém, saiba que não vou tolerar que faça algo contra Maya — alerto. Seu rosto torce novamente com a menção da, agora declarada, rival. — Ela não tem culpa de nada. Nem mesmo deu em cima de mim. Fui eu quem propôs torná-la minha sub.

Ao contrário do que pensei, seus olhos fervem com a revelação.

— Então, você a quis desde a seleção, é isso que está dizendo? — inquire com o ódio guerreando com a trégua em seu semblante.

Porra, agora não posso negar.

— Sim. Eu a quis, mas é sexo, Beli — garanto.

Ela segura meu rosto e se inclina, beijando suavemente a minha boca. Alguma parte dentro de mim ainda gosta da familiaridade que temos. Tirando os chiliques, será a esposa perfeita para a família. Uma legítima italiana. Com sorte, a farei gostar de trepadas mais duras e formaremos um bom casal.

— Posso te pedir uma coisa? — sua voz é suave enquanto acaricia meu rosto.

— Vá em frente — assinto, mesmo desconfiando de que Maya estará envolvida.

— Pare de dormir com ela — murmura, os olhos se enchendo de lágrimas de novo. — Serei sua esposa, por favor, não me negue isso, And. Pense no quanto será humilhante para mim vê-la no escritório todos os dias sabendo que irá dormir com o meu homem à noite.

Neste momento odeio a minha boca grande. Não tinha nada que assumir que estou com Maya. Por outro lado, Beli tem razão. Nunca me envolvi com nenhum rabo de saia no escritório exatamente por isso, para não desrespeitá-la. Seus olhos são suplicantes. Quero ranger os dentes em frustração, porque terei de abrir mão das noites com a menina.

— Prometo não tocar mais neste assunto — diz mansamente. — Não me importo que continue se divertindo com a puta, apenas não me humilhe dessa forma. Não durma mais com ela.

Porra. Uma grande parte de mim se nega a ceder, mas sei que é o certo. Estava indo longe demais com uma garota que acabou de chegar na minha vida. Beli é o meu único futuro certo. Preciso me desprender de Maya.

— Eu vou parar, fique tranquila — garanto.

Ela abre um sorriso largo e satisfeito e puxa a minha boca para a sua, beijando-me com uma ferocidade que me surpreende. Quando pega no meu pau, eu seguro seu pulso.

— Vá se arrumar. Teremos tempo para isso quando voltarmos da festa.

Expiro, dando um último soco em Alvinho. Sua boca sangra e ele rosna, acertando-me um chute forte no rim esquerdo. Chamei-o para treinar em minha academia e ele aceitou prontamente. Uma olhada em sua cara e notei que estamos os dois entediados como o inferno. Não dormi com Maya esta semana, tentando cumprir minha promessa à Beli. É domingo e estou frustrado ao extremo sentindo falta da menina. Ontem fui a outro jantar de gala na casa de mais um político enfadonho. As mesmas caras, os mesmos bajuladores. As mesmas mulheres me olhando com cobiça. Minha noiva pendurada em meu braço com um sorriso que rivalizava com o do fodido coringa. Isso me deixava envaidecido antes, mas agora não. Para piorar, lembrei que o tal amigo de infância de Maya chegaria ontem. Enquanto eu estava no maldito jantar, ela estaria com esse infeliz. Meu humor azedou de tal forma que não quis sexo com Beli quando voltamos. Aleguei precisar trabalhar em um caso e me tranquei no escritório. Passei a noite quase inteira trabalhando, depois liguei para o Jairo, para que vigiasse o apartamento de Maya hoje. Quis ligar para ela, mas me controlei. Não sou do tipo que se desespera por uma boceta, e não vou começar agora.

O dia foi uma merda. Almoçamos com nossos pais em sua ala e, mais uma vez, a pressão pelo meu casamento pairou no ar como uma espada sobre a minha cabeça.

Não me passou despercebido os olhares de mamãe em minha direção. Ela sabe que estive dormindo fora por duas semanas. Nossos pais sempre estão atentos sobre meus passos e de Alvinho, não importa que sejamos barbados e vacinados. Mas quando o assunto é mulher rondando seus *bambini*, dona Gioconda se transforma numa leoa.

— Seu *stronzo*! — eu rosno para Alvinho ao receber um soco no maxilar.

Devolvo-lhe um no queixo e ele desequilibra. Então, avança, pegando-me pelo meio.

— Fracote! — bufo e giro minha perna, puxando seu pé de apoio, derrubando-o de costas no tatame.

— Porra! — resmunga, tentando aplicar um golpe para se livrar da imobilização. Lutamos no chão, ora eu por cima, ora meu irmãozinho. Suor cobre nossas peles. Eu consigo imobilizá-lo de novo e o alarme soa no ambiente. Nossa mãe nos obriga a definir um tempo para evitar de nos machucarmos seriamente quando estamos estressados.

— Não é justo, And! — Alvinho protesta quando rolo de cima dele, deitando-me no tatame, ofegante. — Vamos mais um tempo. Eu estava prestes a ganhar!

Bufo, rindo da sua besteira. É assim desde pequeno. Odeia perder e, para ser sincero, venceu-me algumas vezes. Todavia, sou o mais velho e preciso defender a minha posição.

— Claro que sim, bebezão — zombo, levantando-me. Estendo a mão para ele, que faz cara de poucos amigos, mas aceita que por hoje encerramos de nos espancar.

Andamos em direção aos bancos onde deixamos nossas garrafas de água. Bebemos grandes goles e, em seguida, avaliamos os danos feitos na cara do outro.

— Cuide dessa boca mano — digo em tom fraternal.

Ele acena.

— Cuide dessa mandíbula — responde no mesmo tom.

Então, seu olhar estreita, sondando-me.

— Além de não sabermos ainda quem está tentando nos ferrar, tem algo mais te incomodando, mano?

Sim, porra. Uma branquinha deliciosa que não sai da minha cabeça.

— Não. É só isso, Alvinho — minto, pegando minha toalha, enxugando o suor do pescoço.

Rosno ao lembrar de outra coisa. Luigi não deu cabo da puta da PF. Pelo contrário, o idiota está completamente louco e quer a mulher para si, pode tamanha sandice?

— Isso e o fato de que nosso primo enlouqueceu ao querer uma maldita agente da PF para sua mulher. — Faço uma careta.

— Merda, ele com certeza bateu com a porra da cabeça — Alvinho resmunga. — Como pode ter se deixado levar por uma policial federal? Não consigo pensar em nada pior, cara.

— Se nosso primo cismasse por uma Ramazotti, mano. Só isso superaria um agente da PF — digo com escárnio.

— Porra, não! — Faz uma careta e cospe no chão. — Prefiro ter meu pau arrancado do que enfiá-lo numa puta Ramazotti.

É a minha vez de fazer uma careta. Mas ele está certo. Os Ramazotti estão abaixo de todas as escalas de ratos que conhecemos. Meu pai e o tio Ângelo estão decidindo o que fazer com a situação de Luigi. Nosso primo arrumou um problema com P maiúsculo. Temos reunião marcada com toda a família para terça-feira, quando nossos primos retornam da Itália. Guto está preocupado com o irmão, porque o que a família decidir terá que ser acatado. Também estou preocupado. Luigi deve estar muito apaixonado pela vadia para ir contra a minha ordem direta para matar a infeliz. Eu daria a ordem novamente, mas meu pai interviu e convocou uma reunião geral. Meu velho sempre toma a dianteira quando o assunto é familiar e, como bom filho siciliano que sou, não retiro sua autoridade. Ele quis esfriar os ânimos, não gosta que tenha desavenças entre nós e nossos primos. Também não gosto. O Luigi e o Guto são como irmãos para mim e Alvinho. Todavia, sou o chefe, e o *stronzo* escondeu a puta quando devia tê-la matado. Ainda terei uma conversa com o fodido, com toda certeza.

Despeço-me de meu irmão e sigo para o meu quarto. Tomo uma ducha demorada, deixando a tensão ir embora. Visto uma calça jeans e camiseta preta de mangas compridas e desço para a sala. Beli ainda está na ala dos meus pais, provavelmente confabulando com minha mãe. Passa das 20h e estou inquieto, andando pela casa. Este é o segundo final de semana que passo sem Maya. Isso, aliado ao fato de que tivemos sessões apenas dois dias esta semana e nem sequer dormimos juntos, faz meu peito doer. Não sei o que diabos está acontecendo, sinto-me sufocando. Uma vontade louca de vê-la me acomete. Quero estar com a porra da menina. É como um vício maldito me dominando. Dormir com ela em meus braços foi um erro. Preciso manter a promessa à minha noiva. Se é só sexo, tenho que manter a devida distância, como fiz com todas as que vieram antes. Meu celular toca no bolso. Puxo-o e vejo que é Jairo. Atendo-o.

— Senhor, a senhorita Maya está em um bar perto de casa com o tal amigo. Gualberto está de olho neles — avisa.

Eu trinco os dentes. Pensei que o imbecil já tinha ido embora.

— Ela está bebendo? — inquiro.

— Já tem mais de uma hora que estão lá, chefe — informa e rosno para a minha sala vazia. — De acordo com Gualberto, a senhorita parece um tanto *alegrinha*.

Meu sangue esquenta. Ela não me disse que o infeliz ia ficar hoje também. Vários cenários passam pela minha cabeça e, em todos eles, esse imbecil está fodendo com a minha menina, aproveitando-se do que é meu. Só meu, porra! Eu olho em volta, minha obsessão por Maya vencendo a determinação em resistir ao desejo irrefreável de ir até lá. Agradeço o fato de Beli não estar aqui, pois seria mais drama para cima de mim.

— Avise a Gualberto para não tirar os olhos deles. Fique pronto que estou descendo para a garagem — dou a ordem entre dentes. — Vamos buscá-la.

Em cerca de trinta minutos estamos estacionando na frente de um bar movimentado. Minha raiva grita para eu entrar lá e arrastar a menina para o carro, mas alguém na minha posição não pode fazer isso. Gualberto a trará para mim. Observo o perímetro, atento a toda e qualquer movimentação. Quando meu segurança aponta na porta, trazendo-a pelo cotovelo, meu sangue esquenta de outra forma agora. A porra do vestido que ela está usando é colado e curto demais, mostrando todas as curvas do corpo que me pertence. Meu pau fica duro, lutando contra o zíper do jeans. Vejo que tropeça um pouco sobre as sandálias de salto alto, claramente embriagada. Olho atrás em busca de algum sinal do seu amigo, rio ao ver meu outro segurança se encarregando dele, levando-o em direção ao carro que estão ocupando. Não dá para ver suas feições, mas não me importo. Só ela me importa. Torno a olhá-la, meu corpo inteiro reagindo quando Gualberto abre a porta traseira da limusine e ajuda minha menina a entrar. Subo a divisória imediatamente, porque não vou conseguir me conter nem um segundo a mais. A quero aqui, agora.

— And... — sua voz é cheia de urgência. Surpresa e alegria. Seus olhos lindos estão verdes, cintilando na semiescuridão do recinto.

— Maya... — chamo-a, estendendo a mão. — Venha aqui, bebezinha.

Toda a raiva evapora enquanto olho seu rostinho corado, a alegria por me ver estampada lá. Sim, é alegria. Segura minha mão e a puxo para o meu colo. Gememos quando me escarrancha, os braços rodeando meu pescoço e os meus enrolando em sua pequena cintura.

— Você veio para mim — sussurra, seus olhos estão mais brilhantes, com lágrimas. — Eu não suporto saber que estava com ela — confessa, e percebo que está realmente embriagada. Acredito que não diria isso estando sóbria. Seus dedos tocam meu rosto inteiro e seu olhar é torturado. — Preciso de você dentro de mim, por favor. Como pôde me deixar todo esse tempo? — choraminga, puxando o pequeno vestido pela cabeça. Eu gemo ao ver o corpo perfeito, os peitinhos duros e empinados. Agilizo, abrindo meu zíper, puxando meu pau para fora da boxer.

— Jairo, dirija, só pare quando eu mandar — aviso pelo interfone e desligo.

Então, pego a nuca de Maya, trazendo sua boca para a minha, beijando-a com fome. Com a mão livre afasto a calcinha molhada para o lado e acaricio sua carne encharcada. Empurro um dedo bem fundo em sua vulva, bebendo seus gemidos em minha boca. Nossas línguas duelam, chupando-se, lambendo-se. Mordemo-nos suave, depois com mais pressão. Seu hálito tem o gosto de algum coquetel frutado. Ela se livra da calcinha e cai nua sobre o meu colo de novo. Eu a olho, minhas mãos cravando em seus peitinhos lindos, puxando os bicos duros. Abaixo a cabeça, passando a mamar com força no direito. Maya geme alto, mostrando seu descontrole pelo álcool.

— Meu dono... — murmura e eu rosno, pegando meu pau, alinhando-o em suas dobras escorregadias.

Maya arfa, segurando em meus ombros e vai descendo devagar. Reúno seus cabelos da nuca numa mão e puxo-os. Dou um tapa duro em sua bunda e ela geme alto, descendo com força, rasgando sua pequena boceta no meu eixo longo e grosso.

Tremores perpassam nossos corpos. Deus, estar dentro dela é a sensação mais arrebatadora que já senti na vida. Dou um tapa em sua carinha linda e ela choraminga e bato do outro lado. Sua bocetinha aperta meu eixo, mostrando o quanto aprecia a dor. É sombria, como eu.

— Ah, Deus... Tão perfeito... — sussurra, tocando todo o meu rosto de novo, sua boca entreaberta, seus lindos olhos presos aos meus.

Toco seu rosto também, deslizando os dedos pelas faces coradas. Sei que está embriagada, todavia, o álcool costuma liberar a verdade das pessoas. Surpreende-me gostar de ouvi-la falando abertamente, mesmo que sob o efeito da bebida.

— Sim, meu bebê... — sussurro, perdendo-me com essa menina. — Monta o pau do seu dono — digo e ela geme, levantando e descendo devagar.

Olhamo-nos de perto, respirando agudamente. Eu deixo-a montar em mim no primeiro momento, fascinado demais com sua beleza, sua entrega, tudo nela. Seus movimentos aceleram e começo a meter também, de baixo para cima, empalando-a profundamente. Gritamos, agarrando-nos e fodendo com força enquanto o carro desliza pela noite de São Paulo.

— Por que fez isso comigo? — pergunta, olhando-me, com conflito em seu rosto. — Eu te quero tanto, tanto — confidencia, lágrimas enchendo seus olhos novamente. — Não posso... Não consigo parar de te querer.

Sua confissão, suas palavras e sua angústia ao dizê-las fazem-me perceber que não é só o efeito da bebida.

— Mas me querer é ruim? — murmuro.

— Você é dela, não meu. — Suas lágrimas descem pelas faces bonitas. — Eu não deveria, mas te quero só para mim. Você vai me deixar.

Seguro seu rosto dos lados, meu coração saltando de uma forma estranha. Encosto minha testa na sua, percebendo que qualquer promessa que faça para minha noiva envolvendo essa menina não cumprirei. O que estou sentindo com ela está além de qualquer coisa que já experimentei e não quero abrir mão disso.

— Não, não — sussurro, limpando suas lágrimas com os polegares. — Não vou te deixar, Maya.

— Vai. Quando soub... Quando se cansar de mim, sei que vai — balbucia incoerente.

— Não vou. Não vou me cansar de você, bebezinha — digo com ferocidade, olhando bem dentro de seus olhos levemente desfocados pelo álcool.

Ela segura meu rosto dos lados e respira de forma errática, voltando a se movimentar. Agarramo-nos bem apertado, fodendo e nos olhando com total rendição a esse sentimento poderoso acontecendo entre nós. Não demora muito, sua respiração fica mais acelerada e ela me suga gostoso demais no veludo delicioso de sua bocetinha. Gemo guturalmente, comendo-a bem fundo. Nossos olhares são famintos um no outro. Nossas bocas se encontram num beijo molhado e gemo alto, gozando tão gostoso que quero rasgá-la, castigá-la por ousar me proporcionar esse nível de prazer. Urro, meu corpo inteiro sacudindo pela intensidade do gozo. Ela geme, choraminga, nossos sons de êxtase absoluto indo direto na boca do outro. Beijamo-nos completamente arrebatados, sôfregos. Quando os movimentos cessam, seguro-a ainda mais firme contra mim, não querendo soltá-la nunca. Que diabos é isso?

— Porra, menina — resmungo. Mas, contrariando meu tom rude, beijo sua têmpora suada.

Ela sorri baixinho, enrolando-se ainda mais em mim. Ainda estou duro dentro dela, a vontade de recomeçar tudo está me golpeando sem pena. Enfia o rosto no pescoço e me cheira, esfregando o nariz em minha pele de forma deliciosa.

— Leve-me para a cobertura, And — pede, depositando beijos suaves em meu pescoço. Pego sua nuca, fazendo-a me encarar. Ainda está embriagada, mas não tenho escrúpulos nenhum em me aproveitar de seu estado. Na verdade, estou gostando de vê-la livre para me pedir isso. — Durma comigo — sussurra. Seus olhos de camaleoa me seduzindo. — Senti tanto a sua falta esta semana. — Essa porra de menina apareceu para me foder. — Diga que sente a minha também.

— Sim, branquinha, eu sinto — confesso, não conseguindo guardar isso dentro de mim.

— Então, durma comigo, por favor. Não volte para ela — pede novamente.

Eu fecho brevemente os olhos. Não gosto de quebrar promessas, mas, neste caso, cada parte de mim clama por essa garota. Beli terá que entender, ou não servirá para minha esposa. Suspeito que Maya tenha entrado em minha vida para ficar.

— Vou dormir com você — sussurro e ela sorri, cobrindo meu rosto de beijos bêbados.

Aperto o interfone avisando a Jairo que nos leve para a cobertura.

Maya apoia a cabeça em meu ombro e suspira. Não demora muito tempo está ressonando. Um sorriso estúpido brinca em minha boca ao constatar que a menina dormiu em cima de mim, comigo ainda enterrado nela. Com cuidado, eu saio de seu calor e a mudo de posição em meu colo. Vou todo o percurso observando seu rosto adormecido e a expressão de contentamento. Sentiu mesmo tanta falta de dormir comigo? Ao chegarmos, retiro a minha camiseta e a visto nela. Consigo vestir sua calcinha para conter nossos fluídos... Então, saio com seu corpo adormecido nos braços. Jairo cata seus pertences, seguindo-nos para o elevador. Em instantes, estamos saindo direto na minha sala. Ele anda à minha frente, colocando as coisas de Maya sobre um dos sofás.

— Senhor, sua mãe ligou para a limusine quando estavam... — Limpa a garganta. — Quando...

— Quando eu estava matando a saudade da minha branquinha — completo, com um meio sorriso arrogante. — O que ela queria? — indago, já imaginando o que seja.

— Disse que sua noiva estava preocupada e queria saber para aonde o chefe foi... — esclarece e eu faço uma careta.

Porra, amanhã vou ouvir um monte, tanto de meus velhos quanto de Beli. Olho o rostinho lindo da minha menina adormecida e sorrio levemente. Foda-se todo o resto! Não vou parar de dormir com ela.

— Obrigado, Jairo. Vou cuidar de Maya agora. Fique a postos e não diga à minha mãe ou a ninguém que estou aqui — ordeno e ele assente, deixando a sala.

Subo a escada para a suíte principal, depositando a minha branquinha na cama. Retiro a camiseta grossa e visto uma das camisolas que comprei especialmente para ela. Maya geme baixinho, encolhendo-se em posição fetal. Vou ao banheiro e escovo os dentes, livro-me das roupas e, quando volto, meu olhar correndo possessivo sobre seu corpo lindo, seus cabelos espalhados no travesseiro. Subo na cama, colocando-me atrás dela, puxando suas costas contra meu peito. Enfio meu nariz em seus cabelos macios e perfumados.

Porra, como senti falta disso.

— Meu dono... — ela geme, sua voz grogue da bebida e de sono. Sua submissão, mesmo na embriaguez, deixa-me louco, possessivo ao extremo. Eu a abraço mais apertado, depositando beijos suaves na lateral do seu rosto. — Senti tanta falta disto.

— Também senti sua falta, branquinha — murmuro na voz mais suave e estúpida que já me ouvi usando. Mas não me importo. Estou além do fascínio com essa menina. — Durma bem, meu lindo bebê.

CAPÍTULO DOZE

A felicidade faz bem até mesmo aos maus.
(ALEXANDRE DUMAS, PAI)

ANDREAS

Acordo e imediatamente o cheiro delicioso de Maya entra em minhas narinas. Enfio o nariz em seus cabelos e inspiro, como um maldito viciado. Ela está praticamente em cima de mim. Dormimos agarrados, como se tivéssemos medo do outro fugir durante a noite. Surpreende-me o quanto gosto disso, ter essa menina em meus braços enquanto durmo. Sobretudo, porque sempre odiei aconchegos depois do sexo. Mas essa branquinha chegou para bagunçar minha cabeça. Abro os olhos e olho para baixo, seu semblante é relaxado no sono e a expressão de contentamento continua estampada em seu rostinho bonito. Ela se mexe e geme, a coxa roçando minha ereção matinal. Sibilo, querendo tê-la de novo. Porra, que desejo obsessivo é esse? Ontem apagou cedo, porém, acordou depois da meia-noite e, como sempre fazemos, passamos um bom tempo saciando nosso tesão desenfreado. Inclino-me, beijando o topo da cabeça loira e me desvencilho do seu abraço com cuidado, colocando-a do seu lado da cama. Está nua. Ficamos assim depois que acordamos para foder no meio da noite.

Levanto e vou ao banheiro cuidar da higiene matinal. Exercito-me na academia e volto para tomar uma ducha. São 07h, devia estar me preparando para ir trabalhar, mas decidi que hoje vamos fazer *home-office*. Foda-se, eu quero ficar o dia inteiro com ela sem ter que fingir que não a quero loucamente. Poder tocá-la e beijá-la sempre que quiser. Estou terminando de puxar uma calça de moletom quando ouço:

— And? — a voz rouca se infiltra em meu sistema e me vejo sorrindo como um estúpido idiota. Resmungo para mim mesmo em reprimenda e saio do *closet*, indo para o quarto. Minha menina está sentada no centro da cama, os peitinhos redondos e durinhos me tentando a lhe dar um bom dia adequado... Uma das muitas coisas que me excitam nela é que não é tímida. — Estamos atrasados para o trabalho?

— Bom dia — murmuro, contornando a cama e indo para perto, debruçando-me e tocando seu rosto. — Vamos trabalhar aqui. Só nós dois. — Ela ofega, seus olhos brilhando com a notícia. — Quer ficar o dia inteiro comigo, meu bebê?

— Sim. Claro que sim — sussurra com um pequeno sorriso.

Abaixo a boca na sua num beijo suave e me afasto.

— Vou preparar o café. Desça quando estiver pronta. — Não consigo evitar o tom de ordem, e ela rola os olhos.

— Pare de me dar ordens — resmunga com sua empáfia.

Minha boca tremula num sorriso cínico e vou em direção à porta, falando por cima do ombro.

— Não me deixe esperando muito, meu bichinho.

Ouço seu bufo e torno a rir, dirigindo-me para a escada. Atravesso a sala e chego na cozinha, colocando a mão na massa para o nosso desjejum. Faço omeletes recheadas com tomates secos e três tipos de queijos. Frito tiras de bacon, preparo suco natural de acerola. Junto tudo com as rosquinhas e croissants que pedi a Jairo para providenciar. Eficiente do jeito que é, já havia deixado sobre a bancada quando desci. Sirvo-me de uma caneca de café preto enquanto espero por Maya. Meu celular toca sobre a bancada. É Jairo. Atendo-o, tomando um gole do líquido quente.

— Chefe, sua mãe está aqui embaixo exigindo subir para vê-lo — informa e o susto me faz desencostar da pia.

— Porra, eles começaram cedo — resmungo.

Minha mãe nunca esteve aqui e isso só pode significar uma coisa, ela quer ver com seus próprios olhos quem está me distraindo do compromisso de anos com Beli. Passo a mão pelo rosto e expiro. Não sou homem de me esconder. Se quer ver, que venha. É até melhor que seja ela a vir. Meu velho não é tão diplomático e poderia dizer coisas desagradáveis para Maya.

— Está sozinha?

— Sim, senhor — Jairo informa.

Em seguida, ouço a voz impaciente ao fundo:

— And, não me faça perder a paciência, *bambino*.

— Pode subir, *mamma* — autorizo em tom respeitoso, mas com cautela.

Desligo o celular e o coloco sobre a bancada. Foi uma atitude de merda com minha noiva, eu sei. Não devia ter fugido como um adolescente para encontrar um namorico proibido. Não devia ter...

— Uau. — Um assovio baixo me faz olhar para cima, encontrando a razão para os meus disparates.

Meu corpo inteiro responde à visão do anjo loiro na minha cozinha. Está deliciosa num conjuntinho de *baby doll* de seda branca e rendas delicadas nas bordas da regata e short. A cortina de seda loira descendo em seus ombros. Deixou-os soltos para mim, sei que sim. Posse descomunal me inflama, o dominador rugindo de fome. Anda devagar contornando a bancada e parando à minha frente.

— Posso ficar mal acostumada, meu lindo amo — sussurra, espalmando meu peito nu.

— Eu também, menina — digo com aspereza, pegando suas mãos delicadas e enrolando-as em meu pescoço.

Levanto-a pela bunda e ela ri, oferecendo-me a boquinha rosada. Gememos quando nossos lábios se tocam num beijo lento e gostoso. Acaricia minha nuca, descendo para os ombros, correndo as unhas em minha pele. Já estou sensível pelos arranhões nas quatro vezes em que a comi ontem. Porém, a dor misturada ao prazer é sempre bem-vinda. Nosso beijo vai ficando mais urgente, apaixonado.

— Talvez eu te use hoje durante o dia — sibilo, mordendo sua língua, sugando depois. Ela choraminga, estremecendo.

— Meu dono pode me usar o quanto quiser — diz mansamente, chupando a minha língua.

Aprofundamos o beijo, devorando-nos esfomeados.

— *Dio santissimo*!

A exclamação em italiano me faz congelar. Maya fica tensa em meus braços. Caralho, esqueci-me de minha mãe! Eu paro o beijo e olho na direção da voz. Dona Gioconda está parada no vão entre a sala e a cozinha, seus olhos estreitando-se sobre mim e a menina com as pernas enroladas em minha cintura. Jairo está visivelmente constrangido, mas pergunta:

— Vai precisar de mim para algo, chefe? — Sua expressão indica que está se referindo à Maya. Provavelmente acha que vou despachá-la, porque minha mãe chegou.

— Não, Jairo. Estamos bem — garanto.

Maya desenrola as pernas da minha cintura e sou obrigado a colocá-la em seus pés. Meu segurança dá um aceno, deixando-nos a sós. Encaro a senhora elegante que me observa com surpresa. Está linda num vestido de linho verde, sapatos de saltos altos. Os cabelos negros cortados na altura dos ombros a deixa com uma aparência mais jovem do que os seus cinquenta e cinco anos. Minha mãe fechava quarteirões quando era mais nova, com toda certeza. Dá para entender porque meu velho sempre foi louco por ela.

— *Mamma*, que surpresa.

— Surpresa estou eu, *figlio mio* — replica, seu olhar pousando na garota perto de mim e se estreitando ainda mais.

Ela começa a andar devagar e eu enrolo um braço na cintura de Maya, incitando-a a ir ao encontro de minha coroa. Quando chegamos perto, inclino-me, dando um beijo amoroso em sua bochecha.

— *Buongiorno, mamma* — murmuro. — Esta é Maya.

Olho para Maya, que morde o lábio, apreensão marcando seu rosto.

— Esta é Gioconda, minha mãe, branquinha.

— Muito prazer, senhora. — Minha menina estende a mão.

— O prazer é meu, *cara mia*. — Mamãe aceita o cumprimento e, mais uma vez, agradeço por ela ter vindo em vez de meu pai.

Seu olhar verde vem para o meu e parece haver um significado que não compreendo quando acrescenta:

— Eu sabia que ela seria linda, *amore mio*.

— Ela é — assinto, um orgulho ridículo me invadindo por parecer que minha mãe está aprovando Maya. Entretanto, percebo a tensão que está tentando esconder. Ela é uma dama, em primeiro lugar.

— Contudo, isso precisa acabar aqui, And — seu tom é mais seco neste momento.

Crava o olhar em Maya.

— *Cara*, você parece uma menina inteligente, então, pare de ver meu filho. Ele é comprometido há anos e nunca deixará a noiva, uma italiana legítima, por um casinho sem importância.

— *Mamma*! — exclamo, surpreso que tenha ido direto na jugular.

Isso é obra de Isabeli. Ódio pela cadela me invade. Ódio de tudo que me prende a ela.

— A senhora está desrespeitando a minha...

— Sua o quê, *figlio*? — inquire friamente, arqueando uma sobrancelha altiva.

Olha para Maya novamente.

— Deixe-nos a sós, menina.

Maya ofega e se desvencilha de mim. Meu peito está comprimido pela expressão derrotada em seu rosto. Estava tão alegre minutos antes.

— Maya... — murmuro, tentando abraçá-la outra vez.

— Não, And. — Abana a cabeça, evitando me encarar. — Vou lá para cima. Converse com sua mãe. — Engolindo em seco. Ela olha minha mãe, levantando a cabeça, e não demostra medo, como qualquer outra teria feito. — Foi um prazer conhecê-la, senhora.

— Ouça, não queria ser indelicada. Estou apenas cuidando dos interesses do meu filho — mamãe adiciona.

Maya expira e levanta ainda mais o queixo teimoso.

— Também não quero ser indelicada, senhora, mas não vou deixar seu filho. Ele é o meu homem.

Engasgo com sua coragem em peitar dona Gioconda. E muito mais pela sua declaração. Caralho.

— Ele tem uma noiva, menina — minha mãe retruca, seu tom seco outra vez.

— Então, que *ela* o deixe, porque eu não vou — Maya rebate e se vira em direção à escada.

Não consigo parar o sorriso estúpido escancarado em meu rosto. Quando encaro minha mãe, ela tem uma carranca profunda. Meu sorriso morre.

— Onde encontrou essa insolente? — pergunta, nada satisfeita.

— Mãe, não finja que Isabeli não lhe passou a ficha completa de Maya — respondo descontente, voltando para a bancada. — Já tomou café? Venha tomar uma xícara comigo.

Ela suspira e me segue. Eu ajudo a se acomodar num dos bancos da ilha e me sento ao seu lado. Sirvo-lhe uma xícara.

— Você precisa deixar a garota.

— O nome dela é Maya — retruco, cruzando meus braços sobre o peito. — Apesar de tudo, ainda prefiro que tenha vindo em vez do velho.

Seu semblante suaviza e estende a mão para o meu rosto.

— Eu não vou deixá-la, *mamma*.

Seus olhos arregalam e a ruga entre as sobrancelhas aprofunda.

— O que isso significa, And? — inquire ressabiada.

— Que pretendo manter Maya na minha vida — digo com firmeza.

Ela engasga e coloca a xícara sobre o pires.

— *Dio mio*... Está apaixonado por essa *ragazza*[14]? — pergunta, meneando a cabeça, incrédula.

— Claro que não — nego com veemência. — Não sou do tipo que cai de amores, a senhora sabe muito bem disso.

— A cena que presenciei quando cheguei parecia muito mais do que você quer me vender, *tesoro* — aponta, com ar preocupado. — Deve demitir essa moça e arrancá-la da sua vida. Corte o mal pela raiz. Beli é a esposa perfeita para alguém na sua posição, *figlio*. Nossos negócios...

— Nossos negócios não serão prejudicados. Meu compromisso com Beli continua. Vou me casar com ela, não se preocupe — garanto.

— Não se trata apenas disso, And, e você sabe muito bem, *tesoro*. Está claramente envolvido por essa garota que nem sabe de onde veio.

— Sei tudo sobre ela — retruco. — Maya é órfã, uma lutadora, uma excelente advogada que tive a sorte de conhecer.

— Veja só como a defende — aponta desgostosa. — Seu pai não está satisfeito. Sabe o quanto preza pelo legítimo sangue italiano. Ele exige que demita a moça e encerre o caso.

Levanto-me verdadeiramente irritado agora.

— Não vou, mãe. Pela primeira vez na vida irei contra uma ordem de meu pai — digo sério. Seus olhos estreitam, estudando-me astuta. — Maya continuará sendo minha, doa a quem doer.

— Sua o quê? — Gira para mim, cruzando os braços. — Sua prostituta? Sei que os homens adoram ir para a cama com um corpinho jovem, mas ela é quase uma adolescente, *figlio*. *Per Dio*!

Se fosse outra pessoa receberia a pior resposta, mas devo respeito à minha mãe, então, eu expiro lentamente, buscando controle.

— Sim, ela é muito jovem, mas se tornou minha mulher. Fui seu primeiro homem e não vou deixá-la porque minha futura esposa está tendo chiliques sobre isso — meu tom é determinado.

— Senso de responsabilidade por ter sido o primeiro... — diz como uma sabichona. — Dê um cheque gordo para a mocinha e livre-se dela. É o que eu e seu pai queremos.

Quero gritar com minha mãe. Está sendo tão truculenta quanto papai, só que com uma expressão e voz mais doces.

14 Moça, em italiano.

— Não volte a propor algo tão indigno de Maya, mãe, por favor. A senhora não a conhece — argumento.

Ela torna a me sondar seriamente.

— Vou perguntar outra vez, *tesoro*. — Olha-me atenta. — Está apaixonado por essa moça?

Estou? Sinceramente não sei. Mas não me importa. Eu a quero muito. Isso para mim é suficiente. Amor, juras eternas e tolas não são para mim.

— Eu a quero muito — confidencio, e seu rosto suaviza. — Ajude-me com o velho, *mamma* — peço, aproximando-me dela outra vez. — Maya é minha. Não me peçam para abrir mão do que tenho com ela.

— *Bambino* — murmura, tocando meu rosto.

A expressão no seu é um misto de emoções: surpresa e receio.

— Seu pai não vai gostar nada disso... Beli vai odiar, com toda razão.

Eu assinto.

— Por outro lado, não gosto de ir contra meus filhos. Sempre estarei do seu lado e de Alvinho. Sempre, *amore mio*. — Um pouco de alívio invade-me com sua ponderação. — Vamos pensar em algo para que possa manter sua... Sua...

— A minha Maya — completo, sem querer dar um rótulo específico para ela neste momento. Tudo que sei é que quero e vou mantê-la comigo.

Mamãe sorri, acenando, então, seus olhos acendem, indicando que teve uma ideia.

— Há uma alternativa, And. Apresente uma proposta de segunda esposa à *famiglia*.[15] Ninguém irá rechaçar a *ragazza* se souberem que é sua segunda escolha.

Minha respiração trava com suas palavras.

— Como nossos parentes mafiosos da Sicília? — inquiro, meu coração acelerando com a sugestão de minha linda e sábia mãe.

Dona Gioconda é a melhor. Sim, porra! Foi mil vezes melhor ela ter vindo no lugar do velho.

— *Si*.[16] Sei que a *famiglia* não possui essa prática no Brasil, mas tudo é possível, e você poderá manter a sua Maya, *amore mio*.

Havia esquecido completamente desse fato curioso sobre nossos parentes criminosos na Sicília. Os homens se casam com quantas mulheres quiserem, desde que a primeira seja uma siciliana de sangue puro. É um costume machista ao extremo, mas perpetuado através dos tempos e mantido em pleno século vinte e um, acreditem. Tenho primos de segundo grau que possuem até quatro mulheres, todas convivendo pacificamente. E assim, os pervertidos parentes sicilianos podem ser a minha prerrogativa para manter a minha bebezinha comigo. Minha segunda escolha. Minha mulher, com direitos de esposa também. Não é um casamento, claro, trata-se apenas de um

15 Família, em italiano.

16 Sim, em italiano.

contrato assinado por ambas as partes e registrado em cartório. Todavia, Maya teria todos os direitos conjugais de Beli enquanto estivesse envolvida comigo. Poderíamos viver juntos. Posso construir outra ala na mansão especialmente para o meu anjo loiro. Vou poder sair com ela em público como minha. Parece a porra do paraíso a alternativa de minha mãe. Inclino-me, dando um beijo afetuoso em sua têmpora.

— *Ti amo, mamma. Grazie* — murmuro em nossa língua materna, apertando-a em meus braços.

Ela levanta e envolve os braços em minha cintura. Seu olhar é derretido para mim.

— *Also, tesor* — sussurra, se inclinando e beijando minha bochecha. — Vou convencer *tuo papà*. A *famiglia* te apoiará, prometo.

Franze o cenho.

— Chame a *bambina* de volta. Quero conversar melhor com ela.

Eu rio da sua pressa depois de, praticamente, escorraçar Maya não só da cozinha, mas da minha vida.

— Melhor eu ter essa conversa com ela a sós, mãe — digo com cautela.

Maya vai aceitar ser a minha segunda escolha publicamente? A dúvida me bate agora. Pela sua divagação bêbada, odeia que eu esteja com Beli. Porra, tem apenas um mês e meio que estamos envolvidos. Como diabos estou querendo trazer uma prática arcaica da Sicília para o Brasil apenas para não ser proibido de estar com a maldita garota? A obsessão por essa menina está me fazendo perder a razão. Não estou me reconhecendo, porém, a quero demais. Maya está presa a mim enquanto essa loucura durar. É a solução perfeita. Sem dramas de Beli. Ela terá que aceitar a decisão da *famiglia*, que espero ser a meu favor e de Maya. Só de pensar em mostrar a menina como minha publicamente me enche de tesão e posse.

— Ela vai aceitar — a voz suave de minha mãe para o fluxo de pensamentos em meu cérebro. — Não viu sua petulância ao afirmar que sua noiva deveria deixá-lo, porque ela não iria?

Eu rio. Merda. Sim, acho que a petulância de Maya ao enfrentar minha mãe foi o que me fez aceitar a ideia de segunda escolha tão prontamente. Não quer me deixar, nem eu a ela. É uma equação bem simples, ela será a minha segunda mulher. E a oportunidade perfeita para apresentá-la à família será no meu aniversário, dentro de duas semanas.

— Vou aproveitar que a família estará reunida na terça para colocar algum juízo na cabeça de Luigi e anunciar minha pretensão de tomar Maya como segunda escolha — digo.

Minha mãe assente, porém, seu semblante ainda é um pouco tenso.

— O que foi? — pergunto intrigado

— Sempre gostei de Beli como uma filha, And. — Aperta os lábios levemente. — Consigo me colocar no lugar dela. Não é fácil para uma mulher perceber que está perdendo seu posto para outra, *bambino*.

— Ela não está perdendo o posto — protesto.

— Está, *figlio*. Sabe que sim — afirma em tom brando. — Vi como estava olhando para essa sua Maya quando cheguei. Nunca te vi olhando assim para sua noiva.

Merda. Ela tem um ponto válido.

— Pare de ser dramática, *mamma*. — Rio, querendo interromper seu raciocínio. Sobretudo, porque está certa.

Desde que comecei a foder com Maya, minha noiva foi perdendo a graça para mim. Minha branquinha está permanentemente na minha cabeça. Quando não estou com ela, tudo em mim dói de desejo, frustração, saudade.

— Você precisa ter pulso firme para controlar os ânimos da Beli. Mesmo sabendo que é um costume de *nostra famiglia* na Sicília, ela ainda se sentirá traída — alerta.

— Farei isso. Não permitirei que toque em um só fio de cabelo de Maya — garanto, e mamãe sorri com ar misterioso e sabichão.

— Bem, eu vou indo — anuncia, suas mãos alisando meus ombros. — Seu pai não ficará contente quando lhe contar que mudei de lado. — Ri conspiratória e eu a abraço bem apertado, rindo também.

Afasto-me para olhá-la. Está séria novamente.

— Anuncie sua intenção para a *famiglia* na terça, mas não conte ainda à Maya. Vamos fazer uma investigação mais profunda sobre essa menina, *figlio*.

Franzo o cenho com seu pedido. Mas me vejo obrigado a assentir. Não posso lhe negar diante da alternativa salvadora que me ofereceu.

— Quero ter certeza de que essa moça faz jus ao encantamento de meu primogênito por ela. — Toca meu rosto e se inclina me dando um último beijo na bochecha. — Cuide-se, *amore mio*.

Depois que acompanho minha mãe até o elevador privativo, volto e ligo para a suíte pelo interfone da cozinha. Maya atende no primeiro toque e aviso que já pode descer para nosso café. Ela suspira aliviada e diz que já está vindo. Ando até o pé da escada e a espero, perguntando-me se apresentá-la como segunda escolha é mesmo uma boa alternativa. Essa menina tem o poder de me deixar confuso. Minha mãe tem razão em estar preocupada, pois, nunca cogitei levar uma sub para o seio da minha família. Elas sempre foram minhas cadelas, bichos de estimação, nada mais que isso. Maya surge no topo da escada e toda e qualquer dúvida é varrida para longe. Eu só preciso tocá-la, tê-la em meus braços. Esse é o pensamento dominante quando meus olhos pousam sobre ela. Tudo o mais é apagado. É um sentimento potente, esmagador. Ela desce devagar, ainda usa o conjuntinho de *baby doll*.

— Venha aqui, linda — murmuro, abrindo os braços, e ela sorri, pulando em mim.

Seguro-a e giro-a devagar, mantendo-a suspensa, seu rostinho lindo acima do meu. Suas mãos seguram meu rosto dos lados e me fita com esses lindos olhos azuis.

— Me beije, bebezinha — minha voz sai rouca e áspera.

— O que você disse para sua mãe? — pergunta, roçando a boquinha deliciosa na minha. — Ela é linda, por sinal — bufa ironicamente. — Ainda que tenha me enxotado como se tivesse lepra.

Não seguro um riso pela sua sinceridade.

— Obrigado, ela é linda mesmo — sussurro com orgulho. Mordisco sua boca suavemente e adiciono: — Eu disse a ela que não vou deixar a minha branquinha.

Seus olhos cintilam, a satisfação se espalhando em seu semblante.

— Eu não devia tê-la enfrentado, desculpe. Fui impulsiva. — Fica vermelha, um pouco constrangida.

— Você fez bem. Minha mãe está te respeitando um pouco mais depois daquilo — garanto e ela franze o cenho. — Dona Gioconda não suporta pessoas fracas.

Vejo o alívio tomar seu rosto. Ela me observa em silêncio por um instante.

— O que sou para você neste momento, And? — pergunta corajosamente, e engulo em seco.

Não quero ter essa conversa agora. Por outro lado, ela merece ouvir algo, já que sua divagação bêbada me deu uma ideia de como se sente sobre mim.

— Não sou do tipo que fala coisas melosas, menina — rosno, mordendo sua boca com mais pressão.

Ofega, as mãos descendo pelos meus ombros. Pego sua bunda, fazendo-a me abraçar com as pernas e começo a andar com ela para a cozinha.

— Você é minha. Pertence-me e não vou te deixar — digo, depositando-a sobre um dos bancos, mas ainda me mantendo entre suas coxas.

Seus olhos se iluminam lindamente. Seguro seu queixo, mantendo nossos olhares fixos.

— Na minha família só casamos com sicilianos legítimos. Sei que parece arcaico, entretanto, é assim que somos. Nunca poderia me casar com uma brasileira. Meu pai jamais aceitaria tal afronta.

Seu rostinho fica vermelho e ela bufa.

— Mas trepar com brasileiras, tudo bem, né? — rebate com asco. — Vocês são machistas ridículos, fique sabendo.

Eu rio e mordo sua boca de novo. Empurra meus ombros, mas não me afasto, enrolando um braço em sua pequena cintura, colando nossos sexos.

— Porra, acalme-se, branquinha — peço, ainda rindo do seu furor.

Ela torna a querer se soltar. Seguro-a firme.

— Quer saber o que é para mim nesse momento? — murmuro em tom mais brando. — É minha mulher. Continuaremos na relação Dom/sub, mas para além disso, você é minha mulher.

— E quanto a *ela*? — murmura, suas mãos acariciando meus ombros delicadamente.

— Ela já sabe que você é minha — confidencio e Maya ofega, seus olhos incrédulos. — Sim, eu contei, porque não sou homem de me esconder.

— Merda. Ela está me odiando ainda mais agora — resmunga. — Vai me perseguir no escritório.

— Não vai. Já avisei para não chegar perto de você — garanto, e ela parece surpresa com isso. — Em breve todos terão que aceitar, porque eu escolho manter você comigo, Maya — digo com ferocidade, pegando seus cabelos da nuca, puxando-os para marcar meu ponto.

Ela geme em deleite à dor, fazendo-me rosnar.

— Quer ser minha, não importando meu compromisso com a minha família? Diga que quer isso.

— Sim, sim — murmura, seu tom urgente, aquela centelha de conflito em seus belos olhos lacrimosos. — Eu não deveria aceitar ser amante — sua voz treme um pouco. — Mas te quero tanto, And. Não devia, mas quero. — Há um toque de desespero em sua voz. — Não consigo mais guardar isso dentro de mim. Eu só quero continuar sendo sua.

Meu corpo ruge com possessividade e meu coração obscuro dá um solavanco.

— Você vai continuar — garanto, com voz engrossada, e a beijo possessivamente.

Gemo rouco e ela também, aprofundando o beijo. Nos agarramos, entregues a esta força quase sobrenatural que nos arrebata cada vez mais. Nunca senti nada tão bom em meu peito. Nesse momento sei que se o meu coração escuro puder pertencer a alguém, ele será dessa menina. Apenas dela.

— Meu lindo bebê — murmuro, rendido, completamente fissurado, puxando a parte de cima do baby doll, começando a deixá-la nua para a minha fome que parece nunca ter fim.

Duas semanas depois...

Maya

A limusine para na marquise de um dos hotéis mais chiques de São Paulo. Meu coração salta com força, esperando Gualberto dar a volta para abrir a minha porta. É a gala do aniversário de Andreas e meu estômago começou a torcer em nós desde o momento em que me convidou para vir. Foi há duas semanas, na manhã em que sua mãe nos flagrou juntos em sua cobertura. Não sei dizer o que está acontecendo entre nós. O que sei é que tudo desandou quando começamos a dormir juntos a noite inteira. Porém, a partir daquela noite em que ele mostrou seu ciúmes indo me buscar no bar onde estava com Miguel, tudo fico ainda mais sério e intenso. Miguel está preocupado, querendo saber quem é o cara que foi me buscar. Por outro lado, fiquei feliz quando me ligou no dia seguinte e pude constatar que estava bem. Não quero que se machuque por minha culpa. Quando era apenas sexo e cada um ia para o seu lado, era mais fácil controlar as emoções caóticas que ele me faz sentir. Mas, para a minha vergonha, eu deixei envolver-me por esse homem de maneira irrevogável. Cada toque, cada olhar, cada vez que entra em mim, desfaz todas as minhas convicções de vingança. Já não o odeio. Quero-o com uma força avassaladora, por isso, um novo tipo de conflito tem me castigado. Já não desejo levar a cabo os planos com Valeska.

Ontem consegui roubar novamente os dados atualizados do notebook de Andreas, depois de muita insistência da mulher que tem estado possessa ultimamente. Chegou até a me acusar de estar debandando para o crime junto com o nosso alvo.

Suas acusações e meus sentimentos pelo homem que jurei destruir estão me consumindo pouco a pouco. Minha lealdade para com Breno já não é tão forte, vivo chorando por traí-lo com o bandido que o colocou na cadeia. Culpo-me por desejar meu inimigo tão desesperadamente a ponto de não querer mais me vingar. Quando estou com Andreas, tudo o mais some da minha mente. Só o que importa é ele e como me faz sentir. Quero apenas encontrar uma maneira de continuar sendo sua. Mas aí me lembro de que tudo que lhe contei é mentira. A Maya que ele conhece não existe. Todas as informações foram fabricadas para não levantar suspeita. Estou metida até o pescoço numa teia de mentiras e mais mentiras. A porta sendo aberta corta meu fluxo de autoflagelo.

— Tenha uma boa noite, senhorita. — Gualberto me ajuda a descer para o tapete vermelho.

— Obrigada — murmuro, inspirando devagar.

Há alguns fotógrafos atrás do cordão de isolamento e fico sem jeito sob a mira dos flashs. É a minha primeira festa de gala, portanto, a caipira em mim quer correr e se esconder, não vou negar. Contudo, não posso me permitir esse luxo. Mergulhei profundo demais para voltar agora. Solto o ar lentamente e sorrio para os fotógrafos. Eles devem pensar que sou importante por estar aqui e, claro, pelo vestido e joias dignos de princesa que estou usando. Começo a andar pelo tapete, minhas pernas tremendo, minhas mãos suando, mas sigo de cabeça erguida, como as muitas convidadas elegantes. Meu vestido é um longo tomara que caia verde-musgo. O escolhi por causa da cor dos olhos de Andreas. Sua *personal stylist* ficou à minha disposição esta semana para que eu escolhesse minha roupa. É um modelo lindíssimo, tem um cinto marcando a cintura, a saia se abrindo em camadas bufantes e uma abertura sobre a perna direita. A cauda arrasta no chão, deixando-me glamorosa. As sandálias são pretas e delicadas, com uma tira grossa de diamantes abraçando meus tornozelos. As joias foram escolhidas por ele. Uma gargantilha/coleira grossa de diamantes cravejadas com esmeraldas.

Minha respiração travou quando me mostrou ontem, depois da nossa sessão no calabouço. Ele me deu a sua coleira, tornando-me oficialmente sua posse e, ao invés de ficar apavorada, eu me ajoelhei a seus pés. Não há como negar que sou uma submissa, a cadelinha desse homem. Minha mente volta para aquele momento. Ele lindo e soberbo, vestido com a calça jeans e eu nua, prostrada a seus pés, meu corpo usado, devastado pela fome sombria de meu dominador.

— Porra, você acaba comigo, menina — resmungou, mas seu toque foi suave em meu cabelo e depois em meu queixo, levantando meu rosto. Nossos olhares se encontrando.

— Levante-se, meu bichinho — ordenou e o fiz no mesmo instante.

Seu olhar correu pelo meu rosto, minhas faces ainda ardendo pelos tapas recebidos, minha pele queimando, cada pedacinho do meu corpo marcado pela sua posse.

— Você conquistou essa coleira, minha cadela — sua voz ainda carregava a aspereza dominante que mexe tanto comigo.

Levantou a joia, sei que ele deve dar joias valiosas para suas cadelas, o homem é podre de rico, porém, não consegui evitar me sentir especial.

— Nenhuma sub ganhou uma destas antes — disse, como se lesse minha mente, e engoli em seco. — Esta é única, foi encomendada especialmente para você.

E eu quase desmaiei. O que significa isso? Perguntei-me confusa, todavia, estupidamente feliz por nenhuma outra ter tido o que estou tendo. Andreas prendeu a joia ostentosa em meu pescoço e seus olhos cintilaram sombriamente. Suas mãos acariciaram meus ombros e subiram, traçando os detalhes da coleira. Mesmo desgastada, eu o queria de novo e ele sabia, a julgar pelo riso perverso curvando sua boca.

— Obrigada, meu dono — murmurei, completamente rendida a ele. — Fico feliz em agradá-lo, meu senhor.

Enrolou um braço em minha cintura e a outra mão segurou minha nuca, seus olhos me fitando quase com reverência.

— Você faz muito mais do que apenas me agradar, bebezinha — sussurrou asperamente antes de mergulhar a boca na minha, fazendo-me gemer em deleite absoluto.

Eu volto do recuo mental quando piso no *hall* lotado com a nata da sociedade paulistana. Há garçons servindo champanhe logo de cara. Isso mostra o quanto o aniversariante da noite tem grana. Há homens fortes, trajados de ternos pretos, que desconfio sejam da sua segurança pessoal. Estão passando o detector de metais em todos os convidados, sem nenhuma cerimônia. Quando passo pela barricada, uma das inúmeras hostesses lindíssimas, vem me recepcionar.

— Boa noite, senhorita Maya. — Seu sorriso é enorme, como se me conhecesse há décadas. — O senhor Montanaro a quer na mesa da família. Por favor, siga-me.

O quê?! Engulo em seco, minha respiração travando com o que acabo de ouvir. Ele me quer na mesa da *sua* família? Deus amado, essa informação só pode estar errada.

— Boa noite. Acho que se equivocou, senhorita — observo, seguindo-a para dentro do salão. — Sou apenas uma associa...

— Tenho ordens expressas do senhor Montanaro para levá-la até sua mesa, senhorita — repete, ainda com o sorriso simpático no rosto.

Quero contestar, mas, pisamos no salão e tudo o que sai da minha boca é um suspiro deslumbrado. O lugar é enorme e a decoração grita requinte e muito dinheiro por cada metro quadrado. Muitas mesas com cadeiras em estilo vitoriano estão espalhadas pelo imenso vão. Elegantes arranjos de flores estão sobre elas e também em aparadores dispostos pelo local. Estou catalogando tudo quando alguém agarra meu braço, puxando-me com força, quase me fazendo cair. Viro a cabeça e tenho o desprazer de dar de cara com a nojenta da Isabeli. Ela esteve viajando nas duas últimas semanas com sua irmã mais nova, de acordo com Andreas. Foi um alívio não vê-la no escritório, uma vez que já sabe que estou com seu noivo. Gostaria de me sentir mal sobre isso, porém, não me sinto. A mulher é uma vaca total. Puxo meu braço do seu domínio e me afasto um pouco.

— Deixe que levo a nossa convidada até a mesa, querida. Obrigada — diz sem nem ao menos olhar na cara da hostess.

A garota se vai ao sentir o climão. Isabeli me olha de cima a baixo e eu a ela. Usa um vestido preto colado ao corpo escultural, um decote enorme e um rabo de sereia requintado. Infelizmente a nojenta é muito bonita. Odeio-a, porque será a esposa de Andreas oficialmente, enquanto eu serei relegada ao papel de amante. Vejo a mesma expressão de ódio se espalhando em seu rosto e, quando seus olhos encontram os meus, estremeço. São frios e sinistros.

— Não sei o que fez para conseguir estar onde nenhuma da sua laia chegou, sua prostituta de quinta — cospe, sua expressão dizendo-me que me mataria se tivesse a chance. — Mas saiba que será por pouco tempo. And logo enjoará de você, sua putinha burra! Vai te comer e cuspir o bagaço fora. Ele sempre faz, queridinha. Não importa se sua boceta era virgem, ele vai te dar um pé na bunda, em breve.

Aperto minha carteira na mão. Nada me agradaria mais do que bater nessa vaca. Duvido que me ganhasse na luta. Porém, decido ir com algo que a matará de raiva. A afronta direta. Estou livre para isso agora que tudo está às claras.

— Tem certeza, querida? — Rio perversamente. — A julgar pela forma que o seu lindo noivo me come, não vai enjoar de mim tão cedo.

— Vagabunda maldita! — Ela se descontrola, e sou pega de surpresa com o tapa forte em minha face direita.

Ira me toma e devolvo o golpe imediatamente, com toda a força do meu braço. Ela balança um pouco, seus olhos surpresos.

— Sei me defender, vadia. — Cerro os dentes, querendo socar a cara da infeliz. — Não ouse tocar em mim de novo — aviso.

Algo demoníaco toma suas feições e volto a estremecer.

— Eu vou te matar, prostituta — ameaça em tom baixo e sinistro.

— Acredito que And gostaria de saber dessa sua ameaça — rebato com desdém, porque agora posso. — A propósito, viaje mais vezes, querida. Aproveitamos bem sua ausência do escritório. Fodemos em cada canto da sala dele. Quando entrar lá, lembre-se disso.

— Puta miserável! — Levanta a mão de novo, mas, desta vez, seguro-a antes de me acertar. — Saia! Suma daqui!

Ela gesticula para algo atrás de mim e, quando percebo, estou cercada por seguranças.

— Joguem essa vagabunda para fora! Tirem-na da minha vista — ordena, como se fosse a dona da festa.

Imediatamente, meus pulsos são rodeados por mãos grandes e meu ódio pela vadia é elevado a níveis estratosféricos. Ela sorri cruel e vitoriosa.

— O que estão fazendo? O chefe vai arrancar o couro de vocês, estúpidos idiotas! Essa é a senhorita Maya, a escolha dele.

A voz irritada de Jairo, soa bem do meu lado. Um suspiro de alívio cai da minha boca. Espera, *escolha*? O que ele quis dizer com isso? Pergunto-me confusa. Os homens me soltam no mesmo instante, pedindo desculpas efusivas ao chefe da segurança de Andreas.

— Está demitido, infeliz! — Isabeli fuzila Jairo com os olhos maléficos.

— Estou cumprindo as ordens do patrão, senhorita Isabeli — o homem tenta se explicar.

— Leve a vagabunda para fora. Agora! — ela ordena, altiva.

Jairo segura meu cotovelo e abana a cabeça.

— Sinto muito, mas o chefe me incumbiu de levá-la para ele tão logo chegasse — o segurança torna dizer. — Com a sua licença, senhorita — diz respeitoso e nos gira na direção das mesas.

Posso sentir o olhar de ódio da nojenta me acompanhando enquanto ando. Eu sabia que teria problemas com ela. Nenhuma mulher aceita estar no mesmo ambiente que a amante do seu futuro marido. É surreal que Andreas tenha assumido que estamos juntos para a louca. Contudo, posso imaginar porque não escondeu. Ele é um homem podre de rico, criminoso, é claro que fidelidade não estaria no topo da sua lista. Infelizmente, o que a vadia me disse agora há pouco é a verdade. Homens como Andreas Montanaro não se prendem a garotas como eu. Eles usam enquanto houver tesão e depois jogam fora. Sei muito bem de que lado a corda arrebenta e a escrota também sabe que não será do seu.

Meu Deus, o que está havendo comigo? Foda-se essa vaca! Foda-se Andreas! Rebelo-me, até porque não sou uma vítima nesta história. Entrei na vida desse homem com um único propósito: vingança. É absurdo que agora esteja parecendo uma namorada traída querendo que seja fiel a mim. Expiro descontente comigo e minhas emoções estúpidas. Olho ao redor, tentando localizá-lo em meio aos ricaços. Há muita gente, tanto em pé, conversando e bebericando seus drinques, como nas mesas. A orquestra toca uma melodia instrumental agradável e continuo andando, meus olhos deslizando pelo salão, a urgência de encontrá-lo me acomete. Não o vi o dia inteiro. Estava em audiência com um de seus associados e senti a sua falta. É ridículo, mas sempre sinto. Quero estar com ele o tempo todo. Não adianta me recriminar, pois o faço e, no minuto seguinte, continuo querendo-o com loucura. Estou no meio da minha lamúria quando o localizo e meu coração sofre o baque familiar. Seus olhos já estão cravados em mim, o copo a meio caminho da boca. Está num grupo, em pé, perto da parede oposta ao palco. Meus passos diminuem, meu corpo inteiro enlouquece apenas ao olhá-lo.

Meu homem. Meu dono. Ele é tudo isso. Pode ser sórdido, mas não quero que pare de sê-lo. Andreas se despede do grupo e começa a andar ao meu encontro. Está arrebatador num *smoking* preto. Seus cabelos estão meticulosamente penteados para trás. Deus, como é lindo. Meu coração retumba no peito, meu olhar bebendo dele como se não o visse há séculos. Ele passeia os olhos lentamente pelo meu corpo e volta a encontrar os meus. Arfo, sua fome também está escancarada no rosto másculo. Quero correr para ele. O sentimento é tão esmagador que passo a respirar entrecortado. Quero-o demais. Demais. Comecei desejando uma vingança e agora tudo que anseio é ser sua, permanentemente. Permanentemente? Meu corpo inteiro gela quando percebo a profundidade de meus sentimentos pelo homem que deveria odiar. Arfo, lágrimas enchendo meus olhos. Oh, meu Deus... Minhas mãos suam, tremem com a terrível descoberta. Não pode ser. Não pode... Tento lutar contra, como fiz desde o dia em que o vi a primeira vez.

Porém, a triste verdade é uma só, meu coração já não pertence a Breno. Meu inimigo levou muito mais do que meu corpo. Eu amo Andreas Montanaro, e descobrir isso me esmaga. O que foi que fiz com a minha vida? Estou completamente atordoada quando para à minha frente. Seu cheiro delicioso me cerca, seus olhos verde-musgo dentro dos meus. Oh, Deus... Sim, eu o amo. Quero correr para longe, mas também quero que me segure em seus braços. De repente, ser amante me incomoda muito mais. Enquanto o que me movia era a vingança, não importava que tivesse prestes a se casar com outra. Mas agora isso me sufoca.

— Você está linda demais, branquinha — sussurra, seu rosto aproximando do meu.

Pisco, tentando controlar meus sentimentos recém-descobertos. Contudo, não sou tão boa atriz, eu soluço, olhando o belo rosto moreno perto do meu. Como queria que tudo fosse diferente e ele pudesse ser meu. Só meu. Minhas lágrimas transbordam e Andreas percebe meu estado, preocupação tingindo suas íris. Pega meu queixo, observando-me atentamente.

— Ei, o que foi?

— Não foi nada, eu só...

— A senhorita Isabeli estava expulsando-a quando a encontrei, senhor — Jairo diz e só agora percebo que ainda está por perto. — Intervi a tempo.

As narinas de Andreas inflam e cerra a mandíbula.

— Obrigado por trazê-la para mim, Jairo — diz sério. — Pode voltar a seu posto.

Jairo nos deixa e continuo sob o olhar perscrutador do homem que acaba de levar a última parte de mim. E pior de tudo é querer que ele me ame também. Meu peito dói sabendo que isso nunca irá acontecer. Em breve estará com outra sub e serei esquecida.

— Ela não vai mais te importunar, garanto — diz com desgosto, seus dedos começando a traçar meu rosto delicadamente, seus olhos caem para a minha boca e inflamam. — Quero te beijar — sua voz carrega frustração.

— Eu também — confesso. Sua mão segura minha cintura e arfo, meu corpo se descontrolando apenas com esse simples toque.

— Amanhã, meu bebê — sussurra bem perto da minha boca. — Vamos tirar o dia de folga. Que tal ir para o litoral, velejar? Passear de iate?

Mais lágrimas se reúnem em meus olhos com sua proposta. Em dois meses juntos nunca saímos da cobertura ou do calabouço. Estendo a mão, tocando seu rosto perfeito, sua barba, sua boca. Não sei o que ou como farei, mas não posso ficar sem esse homem. É o sentimento mais poderoso que já senti. Entristece-me perceber que nem por Breno me senti dessa forma, completamente arrebatada.

— Eu vou para onde você quiser — digo, minha voz um pouco ofegante e tremente.

Seus olhos se iluminam e um pequeno sorriso curva sua boca. Murmuro com todo o amor recém-descoberto:

— Feliz aniversário, And!

— Obrigado.

Seus olhos continuam desviando para a minha boca. Estou usando um batom vermelho-escuro. Meus cabelos soltos, um presente para ele. Uso apenas uma presilha de esmeraldas que acompanha a coleira.

— Você já me felicitou, esqueceu?

Meu rosto esquenta. Sim, o felicitei depois da meia-noite no calabouço. Ele estava dentro de mim, fodendo-me em pé, algemada em uma das jaulas sem cama. Seus olhos ficam escuros, indicando que está lembrando disso também. As coisas foram tão intensas que tive que recorrer à maquiagem nos machucados em meus pulsos, pescoço e costas. Foi meu presente de aniversário junto com uma caneta caríssima folheada a ouro.

Um pequeno sorriso se abre em minha boca e expulso todos os pensamentos conflituosos da mente, decidindo desfrutar da sua noite especial.

— Desejos de felicidade nunca são demais, meu senhor — murmuro no tom submisso que ele ama.

— Não, linda. Não são — anui, seus olhos lindos presos aos meus. Há algo lá que não havia antes, mas não sei o que é. — Venha comigo. Vai sentar-se com a minha família.

Engasgo. Então a hostess estava mesmo certa.

— And, não sei se isso é aconselhável. Sua noiva estará na mesa — aponto, ressabiada e enciumada.

Seus dedos traçam meu rosto num toque suave enquanto me olha com a reverência que tenho visto ultimamente.

— Exatamente por isso, Maya — sussurra. — Você é a minha mulher também. Não vou deixá-la jogada pelos cantos, bebezinha. Eu quero-a lá, na mesa da minha família.

Ah, Deus, meu coração tolo parece que vai explodir com suas palavras determinadas. Ele me quer tanto assim? A declaração está na ponta da minha língua, gritando para sair. Todavia, não posso lhe dizer. Não posso. Nossas vidas estão destinadas a seguir separadas.

— Obrigada — digo, embriagada nele, desejando unir nossas bocas bem aqui no meio da sua festa e mostrar que esse homem lindo é meu também. — É errado estar na mesma mesa que sua futura esposa — aponto e ele sorri perverso, fazendo-me rir também. — Mas saber que você me quer lá significa muito para mim.

Seus olhos cintilam, o verde destacando, refletindo meu vestido.

— Em breve você estará em todas as comemorações familiares, Maya — anuncia. Minha respiração trava. O quê?! — Eles sabem que é a minha mulher, a minha escolha.

— Sua escolha? O que isso quer dizer? Estou confusa esta noite — jorro as perguntas e ele sorri, os dentes brancos e retos destacando no rosto moreno.

— *Bambino*, sei que todos já sabem, mas tente manter algum decoro para o público, ao menos esta noite.

A voz masculina desconhecida contém desagrado, embora seja calma. Viro-me para ver quem é e engulo seco ao dar de cara com ninguém menos que o patriarca Montanaro. É um homem ainda forte e bonito aos cinquenta e oito anos, mas sua expressão não é amigável para mim.

— *Papà*, esta é Maya. — Andreas coloca a mão em minhas costas, o calor da palma tocando minha pele me dá certo conforto para enfrentar seu pai carrancudo. — Este é meu pai, Gian Lucca Montanaro, branquinha.

— Prazer em conhecê-lo, senhor — cumprimento em tom ansioso.

Seus olhos escuros se estreitam sobre mim e aceita meu cumprimento. Sua mão grande engole e quase esmaga a minha num aperto desconfortável.

— Senhorita. — Inclina levemente a cabeça.

Não me passa despercebido que não diz ser um prazer me conhecer. Bem, está escrito em sua cara, mas o homem podia pelo menos fingir ser educado.

— Sua noiva está lhe aguardando na mesa, *figlio* — avisa, seus olhos duros e ameaçadores nunca desviando dos meus. — Eu acompanho sua *ragazza* até lá. Só preciso ter uma conversa com ela antes.

Torno a engolir em seco. Quero implorar a Andreas que não me deixe sozinha com ele, mas não sou covarde. Enfrentarei o que quer que tenha para me dizer. Os dois trocam olhares silenciosos, porém, com muitos significados. Andreas emite um som frustrado e me olha. Meu coração aquece ao ver sua preocupação comigo.

— Estarei bem ali na mesa — sussurra no meu ouvido. — Ele não vai te fazer mal — garante e se afasta, conferindo meu rosto.

Aceno, com um pequeno sorriso. Ele se inclina e beija meu rosto suavemente. Quero fechar os olhos com a sensação, mas seu pai está me observando com cara de poucos amigos. Andreas se vai e fico à mercê do olhar ameaçador do homem.

— É muito esperta para alguém tão jovem — diz numa voz fria. — Mas saiba que estou de olho em você. Se ao menos ousar respirar errado perto de meu primogênito, eu mesmo te mato — ameaça e meu sangue gela.

Seus olhos são poços sem alma, lembrando-me de Andreas quando o conheci.

— Você não nos conhece, menina. A decisão acertada seria dar o fora daqui e da vida de *mio figlio*.

— Eu o quero e ele me quer. Não irei a lugar nenhum — assusto-me ao responder, ainda que me borrando de medo desse homem sinistro.

— Por enquanto. — Seu sorriso é cruel ao adicionar: — Também tive minha cota de putinhas inúteis quando era mais jovem, contudo, deixei todas por amor a minha esposa. And fará o mesmo. *A famiglia* sempre virá em primeiro lugar para um Montanaro.

Eu pisco, suas palavras degradantes me atingindo duramente. Com um sorriso frio, pega minha mão e coloca-a na dobra do seu braço.

— Agora sorria, *cara*. Meu filho te quer na mesa, junto com todos.

Respiro fundo, reprimindo a vontade de mandar o velho para o inferno. Com meu estômago se revolvendo, eu rio, um sorriso tão falso quanto o seu e o deixo me levar até a mesa. É a maior e está lotada com homens e mulheres elegantes. O burburinho começa assim que me notam no braço do patriarca. Mulheres cochicham entre si e os homens me avaliam, com olhares cínicos e cobiçosos. Então, meu coração esmaga ao ver Andreas na outra ponta, do lado da vaca. Ela me lança um olhar de morte e, em seguida, sorri, cruel como seu futuro sogro.

Sou apresentada a todos de forma genérica. Aceno, sentindo meu rosto corando por ter todas as atenções em minha direção. Pior, por todos saberem que sou amante de Andreas. Gian Lucca puxa uma cadeira do lado de uma mulher loira que está me dando um olhar de pena. Acomodo-me, sentindo-me acuada.

— Aguente firme, *cara* — a loira cochicha. — Nós, as segundas esposas, não podemos mostrar fraqueza ou seremos trucidadas pelas *puttane*[17] das primeiras.

Estou abrindo a boca para perguntar do que está falando quando o som de uma colher tocando uma taça, chama a atenção da mesa. Olho na direção e Andreas está em pé, um sorriso largo no rosto, seu olhar mirando Isabeli, que permanece sentada. A realização da cena faz meu estômago embrulhar. Ele vai... Meu corpo gela, um frio decepcionante me invadindo. Meu peito dói tanto que penso que vou morrer. Ele vai anunciar seu casamento com outra mulher. Desvio o olhar da cena e encontro Gioconda me observando. Surpreendentemente, não vejo a animosidade daquela manhã na cobertura. A matriarca me estuda com uma expressão quase de pesar.

— *Buonasera*![18] — ouço a voz grossa cumprimentando, mas não o olho mais. Não consigo vê-lo anunciando seu casamento com outra. Não consigo. — Todos sabem que Isabeli Valente é a escolhida para levar meu nome — sua afirmação é como se enfiasse uma faca em meu peito. *Ela* é a escolhida para levar seu nome, enquanto eu fico apenas com... Nada. — É com alegria que anuncio nosso casamento para daqui a um mês!

A euforia na mesa é grande, meus olhos se enchem de lágrimas humilhantes. É isso, eu não fico com nada. Não conseguindo ficar nem mais um segundo sentada como uma pateta, levanto-me e saio correndo, sem saber em qual direção, apenas correndo. Ouço Andreas me chamando, mas não paro. As lágrimas estão banhando meu rosto. Avisto a entrada para os toaletes, porém, antes que chegue até lá, um som alto e assustador ecoa por todo o salão. Sou levantada no ar e arremessada contra uma parede. Grito, o impacto violento me trazendo gosto de sangue à boca. Escorrego para o chão, minha cabeça e corpo doendo, meus olhos pesando. Os gritos de horror preenchem o salão. Poeira, escombros caindo para todo lado.

— Maya! Onde você está? Maya? — ouço a voz dele ao longe. Em seguida, soa mais desesperado. — Vão logo! Procurem por ela! Encontrem-na, porra!

Então, eu apago de vez.

17 Putas, em italiano.

18 Boa noite, em italiano.

CAPÍTULO TREZE

Na vida, somos reis ou peões.
(Alexandre Dumas, pai)

Maya

Eu ando pela grama verde, o vento soprando em minha pele, a água do mar azul é um cenário deslumbrante além do penhasco. Há um homem na borda. Meu coração se alegra ao ver que é Breno. Começo a correr em sua direção, mas aí me lembro de que já não o amo como antes. Meu coração é de Andreas agora. Meu primeiro amor estende a mão, seu sorriso lindo causando um aperto doloroso em meu peito. Lágrimas queimam meus olhos por tê-lo traído. Quando percebe que não vou até ele, sua mão abaixa e seu rosto se transforma numa carranca feia. Como num passe de mágica, aparece bem na minha frente, sua mão se fechando no meu pulso.

— Sua vagabunda! Trepou com o homem que me matou e ainda se apaixonou pelo maldito! — brada e, neste momento, seu rosto bonito se transforma numa caveira. Terror me toma com a imagem pavorosa. Tento me soltar, porém, seu agarre é forte. Ele passa a me arrastar em direção ao penhasco.

— Não! Largue-me! — Choro aterrorizada.

O monstro no lugar de Breno continua me arrastando para o precipício.

— Não me leve, por favor! Não...

— Você matou pessoas inocentes, Maya. Acha mesmo que merece ficar viva? — A voz e rosto voltam a ser de Breno.

Matei pessoas inocentes?! Quando? Eu jamais faria isso. Jamais. Aterrorizo-me ainda mais.

— Você era tão pura quando te deixei. — Seus olhos parecem atormentados agora. — Mas agora já não é mais. Deixou aquele assassino te corromper.

— Não, eu sou a mesma. Sou...

— Não minta para mim, porra! Quer continuar com ele, sendo a puta do maldito, mesmo sabendo que é um assassino cruel! — rosna e volta a me arrastar. — Não posso deixar isso acontecer. Você é minha!

— Não, Breno, por favor! — imploro, mas ele me carrega, chegando na borda, o vento forte nos assaltando. O horror e a agonia são tantos que eu grito por ele, o homem que me corrompeu além da reparação: — And! Salve-me! Por favor, salve-me!

— Sua prostituta! — Breno rosna e pula do precipício, levando-me junto com ele.

O vento frio perpassa meu corpo na queda fatal.

— Não! Por favor, não... — Remexo-me na cama na agonia de cair para a morte. — And... Salve-me... Eu te amo... Por favor, salve-me... — Choro, soluçando.

Então, meus olhos se abrem e a queda para. O frio em minha pele, a visão pavorosa das rochas se aproximando. Tudo para.

Sento-me, minha respiração está acelerada, meu coração batendo com força. Um quarto estranho me saúda quando corro os olhos à minha volta. Alívio me toma. Foi um sonho. Graças a Deus! Graças a Deus. Repito uma e outra vez enquanto minha pulsação normaliza. Estou sobre uma cama *king size dossel*. É ainda maior do que a da cobertura. Os lençóis de seda preta acariciam minhas pernas. Minha respiração vai normalizando, conforme observo tudo. Onde estou? Sei que, onde quer que seja, é um imóvel de And.

As memórias da sua festa voltam em minha mente. A explosão, eu sendo jogada contra a parede. Sua voz gritando por mim. Depois disso, as imagens parecem confusas. Ele gritando mais quando me encontrou. Seus braços fortes me levantando, mantendo-me junto a si, ordenando que chamassem uma ambulância. Gritos. Sons lamentosos, choros. O cheiro metálico do sangue invadindo meus sentidos. Meus olhos não se firmavam abertos. And falando comigo o tempo todo, garantindo que eu iria ficar bem. Sua voz era desesperada, mas eu não conseguia responder. Minha cabeça doía muito e eu estava com sono.

Fiquei muito machucada? Mexo-me, testando meus movimentos. Novo alívio. Não estou. Meu corpo ainda está um pouco dolorido do choque violento, porém, não quebrei nada. Toco minha cabeça, constatando que não há machucado aparente. Assovio ao tocar meu rosto, no entanto. O lado direito está dolorido, meu supercílio machucado, mas parece que são apenas esses machucados. Suspiro e me arrasto para fora da cama. A brisa noturna sopra através da varanda que parece ser enorme. O quarto está iluminado apenas pelo abajur. Ando até o primeiro interruptor que vejo, ligando-o. O ambiente se ilumina e minha respiração trava com todo o requinte diante de mim. Tudo é mais luxuoso do que na cobertura. Bocejo e percebo que minha boca tem um gosto horrível. Faço uma careta e avisto uma porta do lado direito, dirijo-me para lá, na esperança de ser o banheiro. É um *closet* imenso e, do lado esquerdo, um espaço retangular de vidro, onde fica o banheiro. Ando até lá e entro. Minha imagem refletida no espelho da pia faz minha careta aumentar. Estou horrível. Meu rosto cheio de pequenas escoriações. Meu cabelo parece um ninho de pássaros.

Contrastando com minha aparência horrenda, a camisola longa de seda branca é simplesmente linda. Acho que ainda mais do que as que And comprou para mim antes. Bocejo outra vez e levo a mão à boca, sentido uma leve dor no dorso, observo e percebo a marca de uma picada. As lembranças povoam minha mente. Um médico me examinando. A agulha sendo empurrada em minha veia. Alguém me dando sopa na boca. O toque *dele* em meu rosto. O som da sua voz me chamando de *seu bebê*.

Uma cama extra macia, seus braços à minha volta. Meus olhos lacrimejam quando recordo da minha descoberta antes de tudo explodir. Eu o amo. Amo com tanta força que nada mais me importa. Mesmo sabendo que é um criminoso, quero ser sua. É como se uma lavagem cerebral tivesse sido feita em mim. Minha bússola moral está sendo jogada no lixo por amor a esse homem. Aliás, onde ele está? Pergunto-me, querendo ir procurá-lo pela casa, mas uma olhada em meu estado faz-me mudar de ideia e tomar um banho primeiro.

Puxo a camisola por cima da cabeça e entro no box. Tomo um banho quente e relaxante, aproveito e lavo meu cabelo. Saio, enxugo-me e escovo os dentes. Visto um roupão preto enorme que presumo ser dele e penteio meu cabelo, deixando-o secar naturalmente. Volto ao quarto me sentindo revigorada e pronta para ir em busca do meu homem. Desço alguns degraus para a espaçosa sala de estar. Há pinturas de artistas famosos, uma lareira onde o fogo crepita mansamente. Um bar no canto perto das janelas enormes que dá para um jardim escuro. Um aparador me chama a atenção e ando devagar até lá. Fotos do And com o Álvaro e também com os pais estão sobre o móvel lustroso. Meu coração salta no peito. Essa é a sua casa oficial? Na cobertura não há fotos pessoais espalhadas. Olho o quarto inteiro e abro uma porta lateral, dando num vão grande, sem móveis, apenas grandes quadros nas paredes e algumas esculturas no chão. Então, um som de saxofone flutua até meus ouvidos. Eu franzo a testa e atravesso o cômodo na direção de uma grande varanda, de onde o som parece estar vindo. Paro no limiar das portas de vidro, a vista de uma mata fechada em meio às luzes de São Paulo me encantando.

É maravilhosa a visão daqui de cima. Suspiro. O som do sax fica mais intenso e olho para o lado esquerdo. Meu corpo acende ao ver And de costas para mim, virado para outra parte do jardim. É sempre um susto ver a naja grande e assustadora tatuada bem no meio das costas largas. Passado o susto, eu babo na pele morena, nos músculos bem definidos, ondulando à medida em que manipula o instrumento. Um instrumento que não sabia que tocava. A melodia suave é um contraste com a figura grande e letal do homem tocando. Sua beleza sombria me seduziu e escravizou desde o primeiro momento. Eu ando devagar, precisando estar perto dele tal qual preciso de ar para continuar respirando. Alcanço-o e o abraço por trás, enfiando o nariz em sua pele, cheirando-o. Ele para de tocar, obviamente surpreso.

— Continue, por favor — peço, enchendo suas costas de beijos, depois mordendo delicadamente.

Ele ri baixinho e geme, pegando minha mão direita e depositando um beijo suave no dorso, imagino que sobre a marca da intravenosa. Puxa-me, girando-me para a sua frente. Eu vou e suspiro quando meu olhar encontra o seu. Nunca me canso de dizer o quanto é lindo. Seu cabelo está um pouco revolto esta noite, mechas caindo sobre a testa e o brilho intenso nos olhos verde-musgo enquanto me observa me faz arfar.

— Estava lindo. Onde aprendeu a tocar assim?

Em vez de responder, seu braço enrola na minha cintura e sua boca abaixa na minha. Abro meus lábios, meu coração saltando por sentir seu gosto perfeito. Ele geme, passando a chupar minha língua, lento e gostoso. Acaricio seu peito e ombros, entregando-me sem reservas. Meu centro molha, pulsando. And ri na minha boca, percebendo minha excitação e interrompe o beijo mordendo meu lábio inferior. Levanta a cabeça para me olhar.

— Oi, branquinha — sussurra roucamente, seu olhar correndo por todo o meu rosto machucado. — Como se sente hoje?

— Um pouco dolorida, mas agora que estou com você, eu me sinto incrível — digo, pegando sua nuca, trazendo sua boca para perto de novo. — Quanto tempo fiquei apagada? Parece uma eternidade desde que te beijei.

Ele ri, um riso lindo e livre do cinismo. Roça a boca na minha.

— Dois dias — revela e me assusto.

— Tudo isso?

— Sim, teve uma concussão pela pancada forte na cabeça. — Traça meu rosto. Seu toque e olhar são ternos. Pergunto-me como consegui isso, que olhasse para mim desta forma. — Ficou internada e sedada por um dia inteiro. Eu te trouxe para cá ontem à noite.

— Onde estamos? — pergunto, louca para que fale o que estou pensando.

— Na minha casa — murmura e meu peito falta explodir. Trouxe-me para a sua casa. Ah, Deus... Meus olhos ardem, meu amor por ele se tornando impossível de ser escondido.

— Por que me trouxe para cá, And? — sussurro, lembrando-me das ameaças de seu pai.

— Eu não podia te [illegible] Maya — afirma com ferocidade.

Pego sua mão do me[illegible] palma quente, meu peito aquecendo com seu cuidado. Não posso p[illegible] haver uma saída para essa enrascada em que me meti. Nego-me a [illegible]mos. Mas como, meu Deus? Como farei para continuar com ele? E[illegible]-o desde o primeiro dia em que nos encontramos. Não posso con[illegible] me mataria? Um frio agourento percorre meu corpo e estremeço.

— Você está bem [illegible]unta, a preocupação voltando em seu semblante.

— Sim — murmur[illegible] sua mão. — Agora sim. Toque para mim — peço suavemente. [illegible]a que tenho o privilégio de ver Andreas Montanaro tocando sax.

Seu sorriso lindo torna a se espalhar na boca sensual.

— Alguma preferência? — pergunta, dando-me selinhos deliciosos.

— Surpreenda-me, meu lindo senhor — murmuro submissa.

Morde minha boca, então, afasta-se um pouco, empunhando o instrumento novamente. A brisa noturna desmancha seu cabelo. Seus belos olhos seguram os meus e ele volta a tocar. Suspiro com encantamento. Consigo reconhecer as notas de um rock clássico. Recosto-me à balaustrada e o assisto sem nem ao menos piscar. Suas tatuagens, seu rosto e seus olhos avisam que não é do tipo suave, ainda assim, é arrebatador. Lindo. Sombrio. O homem que amo com todo meu coração. Aplaudo quando termina uma e ele ri, os olhos nunca desviando dos meus. Faço a mesma coisa a cada melodia tocada, até que para e coloca o instrumento sobre uma das espreguiçadeiras. Aproxima-se, prendendo-me contra o parapeito de vidro. Levanto minhas mãos, espalmando seu peito largo. Não me contenho e me inclino, depositando beijos em sua linda pele. Sacudo a língua em seu mamilo esquerdo. Ele geme, enrolando um braço em minha cintura e pegando minha nuca com a outra mão, levantando meu rosto para o seu.

— Você está bem para foder, bebezinha? — pergunta e me molho toda com sua crueza.

Aquele canto de boca perverso sobe, sabendo exatamente o efeito que sua pergunta me causou.

— Perfeitamente bem, meu lorde — respondo, enlaçando seu pescoço, ficando na ponta dos pés.

Ele me pega pela bunda, fazendo-me abraçá-lo com as pernas.

— Ocorreu-me que não dançamos na sua festa — comento e faço uma careta ao recordar o motivo. Eu corri quando anunciou seu casamento com a vaca para daqui a um mês.

Um mês. Dentro de um mês ele será marido de outra.

— Não, não pense nisso — pede com suavidade. — Somos só eu e você aqui, não traga ninguém mais para cá, Maya.

— Você será oficialmente dela em um mês, And. Difícil esquecer algo assim — digo com desgosto.

— Não. Pense. Nisso — diz pontuando cada palavra. — Você é minha mulher também e todos sabem agora.

Meus olhos ardem, mas engulo o ciúme. A desilusão por não ser a única em sua vida.

— Dance comigo. Eu sonhei dançar com você lá na festa — confesso. — Comprei o vestido da cor dos seus olhos para agradá-lo. Ansiei para passar a noite inteira na cama com o meu dono em sua noite especial.

— Eu não dormi com ela, se é isso que está pensando, branquinha — sussurra, os olhos intensos nos meus. — Estive com você no hospital desde a explosão.

Ah, Deus, sua confissão me deixa sem palavras. Ele esteve o tempo todo comigo?

— Muita gente se machucou? — pergunto, só agora lembrando de fazê-lo.

Seu olhar escurece e seu rosto se transforma em cólera.

— Sim. Muita gente. Um casal de convidados morreu — informa, trincando a mandíbula.

— Você tem ideia do que pode ter acontecido?

— Uma bomba. Implantaram uma bomba na minha maldita festa de aniversário — revela com ira evidente.

Arregalo os olhos. Implantaram uma bomba? Eu pensei que tivesse sido algum vazamento de gás ou algo do tipo. Jamais cogitei algo premeditado.

— Suspeita de quem possa ter sido?

— Sim, mas quando eu colocar as mãos sobre eles não vai sobrar nada para contar a história, eu garanto — afirma. Seu olhar letal me causa um tremor ruim. Então, expira longamente e começa andar comigo de volta para dentro. — Essa conversa não é para os seus ouvidos. Meu lindo bebê queria dançar comigo? — seu tom suaviza, aproximando a boca e mordiscando a minha, encerrando a conversa pesada. — Vamos lá.

Entramos na suíte onde acordei há pouco e ele nos dirige à sala de estar, pegando o controle na mesinha de centro, ligando o sistema de som. É uma rádio local, um programa de músicas românticas dos anos noventa, o radialista anuncia. Os acordes iniciais de *Queen of Rain* de Roxette soam no quarto e sorrio nostálgica. Era a banda preferida de minha mãe. Cresci ouvindo e me emocionando com as letras maravilhosas. And escorrega-me para o chão e seus braços enrolam em minha cintura, colando-nos bem gostoso. Começamos a nos movimentar, embalados pela melodia perfeita. Seu rosto abaixa e ficamos nos olhando enquanto dançamos. Se eu pudesse congelar um momento seria este: a forma como está me fitando, seus braços fortes ao meu redor.

Naquela enorme casa há cinquenta portas.
E uma delas leva ao seu coração...

— Eu amo esta. Era a banda preferida de minha mãe — sussurro.

— Ela tinha bom gosto — responde.

A intensidade em seus olhos me deixa tonta de desejo.

Eu já me apaixonei antes.
E quanto a você?
Há tempo para as coisas boas da vida.
Um tempo para matar uma dor na vida.
Sonhando com o sol, você, rainha da chuva...

Suas mãos acariciam minhas costas e sobem, afastando as lapelas do roupão dos ombros, descendo, expondo meus seios. Meu pulso acelera, meus mamilos endurecendo sob o peso do seu olhar faminto. Desfaz o laço da minha cintura e o tecido felpudo escorrega pelo meu corpo, caindo no chão. Sendo ousada, pego o cós do seu moletom e puxo para baixo. Seu pau salta para fora, duro, grosso. Lambo os lábios, salivando para sentir seu gosto. Ele geme rouco quando pego seu eixo, massageando para cima e para baixo. Agilmente se livra da calça, ficando nu e lindo na minha frente. Suas mãos passeiam pelas minhas costas, cintura, bunda. Voltamos a nos mexer no ritmo da música, tocando-nos e nos devorado com nossos olhares. Suas mãos giram pela minha frente, tocando minha barriga e subindo para os seios. Engasgo ao senti-las enchendo em meus montes, sovando-os gostosamente. Puxa os bicos e choramingo, a dor e o prazer inflamando meu corpo. Enfia uma mão na minha nuca e ampara minha cabeça, a boca morna mergulha na lateral do meu pescoço. Meu sexo pulsa sem controle, o creme grosso encharcando minhas paredes vaginais. Ele me morde forte e lambe delicadamente depois. Convulsiono, pendurando-me em seus ombros.

And sorri, subindo a boca para o meu ouvido, sugando o lóbulo. Arranho sua pele com minhas unhas e ele geme rouco, fazendo o caminho de volta pelo pescoço, descendo para o colo e grito quando abocanha meu seio esquerdo. Sua boca é malvada, chupando com força, mordiscando o bico. Estou pingando, quase implorando que me toque onde preciso. Gemo em lamento e ele torna a ri, mudando para o outro seio, sugando-o com a mesma pressão gostosa e dura. Então, escorrega uma mão pelo meu ventre, pegando minha vagina em cheio. Resfolego, seus dedos esfregando minhas dobras molhadas. Suas chupadas ficam mais gananciosas e empurra dois dedos em minha vulva. Choramingo, abrindo mais as pernas, dando-lhe acesso total. Ele me arqueia, mamando duramente em meus seios enquanto me come com os dedos. Esfrega meu clitóris com o polegar e começo a respirar entrecortado, meu baixo ventre sendo invadido pelas ondas pré-orgásmicas. Vai e vem bem fundo muitas vezes e passa a massagear meu ponto G, sua língua sacudindo meus mamilos em lambidas suaves e indulgentes.

— Ahh, And... — gemo, começando a espiralar, o gozo vindo sem pedir licença.

— Goza, meu bichinho — ordena com condescendência e me desfaço, gemendo alto, o orgasmo explodindo em minha vagina.

Ele me come até as ondas passarem e puxa os dedos, parando de lamber meus seios. Respiro tremulamente e me inclino, beijando seu pescoço, chupando, raspando os dentes. Segura meu cabelo, puxando-o. Doí mais do que o normal, por causa da concussão e ele afrouxa com um olhar preocupado. Choramingo e chupo seu mamilo direito, minha mão escorregando pelo abdômen sarado, pegando seu pau duro como rocha entre nós. Eu o masturbo enquanto continuo chupando, deslizo a língua pelo seu peitoral. Desço pelo abdômen, lambendo sua pele linda. Seu corpo grande estremece, seu gemido rouco rivalizando com a música. Abaixo-me, sem parar de lambê-lo, até ficar de joelhos à sua frente. Ele junta meu cabelo no topo da cabeça, com cuidado para não me machucar.

— Eu tenho a melhor putinha — diz asperamente e volto a choramingar em lamento.

Segurando seu olhar, eu chupo a cabeça bulbosa. Um som feral sai da sua boca, seus olhos fumegantes nos meus.

— É isso, meu bebê, mama bem gostoso no meu pau.

E eu faço, arreganho bem a boca, engolindo o eixo longo e grosso pouco a pouco até estar entalada. Seguro sua bunda e gemo, minha garganta sendo agredida conforme levo-o todo. And ruge guturalmente e agarra meu pescoço, puxando quase todo e voltando a meter até o meu limite. Inspiro o cheiro da sua pelve.

É deliciosamente másculo. É embriagador, como um afrodisíaco poderoso. Passo a mamar bem forte enquanto fode a minha boca. Seus gemidos de prazer me deixam ligada outra vez. Massageio suas bolas e desço, engolindo uma, sugando forte do jeito que ele gosta. Passo para a outra e mordisco a pele sensível.

— Maya... — ele geme alto e rouco, e volto a engolir todo o eixo, sugando fundo e forte.

Não demora, sinto-o engrossando mais e, com um rugido feral, os jatos jorram em minha garganta. Engulo seu esperma avidamente.

— Ah, porra, menina... — resmunga, segurando minha cabeça, forçando-me a beber tudo.

Minhas lágrimas escorrem pelas faces. Minha garganta dói, ferida, mas continuo agradando meu dono. Quando termina, eu o limpo inteiro. And sibila por entre os dentes, seu corpo ainda nos espasmos de prazer. Ele me puxa para cima e me levanta pela bunda, levando-nos em direção à cama. Gemo em deleite ao sentir a maciez dos lençóis quando me deposita no centro e se mantém entre minhas coxas. Seus olhos me fitam com um misto de posse e reverência.

— Pulsos cruzados acima da cabeça, bebezinha — ordena com voz engrossada.

Obedeço imediatamente e ele se afasta, ficando sentado sobre os tornozelos, o olhar correndo por mim inteira. Suas mãos acariciam minhas coxas abertas e sobem pelo ventre, pegando meus seios. Arqueio as costas, oferecendo-me para o toque deliciosamente suave. Grito quando os tapas começam. Ele bate na carne macia e puxa os mamilos, fazendo-me sibilar de dor. Minha vagina molha mais, palpitando, ele sabe disso e passa a deslizar a cabeça gorda entre minhas dobras. Procura a vulva, massageando, forçando um pouco a entrada. Prendo a respiração, querendo-o dentro de mim com desespero. Ele se retira, voltando a esfregar minhas dobras, meu clitóris, enquanto castiga meus mamilos. Com um sorriso malvado, debruça-se e arreganha mais minhas coxas, a boca engolindo meu sexo quase inteiro. Eu grito alto, estremecendo. Ele começa a lamber, chupar e mordiscar suavemente minha carne molhada. Não introduz nenhum dedo e meu interior lateja, oco, ansiando ser preenchido. Pega meu clitóris e o puxa da capa, raspando os dentes com suavidade. Quero segurar sua cabeça e rebolar em sua boca, mas não posso. Ele não pediu.

Estou quase gozando quando sobe de volta, o corpo grande me esmagando, seu peito encostando no meu. Prende meu pescoço pela frente, apertando-o, e levanta minha perna direita para seu ombro. Alinha-se em minha vulva e respiro entrecortado, esperando para ser preenchida. Seus olhos fervem com posse dentro dos meus.

— Por favor... — imploro e ele geme alto, metendo em mim numa única estocada. — Ai! A!i! — berro, convulsiono, dor e prazer se espalhando como uma droga em meu sistema. — And... — choramingo, minha vulva ficando ainda mais cremosa à sua volta. O prazer é tanto que saio da posição submissa, agarrando seus ombros.

— Gostosa... Gostosa demais... — murmura asperamente, puxando, deixando só a ponta e voltando a estocar, desta vez mais devagar.

Resfolego, abrindo-me o máximo que consigo para levá-lo até o punho. Ele rosna quando as bolas batem na minha bunda, seu eixo grande e grosso rasgando meu canal além do meu limite.

— Meu bebê... — seu tom é cheio de admiração e tesão, os olhos verde-musgo dentro dos meus como seu pau dentro da minha vagina.

Toco seu rosto de cada lado, meus olhos se enchendo de lágrimas, as emoções intensas demais para suportar. And me come, socando fundo e forte, seus gemidos roucos soprando na minha boca. Neste momento eu tenho a certeza de que não posso ficar sem ele. Não posso seguir minha vida sem esse homem. Oh, Deus, eu não posso.

— Eu te amo. — Soluço, não conseguindo mais segurar meus sentimentos.

Ele para de se mexer, seus olhos sendo tomados pelo choque. Meu coração parece parar também enquanto observo a sua reação. Sua respiração engata e um misto de emoções são refletidas em seu rosto. Incredulidade, alegria e, por último, o brilho possessivo que me acostumei a ver em sua íris sempre que está dentro de mim.

— Eu amo você, And — repito, minhas lágrimas caindo pela lateral do rosto. — Sei que era para ser só sexo, mas me apaixonei por você. Eu sofro quando está longe de mim. Sofro por saber que não é só meu.

Faz um som gutural na garganta e volta apertar meu pescoço, estocando com força em minha vulva. Come-me vorazmente, os olhos tão intensos que me assustam.

— Porra, Maya! — resmunga, fodendo-me sem trégua, o som de foda dura ressoando pelo quarto.

Retira meu tornozelo do seu ombro e o abraço com as pernas no mesmo instante.

— Diga isso de novo, bebezinha! — ordena, rasgando-me profundamente. Pega um punhado do meu cabelo e puxa dolorosamente. — Diga, porra! Eu quero ouvir.

— Eu te amo! — grito, recebendo-o bem fundo, duro. — Eu te amo, eu te amo, And.

— Ah, branquinha... — ele geme rouco, olhando-me quase com adoração enquanto me come, dominando-me, enfeitiçando-me como fez desde o primeiro momento. — Você será a minha ruína.

Então, sua boca desce na minha, urgente, gananciosa. Eu beijo-o com meu corpo, coração e alma. Nossas línguas duelam, lambendo-se, chupando-se gostoso, seu pau castigando minha vulva, indo e vindo sem dó. Eu sabia que não me devolveria a declaração, mas essa sua reação é muito melhor do que esperei, para ser sincera. Ele tem que sentir algo para além do sexo, sei que sim. Passa os braços por baixo dos meus ombros e estoca com tanta força que berro, meu corpo estremecendo sem controle. A quentura do orgasmo espirala em meu ventre. Ele ruge, descendo a boca pelo meu pescoço, chupando gostoso. Viro o rosto e ele suga a minha orelha, mordendo, lambendo. Estou arquejando, quase gozando e sua voz soa perversa no meu ouvido:

— Assim, meu bebê, goza no pau do seu dono. Vamos! — Bate em mim com brutalidade e eu berro, sendo seguida por seu urro animalesco. — Maya! Ohh, porra... Maya...

— Goza em mim, And... Enche-me, por favor... — imploro e ele ruge mais alto, então, começamos a gozar juntos.

Meu sexo explodindo em ondas escaldantes enquanto seu sêmen se derrama em minhas entranhas. Nossos olhares estão presos um no outro, os tremores do orgasmo nos arrebatando.

— Meu dono, meu amor. — Choro, delirante, tocando seu rosto inteiro, meu peito doendo de tanto amor por ele.

Suas mãos seguram meu rosto dos lados e nossas bocas se encontram de novo, mais urgentes, mais apaixonadas. Nossas peles estão escorregadias de suor, nossos gemidos de êxtase reverberando no quarto. And continua metendo em meu canal, incansavelmente. Parece um homem possuído, vigoroso ao extremo. Quando para, geme longo e rouco, ainda me beijando.

Permanecemos agarrados e ele enterrado em mim por não sei quanto tempo. Nossas bocas ainda unidas, agora mais lentas, saciadas. Está tocando outra balada romântica quando paramos o beijo para respirar. Abro os olhos encontrando os verde-musgo estudando meu rosto. Sua expressão é relaxada. Acho que a mais leve que já vi até agora. Ele me dá um selinho e se retira de mim sem dizer nada. Rola para o lado, puxando-me para o seu peito. Ficamos em silêncio, sua mão deslizando numa carícia deliciosa em minhas costas e quadris. Suspiro, agarrando-o bem apertado, fechando meus olhos. Eu sei que ele sente algo e vou me esforçar para um dia ouvi-lo dizer que me ama de volta.

Desperto com o quarto novamente sob a luz do abajur. Viro-me para o lado de And e toco o travesseiro. Está frio. Constato, minha testa enrugando. Quanto tempo dormi? Pergunto-me e meu olhar cai para o relógio digital no criado-mudo. São três da manhã. Nossa! Apaguei mesmo depois que transamos. Meu corpo ainda sofre as consequências de ser arremessado contra aquela parede. Sento-me e me arrasto para fora da cama. Onde ele está? Encontro uma camisola curta de seda preta e penhoar combinando em cima do *recamier*. Visto e me preparo para sair em busca de And quando meu celular toca em algum lugar do quarto. Sigo o toque, encontrando minha bolsa sobre a mesinha de centro dentro do *closet* enorme. Pego-o e fico apreensiva ao ver o número de Valeska na tela. O que a mulher quer a estas horas? E o pior, ligou para meu número oficial, não para o pré-pago que sempre usamos para nos comunicar.

— Valeska? — atendo, apreensiva.

— Então você está bem — sua voz não parece feliz com essa constatação. — Pena que minha bomba não matou aquele infeliz e nenhum Montanaro — rosna e fico ainda mais apreensiva com sua revelação.

Ela plantou a bomba?

— Está dizendo que plantou a bomba? Mas, como?! Você é uma agente federal, como pode machucar tantas pessoas? — jorro as perguntas.

E então, paro, percebendo algo: ela sabia que eu também estaria lá e plantou a bomba. Um sentimento ruim começa a se infiltrar dentro do meu estômago.

— Como pôde fazer algo tão absurdo, Valeska? Eu também estava lá e você não me avisou que uma maldita bomba estava no local!

Ela sorri do outro lado. É uma risada sinistra que me deixa de cabelo em pé.

— Por que avisaria se eu queria você morta também, sua putinha estúpida? — diz e um frio começa a se espalhar pelo meu corpo. — Você nunca foi digna do amor de Breno. Na primeira oportunidade se transformou na puta do maldito Montanaro e ainda gostou muito disso.

— O-o que está dizendo? — balbucio, confusa, começando a ficar assustada.

— Seu amado Breno não era o poço de virtude e perfeição que pensava, querida — cospe. — Era meu amante. — Eu congelo, não acreditando no que estou ouvindo. — Ele odiava Andreas Montanaro, mas não morreu por causa do infeliz. Morreu porque insistia em se casar com a namoradinha ridícula da adolescência.

— Que porra de brincadeira é essa? — Crispo meus punhos, entre irritada e amedrontada. Ela não parece estar brincando.

— É isso, querida, você deixou enganar-se pela amante do seu noivo. Era comigo que estava a maior parte do tempo. Ele mal ia te visitar, como alguém consegue ser tão burra?

Suas palavras são cruéis e sei que sim, está dizendo a verdade. Assim como sei que essa mulher não pode ser uma agente federal.

— Breno trabalhava para os Montanaro. Aproximei-me dele e nos tornamos amantes. Eu o fiz trair os malditos. Eu fiz tudo! — Range os dentes. — O idiota tinha uma noivinha virgem no interior e precisava de uma mulher de verdade para... você sabe, saciar certas necessidades...

— Quem é você? — sussurro, meu peito transtornado por ter me deixado manipular pela amante de Breno, o noivo que coloquei num pedestal. O noivo para o qual jurei fazer justiça, vindo atrás de um homem perigoso e que pode acabar comigo se vir a descobrir tudo que fiz. Meus olhos se enchem de lágrimas desesperadas.

— Valéria Ramazotti, muito prazer — diz, e meu sangue gela dos pés à cabeça.

Ramazotti, a família rival dos Montanaro. A família da qual três homens sequestraram e estupraram até a morte a prima de And de apenas dezessete anos. Oh, meu Deus... O que foi que eu fiz? Ele nunca irá me perdoar. Todo esse tempo estive com a família que ele mais odeia, não com uma agente federal em busca de justiça. Era uma criminosa querendo se vingar de And e de mim, pelo que acaba de me revelar.

— Breno sempre falava que era uma garota inteligente, então, tive que me aproveitar de sua dor e revolta. Sabia que faria qualquer coisa para vingar seu noivinho querido. — Minhas lágrimas caem pelas faces, humilhantes, amedrontadas. O que será de mim agora? — Você se deixou seduzir pelo maldito, mas me serviu bem. Obrigada, querida. Com os últimos dados que roubou, vamos tomar o lugar dos Montanaro no Oriente Médio e México.

Eu soluço, odiando-me por ter roubado os dados. Não queria, já estava em conflito, porque o amor por And já ardia em meu peito. No entanto, não ouvi meu coração e roubei. Além disso, agora me sinto cúmplice na morte do casal atingido pela bomba na festa. Tenho sangue em minhas mãos também, porque estava mancomunada com uma assassina manipuladora e inescrupulosa. O sonho que tive com Breno me vem em mente. Era disso que falava sobre derramar sangue inocente. Eu me deixei manipular e matei aquele casal.

— De certa forma, eu venci, sua putinha infeliz — cantarola, triunfante. — Mesmo que não tenha matado os dois naquela festa, o resultado será o mesmo a longo prazo. — Ri sinistramente em meu ouvido. — Ele vai te matar quando descobrir quem é você, Maya. Acredite, ele o fará. Não importa quantas vezes tenha te comido nesses dois meses. Para homens como Andreas, você não é nada além de uma boceta apertada, querida. — Choro, não contendo meu desgosto e desespero. — Vinguei-me de Breno fazendo sua noivinha intocada se transformar na puta do seu inimigo e, de quebra, ainda estou de posse de todas as rotas e contatos dos clientes do Cobra.

— Cobra? — pergunto, atordoada.

Ela torna a rir.

— Meu Deus, você é realmente muito estúpida, menina — zomba. — Andreas Montanaro é o Cobra, o maior traficante de armas e drogas da América Latina. — Ri novamente. — Bem, era, porque sua ruina já começou.

Minhas pernas ficam moles, minhas mãos suam. Ela me falou algumas vezes sobre esse traficante e que estavam na cola dele, mas estúpida como fui, nunca me liguei em nada sobre esse assunto, porque meu interesse era em Andreas. A princípio pela vingança, depois, por ter me apaixonado perdidamente. Ele é o Cobra? Oh, meu Deus... A naja em suas costas... Minha respiração falha.

— Poderia dizer até logo, mas como sei que vai morrer nas próximas horas, até nunca mais, querida — diz com ódio e, em seguida, a linha fica muda.

Fico parada, incapaz de me mexer. Meu corpo inteiro está tremendo, estou paralisada com tudo que acabei de ouvir. Eu me meti com um traficante de armas e drogas. Tudo é pior do que pensei a princípio. Eu realmente entrei no inferno, dancei com o diabo e, não satisfeita, apaixonei-me por ele. O telefone volta a tocar em minha mão quase me matando de susto. Vejo o nome de Bianca e meu peito fica um pouco aliviado. Minha amiga, a única coisa boa e sincera que aconteceu comigo nesta cidade.

— Bianca — atendo-a, forçando minha voz a soar natural.

— Você está bem, graças a Deus! — exclama, seu tom soando preocupado.

Fecho os olhos percebendo que estava sem notícias minhas desde a explosão. Certamente And não lhe deu satisfações.

— Estou ótima, amiga! Foi só um susto, graças a Deus — murmuro, voltando ao quarto e acendendo a luz. Caminho em direção à sacada. Há um silêncio estranho do outro lado.

— Não falo sobre isso, amiga — sua voz soa uma nota diferente do que estou acostumada a ouvir. — Sei que está na casa de Andreas Montanaro, Maya. Escute-me com atenção, por favor, você precisa sair daí! Agora!

Seu tom é aterrorizado, fazendo-me estacar no meio da sala.

— O que está dizendo, Bianca? — inquiro, atordoada. — Como sabe que estou com Andreas?

Breve silêncio, depois vem mais desespero:

— Escute, não sou quem pensa que sou. — Respira longamente. — Meu nome é Bianca Ramazotti. Estive junto com Valeska para destruir os Montanaro.

Meu Deus... Arfo, levando uma mão à boca.

— Não... — murmuro, sem querer acreditar.

— É verdade, infelizmente — lamenta. — Mas gostei de você de verdade. Não foi tudo mentira. — Ela começa a chorar. — Ouça, você tem que ir embora daí, Maya. Andreas vai te matar se descobrir quem você é. Ele é muito perigoso. Todos eles são. — Seus soluços me deixam um pouco mexida. Ela parece sincera. — Sinto muito. Perdoe-me, eu sinto muito. Vá embora! Eu vou fazer o mesmo. Álvaro não pode me encontrar.

— Mas você não é uma Ramazotti? — pergunto sem entender.

— Sou uma bastarda. Eles não ligam se vivo ou morro, acredite — diz com voz entrecortada. — Saia daí, Maya. Corra para bem longe de Andreas, amiga! Vá!

O telefone é arrancado do meu ouvido e, em seguida, o cano de uma arma encosta na minha cabeça, por trás.

— Vire-se bem devagar, sua vagabunda.

A voz grossa, que era suave horas antes, agora é fria e letal. Meu corpo inteiro é sacudido pelo terror. Ele descobriu. Oh, meu Deus... O que será de mim? Meus olhos voltam a turvar de lágrimas com tamanha desventura. Eu me viro devagar e, quando nossos olhares se encontram, eu sei que o homem que estava se deixando amar por mim se foi. Suas narinas inflam enquanto me olha, seu semblante ainda carrega um pouco de incredulidade, acho. Mas isso é completamente soterrado pela ira tomando conta do seu rosto. As íris verde-musgo estão escuras, ameaçadoras, como nunca antes. Soluço, minhas lágrimas caindo pelas faces. Acabou. Eu o perdi. É o fim para mim.

— Eu te amo, isso era real. Eu juro, And. — Soluço e sou surpreendida com o tapa duro na minha face direita.

O impacto é tão forte que me derruba no chão, minha cabeça batendo no mármore do piso. O lado direito onde já estava machucado dói absurdamente e sinto gosto de sangue na boca. Náuseas sobem à minha garganta e, antes que me encolha, uma bota preta pisa no pescoço, firmando-me de costas no chão. Levanto minhas mãos, segurando-a, tentando sair debaixo, mas ele não deixa, pisa com mais força. Inclina-se, colocando a arma na minha testa, seus olhos são dois poços sem alma.

— Não ouse abrir a porra da boca para me contar mais mentiras, sua puta — ameaça e engasgo, sem conseguir respirar.

Ele continua me olhando e, quando penso que vai me matar aqui, asfixiada, sua bota sai do pescoço. Eu rolo, tossindo, puxando ar para meus pulmões.

— Levante-se! — ordena.

Demoro a fazer, porque ainda estou recuperando a respiração.

— Ele mandou levantar, sua prostituta!

Não sei de onde vem a voz, só sinto o chute em meu estômago. Grito de susto, de dor. Antes que processe o primeiro, vem mais um e, em seguida, outro. Eu fico completamente sem fôlego, meus olhos revirando. Viro-me e vomito no chão.

— Chega, porra! Eu a quero viva! — ele ruge para a noiva maldita. — Levante-se, vadia! — rosna, seus dedos puxando-me pelo cabelo, como garras letais e, mesmo me contorcendo de dor, levanto-me, segurando meu estômago. Meu rosto, minha cabeça, tudo dói. Seus olhos são uma mistura de fúria com frieza e me faz gritar quando rasga o penhoar e a camisola do meu corpo. Tento me cobrir e, só agora, percebo que o quarto está tomado por seguranças. Seus pais estão perto da nojenta e o Álvaro está com cara de poucos amigos em minha direção. Humilhação completa.

— Deixe-me dar a surra que essa ordinária merece, And! Estou com ela entalada, porra! — Isabeli range os dentes.

— Não. A puta é assunto meu, ela vai ter o que merece, pode apostar, meu amor — ele diz sem desviar os olhos dos meus.

É como um tiro no meu peito ouvi-lo chamando-a dessa maneira. Choro baixinho, sabendo que nada que eu disser vai mudar minha situação. Estou completamente em suas mãos. No pior sentido. Faz um sinal com a cabeça e Jairo se aproxima com algemas.

— Vai aprender a não brincar com gente grande, ratinha. — Pega meus pulsos, torcendo-os para trás das costas e me algema, sem qualquer delicadeza.

— Deixe-a sem comida e água — a vaca sugere numa voz satisfeita. — E deixe a vadia no escuro também.

Minha respiração falha. Deus, não! Eu morreria em alguns minutos tendo uma crise de pânico. Eu a encaro e a maldita sorri maléfica para mim. Mais lágrimas toldam minha visão ao ver Andreas puxando-a pela cintura para perto de si e beijando-a na boca. Diz-lhe algo e volta a me encarar, o brilho cruel cintila na íris verde-musgo e soluço, meu peito comprimido de tanta dor e humilhação.

— Você e seus comparsas estão com as horas contadas, vagabunda maldita — ele sibila, pegando meu cotovelo, arrastando-me para a porta.

Tropeço, o homem preocupado com minha integridade física já não existe mais. Como pude pensar que me daria bem diante de um criminoso como ele? Continua me puxando para levar-me ao meu destino, que imagino ser alguma câmara de tortura. Todos me olham, deixando-me envergonhada por estar nua. O ímpeto de abaixar a cabeça vem, mas me recuso a isso. Levanto meu queixo, saindo nua e derrotada, chorando, mas de cabeça erguida.

Saímos do quarto e sou arrastada pela escada. Logo estamos entrando na garagem. Um saco preto é colocado sobre a minha cabeça e luto para respirar. Oh, meu Deus! Sou empurrada no banco traseiro de um carro. cabeça, respiro fundo, enchendo meus pulmões de ar, ele me arrasta por uma, cantando pneus. Não sei quanto tempo se passa até que finalmente para. Mãos familiares me puxam para fora. Mãos que são mais duras do que quando me castigava numa sessão. Andamos por um terreno de cascalho. Meus pés doem, mas ele obviamente não se importa. Não mais. O saco é puxado da minha cabeça, respiro fundo, enchendo meus pulmões de ar, ele me arrasta por um corredor escuro e úmido. O frio se infiltra pelos meus pés descalços e faz estremecer meu corpo. Uma porta feia é aberta e uma sala mais feia ainda surge. Um pequeno alívio me enche ao perceber que tem um candelabro sobre uma mesa velha, salvando-me de ficar no escuro total. Eu teria uma crise de pânico e morreria aqui sozinha antes de qualquer coisa. Ele me leva até uma jaula horrenda e pequena. Abre-a e me empurra para dentro. Não há fundo e minha pele toca o chão frio e úmido. Começo a tremer, meus dentes batendo. Nossos olhares se encontram e meus olhos se enchem de lágrimas dolorosas outra vez.

— Eu te amo. — Desespero-me, segurando as grades, lamentando cada decisão que me trouxe até aqui. — Cometi um erro. Meu noivo não era quem eu pensava. Eu não sabia que Valeska era uma Ramazotti. Ela me usou, por favor, acredite em mim, And — imploro.

Ele se inclina seu rosto bem perto do meu através das grades e diz friamente:

— Meu erro foi te colocar em lençóis de seda. O lugar de cadelas miseráveis como você é aqui, nesta jaula e calabouço imundos. — Seu rosto está desfigurado pela ira. — Você riu muito pelas minhas costas? Diga-me, vagabunda! Riu muito junto com sua comparsa?

— Não! Eu só soube quem ela era ainda há pouco! Ela me ligou e contou que era amante de Breno e quis se vingar de mim porque ele me amava e...

— Não fale o nome desse maldito na minha frente ou te mato agora mesmo, sua infeliz! — range, os olhos escuros de ódio.

— Perdoe-me, por favor — imploro, minha voz rouca de chorar e também por tê-lo chupado com tanto ímpeto mais cedo. — Olhe para mim, And. Eu sei que pode ver em meus olhos que estou dizendo a verdade. Começou como uma vingança, mas me apaixonei por você. — Seus olhos cintilam e choro mais, estendendo a mão através das grades, tocando seu rosto. — Eu te amo. Amo muito. — Soluço, meu coração ousando ter esperanças de acessá-lo de novo.

Então, ele trinca a mandíbula e torce o meu pulso, empurrando-me para longe. Com um rosnado feral, abre a jaula e me puxa com violência para fora.

— Vai aprender a nunca mais me dizer essas mentiras, sua puta! — ameaça e me arrasta em direção a um gancho pendendo do teto. É com horror que percebo sua intenção.

Suspende meus pulsos, prendendo-os nas algemas de couro. Ele vai me machucar pra valer dessa vez. O choro vem com mais força. Soluço alto, meu corpo inteiro sacudindo, convulsões me tomando conforme as imagens recentes dançam em meu cérebro. Parece mentira que poucas horas antes eu estava em lençóis de seda com esse mesmo homem, olhando-nos com adoração enquanto nos amávamos. Correção: enquanto *eu* o amava. Tentei enganar o diabo, mas agora a conta chegou. Só que ela é alta demais para pagar. Eu provavelmente vou morrer antes que o convença do meu amor. Ainda assim, eu tento outra vez, soluçando, desesperada:

— Eu te amo. Por favor, acredite em mim.

— Eu acreditei — sua voz tem um toque de dor em meio ao ódio. — Mas não passava de uma mentira. — Estala o chicote atrás de mim. — Tudo o que me contou desde o maldito dia em que apareceu era mentira, porra!

Continua...